생태주의 시학과 상상력

상상력

생태주의 시학과

Ecological Poetics and Imagination

백승란

푸른사상
PRUNSASANG

　문학이 좋아서 전공을 국문학으로 택했고, 그 문학을 위해 앞만 보고 달려온 내 20대의 젊은 날에도 간간히 갈등은 있었다. 문학에 대한 열정으로 밤잠을 설치면서도 나는 내 자신에게 이렇게 묻곤 했다. '나는 왜 문학을 할까?', '과연 문학이 나와 세상을 위해 무엇을 할 수 있을까?' 그렇게 문학에 대한 의미 찾기로 갈등과 방황을 하던 중 이병주 선생의 『지리산』서문의 한 구절이 눈에 들어왔다. '의학은 사람의 육체의 병을 고치고 문학은 사람의 마음의 병을 고친다.' 나는 그제서야 깨달았다. 내가 문학하는 이유가 바로 거기에 있다는 것을. 나는 그때 이후로 지금까지 단 한 번도 문학에 대한 회의나 갈등을 가져본 적이 없다. 어느덧 문학은 내 삶에서 뗄레야 뗄 수 없는 일부분, 아니 전부가 되어 버렸다. 진부한 말처럼 들릴지 모르지만 나는 문학이 참 좋다.

　그동안의 학문적 성과를 모아 처음으로 책을 내는 내 마음은 흥분과 설렘으로 가득하다. 이 책은 총 1부와 2부로 이루어져 있다. 1부에서는 박두진의 시를 생태주의적 관점으로 조명하였다. 기존 박사학위 논문을 중심으로 하되 율격 부분과 중기시에 대한 논의를 덧붙여 내용을 좀 더 확대시켰다. 2부에서는 대학원 석·박사 과정 중에 틈틈이 써온 다양한 주제의 논문과 평론을 중심으로 다원주의 시대에 문학이 나아갈 방향을 모색하였다. 책의 내용을 좀 더 구체적으로 소개하면 다음과 같다.

제1부에서는 박두진 시에서 생태의식을 찾아보고 그의 시를 교육적으로 적용해 보았다. 오늘날 전 세계적으로 환경오염의 수준은 우리의 우려를 넘어서고 있다. 환경오염의 심각성을 알리려는 노력들이 각 분야에서 활발하게 전개되고 있지만 정작 환경오염의 심각성을 인지하고 각성해야 할 대상은 우리의 지구를 책임져야 할 미래세대, 바로 학생들이라고 할 수 있다. 나는 지구의 미래를 책임지고 이끌어야 할 학생들이 환경오염의 실태를 직시하여 환경문제에 관심을 가질 수 있도록 방법을 모색하고 싶었다. 박두진 시를 생태시로 논의한 것은 바로 그러한 노력의 일환이라고 할 수 있다. 학생들이 생태시 교육을 통하여 환경오염의 심각성을 자각하고 더 나은 에코토피아를 전망할 수 있다면 그것만으로도 이 논문의 의의는 충분하다고 본다.

제2부에서는 다원주의 시대에 걸맞게 다양한 주제의 논문과 평론으로 문학의 지평을 제시해 보았다. 총 5편의 논문 중 4편은 현대시 관련 논문과 평론이고 1편은 현대소설 관련 논문이다. 작가가 살았던 시대나 사회적 상황, 작가가 신봉했던 종교나 작가의 가치관, 그리고 현대인의 생활방식이나 사상 등을 논의의 핵심으로 삼아 기술해 보았다. 1장에서는 석사논문의 주제였던 전원파 시인 김동명과 김상용 시의 심상을 대비하여 간략하게 제시해 보았다. 2장에서는 민족과 역사 앞에 정직하고 싶었던 윤동주의 시를 탈식민주의적 입장에서 논의해 보았다. 3장에서는 충남과 대전에서 활동해온 오완영 시인의 작품세계를 인간에 대한 신의 사랑과 섭리의 문제에 천착하여 고구해 보았다. 4장에서는 컴퓨터와 인터넷의 등장이 인간의 삶의 방식을 바꿔놓았음을 전제로 그러한 시들을 창작해 온 시인들의 작품을 다루었다. PC 시 혹은 컴퓨터 시로 명명되는 이러한 시를 창작한 시인으로는 이원, 하

재봉, 이승하 등이 있다. 마지막 5장에서는 프랑스 여류 소설가 마르그리트 뒤라스의 소설 『연인』을 오리엔탈리즘의 관점으로 조명해 보았다. 오늘날 세계는 하나의 지구, 즉 지구촌이라 명명되며 무척 가까운 듯 보인다. 그러나 세계는 여전히 동양과 서양으로 구분되며 교류가 활발한 지금에도 동서양은 서로에 대한 오해와 편견으로 가득차 있다. 뒤라스의 소설 『연인』은 표면에는 남녀의 사랑을 다루고 있지만 이면에는 이러한 동서양의 왜곡, 특히 동양에 대한 서양의 우월감을 드러내고 있다. 나는 『연인』에 나타난 오리엔탈리즘을 통해 서양에 대한 동양, 동양인의 각성을 얘기하고 싶었다.

이 책이 나오기까지 도움을 주신 분들의 고마움을 잊을 수가 없다. 박사학위 논문을 지도해 주시고 심사해 주신 손종호 교수님과 네 분의 심사위원님께 깊은 감사를 드린다. 특히, 제자의 앞길에 장애물이 있을까 걱정하시며 때로는 엄한 꾸짖음으로 때로는 따뜻한 사랑으로 보살펴 주신, 학문의 아버지 손종호 교수님께 깊이 감사드린다. 또한 부족한 제자를 올바른 학문의 길로 인도해 주신 모교의 은사님들께도 깊은 감사를 드린다. 부족한 졸고의 출판을 흔쾌히 허락해 주신 푸른사상사 한봉숙 사장님과 편집부원님께 감사드린다. 무엇보다도 박두진 시인을 만나게 하시고 그와 더불어 학문의 한 장을 장식하게 하신 하나님께 깊이 감사드린다.

아장아장 걷던 게 엊그제 같은데 어느새 대학생이 된 조카 지은이, 밝고 예쁘게 잘 자라줘서 고맙다. 언제나 나의 버팀목이 되어 준 오빠와 동생들, 그리고 옆에 있어 든든한 남편에게도 고마움을 전한다. 마지막으로 평생을 자식 위해 살아오신 어머니, 그리고 내 가슴 속에 영원히 살아 계시는 아버지께 이 책을 바친다.

2011년 10월
백승란

제2부 다원주의 시대와 시의 지평

제1부

생태주의 시학의 교육적 적용

– 박두진 시를 중심으로

1장 서론

1. 연구의 목적

혜산(兮山) 박두진(1916~1998)은 반세기 이상의 시작(詩作) 기간 동안 20권에 가까운 창작 시집과 시선집, 시론집, 에세이 등을 발표함으로써 한국 근대시사에 중요한 위치를 차지하고 있다. 1939년 『문장』지 6월호에 「향현」, 「묘지송」으로 정지용의 추천을 받고, 같은 해 9월호에 「낙엽송」을, 1940년 1월호에 「의(蟻)」, 「들국화」로 추천이 완료되어 본격적인 시작활동을 하였다.

시기별로 볼 때 박두진의 시세계는 크게 셋으로 나눌 수 있다. 초기시에는 자연에 대한 시적 지향이 두드러져 고향과 민족의 회복으로서의 자연, 기독교적 이상세계 등이 제시된다. 중기시에는 한국전쟁의 비극과 더불어 4·19 희생자에 대한 안타까움과 사회악에 대한 준열한 비판의식이 드러난다. 후기시에는 신의 섭리와 자연과 인간에 대한 사랑의 재발견이 나타난다. 그러나 이러한 시세계는 단속적으로 나타나는 것이 아니라 끊임없이 서로 영향을 주고받는 상관성을 지니며 나타난다. 다만 어느 시기마다 한 특성이 강

하게 부각될 뿐이다.[1]

박두진의 삶을 형성하는 축은 두 개라 할 수 있는데 그 하나는 문학이요 다른 하나는 신앙이다. 그가 "마침내 문학–詩야말로 宗敎와 함께 人間의 魂을 근본적으로 움직이고 淨化시키고 鼓舞하며 幸福하게 하는 捷徑이며 참다운 길이며 强力한 武器"[2]라고 고백했던 것처럼, 그 두 축은 그의 삶에 영향을 미쳐 어느덧 그 자신이 된다. 따라서 그의 시에서 신의 존재 탐구와 인간의 구원이 시적 제재로 나타나는 것은 자명한 이치라 할 것이다.

박두진은 문학을 통해 암담했던 일제 강점기, 해방 후의 혼란, 한국전쟁, 4·19 혁명, 10월 유신 등 격동의 역사를 때로는 낙관적 전망으로, 때로는 날카로운 비판의식으로 형상화하고 있다. 그의 이러한 시적 형상화에 영향을 준 사상적 기저는 기독교적 구원 의식, 기독교적 이상 세계였다. 그는 '그리스도와 소박한 자연과 시가 있어서 나는 이제 고독하지 아니합니다.'[3]라고 고백할 만큼 젊은 시절 자연과 종교에 심취해 있었으며, 이 둘은 그의 시 세계를 좌우하는 평생의 시적 사유가 된다.

박두진은 박목월, 조지훈과 더불어 청록파 시인으로 불린다. 그가 두 시인과 공동시집으로 『청록집』을 발간한 해가 1946년이다. 그리고 박두진이 단독 시집 『해』를 발간한 해가 1949년이다. 『청록집』과 『해』가 발간된 1940년대 말에는 근대의 폐단이 서서히 드러나고 있을 때였다. 그 당시 사회에는 자연을 벗 삼아 음풍농월, 유유자적하며, 강호가도를 추구했던 친자연적 경향이 이미 자취를 감추고, 전쟁을 수행중인 일본의 전쟁물자 확보를 위한 광범위한 수탈로 민중들의 삶은 더욱 피폐해져만 갔다. 이렇게 본다면 청록파의 등장이란 한마디로 이색적일 수밖에 없다. 특히 친자연적 상상력을 발

---

1) 임영주, 『박두진의 생애와 문학』, 국학자료원, 2003, pp. 10~11.

2) 박두진, 「나의 추천시대」, 『시인의 고향』, 범조사, 1958, p. 209.

3) 편지, 1944. 7. 8. (1941년부터 1945년까지의 박두진의 정신세계를 드러내고 있는 이 편지는 『문학사상』 1981년 1월호와 3월호에 실려 있다.)

휘하여 자연과 인간의 동화를 추구한 청록파의 작품들 가운데 박두진의 시는 오늘날의 생태환경 문학의 관점에서 볼 때 생태시의 단초를 이루었다고 평가할 수 있다.

19세기 근대의 시작과 더불어 고도로 발달해가는 문명을 경이에 찬 눈으로 바라보고 있었던 일반 대다수와는 다르게 문명을 비판하고 인간과 자연의 교감을 중시한 초월주의자들[4]의 사상은 오늘날 인류가 추구해야 할 생태의식과 맥을 같이 한다고 볼 수 있다. 그들의 철학적 사유는 신, 영혼, 자연 등 초월적 실체의 절대권능을 믿는 것에 바탕을 두고 있는데, 특히 모든 자연에는 신성이 깃들어 있다는 범신론적 세계관을 가장 큰 특징으로 한다. 초월주의가 오늘날 부각되는 이유는 지나친 물질주의에의 경도로 자연이 파괴되고 문명의 이기에 젖어 생의 목적마저 상실한 채 표류하는 현대인들에게 색다른 삶의 메시지를 전달하기 때문이다. 도시화, 기계화, 물질만능에 젖어 있는 현대인들에게 초월주의자들의 '자연'은 구원의 낙원이며 그들의 '양심'은 인간의 근원적 목소리로 받아들여지기 때문이다.

기독교적 세계관 역시 생태의식과 관련이 깊다.[5] 녹색 신학은 성서에서 생태의식을 찾아 현재의 생태계 위기를 극복하자는데 초점을 맞추고 있다. 아담과 하와는 신의 생태의식을 보여주는 최초의 인간이다. 아담은 히브리어 '아마다'로서 '흙'이란 뜻이다. 하와는 생명이 있는 모든 것의 어머니라는 뜻이다. 이때의 어머니는 인간의 어머니, 자연의 어머니 모두를 의미한다. 창세기의 천지창조 부분을 보면 신은 하늘 보다는 땅에 관심을 둔다. 땅에

---

4) 19세기 미국의 일부 문명비평가들 사이에 유행했던 사상이다. 초월주의 핵심은 자연과 인간의 교감으로 모든 자연에는 신의 속성이 있다는 범신론적 세계관을 특징으로 하는데 대표적인 초월주의자들로는 에머슨(Emerson), 쏘로(Thoreau), 휘트먼(Whitman) 등이 있다.
5) 기독교적 세계관은 자연에 대해 긍정적인 자세도 취하고 부정적인 자세도 취한다. 따라서 성서적 세계관의 생태인식에 대해서는 학자들 간의 이견이 많다. 그러나 본고에서는 성서에 나타난 생태인식에 초점을 맞추어 논의를 지속하고자 한다.

인간을 만들고 모든 생물을 만든다. 이는 땅(지구)을 우주의 중심으로 생각한다는 의미로 해석될 수 있다.

구약성서에 등장하는 선지자 이사야는 환경오염의 심각성을 지적한 최초의 환경론자라 할만하다. 모세, 욥 역시 자연중심적 사고를 소유한 인물이다. 그들은 세계를 인간 중심주의로 인식하지 않고 만물 평등주의로 인식한다. 특히, 예수는 청빈한 삶, 자연물을 통한 비유법의 사용 등 자연을 존중하는 태도를 보여준다. 청빈한 삶의 자세는 생태계의 위기를 해결하는데 필요한 핵심적인 개념 중의 하나이다. 따라서 예수 그리스도의 행동과 가르침은 오늘날의 생태환경 문제해결에 많은 점을 시사해준다.

이처럼 성서적 세계관은 자연에 대해 긍정적인 관점을 유지한다. 인간이 자연을 떠나서는 살 수 없다는 것을 보여주기도 하고, 인간이 자연의 일부에 지나지 않는다는 것을 깨우쳐주기도 한다. 또한 자연이 파괴될 때 인간이 맞게 될 운명의 참담함을 드러내기도 한다.[6] 이런 연유로 성서학자들이나 신학자들은 인간이 자연을 함부로 착취하거나 지배해서는 안 된다고 주장한다. 자연은 하나님의 소유물이기 때문이다. 그들은 "땅과 그 안에 가득 찬 것이 모두 다 주님의 것, 온 누리와 거기에 살고 있는 그 모든 것도 주의 것이다"를 그 증거로 내세운다.[7]

박두진은 기독교적 관념을 시로써 표출한 시인이다. 그의 시에는 자연을 신성시하고 경외의 대상으로 간주하는 기독교적 상상력이 내재되어 있다. '해'는 단순히 천체로서 존재하는 해가 아니고 '청산'은 그저 그렇게 존재하는 산이 아니다. 박두진의 시에서 '해'와 '산'은 단순한 자연물, 그 이상을 함의하는 상징성을 띠고 있다. 본고가 그의 시를 21세기 패러다임의 하나인 생태의식에 접근하여 논의하고자 하는 이유가 여기에 있다.

---

6) 김욱동, 『생태학적 상상력』, 나무심는사람, 2003, pp. 227~283.
7) 『구약성서』, 「시편」 24편 1절.

자연은 인류의 시작 이전부터 존재했었다. 태초부터 인간은 자연의 일부로 자연의 혜택을 누리고 자연과 조화를 이루며 살아왔다. 그러나 계몽주의가 낳은 이성중심의 사고방식은 자연을 정복의 대상으로 간주하게 되었고, 19세기 산업혁명을 기점으로 근대가 본격적으로 진행되면서 자연과 인간의 분리가 더욱 가속화되었다. 자연은 인간의 문명발달을 위한 원자재 공급처로 전락된 것이다. 근대라는 허울 아래 자행된 무분별한 개발은 결국 자연파괴로 이어졌고, 이것은 생태계 전체의 질서를 교란하게 되었으며, 그 결과 지구 전체는 환경의 오염으로 더 이상 살만한 곳이 못되는 지경에 이르렀다. 자연의 일부로 자연에 순응하며 살아야 할 인간이 근대라는 미명 아래 자연 정복을 꿈꾸었다가 생명마저 위태로운 존폐의 위기에 처한 것이다. 이제 인류는 자연과 인간이 조화를 이루며 공존했던 근대 이전의 사고로 돌아가야 한다. 인간은 지구라는 거대한 집에 다른 생물들과 함께 세 들어 사는 존재임을 인식하고, 공생의 관계를 위해 노력하는 생태의식[8]을 소유해야 한다.

문학작품은 본질적으로 자연친화적이다. 특히 훌륭한 서정시는 원칙적으로 또는 생래적으로 생태의식을 자원으로 삼는다. 시적 상상력 속에서 자연 만물은 평등하게 수용되고 인간과 대등한 위치에서 자리 잡는다. 거의 대부분의 시에서 자연은 시상전개의 중요한 매개역할을 한다. 자연은 시적 화자의 마음을 대신 전하는 인간의 대리물이자 보조관념으로 사용되어 원칙적으로 인간과 자연은 대등하다는 신화적 사유가 작용된다.[9]

그러나 생태의식을 단순히 시적 의식의 한 종류로 치부해서는 안 된다. 그것은 인간이 이 땅에 뿌리를 내리고 생활하기 위해서 반드시 갖추어야 할 의식에 속하기 때문이다. 시는 과거부터 자연을 즐겨 소재로 삼아왔고 자연과 인간의 동화를 꿈꾸어 왔기 때문에 대부분의 시들은 생태의식을 함유하고

---

8) 김용민, 「생태사회를 위한 문학」, 신덕용, 『초록생명의 길 Ⅱ』, 시와사람사, 2001, p. 30.
9) 이숭원, 「생태학적 상상력과 시교육의 방향」, 위의 책, p. 444.

있다. 시인이 의도하지 않았다 하더라도 우리는 한 편의 시에서 생태적 위기에 대처할 수 있는 생의 지혜를 발견할 수 있다. 그것은 시인의 상상력이 본질적으로 생명의 발현과 육성을 기본으로 삼고 있기 때문이다. 그런 점에서 모든 시는 생명의 문학[10], 즉 생태시라 해도 지나치지 않다.

생태시(ecolyric)는 생태학(ecology)과 서정시(lyric)의 합성어이다. 생태학이 생명체와 환경의 상호관계를 연구하는 학문이고 시가 사물을 시적으로 형상화하는 것이라면, 생태시는 생명체와 환경의 상호관계를 시적으로 형상화한 작품이라 할 수 있다.[11] 그러므로 생태시에는 사회현실에 대한 비판의식과 환경보호의 당위적 이념들, 그리고 생명 중심주의 사상이 밑바탕을 이루고 있다.

박두진의 시에는 현대의 생태시와 비교했을 때 조금도 뒤지지 않는 자연친화적 요소가 있다. 독자는 그의 시 한 편을 감상하면서 자연이 주는 심미적·신화적 상상력의 세계로 나아갈 수도 있지만, 자연에 몰입하여 그것에 더 가까이 다가가려는 자연중심적인 세계관을 가질 수도 있다. 이렇듯 자연을 소중히 여기고 자연과 인간의 공존을 추구하려 했던 그의 시는 생태시의 활성화에 단초를 제공한다. 그의 시는 이상적 에코토피아의 시작이라고 할 수 있다.

교육은 인간의 본질에 깊숙이 자리 잡은 인간답고자 하는 본능적 욕구이다. 교육이 인간의 본질과 맺고 있는 이런 근원적인 관계는 문학 또한 그러하다는 점에서 인간의 문제가 자연스럽게 교육의 중핵적 위치로 떠오른다. 문학교육이 궁극적으로 인간다움의 교육에 지표를 두어야 함을 분명히 한다면 시교육 또한 인간교육에 이르는 길이라는 점이 자명해진다. 시가 어제

---

10) 이숭원, 위의 글, p. 450.
11) 노미경, 「박두진 시의 생태주의적 세계인식 연구」, 단국대 대학원 박사학위논문, 2010, p. 16.

오늘의 문학에 국한된 것이 아니라 인류의 존재와 거의 함께 해온 문학 양식으로서 삶의 가치 있는 체험을 언어로 형상화한 것이라는 점은 인간교육의 목표를 구현할 구체항이 무엇인지를 시사해준다[12]고 하겠다.

박두진의 시에 나타난 자연친화적 사유, 즉 자연과 인간을 동일하게 여겨 모든 생명은 크든 작든 무게가 같다는 생명존중 사상은 인간을 인간답게 하는 가장 기본적이고 본질적인 사유라 할 수 있다. 그 사유를 보편적인 수준으로 끌어올려 삶의 궁극적 가치가 되게 하는데 바로 시교육의 목적이 있는 것이다. 따라서 그의 시를 생태시 교육으로 논할 가능성은 충분하다고 할 수 있다.

교육은 본질적으로 '자기교육'이다. 생태시 교육도 마찬가지이다. 처음에는 교사를 통해 생태시 교육의 의의를 배우지만 그것을 삶에 적용시키고 활용하는 것은 학습자 본인이기 때문이다. 이는 인간이 최초학습 혹은 자학자습을 통해 자신을 향상시킬 수 있는 능력이 있다는 것을 의미한다.[13] 교사는 생태시 수업 시간에 학습자에게 의미 있는 생태시 한 편을 감상하게 한 후, 자연과 인간의 공존이 생태계 위기를 극복할 수 있는 방안임을 설명한다. 학습자는 생태시 수업을 통해 아름다운 생태시를 향유할 뿐만 아니라 풀 한 포기 혹은 꽃 한 송이의 소중함을 깨달아 친자연적 생활태도를 함양하게 된다.

본고에서는 박두진의 시에 나타난 형식구조와 의미구조의 전체적인 특성을 우선적으로 살펴볼 것이다. 물론 본 연구의 주제 의식에 기저를 이루는 것은 청록파란 지칭에 부합되는 생태의식이 될 것이다. 아울러 그의 시에 나타난 생태의식을 시교육에 접목시켰을 때 교수−학습 과정에서 고려해야 할 사항들을 점검하고 가장 효과적인 학습방안을 모색한 후 귀납적으로 학습지도안의 모형을 제시하게 될 것이다. 따라서 본고는 박두진 시를 활용한

---

12) 김대행, 「시교육의 내용」, 『현대시교육론』, 시와시학사, 1996, pp. 34~35.
13) H. G. 가다머, 손승남 역, 『교육은 자기교육이다』, 동문선, 2004.

생태환경 교육의 하나의 모델이 되는 셈이다.

2. 연구사

박두진은 60년의 시작활동 기간에 1000여 편의 방대한 작품을 남겼다. 그
의 시세계를 대표하는 시적 제재는 자연, 인간, 신이다. 그가 자연을 노래한
청록파 시인이라는 것과 독실한 기독교인이었다는 것을 고려하면 자연과
신은 그의 시에서 일관되게 등장하는 제재이지만, 박두진의 시세계를 초기,
중기, 후기로 나눌 때 보편적으로 초기는 자연지향, 중기는 인간지향, 후기
는 종교지향이 두드러진다. 이는 박두진 자신도 인정한 주요 테마[14]이므로
본장에서는 그의 연구사를 자연, 인간, 종교로 대별하여 논의하고자 한다.

첫째, 박두진 시에 나타난 자연지향을 가장 먼저 언급한 이는 박두진을 시
인의 길로 이끌어준 정지용이다. 그는 박두진을 추천한『문장』지 선후평에
서 "박군의 시적 체취는 삼림에서 풍기는 식물성인 것"[15]이라고 언급하여 박
두진의 시적 소재에 관심을 가졌다. 조연현은 박두진의 시를 "선이나 기독
교나 그러한 종교의식이나 종교관념이 발생하기 이전의 원시인이 가진 자
연에 대한 소박하고 단순한 경이와 존엄을 성신에 대하여 가졌을 뿐"[16]이라
고 말하여 자연 그 자체에 초점을 맞춘 범신론적 자연을 강조하고 있다. 신
용협 역시 "박두진의 자연은 인간과 자연의 조화라든가 자연에의 귀의·자
연에의 몰입이라는 인생관 이전의 원시적 자연이요, 자연 그 자체"[17]라고 말

---

14) 박두진은 자신이 일생을 두고 추구할 시의 테마를 삼분해서 자연, 인간, 신의 세계
   로 정한 일이 있다. (박두진,『시와 사랑』, 신흥출판사, 1960, p. 76.)
15) 정지용,「시선후」,『문장』, 1940. 1, p. 195.
16) 조연현,『현대한국작가론』, 청운출판사, 1965, p. 63.
17) 신용협,「박두진의 시 연구」,『어문연구』제12집, 어문연구회, 1983. 12, p. 250.

하고 있다.

이유식은 박두진의 초기시의 특징을 "자연에 의탁하여 자연의 존재를 빌어 현실문제와 사회문제를 터치한 것"[18]이라고 말하며 박두진을 "현실에 바탕을 둔 혁명적이고 민족적 시인"이라고 언급하고 있다. 정태용 역시 박두진과 그의 초기시를 "자연을 소재로 했지만 자연의 미를 노래하지 않고 자기 마음의 세계를 자연의 모습으로 형상화한, 자연까지도 마음대로 바꾸려는 의지의 시인"[19]이라고 규정하고 있다.

정한모는 박두진의 자연관을 논하는 자리에서 청록파가 발견한 두 가지 의의를 언급하고 있다. 하나는 "고향과 문화를 잃어버린 민족에게 시로써 하나의 아름다운 고향을 마련해준 점이며, 다른 하나는 그때까지 있었던 시사적인 여러 갈래의 흐름 속에서 계승할 것은 계승하고 거부할 것은 거부하면서 하나의 시사적 청산을 해 준 점이 높이 평가될 점"[20]이라는 것이다.

그동안의 논의를 보면 박두진의 자연은 기독교적 자연과 범신론적 자연으로 양분된다. 우선, 박두진의 자연을 기독교적 자연으로 보는 이는 김동리이다. 김동리는 "그도 물론 항상 자연의 품속에 들어가 살기는 한다. 그러나, 그는 거기서 다른 태양이 솟아오르기를 기다리는, 즉 메시아가 재림하기를 기다리는 시인"[21]이라고 말하고 있다. 서정주 역시 박두진 시에 나타난 자연을 '에덴적 자연' 혹은 '낙원 모티프'로 규정하고 있고, 김춘수와 박태욱도 자연을 '구원의 상징'으로 보았다. 김용직 역시 박두진의 자연을 동양적 자연으로 인식하기보다는 신 앞에 선 자아를 의식하는 서구적 자연으로 보았다. 김봉군도 박두진 시에 등장하는 온갖 짐승으로 인해 범신론적 자연으

18) 이유식, 「박두진론」, 『현대문학』, 1965. 11.
19) 정태용, 「박두진론」, 『현대문학』, 1970. 4, p. 300.
20) 정한모, 「청록파의 시사적 의의」, 김동리 외, 『청록집 · 기타』, 현암사, 1968.
21) 김동리, 「자연의 발견」, 위의 책, pp. 258~259.

로 오해할 수 있지만 그것은 인간 내면에 잠재한 어둠의 속성이며 표상이라 하여 서정주가 주장한 '에덴적인 자연'에 동조하고 있다.[22]

그러나 조연현과 박철석은 박두진의 자연을 기독교적 자연과 대립되는 범신론적 자연을 주장하고 있다. 박철희 역시 박두진의 자연을 '순진의 세계'라 명명하며 이유식이 주장한 이상주의적 자연과 일치하는 입장을 보이고 있다. 김해성도 박두진을 자연과의 신비적 경지에서 대화하는 시인[23]으로 이해하고 있다. 그러나 존재의 궁극에 가서는 박두진 특유의 정신이 자연으로 상징되어 신이 창조한 본래의 에덴적인 자연에 귀의[24]하는 모습을 보인다.

둘째, 박두진의 중기시에 나타난 인간지향에 대한 논의이다. 인간의 삶과 죽음이 역사 그 자체이기에 인간지향에 대한 논의는 역사성에 대한 논의와 맥을 같이한다고 할 수 있다. 신동욱은 한국전쟁과 4 · 19혁명 이후의 시를 현실에 밀착된 시인의식이 집중된 것[25]으로 보고 있으며, 김재홍도 박두진이 한국전쟁과 4 · 19혁명이라는 민족의 비극을 체험하면서 정신적 삶을 향한 투명지향성과 이념지향성을 추구하는 시인[26]이라고 했다. 최일수는 박두신의 시를 아예 민족주의 시로 단정[27]하기도 했으며 오동춘은 박두진의 시를 암울하고 혼란스런 조국을 밝게 비춰주는 '빛의 시인'[28]으로 평가했다.

정현기 역시 박두진 시의 심상구조를 파악하면서 그는 어둠이나 부정, 부조리, 폭정에 비타협적인 시인이며 그가 기독교인이기 이전에 참된 의미의

22) 김봉군 외, 『한국현대작가론』, 민지사, 1984.
23) 김해성, 『한국현대시 비평』, 당현사, 1976.
24) 이운용, 「자연의 의미와 기독교시」, 『월간문학』, 1987, 11, p. 276.
25) 신동욱, 「해와 삶의 원리」, 『박두진 전집 1』, 범조사, 1982, p. 279.
26) 김재홍, 『한국현대시인연구』, 일지사, 1986, pp. 408~409.
27) 최일수, 「박두진의 아, 민족」, 『현대문학』, 1971. 5.
28) 오동춘, 「빛의 시인 박두진론」, 『연세어문학』 제9 · 10합집, 연세대 출판부, 1977, p. 40.

혁명에 가까운 시인[29]임에 역점을 두고 있다. 홍신선은 박두진이 1960년대를 전후하여 역사적 현실과 만남을 주목하고 저항과 비판의 일관된 모습으로 현실에 대응하고 있다[30]고 보았다.

셋째, 박두진 시에 나타난 종교지향에 대한 논의이다. 박두진의 종교성에 대한 연구는 박양균의[31] 연구를 시작으로 논의의 쟁점에 선다. 서정주는 박두진 시의 특질을 "기독교적인 자연, 그 중에서도 별다른 자연으로 표현되었다"[32]고 하면서 그 예로 「해」, 「청산도」를 들고 있다. 박철희는 박두진의 초기시가 "과거−미래는 긍정적으로, 현재는 부정적으로 나타낸다고 보고, 결국 어둠에서 밝음을 기다리는 자세는 기독교적 신앙의 표상"[33]이라고 보았다.

한편, 기독교 문학에 초점을 맞춘 논문들도 상당수이다. 신익호는 근대 이후 기독교의 영향권 아래 쓰인 작품, 그 중에서도 기독교 의식으로 일관된 김현승, 박두진, 구상의 시를 통해 한국 기독교 시의 가능성과 그 문학사적 성격을 고찰[34]하고 있다. 이운용도 박두진을 한국 현대시사에 기독교 시인으로 기록하면서 평생 일관된 시관을 견지해 온 시인으로, 그의 시세계를 기독교시라는 관점[35]에서 살피고 있다. 박이도는 박두진이 자연과 인간을 대칭화하지 않고 일원으로 인식하여 자연을 통한 기독교 의식을 시로 형상화했으며, 자연이야말로 가나안으로 인도하는 강력한 의지로 표출되어 메시아를 갈망하는 선지자의 모습으로 나타난다고 보았다. 따라서 그는 박두

---

29) 정현기, 「박두진론 I」, 위의 책.

30) 홍신선, 「상승과 초월의 변증법」, 『한국시문학대계 20』, 지식산업사, 1983.

31) 박양균, 「기도의 양상」, 『시와 비평』, 1956. 2.

32) 서정주, 『한국의 현대시』, 일지사, 1969, p. 219.

33) 박철희, 『서정과 인식』, 이우출판사, 1983, p. 134.

34) 신익호, 「한국 현대 기독교시 연구」, 전북대 대학원 박사학위논문, 1987.

35) 이운용, 「한국 기독교시 연구」, 조선대 대학원 박사학위논문, 1988.

진을 자연을 통해 신의 존재를 인식시킨 시인이자 한국 시단에 기독교적 휴머니즘을 구축[36]한 시인으로 평가했다.

박춘덕도 윤동주, 김현승, 박두진 등 세 시인을 대상으로 하여 이들의 시세계를 삶과 신앙 사이의 역동적 긴장 관계로 살피면서, 박두진 시를 예언자적 낙관주의[37]로 정의하고 있다. 한영일 역시 기독교적 관점에서 윤동주, 김현승, 박두진의 시를 구원상징, 부활상징, 소망상징에 초점을 맞추어 고찰하고 있다.[38] 정경은은 박두진, 박목월, 김현승의 종교시를 세 시인의 차이점을 중심으로 논하면서 박두진을 광야에서 부르짖는 종교인, 신을 향한 의지와 부동성을 보여주는 기독교 시인[39]으로 평가하고 있다.

박두진의 후기시 중에서 신앙시는 기독교적 세계관이 지나치게 시에 침투되어 있는 것이 사실이다. 이것은 그의 신앙시가 보편성을 획득하는데 장애가 될 수 있다. 그러나 그의 시사적 의의는 종교적 신념을 시로 승화시켰다는 데 있다. 그는 어떠한 목적이든, 그것이 종교적이든 이념적이든 시보다 목적을 우위에 두지 않았다. 그의 시에 대한 순수함은 확고했다.[40] 이런 신념 때문에 박두진은 종교와 이념을 뛰어넘은 시인으로 평가된다고 할 수 있다.

또한 박두진이 후기시에서 관심을 보인 수석에 대한 논의에서 신대철은 수석시를 신 앞에 가장 완전무결한 인간으로 다가서려는 자기 검열의 장치라고 보며 그것은 신성한 세계와의 교섭을 의미한다고 했다.[41] 박철희 역시

---

36) 박이도, 「한국 현대시에 나타난 기독교 의식」, 경희대 대학원 박사학위논문, 1984.

37) 박춘덕, 「한국 기독교시에 있어서 삶과 신앙의 상관성 연구」, 부산대 대학원 박사학위논문, 1983.

38) 한영일, 「한국 현대 기독교 시 연구 : 윤동주, 김현승, 박두진 시의 상징성을 중심으로」, 성균관대 대학원 박사학위논문, 2000.

39) 정경은, 「한국 기독교시 연구─박두진, 박목월, 김현승 시를 중심으로」, 서울여대 대학원 박사학위논문, 1999.

40) 임영주, 「박두진 시 연구」, 경원대 대학원 박사학위논문, 1998.

41) 신대철, 「박두진의 수석시의 근원과 인간의 한계」, 『어문학』 제1집, 국민대 출판부,

박두진의 수석시를 경건하고 성스러운 시원적 생명력을 상대하고 있으며 그것이 시인의 정서를 불러일으킨다[42]고 했다.

이밖에 박두진에 대한 논의는 형태적인 면에서 살펴본 연구[43]와 의성어와 의태어 그리고 소리의 울림에 의한 자·모음의 뛰어난 효과를 지적한 연구[44] 및 그의 시의 운율을 정지용 시와의 영향관계에서 살펴본 연구[45]가 있으며, 기호학적 접근으로 살펴본 연구[46]가 있다. 또한 박두진의 상상력을 '빛' 이미지와 '돌' 이미지 중심으로 살펴본 연구[47]와 그의 시를 생태주의적 세계인식의 입장[48]에서 살펴본 연구 등 다수가 있다.[49]

3. 연구의 범위 및 방법

본고는 박두진 시작품에 대한 총체적 분석을 통해 그의 시세계에 나타난 생태의식을 구명하고자 한다. 본고가 주제로 잡은 갈래는 두 가지이다. 첫째는 박두진 시의 구조적 고찰을 통해 생태의식을 밝히는 것이고, 둘째는

1982, p. 145.

42) 박철희, 「수석의 현상학」, 『박두진 전집 10』, 범조사, 1982, p. 387.

43) 김춘수, 「자유시의 전개-박두진, 박목월, 조지훈의 시형태」, 김동리 외, 앞의 책.

44) 김현자, 「박두진과 생명탐구」, 『한국현대시사연구』, 일지사, 1987.

45) 고형진, 「박두진 시에 나타난 운율의 미학」, 『한국문학이론과 비평』 제39집(12권 2호), 한국문학이론과 비평학회, 2008.

46) 백승수, 「청록집의 기호학적 연구」, 동아대 대학원 박사학위논문, 1993.

47) 김응교, 「빛의 힘, 돌의 꿈-박두진의 상상력 연구」, 연세대 대학원 박사학위논문, 1997.

48) 노미경, 앞의 논문.

49) 그 외의 박두진 관련 논문으로는 ① 김윤환, 「한국 현대시의 종교적 상상력 연구 : 박두진, 박목월, 조지훈 시를 중심으로」, 단국대 대학원 박사학위논문, 2009; ② 임종성, 「박두진 시 연구」, 동아대 대학원 박사학위논문, 2003 등이 있다.

그의 시에 나타난 생태의식을 시교육에 접목시키는 것이다.

연구방법으로는 좀 더 정치하고 설득력 있는 분석을 위해서 형식주의 비평과 역사주의 비평을 원용할 것이다. 형식주의 비평은 시 분석 시 보편적으로 원용하는 방법이므로 이 비평 방법에 치중하여 분석할 것이다. 그러나 시인이 살다간 시대나 사회, 상황 등 전기·사회적 배경 역시 무시할 수 없기에 역사주의 비평을 부분적으로 원용할 것이다.

본고는 박두진 시를 생태의식에 의거하여 살펴볼 것이다. 또한 그의 시를 일선학교 문학수업에 접목시켰을 때, 그것이 주는 생태시 교육의 의의도 살펴볼 것이다. 논의의 구체적 과정은 다음과 같다.

1장에서 살펴본 본고의 목적, 연구사 및 연구범위를 중심으로 2장에서는 박두진 시에 나타난 형식구조를 중심으로 박두진의 생태의식을 살펴볼 것이다.

첫째 항에서는 박두진 시에 나타난 율격의 활용을 통해 생태의식의 하나인 평형감각을 살펴볼 것이다. 산문율과 운문율의 조화, 전통율격과 근대율격의 조화를 지향한 박두진 시의 율격은 천지인 합일의 조화음률인 율려, 예악과 관련이 있음을 밝힐 것이다.

둘째 항에서는 박두진 시에 나타난 이미지의 유형과 효용성에 대해서 살펴볼 것이다. 즉 그의 시에 주로 등장하는 은유적 이미지, 상징적 이미지, 정신적 이미지를 통해 자연(신)과 인간의 조화를 탐색할 것이다.

3장에서는 박두진 시에 나타난 의미구조를 중심으로 박두진의 생태의식을 고구할 것이다. 첫째 항에서는 자연의 신성성과 인간애를 고찰할 것이다. 그의 시에서 자연은 신성과 영성을 지닌 존재로 나타난다. 따라서 자연은 때로는 고독한 존재가 되기도 하고, 때로는 위무의 존재가 되기도 한다. 또한 그의 시에서 인간은 그리움과 동경의 대상으로 제시된다. 마지막으로 박두진은 시어 '돌'을 통해 신성지향을 드러내고 있다.

둘째 항에서는 구원의식과 낙원지향성을 살펴볼 것이다. 박두진 시의 사상적 기저는 기독교이다. 따라서 그의 시에 나타난 상징적 이미지와 이상세계는 기독교 사상과 관련이 깊다. 따라서 '빛'과 '청산'과 '바다', '무덤'의 상징적 의미의 고찰에 주력할 것이다.

셋째 항에서는 민족의식과 상생의 추구를 살펴볼 것이다. 이 시기에 쓰여진 시는 한국전쟁과 4·19 의거 등 민족의 혼란기와 관련이 깊다. 따라서 '돌', '새', '깃발' 등 비상 이미지와 '죽음', '절벽' 등 역설적 이미지를 통해 격동의 시대를 벗어나려는 박두진의 극복의지를 살펴볼 것이다.

4장에서는 박두진의 「해」에 나타난 생태의식을 시교육적 차원으로 논의할 것이다. 첫째 항에서는 생태시 교육의 의의와 특성을 다룰 것이다. 하위 항목으로는 생태시 교육의 목표, 교육 현장에서의 생태시 교육의 현황, 그리고 생태시 교육상의 유의점을 살펴볼 것이다. 둘째 항에서는 「해」를 텍스트로 한 생태시 학습과정과 전략을 모색할 것이다. 하위 항목으로는 텍스트의 분석과 이해, 토론학습의 중요성, 생태 비평관의 정립, 「해」와 「꽃」의 상호 텍스트성 등을 살펴보고, 마지막으로 〈학습지도안〉을 귀납적으로 제시할 것이다.

5장에서는 박두진 시가 전반적으로 생태의식에 기초하고 있으며 그의 시가 교육에 접목되었을 때 나타나는 의의를 정리할 것이다. 또한 21세기의 필수적 패러다임인 생태의식의 필요성을 역설할 것이다.

연구범위는 『박두진 전집』 10권[50]을 기본 자료로 할 것이다. 그러나 10권

---

50) 박두진, 『박두진 전집(1~10)』, 범조사, 1982.
　　제1권에는 시집 『해』, 『午禱』, 『人間密林』이 수록되어 있다. 제2권에는 『거미와 星座』와 각 시집 연대별 미수록 시 『청록집』, 『해』, 『오도』, 『거미와 星座』가 수록되어 있다. 제3권에는 『하얀 날개』, 『高山植物』이 수록되어 있고, 제4권에는 『水石列傳』이 수록되어 있다. 제5권에는 『續·水石列傳』이 수록되어 있고, 제6권에는 『抱擁無限』이 수록되어 있다. 제7권에는 『별과 조개』, 『使徒行傳』이 수록되어 있고, 제8권에는 『하늘까지 닿는 소리』, 『野生代』가 수록되어 있다. 제9권에는 『아, 民族』 『旗의 倫理』가 수록되어 있고, 제10권에는 『水石戀歌』가 수록되어 있다.

모두를 논의의 대상으로 삼지는 못했다. 논의의 주제가 생태의식과 관련이 깊으므로 그러한 의식이 내재된 시들 위주로 선별했기 때문이다. 또한 박두진의 시를 생태시 교육에 적용하려다보니 부득이하게 학습자들의 이해와 교육에 적합한 시 위주로 선별할 수밖에 없었기 때문이다. 이 점을 미리 밝힌다.

2장 형식 구조적 특성

시는 형태에 따라 정형시, 자유시, 산문시로 나뉜다. 이 때 형태란 율격과 행·연의 배열상태를 말한다. 정형시란 일정한 운율을 갖추었거나 행과 연, 행의 길이가 일정한 시 형태를 의미한다. 그런데 이런 정형성을 탈피한 시 형태가 자유시와 산문시이다.

자유시는 유기적 형식이라는 낭만주의 관점에서 유래한다. 즉 이미 주어진 형식에 내용이 담기는 것이 아니라 내용에 맞게 형식이 자연스럽게 형성된다고 보는 관점이다. 낭만주의에서 형식은 불확실하고 미 규정적인 것이다. 시는 삶과 상응해야 하고 의미(관념)가 경험의 과정 가운데 있어야 한다는 낭만주의 시관에서 내용은 곧 형식이 되는[51] 것이다.

산문시는 이런 자유시를 지향하는 일반적 운동의 한 부분[52]이다. 산문시가 자유시 운동의 일환으로 일어났고 다 같이 정형성을 파괴한다는 점에서

---

51) 김준오, 「시론」, 삼지원, 1997, p. 154.

52) Malcolm Bradbury & James Mcfarlane(ed.), *Modernism*(Pelican Book, 1976), p. 350.

자유시와 산문시를 혼동하는 경우도 있다. 일반적으로 산문시에서 산문은 형식적인 측면이고 시는 정신적인 측면[53]이라고 정의한다. 산문시와 자유시의 특징을 살펴보면, 산문시는 짧고 압축되었다는 점에서 '시적 산문(poetic prose)'과 다르고, 행을 파괴한다는 점에서 자유시와 다르고, 보통보다 명백한 운율과 소리효과, 이미저리 그리고 표현의 밀도를 갖춘 점에서 짤막한 산문의 토막과 다르다. 자유시는 행이(연과 더불어) 구성단위가 되지만 행구분이 없는 산문시는 그 대신 단락이 구성단위[54]가 된다.

이미지는 정신적 이미지, 비유적 이미지, 상징적 이미지로 유형화된다. 정신적 이미지는 시각, 청각, 후각, 촉각, 미각 등 우리 몸의 오감과 기관, 근육감각을 통해 표현되는 이미지이다. 비유적 이미지는 직유, 은유, 의인, 제유, 환유 등 수사적 표현방법에 의해 형성되는 이미지이다. 상징적 이미지는 관념을 연상시키고 암시하는 기능을 가진 이미지로 관습적 상징과 문학적 상징으로 분류된다.

비유적 이미지가 취의와 매재 사이의 유사성 혹은 이질성을 중시한다면, 상징적 이미지는 취의와 매재 사이의 완전한 결합을 중시한다. 또한 전자는 취의와 매재가 표면에 드러나는데 반해 후자는 취의는 숨고 매재만 표면에 드러나는 특징을 보인다. 정신적 이미지는 전달하려는 내용을 어떤 대상을 통해 구체적이고 감각적으로 표현하는 것으로, 그것을 형상화하는 주체의 심리적인 면의 전제를 필요로 한다. 이미지는 우리의 지각, 우리의 감각에서 기인하기 때문이다.[55]

율격과 이미지는 시에서 중요한 미적 구성 원리이다. 차후 논의를 통해 밝히겠지만 박두진 시의 율격과 이미지는 생태의식을 구체화시킨다. 그의 시

---

53) 김종길, 「산문시란 무엇인가」, 『心象』 6월호, 1974 참조.

54) 김준오, 앞의 책, p. 155.

55) 유평준 · 진형준, 『이미지』, 살림, 2001, p. 28.

에는 자연과 인간의 공존을 지향하는 생태의식이 내재되어 있다. 그의 생태의식은 기독교적 세계관과 맥을 같이 한다. 또한 천지인(天地人) 합일의 우주적 질서까지 포함한 대자연의 원리를 포괄한다. 따라서 본장에서는 박두진 시에 나타난 율격과 이미지에 초점을 맞추어 그것이 생태의식에 기여하는 과정을 살펴보고자 한다.

1. 율격의 활용과 평형감각 추구

박두진의 시는 형식에서부터 개성적 면모를 드러낸다. 일반적으로 우리 주변의 서정시는 같은 말을 되풀이하지 않는 간결주의에 지배된 듯한 짧막한 형태를 취하는 단곡(短曲)이었다. 그것은 오랫동안 좋은 서정시의 본보기로 생각되어 온 한시의 영향에서였고, 서정시는 간결한 가운데 강한 인상을 남겨야 한다는 통념에서 비롯되었다. 그러나 한시가 아닌 우리말 시에는 여러 말을 주워섬기는 입심으로 심상과 가락이 이루어지는 수가 있다. 그렇게 본다면 박두진은 그의 시에서 한국의 근대 서정시가 미처 개척하지 못한 부분에 접근했다고 할 수 있다. 이는 「해」, 「청산도」 등을 통해서 재확인되며 거기에는 그 이전 우리시에는 거의 나타나지 않는 파토스(pathos)식 정열이 있다. 그러면서도 그 목소리는 메아리를 일으키고[56] 있다.

그러나 박두진의 시가 산문시로 일관하는 것은 아니다. 자유시도 있고, 자유시형의 산문시도 있고, 전통율격을 활용한 산문시도 있다. 전통율격은 aaba형·aa'형과 3·4음보이다. 이처럼 그의 시는 형식적으로 전통과 근대가 혼용되어 쓰인다. 이는 무질서가 아닌 서로를 인정해주는 관용의 마음이자 모두를 포함하는 합일의 정신이다. 음과 양의 조화, 천지인의 조화와 같은

---

56) 김용직, 『변혁기의 시와 문화』, 서울대 출판부, 1992, pp. 300~302.

포용의 마음이다. 조화는 생명이자 세계를 움직이는 힘이다. 이처럼 박두진의 율격에는 세계를 움직이는 생명이 내재되어 있다.

박두진의 시는 들여쓰기를 통한 단락구분으로 시상을 전개시키는 산문시지만 각 단락마다 연 구분처럼 1줄 띄어쓰기가 두드러진다. 또한 형태면에서 aaba형·aa'형과 3·4음보의 전통율격이 드러나기도 한다. 그 뿐만 아니라 형태상으로는 자유시적 특질이 보이지만 내용과 구조상으로는 산문시에 해당하는 시들도 다수가 있다. 이러한 율격의 변용은 자칫 산문시가 내용 위주로 빠질 약점을 보완할 뿐만 아니라 산문과 운문의 균형을 이루려는 박두진의 의도적 시작 기법이라고 할 수 있다. 이것이 박두진의 산문시를 가치 있게 하는 특징이 될 수 있다.

박두진 시의 율격은 산문율과 운문율의 조화, 전통율격과 근대율격의 조화로 이루어져 있다. 이는 천지인 조화 음률인 율려와 유사하다. 또한 하늘의 기운과 땅의 기운의 조화로 이루어진 예악과도 관련이 있다. 따라서 본 장에서는 박두진 산문시에 나타나는 전통율격과 자유시적인 특징을 살펴봄으로써 박두진의 시 정신, 자연과 인간의 상생을 탐구함은 물론 생태의식의 속성 중 하나인 평형감각을 살펴보는데 의의를 둘 것이다.

1) 들여쓰기와 정형률의 변형

일반적으로 산문시(prose poem)는 산문과 시의 결합이라는 인식이 편재해 있다. 여기서 산문은 반운문적·반서정적 특질을 가진다. 즉 산문의 개념을 운문(verse)과의 대립적 특질로 볼 때 산문시는 형태와 관련된다. 그것은 율격의 지배를 받지 않고 행과 연의 구분이 없는 줄글의 형태를 취하며 단락으로 구성[57]된다. 한편 산문의 개념을 시와의 대립적 특질로 볼 때 산문시는

---

57) 오세영, 『문학과 그 이해』, 국학자료원, 2003, pp. 418~419.

내용상 분류와 관련된다. 반서정성이 바로 그것이다. 이것은 슈타이거[58]의 '표상(表象)'의 양식과 가깝다. '회감(回感)'을 특징으로 하는 서정양식은 주체와 객체의 간격이 부재하며, 자아와 대상의 대립이 없으며, 논리적 구성이 필요하지 않고, 음악성과 시간마저도 상호융합의 특성을 가진다. 그러나 이와는 달리 '표상(表象)'을 특징으로 하는 서사양식에서 언어는 객관적이고, 시인은 융화 대신 현존화하며, 사건의 진행 속에서 무엇인가를 시사한다.

위의 이론에 의거했을 때 박두진 시가 일정부분 반운문적 특질과 반서정적 특질을 형성하는 산문시임은 자명하다. 대체로 박두진의 산문시는 들여쓰기를 통한 단락구분으로 연과 행을 대신하고 있다. 박두진은 반복어구, 과장, 나열, 길고 거친 호흡 등 약동적인 산문성에 전통율격의 정형성을 변용하여 산문시의 형식을 따르면서도 율격의 조화를 고려한 개성적인 산문시를 추구하고 있다.

> 해를 보아라. 이글대며 솟아 오는 해를 보아라. 새로 해가 산 넘어 솟아 오르면, 싱싱한 향기로운 풀 밭을 가자. 눈 부신 아침 길을 해에게로 가자.
>
> 어둠은 가거라. 우름 우는 짐승같은 어둠은 가거라. 짐승같이 떼로 몰려 벼랑으로 가거라. 햇별살 등에 지고 벼랑으로 가거라.
>
> 보라. 쏘는 듯 향기로히 피는 저 산꽃들을. 춤 추듯 너훌대는 푸른 저 나뭇 잎을. 영롱히 구슬 빚듯 우짖는 새소리를. 줄줄줄 내려 닫는 골 푸른 물소리를. ……
>
> ―「해의 품으로」 일부

표면적으로도 알 수 있듯이 이 시는 연 구분을 산문처럼 단락으로 구분하고 있다. 단락구분은 한 칸 들여쓰기를 통해 이루어지고 있는데, 변격이긴 하나 일정한 율격과 단락 사이의 한줄 건너 띄기가 없다면 산문으로 봐도 손

---

58) 에밀 슈타이거, 『시학의 근본개념』, 삼중당, 1978.

색이 없을 만큼 이 시는 산문적이다. 박두진 시 특유의 어휘와 어구의 반복적 나열, 길고 거친 호흡의 명령형 문장, 갈망의 어조로 끊임없이 이어지는 시인의 발화만 보면 이 시는 보통의 산문시이다. 그러나 1연에서 3연까지(편의상 연이라고 부르면)에는 분명 일정한 율격이 존재한다. 이를 분석해보면 다음과 같다.

해를/ 보아라//. 이글대며/ 솟아 오는/ 해를/ 보아라.// 새로 해가/ 산 넘어/ 솟아 오르면,// 싱싱한/ 향기로운/ 풀밭을/ 가자.// 눈부신/ 아침 길을/ 해에게로/ 가자.//

어둠은/ 가거라.// 우름 우는/ 짐승같은 /어둠은/ 가거라.// 짐승같이/ 떼로 몰려/ 벼랑으로/ 가거라.// 햇별살/ 등에 지고/ 벼랑으로/ 가거라.//

보라.// 쏘는 듯/ 향기로히/ 피는 저/ 산꽃들을,// 춤 추듯/ 너훌대는/ 푸른 저/ 나뭇 잎을.// 영롱히/ 구슬 빚듯/ 우짖는/ 새소리를.// 줄줄줄/ 내려 닫는/ 골 푸른/ 물소리를.//……

1연은 2음보, 4음보, 4음보, 4음보, 4음보로 이루어져 있고, 2연은 2음보, 4음보, 4음보, 4음보로 구성되어 있으며, 3연은 1음보, 4음보, 4음보, 4음보, 4음보로 이루어져 있다. 전체적으로 4음보가 다수를 차지하지만 매 연의 첫 구에 2음보, 2음보, 1음보의 변격을 배치함으로써 시의 정형성에서 빗겨나가고 있는 것이 바로 박두진의 시의 특징이라고 할 수 있다. 이렇듯 박두진은 시적 상상력의 간절함을 산문의 형태와 운문의 형태를 적절히 활용하여 자신만의 고유한 시 형식으로 이끌어 내고 있다. 이러한 산문과 운문의 조화는 다음의 시 「푸른 하늘 아래」에서도 나타난다.

내게로/ 오너라.// 어서/ 너는/ 내게로/ 오너라.// ―불이/ 났다.// 그리운/ 집 들이/ 타고,// 푸른 동산,/ 난만한/ 꽃밭이 타고,// 이웃들은,/ 이웃들은,/ 다/ 쫓기어/ 울며불며/ 흩어졌다.// 아무도/ 없다.//

일히들이/ 으르댄다.// 양떼가/ 무찔린다.// 이리들이/ 으르대며,// 일히가/ 일
히로/ 더불어/ 싸운다.// 살점들을/ 물어/ 뗀다.// 피가/ 흐른다.// 서로/ 죽이며/
작고 서로/ 죽는다.// 일히는/ 일히로/ 더불어/ 싸우다가,// 일히는/ 일히로/ 더불
어/ 멸하리라.//

(…중략…)

새로/ 푸른 동산에/ 금빛 새가/ 날아오고,// 붉은/ 꽃밭에/ 나비 꿀벌떼가/ 날
아들면,// 너는,/ 아아,/ 그때/ 나와/ 얼마나/ 즐거우랴.// 섧게/ 흩어졌던/ 이웃
들이/ 돌아오면,// 너는/ 아아/ 그때/ 나와/ 얼마나/ 즐거우랴.// 푸른 하늘,/ 푸
른 하늘/ 아래// 난만한/ 꽃밭에서,/ 꽃밭에서,// 너는,/ 나와,/ 마주,/ 춤을/ 추
며/ 즐기자.// 춤을/ 추며,/ 노래하며/ 즐기자.// 울며/ 즐기자.// ……어서/ 오너
라.//……

— 「푸른 하늘 아래」 일부

이 시에서도 여타의 시와 마찬가지로 연 구분을 단락으로 지정하고 있다.
총 5개의 단락으로 이루어진 이 시는 1연은 '아무도 없다'의 서술형, 2연은
'멸하리라'의 미래서술형, 3연은 '꽃밭을 이루자'의 청유형, 4연은 '피리니'
의 서술형, 5연은 '오너라'의 명령형 종결어미로 끝을 맺고 있다. 이 시는 각
단락의 마지막이 모두 종결어미로 이루어졌기에 산문적이다. 또한 각 단락
마다 문장, 구, 단어들이 반복되어 나타난다. 이러한 같은 문장, 구, 단어들
의 반복적 나열은 심하게 과장적이고 군더더기 같이 보이지만 그만큼 시인
이 그 상황을 간절히 열망한다는 의미이고 환언하면 그것은 또한 그만큼 시
인이 순수하다는 의미이다.

율격 면에서 보면, 이 시는 대체적으로 각 단락이 3음보와 4음보로 이루어
져 있지만 2음보도 종종 등장하고 또한 3음보의 중첩으로 볼 수도 있지만 6
음보도 간혹 눈에 띈다. 이러한 율격형성은 박두진이 3 · 4음보의 전통율격[59]

---

59) 김대행, 『한국시가구조연구』, 삼영사, 1976, p. 82.

을 통해서는 자신의 시와 우리 시가와의 친숙성을 유도하려는 동시에 2음보나 6음보를 통해서는 자신의 시가 전통시가와는 차별화됨을 드러내려는 방법으로 즉, 전통시가의 정형성을 탈피하려는 의도적인 방법이라고 할 수 있다. 이러한 시도는 산문시 형식에서 율격을 택하면서도 고정된 정형률의 틀을 벗어나려는 노력의 일환으로 보인다. 다음의 시 「靑山道」에서도 박두진 시의 고유한 특징인 산문과 운문의 조화가 나타나고 있다.

> 산아.// 우뚝/ 솟은/ 산아.// 철철철/ 흐르듯/ 짙푸른/ 산아.// 숱한/ 나무들,// 무성히/ 무성히/ 우거진/ 산마루에,// 금빛/ 기름진/ 햇살은/ 내려오고,// 둥 둥/ 산을/ 넘어,/ 흰구름/ 건넌 자리/ 씻기는/ 하늘.// 사슴도/ 안 오고/ 바람도/ 안 불고,// 넘엇 골/ 골짜기서/ 울어 오는/ 뻐꾸기//…….
>
> 산아.// 푸른/ 산아.// 네 가슴/ 향기로운/ 풀밭에/ 엎드리면,// 나는/ 가슴이/ 울어라.// 흐르는/ 골짜기/ 스며드는/ 물소리에,// 내사/ 줄줄줄/ 가슴이/ 울어라.// 아득히/ 가버린 것/ 잊어버린/ 하늘과,// 아른 아른/ 오지 않는 /보고 싶은/ 하늘에,// 어쩌면/ 만나도질/볼이 고운/ 사람이,// 난/ 혼자/ 그리워라.// 가슴으로/ 그리워라.//

—「靑山道」 일부

이 시는 총 4개의 단락으로 이루어진 산문시이다. 이 시 역시 박두진 시 특유의 들여쓰기가 단락마다 제시되어 있다. 또한 각 단락마다 동일 어휘의 반복, 유사 어구와 문장이 나열되어 시인의 간절함을 강조하고 있다. 이 시에서 핵심어는 '산'과 '사람'이다. 첫째 단락에서 드러나지 않는 대상은 둘째 단락부터 서서히 실체화되는데 그 그리움의 대상은 바로 '볼이 고운 사람'이다. 시적 화자는 안식처와 같은 산에서 볼이 고운 사람을 간절히 그리워한다. 그 간절한 그리움 때문에 시적 화자는 산을 간절히 부르고 또 부른다. 그 그리움으로 자신의 '가슴이 운다'고 연속해서 고백한다. 볼이 고운 사람이 '그립다'고 말하고 또 말한다. 그런데 만약, 이 시를 단락구분이 아닌 행으로 배열한다면 시적 화자의 간절함은 단락구분만큼 그렇게 간절하지는 않을 것이다. 여백이 많은 행의 배열은 시적 화자의 간절함을 약화시킨다. 간절한 발화에는 휴지가 없기 때문이다. 간절한 소망은 그것을 계속해서 고백하게 한다. 따라서 그러한 간절함은 여백이 없는 산문체가 적당하다.

또한 이 시의 율격을 살펴보면, 3음보와 4음보가 주를 이루고, 1음보와 2음보가 단락의 첫 어구에 등장한다. 이처럼 박두진 시에서 전통율격인 3음보와 4음보, 1음보와 2음보의 배치는 정형성과 자율성의 균형을 잡아주는 핵심요소가 되고 있다. 또한 '철철철', '둥둥', '줄줄줄' 등의 음성 상징어는 전체적으로 명령형 산문체의 딱딱함을 약화시키는 한편 이 시의 음악성을 배가시킨다. 박두진은 자신의 간절한 고백을 효과적으로 표현하기 위해 산문체 형식을 이용하면서도 그 딱딱함을 피하기 위해 전통율격의 3·4음보를 적극 활용했다. 그러나 3·4음보만을 고정적으로 사용하지 않고 1·2음보의 율격도 종종 사용함으로 전통율격의 정형성을 피하는 박두진 특유의 시 창작 기법을 유지하고 있다.

이처럼 박두진은 들여쓰기를 통한 단락구분의 산문형식과 율격의 적절한 배치를 통한 운문형식을 조화롭게 사용하여 산문시와 정형시의 균형을 유지하는 탁월한 시적 기법을 보여주었을 뿐만 아니라 그것은 그대로 박두진 시 형식을 대표하는 특징이 되고 있다.

박두진 시의 율격을 이해하기 위해서는 '율려론'을 이해할 필요가 있다. 율려론은 우주 문학, 혼돈적 질서, 역동적 생명성, 여성에 의해 주도되는 남녀평등 사회를 의미한다. 여율(呂律)이라고도 한다. '여(呂)'는 혼돈, 여성성, 땅을 의미하며 '카오스(chaos)'의 세계이다. '율(律)'은 질서, 남성성, 하늘을 의미하며 '코스모스(cosmos)'의 세계이다. 율려는 이 두 세계의 조화이다. 따라서 율려는 '카오스모스(chaosmos)'의 세계이다. 율려는 우주 질서를 담은 음악이다. 쉽게 말하면 율려는 리듬, 음보, 음악, 더 나아가 인간의 생체 리듬이라고도 할 수 있다. 우주 질서란 인간, 자연(땅), 하늘의 조화를 의미한다. 즉 천지인의 합일을 지향하는 하늘 음악이라고 할 수 있다. 이때의 하늘 음악은 인간 음악과 땅 음악의 합일을 일컫는다.[60]

운율이란 너무 강제적이어서도 안 되고, 전혀 규칙이 없어서도 안 된다. 적당한 규제와 적당한 허용으로 중용을 유지해야 한다. 박두진의 시는 산문 시지만 전통율격이 내재되어 있다. 3·4음보의 유연성이 산문시 특유의 서 사적 딱딱함을 중화시켜 그의 시는 친근한 산문시가 된다. 따라서 박두진 시의 율격은 하늘과 땅의 조화로 이루어진 율려와 유사하다.

이처럼 박두진 시에 나타난 형식상의 균형감각의 유지는 생태의식의 발 상과 같다. 우주 공동체는 자연과 인간의 어우러짐이다. 자연만 존재해서도 안 되고, 인간만 존재해서도 안 된다. 자연과 인간이 함께 공존하기 위해서 는 적당히 견제하는 균형감각이 필요하다. 자연과 인간이 자신의 위치에서 역할과 임무를 충실히 수행하며 서로를 견제하는 평형감각이야말로 자연과 인간이 상생하는 지름길이다. 이것이 바람직한 우주 공동체의 우주율이라 고 할 수 있다.

2) 자유시형의 산문시

박두진의 산문시를 규정짓는 형식상 특징 중의 하나가 들여쓰기임은 앞 에서 살펴보았다. 그러나 박두진의 모든 시가 들여쓰기를 통해 단락구분을 하는 것은 아니다. 박두진의 산문시에는 행과 연을 구분한 자유시의 형태를 띠지만 문장구조, 어법, 어휘(어구) 면에서 산문적 요소가 강하게 드러나는 시들이 다수 있다. 다음의 시 「三월 一일의 하늘」에서도 이러한 박두진 시의 특징이 부각되고 있다.

---

60) 김지하, 『디지털 생태학』, 이룸, 2009, pp. 123~153.

유관순 누나로 하여 처음 나는
三월 하늘에 뜨거운 피무늬가 어려 있음을 알았다.
우리들의 대지에 뜨거운 살과 피가 젖어 있음을 알았다.
우리들의 조국은 우리들의 조국
우리들의 겨레는 우리들의 겨레
우리들의 자유는 우리들의 자유이어야 함을 알았다.

아, 만세, 만세, 만세, 만세! 유관순 누나로 하여 처음 나는
우리들의 가슴 깊이 피터져 솟아나는
비로소 끓어오르는 민족의 외침의 용솟음을 알았다.
우리들의 억눌림, 우리들의 비겁을
피로써 뚫고 일어서는
절규하는 깃발의 뜨거운 몸짓을 알았다.

(…중략…)

아, 유관순, 누나, 누나, 누나, 누나,
언제나 三월이면 언제나 만세 때면
잦아 있는 우리 피에 용솟음을 일으키는
유관순 우리 누난 보고 싶은 누나
그 뜨거운 불의 마음 내마음에 받고 싶고
내 뜨거운 맘 그 맘속에 주고 싶은
유관순 누나로 하여 우리는 처음
저 아득한 三월의 고운 하늘
푸름 속에 펄럭이는 피깃발의 외침을 알았다.

— 「三월 一일의 하늘」 일부

이 시는 누구나 다 알고 있듯이 3 · 1독립운동을 주도했던 유관순 열사의
애국심을 기리는 시이다. 총 4연으로 구성된 이 시는 형태상으로는 단락구
분이 아닌 행과 연으로 이루어진 자유시 형태를 띠지만 문장구조와 어법 면
에서는 산문시의 면모를 보여주고 있다. 우선, 각 연마다 최소한 1번 이상의

'알았다'라는 종결어미가 등장한다는 것이다. 특히 1연과 2연은 '주어-목적어-서술어'의 문장구조로 이루어져 있는데 1연은 3문장, 2연은 2문장으로 되어 있다. 또한, 시인은 1연에서는 "우리들의 조국은 우리들의 조국" "우리들의 겨레는 우리들의 겨레" "우리들의 자유는 우리들의 자유"를, 2연에서는 "만세, 만세, 만세, 만세"를, 4연에서는 "누나, 누나, 누나, 누나"의 동어반복을 사용하고 있다.

동어반복은 시인의 간절함을 드러내는 적절한 창작기법이다. 1연에서 '조국'과 '겨레'와 '자유'를 강조하기 위해 사용한 어휘가 '우리들'이다. 앞의 세 어휘는 국가를 형성하기에 꼭 필요한 요소들이다. 그리고 그것은 누구의 조력으로가 아닌 우리들의 자력으로 지켜야 한다. 시인은 조국과 민족의 자유는 우리가 지켜야함을 동어반복을 통해 강하게 역설하려고 했던 것이다. 또한 2연에서 시인은 '만세'를 사창(四唱)하고 있다. 우리는 흔히 기쁠 때나 단결을 도모할 때 만세 삼창(三唱)을 한다. 그런데 시인은 이 시에서 만세를 삼창을 넘어서 네 번이나 반복해서 부르고 있다. 이처럼 만세 사창의 동어반복은 시인에게 만세의 의미가 무엇이고, 만세가 얼마나 절실했으며, 만세의 기쁨이 얼마나 컸는지를 알 수 있게 하는 시적 기법이라고 할 수 있다.

4연에서 시인은 유관순 열사를 '누나'라는 호칭을 사용하여 대상과의 친근함을 조성하고 있다. 그러나 '누나'라는 어휘의 사용은 단지 대상과 시인, 대상과 시적 화자, 대상과 독자와의 거리를 좁히는 것을 의미하는 것은 아니다. 시인의 의도는 우리 주위 어디서나 만날 수 있는 평범하고 친숙한 누나가 독립만세운동을 불렀듯이 대한민국 국민인 우리도 민족을 위해, 조국을 위해 유관순 누나처럼 희생할 수 있고, 또 희생해야 마땅함을 말하려는 것이다. 그러한 시인의 의도가 시 속에 그대로 응축된 표현이 "아, 유관순, 누나, 누나, 누나, 누나"이다. 누나를 네 번이나 간절히 부르는 것으로 유관순 누나의 애국심에 경의를 표하는 동시에 시인(시적 화자)을 포함한 우리 모두도 유관순 누나처럼 애국심을 발휘할 것을 거듭 강조하고 있는 것이다.

이처럼 박두진 산문시의 특징인 어휘·어구의 반복은 시인의 간절함을 부각시킬 뿐만 아니라 독자에게 경각심을 불러일으켜 공동의 목적에 함께 동참할 것을 유도하는 상승작용의 효과를 주고 있다. 다음의 시 「우리들의 깃발을 내린 것이 아니다」역시 박두진 시에 자주 등장하는 종결형 문장구조, 동일어구나 어휘의 반복적 나열, 다소 과장적 거친 호흡[61] 등이 변함없이 드러나고 있다.

> 우리는 아직도
> 우리들의 깃발을 내린 것이 아니다.
> 그 붉은 鮮血로 나부끼는
> 우리들의 깃발을 내릴 수가 없다.
>
> 우리는 아직도
> 우리들의 絕叫를 멈춘 것이 아니다.
> 그렇다. 그 피불로 외쳐 뿜는
> 우리들의 피외침을 멈출 수가 없다.
>
> (…중략…)
>
> 民族. 내가 사는 祖國이여.
> 우리들의 젊음들.
> 불이여! 피여!
> 그 오오래 우리에게 썩어 내린
> 惡으로 不純으로 罪惡으로 숨어 내린
> 그 綿綿한
> 우리들의 핏줄 속에 썩은 것을 씻쳐내는,
> 그 綿綿한
> 우리들의 핏줄 속에 맑은 것을 솟쳐내는,

---

61) 임영주, 앞의 책, p. 120.

아, 피를 피로 씻고,

불을 불로 살워,

젊음이여! 淨한 피여! 새 世代여!

너희들 이미 일서선게 아니냐?

憤怒한게 아니냐?

내달린게 아니냐?

絶叫한게 아니냐?

피흘린게 아니냐?

죽어 간게 아니냐?

―「우리들의 깃발을 내린 것이 아니다」 일부

총 10연으로 이루어진 이 시는 형식상 자유시 형태를 유지하고 있다. 들여쓰기도 보이지 않고 행과 연의 분량도 비교적 자유시의 그것에 부합된다. 그러나 1연과 2연의 '~아니다' '~없다' 부정 종결형의 반복, 4연의 '~의 ~속에 ~을 ~내는'의 문장구조의 나열, 5연의 '~아니냐?' 의문형의 반복적 나열 등은 이 시가 단순한 행, 연 구분의 자유시라기보다는 다양한 종결어미의 문장구조로 이루어진 산문시임을 확인시켜 준다. 이 시는 진정한 민주주의 건설을 위해 혁명의 당위성을 부르짖는 것이 마치 투사의 노래를 연상케 한다. 강력한 어조로 외치는 시인의 절규가 마치 혁명가(革命家)의 그것과 같다. 시인은 우리나라에 참 민주주의가 정착하기 위해 '피불', '피외침', '피깃발'을 멈출 수가 없다고 외친다. 시 전체에 이어지는 '피', '불', '젊음', '깃발', '절규', '혁명'은 모두 비상(飛上)의 이미지로 민주주의 도래[62]를 위해 필수적인 성분들이다. 따라서 시인은 민주주의 정착과 안정을 위해 이러한 비상 이미지들을 시의 각 행과 연마다 등장시키지 않을 수 없는 것이다. 이 시에서 비상 이미지들이 각 행과 연마다 반복되고 나열되는 것

---

62) 김응교, 『박두진의 상상력 연구』, 박이정, 2004, p. 171.

은 이 때문이다.

이처럼 박두진은 유사(동일) 어휘의 끊임없는 반복과 다양한 종결형 문장 구조의 나열을 통해 산문시의 영역을 새롭게 조성했다. 그의 다음 시 「팔월」 역시 형식상으로는 자유시 형태를 취하지만 문장구조상으로는 산문시의 요소를 강하게 내포하고 있다.

마른 천둥 우릉대고
햇덩어리 활활 끓고
시간의 하얀 저쪽
바다들이 일제히 혁명처럼 밀려오고
사막 영겁
침묵들이 윙윙대며 불사의 새로 날고 있다.

— 「팔월」 전문

이 시는 총 1연으로 이루어진 단시이다. 팔월의 작열(灼熱)을 '마른 천둥', '햇덩어리', '하얀 저쪽', '혁명', '사막', '불사의 새'로 표현하고 있는 이 시는 형태상으로는 자유시지만 문장구조상으로는 산문시의 형태를 유지하고 있다. 1행과 2행은 각각 '~고'로 대등하게 연결되어 있고, 3행의 명사 어구는 의미상 4행의 '바다들'을 수식하는 관형사 역할을 한다. 4행 역시 대등적 연결어미 '~고'가 다시 제시되어 시 전체의 균형을 이루고 있으며 5행에서 다시 등장하는 명사 어구 또한 6행의 '침묵들'을 수식하는 관형사의 역할을 한다. 마지막 6행에서 종결어미 '~다'의 제시를 통해 이 시는 안정적인 끝을 맺고 있다.

총 6행이 1연을 이루고 있는 이 시의 특징은 한 문장으로 이루어져 있다는 것이다. 그러나 사실은 4개의 홑문장을 대등적 연결어미 '~고'로 연결하여 1개의 복문으로 만든 것이다. 시인이 4개의 홑문장을 1개의 복문으로 표현한 것은 쉼 없이 말하고 싶은 갈망 때문이다. 이 시는 팔월의 작열에 대한 시인의 간절함이 결국 시에서 휴지 없는 발화를 유도하여 산문시의 구조를 형성하고 있는 것이다. 이처럼 형식상 자유시에 문장구조상 산문시의 형태를 띠고 있는 시편으로는 「또다시 꽃에게」, 「문학, 만세」, 「꽃사태」 등 다수가 있다.

박두진 시는 위에서 살펴본 바와 같이 산문시가 주류를 이루지만 기존의 일반적 산문시와는 형식과 내용면에서 다소 다르다. 박두진 산문시는 들여쓰기와 전통율격의 변형을 통하여 운문과 산문을 조합한 형태로 나타나기도 하고, 형식상 자유시에 속하나 문장구조와 어법상 산문시의 형태를 띤 채로 등장하기도 한다. 즉 박두진 산문시의 특징인 들여쓰기를 통한 단락구분, 3·4음보의 전통율격과 그 변형, 종결형 위주의 문장구조, 동일 어휘(어구)의 반복적 나열, 긴박하고 거침없는 호흡 등은 박두진 특유의 산문시를 형성하는데 일조하고도 남음이 있다고 할 수 있다.

천지인의 조화 음률인 율려는 박두진 시의 율격과 관련이 있다. 율려는 동아시아 전통 음악인 예악과 유사하다. 예는 천지인 만물을 통제·관리하고, 악은 천지와 더불어 만물을 조화롭게 한다. 예는 만물을 통제·관리하므로 천지를 제사하는데 쓰이고, 악은 조화의 작용을 하므로 만물을 생장시킨다. 적당하여 치우치지 않는 것은 예의 본질이고 사람들을 공경하고 삼가게 하는 것은 예의 작용이다. 예는 하늘과 땅의 의로움을 드러낸다. 조화롭고 방종하지 않는 것은 악의 본질이고, 사람을 기쁘고 즐겁게 하는 것은 악의 기능이다. 악은 하늘과 땅의 어짊을 드러낸다. 예는 하늘과 땅을 본받아 여러 가지 규정으로 사물을 분별한다. 악도 하늘과 땅을 본받아 아름다운 문채로 만물을 조화시킨다.[63]

이렇듯 예와 악은 하늘과 땅의 융화와 관련이 깊다. 또한 역동과 균제를 중시한다. 예악은 천지인 조화를 중시한다는 점에서, 역동적 생명과 균형을 중요시한다는 점에서 율려와 동일선상에 있다고 할 수 있다. 박두진 시 역시 산문율과 운문율의 조화를 통해 율격의 아름다움을 추구하고 있다. 따라

---

63) 한흥섭, 『예기·악기』, 책세상, 2007, pp. 42~47.

서 천지인 조화 음률인 율려와 예악은 산문율과 운문율의 조화를 추구하는 박두진 시의 율격과 여러모로 닮아 있다. 즉 박두진 시는 율격 면에서도 생태의식을 드러내고 있는 것이다.

3) 간절한 소리 aaba형과 aa'형

우리 고시가나 민요에서 흔히 발견되는 말놓기 전형으로는 aa'형 혹은 aaba형이 있다. aa'형은 일부분의 변화를 통해 동어반복의 상투성을 줄이는 동시에 핵심어를 강조하는 말놓기 방식이고, aaba형식은 같은 말을 두 번 반복하고 세 번째에 다른 말로 변화를 준 다음 마지막에 같은 말을 한 번 더 반복하는 방식으로 우리 시가 장르에 두루 나타나는 전통적인 말놓기 방식이다. 그 예를 살펴보면 다음과 같다.

① <u>가시리</u> <u>가시리잇고</u> <u>바리고</u> <u>가시리잇고</u>
　　a　　　a　　　　b　　　a
② <u>살어리</u> <u>살어리랏다</u> <u>청산에</u> <u>살어리랏다</u>
　　a　　　a　　　　b　　　a
③ <u>형님온다</u> <u>형님온다</u> <u>분고개로</u> <u>형님온다</u>
　　a　　　a　　　　b　　　a
④ <u>말도마소</u> <u>말도마소</u> <u>시집살이</u> <u>말도마소</u>
　　a　　　a　　　　b　　　a

①과 ②는 고려가요에 ③과 ④는 민요에 나타나는 aaba형식이다. aaba의 구조에는 몇 가지 특징이 있다. 첫째는 대립적인 두 항이 일정한 위치에서 교체되고 있다는 사실이다. 그 두 항의 크기는 일정하지 않으나 놓이는 순서는 일정해서 aaba로 기호화된다. 둘째는 어떤 경우든 네 개의 덩어리가 모여서 하나의 완결체를 구성한다는 점이다. 셋째는 네 덩어리의 크기가 대체로 비슷하다는 점이다. ①, ②는 3음절을, ③, ④는 4음절을 규칙단위로 하고 있

다.[64) 이와 같은 aaba형의 말놓기 방식은 박두진의 시 「해」에서도 드러난다.

    ① <u>해야 솟아라</u>, <u>해야 솟아라</u>, 맑앟게 씻은 얼굴 고운 <u>해야 솟아라</u>.
        a   a   b   a
    ② <u>달밤이 싫여</u>, <u>달밤이 싫여</u>, 눈물같은 골짜기에 <u>달밤이 싫여</u>,
        a   a   b   a
    ③ <u>사슴을 딿아</u>, <u>사슴을 딿아</u>, 양지로 양지로 <u>사슴을 딿아</u>[65)
        a   a   b   a

  ①, ②, ③ 모두 aaba 구조로 이루어져 있는데 세 번째 단위에서 일정하게 말의 변화가 일어난다. '맑앟게 씻은 얼굴', '눈물같은 골짜기에', '양지로 양지로'가 그것이다. 그리고 이러한 말의 변화가 오히려 화자의 발화를 더욱 강조한다. ①에서 화자는 해가 솟기를 간절히 열망한다. 그래서 첫 발화부터 '해야 솟아라.'고 외친다. 그런데 이때의 해는 그저 그런 해가 아니다. '맑앟게 씻은 얼굴' 그래서 한결 '고운' 해이다. 이렇듯 세 번째 단위의 변주는 화자의 갈망을 부각시켜 극대화히는 역할올 하고 있다. ② 역시 화자의 강한 외침이 드러나 있다. 화자는 달밤이 싫다고 거듭거듭 외친다. 밝은 대낮에 비해 어둡고 음침한, 그래서 무서운 밤이 싫다고 절규한다. 이때 화자는 달밤을 '눈물같은 골짜기'로 비유한다. '눈물'도 '골짜기'도 모두 무겁고 어두운 부정적 이미지이다. 특히 달밤에는 더욱 찾아가고 싶지 않은 곳이 어두운 골짜기이다. 따라서 '눈물같은 골짜기'라는 말의 변화는 화자가 달밤이 싫은 이유의 정당성을 부여하는 기제로 작용한다. ③에서는 열거법이 쓰였는데 화자는 마냥 '사슴을 딿아'가고 싶어 한다. 사슴은 세속화되지 않은 신비로운 초식동물로 신성성을 상징하기 때문이다. 이때 사슴이 가는 곳은 양

---

64) 김대행, 『우리 시의 틀』, 문학과비평사, 1989, p. 96.
65) 박두진의 「해」에 대한 aaba형으로의 분석은 이미 김대행이 한 바 있다. (김대행, 위의 책, 참조.)

지이다. 양지는 음지와는 대비되는 이미지로 따스함, 포근함, 희망 등을 의미한다. 특히 양지는 ②에서 등장하는 '눈물같은 골짜기'의 달밤과는 더욱 상징적인 차이를 내포한다. 따라서 화자는 사슴을 따라 '양지로 양지로' 가고 싶은 것이다. 세 번째의 변주 '양지로 양지로'의 말놓기 방식을 통해 화자가 사슴을 따라가고 싶은, 따라가야 하는 이유는 한층 심화된다.

또한 aaba 구조는 어떤 경우든 네 개의 단위가 모여 하나의 완결된 의미를 이루고 있다. ①에서는 각각의 단위가 해가 솟기를 간절히 열망하는 의미구조로 완결되고, ②에서는 해가 떠 있는 낮과 대조되는 달밤이 싫은 이유를 눈물 같은 골짜기의 비유를 통해 강하게 시사하고 있다. ③에서는 화자가 사슴을 따라 양지로 양지로 가고 싶은 소망을 네 개의 단위를 통해 확연히 드러내고 있다.

주지하다시피 ①, ②, ③은 각각 네 개의 단위를 통해 완결된 의미망을 형성하고 있는데, 이 네 덩어리의 크기는 대체로 비슷하다. 크기는 대체로 음절로 비교될 수 있는데 인용된 ① ② ③은 한 단위의 음절수가 다른 단위의 두 배를 넘지 않는다. 즉 ①은 5 5 7 7, ②는 5 5 8 5, ③은 5 5 6 5음절로 이루어져 있다. 살펴보면 최소음절의 단위와 최대 음절의 단위의 차이는 크게는 3음절, 작게는 1음절을 넘지 않는다. 따라서 aaba의 구조에서 네 개의 단위는 대체로 비슷한 크기의 음절로 이루어져 있음을 알 수 있다.

또한 박두진의 시 「해」에서는 aa'의 전통적인 표현방법도 나타난다.

① 산 넘어 산넘어서 어둠을 살라먹고, 산넘어서 밤 새 도록 어둠을 살라먹고
　　　　　　a　　　　　　　　　　　　　　　　a'

② 늬가 오면 늬가사 오면,
　　a　　　a'

③ 나는 나는 청산이 좋아라. 훨훨훨 깃을 치는 청산이 좋아라.
　　　a　　　　　　　　　　　a'

aa'는 일부분의 변화를 통해 동어반복의 상투성은 줄이고 핵심어는 더욱 강조하는 효과가 있다. ①은 '밤새도록'이라는 부사를 첨가하여 동어반복을 피하는 동시에 어둠을 물리치고픈 소망이 더욱 간절해진다. ② 역시 강세 접사 '사'를 덧붙임으로써 '늬(해)'의 출현을 갈망하고 있음이 더욱 확실해진다. ③은 '훨훨훨'이라는 의태어를 사용함으로써 표면적으로는 청산의 춤사위를 표현하고 있지만 내면적으로는 화자의 즐거움을 극대화하고 있다. 이처럼 aa'형은 형태상으로는 사소하리만치 일부분의 변화를 주고 있지만 내용상 그것이 미치는 파급효과는 크다. 살펴보았듯이 ①, ②, ③에 나타난 미세한 차이가 화자의 간절함을 더욱 극대화하고 있는 것이다.

이처럼 aaba형이나 aa'형의 효과는 동어반복을 통해 화자의 발화를 강조하는 것에 있다. 시 「해」에서 화자가 강조하는 것은 무엇인가. 그것은 해의 솟아오름으로 인해 청산의 모든 부정적 존재들이 사라지고 화자를 비롯한 모든 동식물이 어우러져 함께 살아가는 것이다. 즉 절대자의 출현으로 약육강식의 논리가 지배하지 않는 평화롭고 아름다운 낙원, 에덴동산을 회복하는 것이 화자의 간절한 소망이다. 그 갈망을 위해 화자는 동어반복의 발화를 거침없이 내뱉고 있는 것이다.

사람은 흔히 강조하고 싶은 사항이 있을 때 그 말을 반복한다. 동어의 반복은 그만큼 그 말이 중요하다는 것을 의미한다. 그만큼 그 말이 간절하고 절박하다는 것을 의미한다. 따라서 우리 선인들이 사용한 전통 율격 aaba형이나 aa'형은 화자의 간절함과 절박함을 청자에게 드러낼 수 있는 가장 확실한 말놓기 방식이라 할 수 있다. 즉 aaba형이나 aa'형은 진술의 직접적 효과를 최대한으로 살릴 수 있는 전통 어법인 것이다.

시 「해」가 창작된 시기가 해방 이듬해인 1946년임을 고려할 때 박두진은 광복된 조국과 민족을 향해 할 말이 많았을 것이다. 그것은 조건부의 요구 사항이라기 보다는 이상적인 국가, 바람직한 국민으로 거듭나기 위한 애정과 당부의 말이었으리라. 또한 해방된 조국에 당부하고 싶은 말이 많다보니 자연히 산문시를 지향하게 된 것이리라. 일반적으로 산문시는 극적 긴장감이나 압축미, 형태미보다는 내용을 담고 있는 시정신에 중점을 둔다. 박두진은 초기시에 호흡 조절을 위한 쉼표, 산문화된 어법형식, 반복형태, 의성어나 의태어, 감탄어, 호격 및 생략부호 등의 기교를 사용하여 주관적 감정 표출을 효과적으로 자아낸다.[66] 시 「해」도 예외는 아니다.

박두진은 시 「해」를 통해 기독교적 이상이 실현된 낙원을 갈망한다. 천지를 창조한 절대자의 임재, 원시적 자연인의 모습을 한 인간, 양육강식을 모르는 동물, 아름다운 꽃과 새들로 이루어진 에덴의 모습이 도래하기를 간절히 열망한다. 절대자의 보호아래 모든 것이 평화로웠던 그 시절이 다시 도래하기를 소망한다. 그 간절함과 소망과 열망을 표출하기에 가장 적당한 율격이 우리 고유의 전통적 말놓기 방식인 aaba형과 aa'형임을 박두진은 자각했다. 따라서 aaba형과 aa'형의 말놓기 방식과 화자의 간절한 외침은 상보적 관계를 형성하여 박두진의 「해」를 독보적 위치로 격상시키고 있다. 이러한 상보관계는 박두진의 다른 시 「들려오는 노래 있어」에서도 나타난다.

① 빛 있으라. 빛이 있으라.
　　　　a　　　　　　a'
② 온 산이 너훌에라. 푸른 잎 나무들 온 산이 너훌에라
　　　　　a　　　　　　　　　a'
③ 빛 밝은 골짜기에 나는 있어라. 볕 쪼이며 볕 쪼이며,
　　　　　　a　　　　　　　　　　a'
　 빛 방석 깔고 앉아 나는 있어라.

④ 나는 울어도 좋아라. 새로 푸른 하늘 아래,
　　　　　a
　 내사 홀로 앉아 울어도 좋아.
　　　　　a'

---

66) 신익호, 「박두진의 「묘지송」」, 『현대 대표시 연구』, 새미, 2001, p. 414.

⑤ <u>난 있어라. 나는 있어라.</u>
      a   a'

이 시에서 화자는 지금 청산에 있다. 그리고 청산에서도 '빛 밝은 골짜기'에 있다. 1연 1행의 "빛 있으라. 빛이 있으라."는 대목은 구약의 성경구절(창세기1:3)과 유사하다. 창조주 하나님께서 '빛이 있으라 하시매 빛이 있었고'에서 알 수 있듯이 이 시에서도 화자의 '빛이 있으라'는 간접 명령은 앞으로 일어날 빛의 출현을 의미한다기보다는 화자의 발화와 동시에 이미 '빛이 있음'을 의미한다고 할 수 있다. ①에서 a와 a'의 차이는 주격조사 '이'의 유무뿐이다. 아주 미세한 차이지만 주격조사 '이'를 사용함으로 비록 공손한 명령이긴 하지만 화자는 '빛'으로 표상된 절대자가 임재하기를 간절히 염원하고 있다. 이러한 상황은 ⑤에서도 나타난다. 준말 '난'에서 본말 '나는'으로 주격조사 '는'이 제대로 살아남으로써 화자가 청산에 반드시 존재하고 있음(또는 반드시 존재해야 함)이 재삼 강조된다. ②, ③, ④에서도 마찬가지이다. aa'형에서 a가 거시적으로 내용을 제시하고 있다면 a'는 미시적으로 내용을 상술하고 있다. 즉 ②에서는 '온 산'→'푸른 잎 나무들이 있는 온 산'으로, ③에서는 '빛 밝은 골짜기에 있는 나'→ '빛 방석 깔고 앉아 있는 나'로, ④에서는 '우는 나'→ '홀로 앉아 우는 나'로 구체화된다. 이처럼 이 시에서 전통 운율 aa'형은 두 항의 미세한 차이를 이용한 화자의 발화를 통해 '빛'과 '나'와 '청산'이 공존해야 함을 강조하는 전형적인 말놓기 방식인 것이다.

박두진은 「해」의 첫 구절인 "해야 솟아라. 해야 솟아라."를 일컬어 '최대 고음의 장엄한 가락'이라고 말한바 있다. '최대 고음의 장엄한 가락'이라는 말 속에는 강렬함과 간절함과 강조의 발화가 내포되어 있다. 해의 출현만이 어둠을 물리칠 수 있기에, 달밤을 몰아낼 수 있기에, 사슴과 칡범이 함께 놀 수 있기에, 꽃과 새와 짐승이 한자리에 앉아 앳되고 고운 날을 누려볼 수 있기에, 박두진은 '해야 솟아라. 해야 솟아라.'를 반복하여 외치고 있는 것이다. 따라서 「해」의 aaba형과 aa'형의 말놓기 방식 속에는 이러한 박두진의 간절함과 절박함이 고스란히 표출되어 있다고 할 수 있다. 또한 형식상 산문시라 불리는 「해」에 우리시가 고유의 전통율격인 aaba'형과 aa'형이 드러나고 있음을 살펴봄으로써 우리문학의 전통성이 박두진의 시 속에 면면히 이어지고 있음을 알 수 있다.

자연과 인간의 단절이 근대의 개입으로 시작되었다는 것이 일반적인 견해이다. 진보·개발이라는 미명하에 근대가 등장하고 결과적으로 자연과 인간의 관계가 대립적이 된 것도 어느 정도는 사실이다. 그러나 현대사회가 근대문명을 지양하고 전통사회의 생활방식만을 고수할 수는 없다. 오늘날 인류에게 근대가 당면한 현실이고 피할 수 없는 과제라면 근대와의 조화도 고려해야 한다. 즉 자연, 인간, 그리고 근대가 함께 공존하는 방식을 탐색해야 한다. 인간이 만든 기형괴물 근대가 아니라, 설령 그렇다할지라도, 그러한 근대문물, 근대적 사유마저도 포용하여 조화를 이루고자하는 자세가 진정한 의미의 생태의식이라고 할 수 있다.

박두진 시에는 이러한 생태의식이 내재되어 있다. 그의 시는 aaba'형과 aa'형의 전통율격이 내재된 산문시이다. 산문시는 근대시의 한 종류이고 aaba'형과 aa'형은 우리가락인 고유 율격이다. 이처럼 박두진의 시는 형식상으로도 전통과 근대가 공존하고 있는 것이다. 그러나 내용면에서는 근대적이다. 시어 '해', '빛', '태양' 등은 근대시에 자주 등장하는 이미지이다. 그것은 절대자, 이상적 인간상, 새로운 국가 건설, 낙관적 미래상 등을 함축하고 있다. 이러한 상징적 의미 역시 근대적이다. 이처럼 박두진 시에는 생태의식의 하나인 전통과 근대가 조화를 이루고 있다.

4) 고양과 절제의 3·4음보

시의 율격을 논할 때 자주 거론하는 것 중의 하나가 '음보'이다. 음보란 음절이 모인 것 혹은 행을 이루는 단위로 정의될 수 있는데 보통 3음절 내지 4

음절이 1음보가 된다. 우리 시가의 기본율격은 3음보와 4음보이다. 3음보는 우리의 전통 미의식과 결부된 고유율격이고 4음보는 중국 유교문화의 영향으로 형성된 율격이다. 따라서 3음보는 서민계층의 노래인 고려가요와 민요에 많이 나타나는 율격이고, 4음보는 사대부계층의 전유물이었던 시조와 가사에 자주 등장하는 율격이다. 전자는 서민들의 솔직한 감정을 표출한 경쾌한 리듬이고, 후자는 사대부의 위엄과 절제를 표현한 장중한 리듬이다.[67] 박두진의 시에서도 이러한 3음보와 4음보의 전통율격이 다소의 변형을 꾀한 형태로 나타나고 있다. 박두진 시에서 3음보와 4음보의 전통율격이 조화를 이루는 것으로는 「해」를 비롯해서 다수가 있다. 이를 분석해 보면 다음과 같다.

해야/ 솟아라. 해야/ 솟아라.// 맑앟게/ 씻은 얼굴/ 고운 해야/ 솟아라./ 산 넘어/ 산넘어서/ 어둠을/ 살라먹고,// 산넘어서/ 밤 새 도록/ 어둠을 /살라먹고,// 이글 이글 애띈 얼굴/ 고은 해야/ 솟아라.//

달밤이/ 싫여,/ 달밤이/ 싫여,// 눈물같은/ 골짜기에/ 달밤이/ 싫여,// 아무도/ 없는 뜰에/ 달밤이/ 나는 싫여//……

해야,/ 고운 해야./ 늬가 오면/ 늬가사 오면,// 나는/ 나는 /청산이 좋아라.// 훨훨훨/ 깃을 치는/ 청산이 좋아라.// 청산이/ 있으면/ 홀로래도/ 좋아라.//

사슴을/ 딿아,/ 사슴을/ 딿아,// 양지로/ 양지로/ 사슴을/ 딿아 // 사슴을/ 만나면/ 사슴과/ 놀고,//

칡범을/ 딿아,/ 칡범을/ 딿아 // 칡범을/ 만나면/ 칡범과/ 놀고,//……

해야,/ 고운 해야./ 해야/ 솟아라.// 꿈이/ 아니래도/ 너를/ 만나면,// 꽃도 새도/ 짐승도/ 한자리/ 앉아,// <u>워어이/ 워어이/ 모두/ 불러/ 한자리/ 앉아//</u> 애뙤

67) 김준오, 앞의 책, p. 145.

고/ 고은 날을/ 누려/ 보리라.//

—「해」 전문

이 시는 6연의 2행 앞부분(밑줄 친 부분)을 제외하고 나머지 연은 모두 4음보로 분석될 수 있다. 혹자에 따라서 4음보를 2음보 중첩으로 보기도 하지만 시의 의미와 호흡을 고려한다면 4음보로 분석하는 것이 더 타당하다. 일반적으로 4음보는 시 전체에 안정과 질서를 가져다준다. '해'가 솟아(물론 예언적 가정이지만) 모든 상황이 경이로움 그 자체지만 그것은 시의 내용상 경이일 뿐 시의 형식에서는 침착하고 안정된 구도가 두드러진다. 이는 절제와 장중함, 안정과 질서를 특징으로 하는 4음보가 시 전편에 배치되어 있기 때문이다.

한편, 6연의 2행 앞부분 "워어이/ 워어이/ 모두/ 불러/ 한자리/ 앉아//"는 정확하게는 6음보로 이루어져 있지만 6음보는 우리 전통시가에 없는 율격이기에 3음보 중첩으로 보았다. 3음보는 우리 고유의 전통율격으로 서민의 희로애락이 담겨있다. "워어이/ 워어이/ 모두/ 불러/ 한자리/ 앉아//"라고 노래하는 시적 화자의 마음은 흥겨움 그 자체이다. 이 땅의 모든 것들이 한자리에 앉아 즐거운 향연을 벌이고 있기 때문이다. 이런 상황에선 저절로 어깨춤이 덩실덩실 춰지기 마련이다. 박두진은 이런 흥겨움의 표출을 3음보의 전통율격에 담아 시적상황을 더욱 생동감 있게 그리고 있는 것이다. 그러나 시 전체를 봤을 때는 4음보가 압도적인데, 이는 시적 분위기를 경박하지 않게, 침착하게, 장중하게 이끌려는 박두진의 시적 기교의 소산이라고 할 수 있다. 다음의 시 「산맥을 간다」에서도 전통율격인 3음보와 4음보가 조화를 이루고 있다.

얼룽진/ 山脈들은/ 짐승들의/ 등빠디//
피를 품듯/ 치달리어/ 산등성을/ 가자.//

흐트러진/ 머리칼은/ 바람으로/ 다스리자.//

푸른 빛/ 이빨로는/ 아침 해를/ 물자.//

咆哮는/ 絶叫./ 咆哮로는/ 불을 품어,//
죽어 잠든/ 골짝마다/ 불을/ 지르자.//

<u>가슴을/ 살이 와서/ 꽂힐지라도//</u>
<u>독을 바른/ 살이 와서/ 꽂힐지라도,//</u>

가슴에는/ 자라나는/ 애기해가/ 하나//
나긋나긋/ 새로 크는/ 애기해가/ 한 덩이.//

미친 듯/ 밀려오는/ 먼/ 바다의//
울부짖는/ 파도들에/ 귀를/ 씻으며,//

떨어지는/ 해를 위해/ 한 번은/ 울자.//
다시 솟을/ 해를 위해/ 한 번은/ 울자.//

―「山脈을 간다」 전문

이 시 역시 전형적인 4음보의 율격을 고수함으로써 시상의 안정과 질서를 꾀하고 있다. 특히 박두진 시의 특징이라 할 수 있는 어휘와 구문의 반복은 시인의 정열을 부각시켜 다소 격양된 감정에 치우칠 수 있다. 그러나 시 전체에 4음보가 배치됨으로써 시 형식은 물론이거니와 시 내용에 있어서도 침착함과 절제가 드러나고 있다. 이 시는 전체가 4음보로 이루어져 있지만 4연 1·2행(밑줄 친 부분)은 3음보로 읽힐 수 있다. 전체가 4음보로 이루어져 안정감을 주지만 4연의 3음보 배치는 느슨해진 시상전개에 탄력을 부여하여 시의 내용과 형식에 긴장을 고양시키고 있다. 즉 4음보와 3음보의 율격 배치는 형식은 말할 것도 없고 내용에 있어서도 시인의 감정의 고조와 절제를 적절하게 유지시켜 주고 있다.

박두진 특유의 산문시는 다음의 시에서도 3음보와 4음보의 조화를 통해 산문성과 운문성을 동시에 획득하고 있다.

> 복사꽃이/ 피었다고/ 일러라.// 살구꽃도/ 피었다고/ 일러라.// <u>너이/ 오오래/ 정들이고/ 살다 간 집,//</u> 함부로/ 함부로/ 짓밟힌/ 울타리에,// 앵도꽃도/ 오얏꽃도/ 피었다고/ 일러라.// 낮이면/ 벌떼와/ 나비가/ 날고,// 밤이면/ 소쩍새가/ 울더라고/ 일러라.//
>
> ─「어서 너는 오너라」 일부

이 시는 일제의 오랜 압박에서 해방된 기쁨을 노래하고 있다. 36년간의 식민지 청산이니 시적 화자의 가슴 벅참은 말로 표현할 수가 없었을 것이다. 춤이라도 덩실덩실 추고 싶은 시적 화자의 기쁜 마음은 3음보와 4음보를 비슷하게 배열한 데서 알 수 있다. 1행의 두 구는 온전한 3음보의 배열이고 1행과 2행에 걸쳐져있는 어구(밑줄 친 부분)는 편의에 따라서 3음보로도 읽힐 수 있고 4음보로도 읽힐 수 있다. 3음보로 읽힐 경우에는 "너이/ 오오래/ 정들이고/ 살다/ 간/ 집,//"처럼 총 6음보 즉, 3음보의 중첩이라고 할 수 있다. 나머지 2행과 3행의 어구는 모두 4음보로 이루어져 있다. 다시 정리하면, 이 시의 1단락은 3음보가 4회 등장하고 4음보가 4회 등장한다. 물론 1행과 2행에 걸쳐 있는 구를 4음보로 읽는다면 3음보 2회, 4음보 5회 등장한다. 해방에 대한 시적 화자의 기쁨이 이렇게 3음보를 여러 번 등장시키고 있는 것이다. 시적 화자는 노래라도 크게 부르고 춤이라도 덩실덩실 추고 싶을 정도로 감정이 고조되어 있다. 그러나 시적 화자는 이 기쁨을 혼자만 향유하는 것이 아니라 우리민족 모두와 나누고 싶어 한다. 따라서 징병으로 또는 징용으로 끌려간 젊은이들이 하루빨리 돌아오기를 갈망한다. 이제 이 나라에도 '복사꽃', '살구꽃', '앵도꽃', '오얏꽃'이 피고 '벌'과 '나비'가 날아들며 '소쩍새'가 우는 살만한 세상이 되었으니 간도와 만주로 떠나간 유이민들이 당장 돌아오기를 간절히 소망[68]하는 것이다. 따라서 이 시에 등장하는 3음보는 이러한 시적 화자의

---

68) 임영주, 앞의 책, pp. 87~88.

해방의 기쁨과 간절함의 소망을 직접적으로 표출하는 데 적합한 시적 리듬이라고 할 수 있다.

박두진은 이처럼 3음보와 4음보의 율격을 즐겨 사용한 시인이다. 3음보와 4음보의 적절한 조합은 박두진 시의 율격을 결정짓는 중요한 요소이다. 이러한 율격의 배치가 과장과 반복 그리고 거친 호흡으로 이루어진 산문시에 리듬을 부여하여 산문시의 건조함을 희석시키고 있는 것이다. 즉, 3·4음보의 율격은 내용위주의 딱딱한 산문시에 리듬을 부여하여 산문성과 음악성을 겸비한 박두진 고유의 산문시 형성에 일조[69]하고 있다고 하겠다.

산문시가 지향하는 목표는 결국 산문정신과 운문정신의 변증법적 통합에 있다고 할 수 있다. 그것은 다시 말해 외부 현실과 이를 통한 서정적 자아의 승화에 그 지향점이 놓이는 것이다. 그래서 의미 전달의 형식면에서 볼 때 산문시의 외부는 현실을 관찰하여 발생하는 비판의식을 앞에 배치하고 내부적으로는 이를 예술적으로 승화하는 미의식을 뒤에 배치하는 것을 주된 의미로 하고 있다. 그것은 운문이 미의식을 전달하기 위해 내용을 희생하는 두 개의 극단을 비껴가는 자리에 산문시가 위치하고 있다는 말과 같은 것이다.[70] 박두진 역시 내용을 중심으로 하고 미의식을 배경으로 하기 위해 산문적 특성에 대부분을 할애하고 있지만 율격적인 면에 보편적 산문시보다 조금 더 주의를 기울이고 있을 뿐이다. 따라서 박두진 역시 산문시의 지향목표를 제대로 이해하여 접근해간 시인이라 할 수 있다.

박두진은 1920년대 낭만주의 문학관을 배격하고 원대한 시정신에 입각하여 시를 쓴 시인이다. 산문시가 극적 긴장이나 압축미 보다는 시정신에 입각한 내용을 중시하기에 그의 산문시 선택은 당연한 것이었다. 전통율격과 운문의 특성을 가미·변용한 박두진의 산문시는 앞으로 논의의 가치가 크

---

69) 신용협, 『한국현대시연구』, 「박두진의 시 연구」, 새미, 2001, p. 275.
70) 조의홍, 「한국 산문시의 형성과정 연구」, 동아대 대학원 박사학위논문, 1993, pp. 24~25.

다고 생각한다.

음악성을 기본으로 하는 운율은 대자연의 리듬과 유기체의 생체적 순환이 시의 구조를 통해 드러나며 반복성과 주기성을 그 특징으로 한다.[71] 전통율격과 3·4음보는 우리의 생체리듬과 많이 닮아 있다. 3·4음보는 인간의 폐부 깊은 곳에서 품어져 나오는 호흡과 관련이 있다. 3·4음보는 땅의 기운이 올라가고 하늘의 기운이 내려와 음과 양이 서로 마찰하고, 하늘과 땅이 서로 어우러져 천둥과 번개로 울리고 바람과 비로 떨치며 사계절로 독촉하고, 해와 달로 따뜻하게 해서 풀, 나무, 새, 짐승 등 만물을 왕성하게 생장시키는 예악과 같다. 3·4음보와 예악은 대자연의 리듬, 음양의 조화로 이루어진 운율이기 때문이다. 따라서 시의 율격은 천지인의 조화로 이루어진 리듬이라고 할 수 있다.

박두진의 산문시는 3·4음보의 전통율격을 고수하고 있다. 언뜻 보기에 산문시와 율격의 배치가 모순적이다. 그러나 그러한 모순이 박두진의 시를 다른 시인의 시와 구별되게 한다. 즉 그의 시 형식에는 전통율격과 근대율격이 내재되어 있다. 또한 박두진은 시의 주제적 측면에서는 절대자의 도래, 국가와 민족의 상생, 자연친화 사상 등 낙관적 미래를 전망하고 있지만 형식에 있어서는 전통적 율격을 지향한다. 이 역시 시정신과 형식적 측면에서 이율배반이다. 그러나 그 이질적 요소들이 양산되어 있는 것이 아니라 서로 조화를 이루어 박두진 고유의 시세계를 구축하고 있다. 마치 자연과 인간이 근대를 기점으로 서로 대립하는 것 같지만 사실은 각각의 장점으로 서로를 보충해주듯이 박두진 시의 이질적 기법들도 각각의 특성으로 박두진이 지향하는 시세계에 한걸음 다가가는 것이다. 이는 하늘과 땅의 조화, 음과 양의 조화, 여성과 남성의 조화, 역동성과 균형을 강조한 천지인 조화 음률인 율려 및 예악과 밀접한 관련을 이루고 있다고 할 수 있다. 그러 면에

---

71) 김재홍, 「시교육의 방법」, 『현대시교육론』, 시와시학사, 1996, pp. 63~75.

서 박두진의 율격과 생태의식은 닮아 있다고 할 수 있다.

2. 이미지의 유형과 조화의 추구

시의 구성 원리에 있어서 이미지는 율격과 더불어 중추적 역할을 담당한다. 형식이 내용의 보조수단이 아니라 시의 주제의식을 부각시키는 미학적 장치라고 본다면 박두진 시에 나타나는 이미지는 생태의식을 구체화하고 있다는 점에서 주목을 요한다. 참된 생태의식은 은유와 상징을 통해 현대문명 속에서 잃어버린 자연, 영성과의 교감을 가능하게 하기 때문이다.[72]

이미지의 유형은 크게 비유적 이미지, 상징적 이미지, 정신적 이미지로 나뉠 수 있다. 시에서 이미지는 다양한 양상으로 나타나며 시상의 전개에 중추적 역할을 한다. 박두진 시도 예외는 아니다. 본장에서는 그의 시에 등장하는 이미지를 은유적, 상징적, 시·청각적 이미지로 유형화하여 생태의식에 기여하는 과정을 소재적 차원에서 밝히고자 한다.

1) 은유적 이미지

은유(metaphor)는 치환과 병치로 나뉜다. 전자는 비교를 통한 의미의 탐색과 확대 작용이고, 후자는 병치와 합성에 의한 새로운 의미의 창조이다.[73] 취의와 매재의 간접제시로 이루어진 은유는 취의와 매재의 직접적 제시인 직유에 비해 시어는 말할 것도 없고 시 전체에도 긴장과 탄력을 부여한다. 즉 A(취의)와 B(매재) 사이 동일성의 간접제시로 인해 시어의 탄력이 유지될

---

72) 장정렬, 「생태시에 나타난 신화적 상상력」, 『신생』 제30호, 2007, p. 158.
73) 휠라이트는 치환은유를 'A is B의 형식'이라 부르고, 병치은유를 'A—B의 형식'이라 부른다.

뿐만 아니라 시 전체의 긴장감이 고조된다.

　박두진의 「꽃」은 취의와 매재 간의 유사성이 잘 드러난 치환은유의 진수를 보여준다. 특히 박두진의 다른 산문시에 비해서 압축과 탄력이 돋보인다. 「꽃」은 사물을 빗대어 표현하는 비유의 힘과 이미지의 간결성으로 서정시의 한 표본이자 전형[74]으로 평가되기도 한다. 전문을 살펴보면 다음과 같다.

　　이는 먼/ 해와 달의 속삭임/ 비밀한 울음.

　　한번 만의 어느 날의/ 아픈 피 흘림.

　　먼 별에서 별에로의/ 길섶 위에 떨궈진

　　다시는 못 돌이킬/ 엇갈림의 핏방울.

　　꺼질듯/ 보드라운

　　황홀한 한 떨기의/ 아름다운/ 靜寂.

　　펼치면 일렁이는/ 사랑의/ 湖心아

　　너는/ 이제도 눈을 들어

　　여기/ 암담한/ 땅위

　　소란하나 오히려/ 뼈에 저려 사무치는/ 고독의 굽이 위에

　　처절한 벼랑 위에/ 입술을/ 열고

---

74) 강계숙, 「아름다운 은유의 비밀」, 강창민 외, 『혜산 박두진 시 읽기』, 박이정, 2008, pp. 269~271.

그/ 죽어도 못잊히울

언젠가는 한 번은/ 허리 굽혀 맞 대 올

먼 너의/ 해와 달의 입술의

입맞춤을 기다려/ 떨고 있고나.

—「꽃」 전문

이 시는 우선, A is B의 형식구조에 충실하다. A(취의)와 B(매재) 사이에는 동일성의 원칙이 작용하고 있다. 당연히 취의는 제목이 주지하듯이 '꽃'이다. 그리고 '꽃'을 비유하는 매재로 '속삭임', '울음', '피 흘림', '핏방울', 靜寂, 湖心'이 등장한다. 하나의 취의('꽃')와 여섯 개의 매재 사이에는 원관념의 의미를 탐색하고 확대시키는 유사성 내지 동일성의 원리가 내재되어 있다. 이를 도표화하면 다음과 같다.

A is B	
꽃	속삭임
	울음
	피 흘림
	핏방울
	靜寂
	湖心

A is B의 은유적 상황은 미시적으로 분석해 보면 여섯 개의 매재로 꽃이라는 하나의 취의를 강하게 형상화하고 있지만, 거시적으로 접근해 보면 꽃이 개화되는 과정을 시간의 추이에 따라 이미지화하고 있다. 1연의 "속삭임"과 "울음"은 꽃이 개화되는 시작을 알리는 매재인 동시에 개화의 진통을 예고하는 전주의 기능을 하고 있다. 2연의 "피 흘림"과 4연의 "핏방울"은 개화를

위한 시련의 절정과 고난의 극치를 의미하는 동시에 한편으로 꽃의 색채 이미지를 강렬하게 시각화시키고 있다. 이어지는 6연의 "靜寂"은 고난의 멈춤, 시련의 휴지를 의미하고 7연의 "湖心"은 고난이 끝난 후에 찾아온 개화의 기쁨과 평안을 의미한다. 그러나 꽃을 개화의 절정으로 만드는 데 필요한 중요한 이미지가 있다. 바로 14연과 15연에 등장하는 "해와 달의 입술의 입맞춤"이다. 각각 양(陽)과 음(陰)으로 상징되는 해와 달의 조화를 통해 꽃은 비로소 한 떨기 완성품으로 만개(滿開)한다. 즉 '해와 달의 입술의 입맞춤=꽃'이라는 상황적 은유가 형성되는 것이다. 따라서 「꽃」은 꽃을 은유하는 여섯 개의 표면적 매재와 한 개의 상황적 매재로 이루어진 치환은유의 구조를 띠고 있다고 할 수 있다.

　은유를 이해한다는 것은 인간의 다양한 심리, 즉 이질적인 요소와 동질적인 요소를 이해한다는 것이다. 박두진은 꽃이라는 식물에 다양한 인간사를 치환하여 이질성과 동질성을 동시에 추구하고 있다. 꽃과 인간은 분명 본질이 다르다. 그러나 꽃과 인간 둘 다 우주적 일부로서 유한한 존재라는 면에서는 같다. 꽃과 인간이 동일성을 획득하자 꽃은 비로소 인간의 심리를 갖게 된다. 이처럼 박두진이 발견한 꽃과 인간의 동질성은 생태의식의 기본인 자연과 인간의 조화와 유사성을 갖는다. 그가 이질적인 두 존재를 은유라는 미적 장치로 합일화한 것은 그동안 대립관계에 있던 자연과 인간의 상생을 모색하는 생태의식과 같은 맥락에 놓인다. 따라서 박두진의 치환은유는 생태의식을 구체화시키는 미적 구조라고 할 수 있다. 자연과 인간의 합일을 보여주는 치환은유는 「너는」에서도 나타난다.

　　눈물이 글성대면,
　　너는 물에 씻긴 흰 달.
　　달처럼 화안하게
　　내 앞에 떠서 오고,

마주 오며 웃음지면,
너는 아침 뜰 모란꽃
모란처럼 활짝 펴
내게로 닥아 오고,

바닷가에 나가면,
너는 싸포오…….
푸를듯이 맑은 눈 퍼져 내린 머리털
알빛같이 흰 몸이 나를 부르고,
달아나며 달아나며 나를 부르고,

푸른 숲을 걸으면,
너는 하얀 깃 비둘기.
구구구 내가슴에 파고들어 안긴다.
아가처럼 볼을 묻고 구구 안긴다.

― 「너는」 전문

이 시 역시 A is B의 치환은유에 의해 시상이 전개되고 있는데, '너'라는 취의에 '흰 달' '모란꽃' '싸포오(파도)' '비둘기'라는 매재가 동일성의 원리에 입각해 시상이 전개되고 있다. 이를 도표화하면 다음과 같다.

A	is	B
너		흰 달
		모란 꽃
		싸포오(파도)
		비둘기

원형상징에서 달과 꽃은 여성 혹은 여성성을 상징한다. 시적 화자가 다정하게 불러보는 "너"는 "흰 달", "모란 꽃"으로 은유된다. 따라서 너는 여성이라고 할 수 있다. 너는 때로는 흰 달로 표상된 자애로운 모성으로, 때로는 모

란꽃으로 표상된 천진난만한 소녀로 은유된다. 또한 너는 답답한 가슴을 시원하게 적셔주는 "싸포오" 파도로, 한적한 숲속의 말동무 역할을 하는 "하얀 깃 비둘기"로 은유된다. 이렇듯 너는 '자애', '천진', '관대', '다정함'을 두루 갖춘 존재로 시적 화자의 정인(情人)이라고 할 수 있다.

또한 너는 아름답고 고결하기까지 하다. 흰 달과 모란꽃은 특성상 '아름다움'으로, 파도와 비둘기는 속성상 '고결함'으로 표상된다. 이 네 매재는 색채가 모두 흰색으로 순결하고 신성하다. 흰 달, 모란꽃, 파도, 비둘기는 순서대로 천상, 지상, 바다, 그리고 숲속에 위치해 있다. 이것들은 자신이 속해 있는 공간에서 중추적 역할을 담당한다. 시적 화자에게 너는 우주공간 적재적소에서 가치와 의의를 함의하는 소중한 존재이다. 말하자면, 너는 우주만물 통합체인 것이다. 이것은 또한 인간, 자연, 우주의 구분 없이 혼연일체가 되는 상황이다.

박두진이 추구한 이상향은 자연과 인간의 어우러짐이다. 그는 치환은유를 통해 자연과 인간의 거리를 없앤 후, 그 둘을 동일한 존재로 위치시킨다. 따라서 인간은 천상적 존재도 되고 지상적 존재도 되어 자연스럽게 하나로 융합된다. 이처럼 자연과 인간의 합일에 필수적인 미적 장치가 바로 치환은유이다. 이러한 은유의 양상은 박두진의 신앙시편에서도 나타난다. 그는 적절한 시어 선택에 의해 은유의 강도를 높임으로써 신을 향한 본원적 감사를 강하게 부각시킨다.

> ① 타오르는 목을 추겨 물을 주시고,
> 피 흘린 상처마다 만져 주시고,
> 기진한 숨을 다시/ 불어 넣어 주시는,
>
> 당신은 나의 힘./ 당신은 나의 主.
> 당신은 나의 생명./ 당신은 나의 모두.……
>
> ―「午禱」일부

② 흰 옷을 입으시면/ 당신은 갈매기…….

(…중략…)

바다를 바라보고/ 사려 앉아 주십시요.
못견디게 바다가 가슴을 설레우면,
당신의 흰 옷은 바다의 갈매기…….

깃을 치는 바닷 넋/ 당신은 갈매기…….

(…중략…)

오, 내사람./ 그 속 가장 속의 더욱 따스한
당신의 옷깃으로 나를 휩싸 주십시요.

— 「아침의 詩」 일부

박두진의 종교를 고려할 때 ①과 ②의 "당신"은 절대자 혹은 예수 그리스도이다. ①에서 당신은 "나의 힘", "나의 주", "나의 생명", "나의 모두"를 의미한다. A is B의 구조가 지극히 범박하고 단순하다. 그러나 그 단순성 속에는 신을 향한 인간의 진실한 고백이 있다. 신에 대한 경외가 나의 힘, 나의 주, 나의 생명, 나의 모두라는 고백의 발화로 이어지고 있는 것이다. ①에서 취의와 매재의 대응 구조는 다음과 같다.

A is B	
당신은	나의 힘
	나의 主
	나의 생명
	나의 모두

우선, 1연 1행부터 살펴보면, 당신은 나의 타는 목을 축여 물을 주는 분이다. 당신이 주는 생수(생명수) 덕분으로 나는 힘을 얻어 원기를 회복할 수 있

다. 당신은 2연 1행의 고백처럼 "나의 힘"이 된다. 또한 당신은 피 흘린 상처마다 나를 만져주기에 상처가 치유될 수 있다. 나의 건강을 지켜주는 당신은 2연 2행의 고백처럼, 내가 전적으로 믿고 의지할 수 있는 "나의 主"가 되는 것이다. 1연 3행에서의 나의 상태는 심각하다. 가쁜 숨을 몰아쉬고 있는 나는 호흡이 끊어지기 바로 직전의 위급한 상태이다. 그러나 당신이 내게 다가와 나의 코에 생기를 불어넣어줌으로써 나는 호흡할 수 있다. 나는 다시 소생할 수 있다. 당신은 나의 삶과 죽음을 주관하는 "나의 생명"이 되는 것이다. 이렇듯 당신은 나의 가장 위급한 순간, 절대 절명의 순간에 나와 함께해 나를 구원한다. 따라서 당신은 나의 힘, 나의 주, 나의 생명이 될 뿐만 아니라, 나의 전부를 주관하는 "나의 모두"가 되는 것이다.

은유의 특징은 취의와 매재 사이의 긴장과 탄력이다. 그 둘 사이에 어떤 부연설명도 하지 않음으로써 독자의 호기심과 상상력을 자극한다. 그런데 이 시는 2연의 은유적 상황을 1연에서 미리 암시함으로써 시적 긴장과 탄력을 다소 떨어뜨린다. 하지만 이러한 시적 기교가 신앙인 독자뿐만 아니라 비신앙인 독자의 이해를 돕는데 효과적으로 작용한다.

②에서 "당신"은 "갈매기"로 표상된다. '당신=갈매기'라는 단일한 은유적 상황이 시 전체에 두루 나타난다. ①과 마찬가지로 ② 역시 단일한 내용과 구조로 이루어져 비교적 이해가 용이한 신앙 고백시라고 할 수 있다. 그러나 이러한 용이함과 단순함이 오히려 '대상(절대자 혹은 예수 그리스도)'에 대한 시적 화자의 각별한 애정과 고백을 부각시킨다.

이 시의 또 다른 특징은 A is B의 은유구조 서두에 조건절이 들어간다는 것이다. '당신'이 '갈매기'이기 위해서는 "흰 옷을 입으시면"이라는 조건이 붙어야 한다. 흰색은 본래 순수, 순결, 성결을 표상하고, 흰옷을 입는 행위는 이러한 속성을 소유함을 의미한다. 당신과 동일선상에 있는 갈매기 역시 흰색이다. 갈매기는 기독교 상징에 의거하면 성결한 예수 그리스도를 의미한다. 구조적 측면에서 볼 때 A is B의 은유구조 앞에 제시된 조건절은 비록 은유적 상황의 긴장을 떨어뜨리는 약점을 갖고 있지만 취의와 매재의 동일성을 더욱 확고히 하는 장점도 동시에 갖고 있다. 결과적으로 ①과 ②의 은유구조는 신에 대한 시적 화자의 경외를 드러내는 데 효과적이라고 할 수 있다.

자연과 인간은 신의 피조물이기에 귀하고 가치 있다. 신은 자신의 형상대로 창조된 인간을 사랑하고 만물을 존중한다. 인간 역시 신을 찬양하고 경외한다. 인간에게 신은 자신의 삶과 죽음을 관여하는 전능자이다. 인간은 신의 품에 안기기를 소망하는 나약한 존재이다. 마치 부모의 품에 안겨있는 어린 아이처럼, 인간은 신의 넓은 품에 안기기를 갈망한다.

박두진의 시에서 신, 자연, 인간의 대립은 없다. 오히려 신과 자연에 의존하는 인간이 있을 뿐이다. 인간은 나약하고 통속한 모습이지만, 신과 자연은 전능하고 성스러운 모습이다. 인간은 신과 자연의 전능과 성결 앞에서 자신을 낮추고 경외하는 모습을 보인다. 이러한 과정을 효과적으로 보여주는 미적 기법이 치환은유라 할 수 있다. 박두진은 치환은유를 통해 인간이 자연에 의존하는 모습을 미학적으로 보여주고 있다.

치환은유가 두 사물을 유사성에 의해 A is B로 전이시킨다면, 병치은유는 두 사물의 이질성에 의해 A와 B를 병치시킨다. 치환과 병치가 이미지들의 결합방식이고 의미론적으로 변용이 된다는 점에서 그것들은 독창적이다. 특히 이질적 이미지들의 결합으로 이루어지는 병치은유는 현대시의 은유를 이해하는데 유용하다. 은유는 동일성뿐만 아니라 이질성의 원리에 근거하기 때문이다. A와 B 사이의 이질성이 커질수록 취의와 매재 사이의 시적 긴장은 고조되기 마련이다. 이러한 시적 긴장이 팽배하면 할수록 좋은 시가 된다.

박두진의 다음의 시 역시 형식상으로는 치환은유의 구조를 띄고 있지만 내용상으로는 취의와 매재의 탄력관계를 유지하는 병치은유의 요소가 나타나고 있다.

조롱의 짐승소리도 이제는 노래

절벽에 거꾸러짐도 율동

당신의 불꽃만을 목구멍에 삼킨다면

당신의 채찍만을 등빠디에 받는다면

피눈물이 화려한 고기비늘이 아니리까 랍오니여.

발광이 황홀한 안식이 아니리까 랍오니여.

— 「당신의 사랑 앞에」 일부

이 시의 취의와 매재를 찾아보면 '조롱의 짐승소리=노래', '절벽의 거꾸러짐=율동', '피눈물=화려한 고기비늘', '발광=황홀한 안식'이다. 이를 도표화하면 다음과 같다.

A is B	
① 조롱의 짐승소리	노래
② 절벽에 거꾸러짐	율동
③ 피눈물	화려한 고기비늘
④ 발광	황홀한 안식

①과 ②는 취의와 매재가 어느 정도 동일성의 원리로 이루어진 병치은유지만, ③과 ④는 취의와 매재가 확실히 이질성에 의해 조합된 병치은유이다. ①과 ②의 A와 B 관계도 이질적이지만, ③과 ④의 A와 B는 어떤 연관성도 찾을 수 없는 이질성으로 인해 긴장이 고조되고 있다. 이러한 긴장은 A와 B 사이의 긴장일 뿐만 아니라 시 전체의 긴장으로 이어져 시에 탄력을 부여하고 있다. 상식적으로 A와 B의 관계는 불가능하다. "조롱의 소리"가 "노래"

가 될 수 없고, "절벽으로의 거꾸러짐"이 "율동"이 될 수 없다. 더욱이 "피눈물"이 "화려한 고기비늘"이 될 수 없고, "발광"이 "황홀한 안식"이 될 수 없다. 특히 ③과 ④의 A와 B는 비동일성의 극치를 보여준다.

그러나 이처럼 상식적으로 불가능한 ①, ②, ③, ④의 상황에 공감할 수 있는 것은 바로 시적 화자가 모든 고난에도 의연한 "당신의 사랑 앞에" 섰을 때이다. 자신을 대속해 인류를 구원한 당신의 사랑 앞에서 모든 상황은 전적으로 달라진다. 그 큰 사랑을 받을 수만 있다면 인간의 모든 고통이 희열로 변모될 수 있음을 시적 화자는 확신한다. 따라서 이 시는 표면적으로 낯설고 어색한 A와 B의 이질적 병치가 오히려 시적 화자의 확신을 더욱 강하게 드러내는 시적장치가 되고 있는 것이다.

박두진이 이처럼 파격적인 병치은유를 통해 드러내려한 것은 신에 대한 경외이다. 신은 모든 것 안에 있다는 범재신론에 의하면 자연과 인간은 신의 일부분이다. 신은 우주만물을 포괄하는 가장 큰 존재, 유일한 존재이다. 사실, A와 B 사이에는 인간에 대한 신의 사랑, 혹은 신에 대한 인간의 사랑이 전제되어 있다. 그 사랑의 과정을 통과해야만 A와 B의 관계가 이해될 수 있다. 박두진은 A와 B의 이질적 병치를 통해 신에 대한 경외를 부각시킬 뿐만 아니라 궁극적으로 신과 인간의 합일을 지향하고 있다. 이처럼 두 대상 간의 이질적 병치를 통해 시상을 확대시키는 예는 다음의 시에서도 나타난다.

갈대가 날리는 노래다.
별과 별에 가 닿아라.
智慧는 가라앉아 뿌리 밑에 沈默하고,
言語는 이슬방울
思想은 季節風
믿음은 業苦,
사랑은 피흘림,
永遠.―너에의

손짓은

하얀꽃 갈대꽃.

잎에는 피가 묻어,

스스로 갈긴 칼에

鮮血이 뛰어 흘러,

갈대가 부르짖는 갈대의 絕叫다.

해와 달 해와 달 뜬 하늘에 가 닿아라.

바람이 잠자는,

스스로 沈黙하면

갈대는

孤獨.

—「갈대」 전문

　이 시의 중심소재는 '갈대'이다. 시인은 갈대의 비극성을 부각시키기 위해 병치은유와 의인의 기법을 사용하고 있다. 시적상황은 갈대가 노래하는 것에서부터 시작된다. 그런데 주지하듯이 그 상황이 심상치가 않다. 이는 '지혜', '언어', '사상', '믿음', '사랑'과 조합된 매재들의 병치를 통해서 쉽게 알 수 있다. 취의와 매재 사이에 유사점이 전혀 발견되지 않는다. 이 역시 도표화하면 다음과 같다.

A　is　B	
智慧	沈黙
言語	이슬방울
思想	季節風
믿음	業苦
사랑	피흘림
갈대	고독

　표면적으로 볼 때 A와 B는 정반대의 개념으로 조합되어 있다. 두 대상 간

의 동일성을 전혀 찾아볼 수 없다. 상식적으로 "지혜"가 "침묵"일 수 없으며 "언어"가 "이슬방울"일 수 없다. "사상"이 "계절풍"일수 없으며 "믿음"이 "업고"일 수 없다. "사랑"이 "피흘림"일 수 없으며 "갈대"가 "고독"일 수 없다. 그러나 A와 B의 이질적 관계를 통해 새로운 의미를 창조할 수 있다. '지혜'로운 자는 역설적으로 '침묵'하는 자이다. '언어'는 순간적인 것이 '이슬방울'과 같다. '사상' 역시 시대나 상황에 따라 달라질 수 있기에 '계절풍'과 같다. '믿음'은 평생을 지고가야 할 고난의 십자가로서 '업고'가 될 수 있다. '사랑' 역시 누군가를 위해 희생하는 것이기에 '피흘림'일 수 있다. 마지막으로 인간으로 의인화된 '갈대' 역시 인간의 본연적 속성에 의해 '고독'한 존재가 될 수 있다.

이처럼 A와 B의 이질적 병치가 갈대의 상황을 더욱더 비극적이게 한다. 이질적 조합이 말해주듯 의인화된 갈대에게 모든 상황은 결과적으로 무의미하고 허무하다. 즉 갈대를 둘러싼 모든 사물은 제 기능을 상실한 무용지물의 상태이다. 이 절대고요, 절대허무, 절대고난, 절대비극의 상태 속에서 갈대는 마침내 모든 상황을 겸허히 받아들이는 고독한 존재, 즉 단독자로 남게 되는 것이다. 이 시에는 자연과 인간, 그리고 관념들이 뒤섞여 의인화되고 은유되어 있다. 그리고 그 중심에 서있는 갈대는 결국 절대고독의 단독자로 정의된다. 태초부터 자연은 자연 그대로 존재했다. 그러나 인간은 문명화될수록 지혜, 언어, 사상 등을 만들어 복잡한 사회를 형성했다. 그리고 그 사회구조 속에서 역설적으로 고독한 존재가 되고 만 것이다.

지금까지 박두진 시에 나타난 은유의 기법을 살펴보았다. 은유는 현대시의 중요한 기법 중의 하나이다. 현대시에서 은유는 두 대상 간의 동일성에 의한 치환도 중요하지만 비동일성에 의한 병치 또한 중시되고 있다. 박두진은 치환은유와 병치은유의 적절한 사용을 통해 시상의 분위기를 고조시키며 시 전체에 긴장과 충격을 주고 있다.

은유를 이해한다는 것은 복잡한 현대사회를 살아가는 성숙한 마음이다.

은유는 인간의 다양한 심리, 즉 이질적 요소와 동질적 요소를 이해하고 함께 공존하는 것이다. 자연(신) 역시 다양한 인간의 심리와 행위를 포용하여 인간과의 공생을 지향한다. 이처럼 은유와 생태의식은 인간의 심리와 관련되어 있다는 점에서 유사성을 지닌다. 보통 은유는 시어를 중심으로 이루어진다. 박두진의 시에는 자연, 신, 인간의 심리와 행위를 표상하는 시어가 많이 등장한다. 그는 은유의 기법을 통해 시의 형식구조에서조차 자연과 인간의 조화를 지향하고 있는 셈이다.

2) 상징적 이미지

상징[75]은 크게 개인적 상징(장력상징), 관습적 상징(협의상징), 원형적 상징으로 나뉜다. 협의상징은 이미 한 사회나 조직에서 되풀이 되어 사용되어 온 것으로 그 의미해석의 테두리가 정해져 있는 것을 가리킨다. 휠라이트가 말한 협의상징이란 관습적 상징의 다른 이름에 지나지 않는데, 그는 그 특징적 단면을 상징으로 선정된 이유가 분명하게 해명될 수 없는 점, 즉 우연적이며 자의성이 강하다는 것과, 그 의미가 공중적 정확성을 지니고 있다는 것으로 보았다. 박두진의 시에는 이런 협의상징의 특성이 나타나 있다.

돌밭의

돌들이 날더러 비겁하다고 한다.
돌들이 날더러 어리석다고 한다.
돌들이 날더러 실망했다고 한다.

돌들이 날더러 눈물 흘리라고 한다.

---

75) 상징은 일반적으로 언어적 상징과 문학적 상징으로 나뉜다. 본장에서는 문학적 상징에 초점을 맞추어 박두진 시를 분석하고자 한다.

돌들이 날더러 피 흘리라고 한다.

돌들이 일제히 주먹질한다.
돌들이 일제히 욕설 퍼붓는다.
돌들이 나를 향해 돌을 던진다.

— 「水石 會議錄」 일부

프라이는 『비평의 해부』[76]에서 '돌'에 대한 다양한 원형상징을 제시하고 있다. 그 중 하나인 묵시적 심상에 따르면 돌은 예수 그리스도, 교회, 이상적 인간 등을 상징한다. 성서에서도 돌은 반석으로 지칭되어 예수 그리스도, 진리의 말씀, 교회 공동체 등을 상징한다. 제목에서 1900년대 신소설 작가 안국선의 『금수회의록』이 연상되는 이 시는 의인화된 돌을 통해 시적 화자의 비장한 의지를 보여주고 있다.

이 시의 공간적 배경은 "돌밭"이다. 시적 화자는 돌들에 둘러싸여 있다. 2연에서 돌들은 시적 화자의 "비겁함과 어리석음에 실망"했다고 비난한다. 3연에서 돌들은 시적 화자에게 "눈물 흘리고 피 흘리는" 고통을 통해 철저히 반성하라고 한다. 그러나 4연에서 돌들은 시적 화자에게 "주먹질을 하고 욕설을 하며 돌을 던지는" 행위를 한다. 돌들이 분개하는 것을 보면 시적 화자가 제대로 회개하지 않았음을 의미한다. 시적 화자에게 돌들은 종교적 상징에 굳이 의기하지 않아도 불의에 맞서는 바른 목소리, 정의로운 인간군상을 의미한다. 그리고 그 돌들의 맞은편에 상대적으로 나약하고 비겁한, 그래서 괴로운 시적 화자가 있다.

이 시에서 돌은 의인화되어 있다. 돌은 종교적으로도 사회적으로도 '진리 혹은 정의의 목소리'로 표상된다. 따라서 돌은 정의의 목소리를 내는 인간을 상징한다고 할 수 있다. 비록 돌이 현재 시적 화자에게 비난을 보내고 있지

---

76) N. 프라이, 임철규 역, 『비평의 해부』, 한길사, 2000.

만, 사실은 시적 화자가 닮고 싶은 존재가 바로 돌이다. 돌은 시적 화자의 내면의 목소리, 내면의 자아, 이상적 자아라고 할 수 있다. 이처럼 박두진에게 돌은 단순히 광물로서의 돌이 아니다. 돌은 박두진 자신이고 예술이고 신이다. 박두진은 돌을 통해 종교적으로도 사회적으로도 완전한 인격체를 꿈꾼다. 즉 '돌=내면의 목소리=이상적 자아=나'의 관계가 성립하는 것이다. 이처럼 박두진은 광물 돌을 인간의 길을 바르게 제시하는 계도자의 모습으로 의인화하여 자연과 인간의 동일시, 자연과 인간의 합일을 추구하고 있다. 박두진은 다음의 시 「絕壁歌」에서도 '돌'이라는 광물을 통해 시인 자신 또는 우리 민족이 나아가야 할 바른 길을 제시하고 있다.

> 절벽이 아니라 무너져내리는 별들이네.
> 별들이 아니라 서서 우는 절벽이네.
>
> 별들이 별들 위에
> 절벽이 절벽 위에 있네.
>
> (…중략…)
>
> 절벽은 절벽끼리 손이 서로 닿지 않네.
> 절벽은 절벽끼리 말을 서로 할 수 없네.
>
> 절벽이 절벽끼리 눈을 서로 가리우네.
> 절벽이 절벽끼리 귀를 서로 가리우네.
> 절벽이 절벽끼리 입을 서로 막네.
>
> (…중략…)
>
> 절벽의 가슴속엔 쏟아지는 별의 사태,
> 절벽들의 가슴속엔 피와 꿈의 비바람,

절벽들의 가슴속엔 펄펄 꽃이 지네.

어디에나 홀로 서서 절벽들이 우네.

—「絕壁歌」 일부

1연에서 절벽은 '별들'로 은유되어 있다. 절벽과 별이 넓게는 물질계라는 공통점이 있지만, 전자는 지상에 후자는 우주에 존재한다는 면에서 살펴보면 두 대상의 유사점을 발견하기는 어렵다. 절벽과 별들의 병치는 확실히 이질적이다. 그러나 시적 화자는 절벽을 별들과 동일시함으로써 별들의 속성을 절벽에 부여하고 있다. 이로써 절벽은 깎아 세운 것처럼 높이 솟아있는 일개의 바위가 아닌 별의 속성을 함의한 신성한 존재로 거듭나는 것이다. 그런데 사람으로 의인화된 절벽은 말과 행동이 자유롭지 못하다. 따라서 "눈을 서로 가리"고, "귀를 서로 가리"고, "입을 서로 막"는 상황은 불안한 외부상황을 단적으로 보여주는 증거라 할 수 있다. 그러나 후에 이어지는 절벽의 심리를 통해 내면적으로는 열정이 넘치는 자유로운 상태임을 알 수 있다. 절벽의 가슴속엔 "별의 사태"가 쏟아지고, "피와 꿈의 비바람"이 몰아치고, "꽃이 펄펄 지기" 때문이다. 현재의 억압적이고 부자유스런 외부상황 때문에 "홀로 서서" 울고 있기는 하지만 절벽은 확실히 내일에의 희망을 품은 시인 자신이요, 우리 민족이요, 밝은 미래이자 이 모든 것을 주관하는 전지전능한 절대자라 할 수 있다.

돌을 소재로 한 200여 편의 수석열전에서 박두진의 시세계는 초기의 신자연이나 중기의 역사의식이나 후기의 기독교적 신앙 등이 종합된 속에서 쓰인 사물시 또는 관념시의 범주에 속한다.[77] 따라서 이 시에 나타난 돌 역시 역사와 현실 앞에 정의로운 인간을 상징한다고 할 수 있다. 이처럼 돌을 시대적 상황 앞에 당당한 이상적 인간 또는 시인 자신으로 형상화한 시에는

---

77) 신용협, 『한국현대시연구』, 새미, 2001, p. 242.

「돌의 노래」, 「碑」 등이 있다. 박두진은 다음의 시에서는 '새'를 통해 우리민
족이 나아갈 길을 제시한다.

> 이제는 일어나야 할 때다.
> 이제는 잠자던 意識의 나뭇가리에 활활 불을 당겨야 할 때다.
> 이제는 죽은 듯 식어져서 차가웁던 잿더미에서
> 푸드득 푸드득 不死의 새새끼들을 날려올려야 할 때다.
>
> (…중략…)
>
> 精神속의 思想속의 意識속의 그것
> 죽은 듯 식어져서 차가웁던 잿더미에서
> 스스로는 몰랐던 그 푸르디푸른 생명의 深淵에서
> 한마리 백마리 천마리 만마리 씩
> 不死의 새여
> 푸드득 푸드득
> 이제는 우리들의 날개를 퍼덕여 올려야 할 때다.
>
> ──「不死鳥의 노래」 일부

'불사조(不死鳥)'는 전설에 나오는 영조(靈鳥)로 고대 이집트에서는 태양신
숭배와 관련이 있다 하여 '태양의 새'라고도 한다. 또한 자신을 불태운 재속
에서 다시 태어난다 하여 재생, 불멸을 상징한다. 시적 화자 역시 죽음을 통
해 다시 살아나는 새, 그래서 영원히 죽지 않는 새, 불사조처럼 우리도 "일
체의 惡", "일체의 非"로부터 "이제는 일어나야 할 때"임을 각오하고 있다.
불사조가 날개를 파닥여 높이 올라가듯이 우리도 그동안 잠자던 "精神, 思
想, 意識"을 깨워 높이 비상해야 함을 강조하고 있다. 그리하여 우리가 그
토록 염원했던 "우리들의 평화", "우리들의 民主主義", "우리들의 南北 自主
自由 統一'"을 이루어 보자고 시적 화자는 힘주어 역설한다. 불사조가 영원
히 죽지 않는 불멸의 새이듯이 평화, 민주주의, 남북통일을 향한 우리들의

염원 역시 영원히 멸하지 않을 것을 시적 화자는 불사조의 상징을 통해 주장하고 있다. 이처럼 불사조의 상징을 통해 역사와 현실 그리고 민족 앞에 당당하고자 했던 박두진의 열망은 시 「피닉스」에서도 여실히 나타나고 있다.

박두진의 시에서 '돌', '새', '깃발'은 비상, 정의, 영원함, 숭고함 등을 함의하는 관념적 시어이다. 이 시에서는 새, 특히 상상의 영물인 불사조에 초점을 맞추어 그것의 신성성을 인간에 이입시키고 있다. 불사조는 인간의 잠자고 있는 정신, 사상, 의식을 깨워 인간이 비상하도록 자극하는 성물이다. 불사조는 인간 보다 높은 경지에서 인간을 각성시키는 성스러운 존재라 할 수 있다. 이처럼 박두진은 자연을 인간보다 우위에 둠으로써 자연에 대한 외경을 강조하고 있다. 인간의 보편적 정서에 초점을 맞추어 작품을 살펴보는 협의상징은 다음의 시 「달과 이리」에서도 잘 드러나고 있다.

> 이리는 이리정신, 왜 이리로 태어났나 스스로는 모른다. 축축한 어스름 때 달이 걸린 새벽을 싸다니며, 왜 피의 냄새, 피의 맛, 살의 맛에 미치는지 스스로는 모른다. 심술로 악한 자를 덮치고, 성나서 물어뜯고, 터주가리 달을 향해 꺼으꺼으 운다. 제 서슬에 피가 더우면 십리 백리 뛴다. 먼 먼 피의 향수, 달이 걸린 삘딩숲을 벌룽벌룽 뛴다. 활활 눈에 불을 켜고 옛날 향수 취한다. 흰 이빨 달을 향해 꺼으꺼으 운다.
>
> ― 「달과 이리」 전문

원형비평에 의하면 달은 여성 혹은 모성(母性)을 상징[78]하기도 하고, 인간의 일생과 결부지어 탄생, 죽음, 재생을 상징[79]하기도 한다. 이리는 악마적 이미지에 의하면 악(惡), 악한 자를 상징하는데, 박두진 시에서 이리는 강자이면서 악한 자를 표상하는 소재로 자주 등장한다. 제목에서 알 수 있듯이

---

78) Wilfred L. Guerin(ed.), *A Handbook of Critical Approaches to Literature*(N.Y.: Harper & Row, 1979), pp. 157~163.
79) M. Eliade, 이동하 역, 『聖과 俗 종교의 본질』, 학민사, 1983, p. 120.

이 시에서 핵심적 시어는 '달과 이리'이다. 달은 물질계를 대표하는 시어이고, 이리는 동물계를 대표하는 시어이다. 이리는 육식동물의 습성대로 "피의 냄새", "피의 맛", "살의 맛에 미치는" 음험한 짐승이다. 약육강식의 논리에 철저히 입각해서 "약한 자를 덮치고, 성나서 물어뜯고, 턱주가리 달을 향해 꺼으꺼으" 우는 사악한 동물이다.

이와는 반대로 달은 어둠 속에 묻힌 사물에 광명을 주는 희망과 동경의 대상이다. 달은 모든 사물을 밤의 세계로부터 빛의 세계로 인도하는 포용의 존재이자 그리움의 대상이다. 달은 종종 모성(母性)으로 표상되지만 밤하늘에 높이 떠서 만물이 존재하는 아래를 내려다보기에 관조자 또는 치리자로 형상화되기도 한다. 달의 이런 특성 때문에 이리는 온갖 사악한 짓을 저지르다가도 가끔씩 달을 향해 운다. '운다'는 행위는 두 가지 의미를 갖는다. 첫째는 달을 향해 반항이나 위압의 의미로 '짖어댄다'는 의미이다. 둘째는 자신의 행위에 대한 통한의 '눈물'이다. 이리의 눈물은 자신의 악한 행동에 대한 반성을 의미할 수도 있고, 타고난 본능에 대한 회한을 의미할 수도 있다. 또는 약육강식의 비정한 논리를 모르던 천진난만했던 어린 시절, 어머니의 품을 떠올리며 흘리는 눈물일 수도 있다. 결과적으로 이리는 달 앞에 "꺼으꺼으 우는" 행위를 통해 자신이 패배하였음을 인정한다고 할 수 있다. 그러므로 이 시는 선의 상징인 달과 악의 상징인 이리의 대립, 즉 달의 승리와 이리의 패배를 통해 표면적으로는 불의와 악의 세력이 주도권을 잡는 것 같지만 결과적으로는 선이 반드시 승리할 것임을, 그리하여 이 세상이 선과 선인으로 가득 찬 이상적 세계가 될 것임을 보여주고 있는 것이다.

박두진의 시에서 달은 자주 등장하는 소재는 아니다. 그는 달보다는 해와 별에 더 매료된 시인이다. 그러나 이 시에서 달은 긍정적 존재로 표상된다. 달은 이리의 악행을 낱낱이 지켜보는 치리자의 모습일 뿐만 아니라 이리의 근원적 외로움, 타고난 숙명에 연민하는 어머니의 모습으로도 나타난다. 이처럼 박두진은 천체물인 달에 신성과 모성을 이입시켜 동경의 대상으로 달을 격상시키고 있다. 즉 인간에게 달은 성스러운 존재요 동경의 대상인 것이다. 박두진이 청록파 시인이라는 것을 염두에 두지 않더라도 그의 시 곳곳에는 이처럼 인간의 자연지향, 자연과 인간의 합일이 나타나 있다.

상징 중에서 장력상징은 상상력에 의해 개인이 만들어낸 것이다. 이 말은 상징이 갓 태어난 것으로 그 의미내용이 전혀 알려져 있지 않음을 뜻한다. 따라서 전혀 생소한 상징을 일반 독자로 하여금 깨치게 하기 위해서는 의미의 조작이 불가피하다. 의미의 애매함에 의해서 상징은 연상 또는 상상력의 폭과 깊이가 확보된다. 협의상징과 잘 대조되는 의미에서 장력상징은 우리 정신의 긴장상태 유지, 활성화에 기여한다고 할 수 있다. 이처럼 시인 자신의 개인적 특수성을 가미한 장력상징은 보편성의 결여로 난해하다[80]는 단점이 있지만 한편으로는 시에 독창성과 신선함을 주는 장점이 있다.

박두진의 시에도 장력상징의 예가 잘 드러나는데, 다음의 시 「밤의 무게」에서 그는 보편적·일반적으로 사용했던 시적 상징과는 달리 다소 낯선 시적 상징을 제시한다.

밤이 작고 가라앉는다. 안개처럼 자욱하게 가라앉는 밤.— 가라앉는 밤에 안겨 마을들이 잠긴다. 꽃밭들이 잠긴다. 떠나가는 고운 깃. 나비. 나비. 나비……

(…중략…)

가라앉는 푸른 밤을 먼 별이 당권다. 銀실처럼 줄겨오는 푸른 별의 입김들.…… 별의 줄에 딸려도는 밤에 잠긴 地球!…… 꿈을 앓른 地球!…… 별을 앓른 지구!……

밤이 작고 發熱한다. 밤이 작고 上氣한다. 타오르는 붉은 볼.…… 밤은, 고운 밤

---

80) 김준오, 앞의 책, p. 213.

은, 어둠 속 가장 안에 꽃을 겹겹 깐다. 가장 熱한 별을 맞아 孕胎를 한다. 밤의 입
덧. 뒤착어려 앓른다. 풍선처럼 부푼다. 어질뜨린다. 별이어, 사랑이어, 별이어,
사랑이어. 별이어, 사랑이어. 닮아 오는 꿈에 스쳐 다시 타는 魂……

　밤이 돈다. 별이 핑핑 많아 돈다. 번쩍번쩍 불꽃. 휩싸오는 熱한 바람. 별이 더
욱 가차웁자 더욱 오는 밤의 아픔.—이윽고 펑!…푸른 물이 터져올라 깔려 나간
다. 새로치는 파돗소리.……새로치는 날갯소리.……귀를 씻고 빠져나올 휘둥그란
太陽.…… 새로 빠져 솟아 나올 올리브빛 태양.……별을 먹고 꽃을 먹고 밤이
낳는 太陽.……꿈을 먹고 나빌 먹고 밤이 낳는 太陽.……

　　　　　　　　　　　　　　　　　　　　　— 「밤의 무게」 일부

　박두진의 다른 시 「해」, 「해의 품으로」 등에서 알 수 있듯이 그가 시적 소
재로 선택한 '밤'은 대체적으로 절망, 암흑, 어둠, 암담한 현실 등을 표상하
는 부정적 이미지이다. 그러나 이 시에서 밤은 생성, 창조, 잉태 등 크고 가
치 있는 일들을 표상하는 긍정적 이미지이다. 이 시는 전체적으로 밤의 사
랑, 잉태, 출산의 과정으로 이루어져 있다. 밤은 "꽃", "나비", "별", "꿈"을
먹고 마침내 잉태를 한다. "밤의 입덧", "뒤착어려 앓른다", "풍선처럼 부품
는다", "어질뜨린다" 등에서 알 수 있듯이 밤은 임신의 징후들을 견디며 출
산을 기다린다. 이윽고 임산부의 양수가 터지듯 "펑!/ 푸른 물이 터져올라/
새로 치는 파돗소리" 속에서 밤은 "휘둥그란/ 올리브빛/ 太陽"을 해산한
다. 마침내 새로운 날이 시작된 것이다. 어머니인 밤이 아들인 태양을 생산
한 것이다. 따라서 밤은 태양으로 형상화된 대명천지, 개벽의 날을 창조하
기 위해 모든 수고와 고통을 감내한 창조와 잉태의 어머니, 영원한 모신(母
神)을 상징한다고 할 수 있다.
　문학작품에서 밤과 태양이 시적 소재로 사용될 때, 일반적으로 전자는 작
고 부정적인 이미지로, 후자는 크고 긍정적인 이미지로 형상화된다. 그것은
어둠과 밝음, 대소(大小) 등에 따른 인간의 보편적 정서에 기인하기 때문이
다. 그러나 박두진은 이 시에서 과감히 기존의 보편적 정서를 탈피하여 밤

을 태양보다 더 크고 위대한 존재로 무게중심을 두고 있다. 제목에서 알 수 있듯이 '밤의 무게'를 인정하고 있는 것이다. 밤의 가치에 초점을 둔 박두진의 의도는 밤과 태양의 관계를 통해서 더욱 직접적으로 제시된다. 이 시에서 밤은 어머니, 태양은 자식을 표상한다. 밤과 태양은 수평관계가 아닌 수직관계인 것이다. 이처럼 박두진은 시어에 자신만의 독특하고 특수한 의미를 부여하여 사물의 관계를 새롭게 조성하고 있다.

박두진은 양(陽)의 시인이다. 그의 시에는 해, 빛, 태양 등의 시어들이 자주 등장하기 때문이다. 그를 '빛의 시'인[81]이라고 부르는 이유도 여기에 있다. '태양'은 박두진의 대표적 시어중 하나이다. 그것은 그의 원체험으로서 이해된다. '밤' 역시 긍정적 존재로 나타난다. 밤은 모든 사물의 형상을 하루 밤 동안 완벽하게 감춘다. 그리고 다음날 날이 밝으면 원래 형태 그대로 되돌려 놓는다. 사실, 그 긴 밤 시간 동안에 사물들은 많은 변화를 겪는다. 눈에 보이지는 않지만 조금씩 성장도 하고 서서히 소멸도 한다. 밤의 품 안에서 은밀한 일들이 진행되고 있는 것이다. 이처럼 밤은 사물들을 상대로 많은 일을 하고 있다. 그러나 밤이 해야 할 가장 큰 일은 사물들을 위해 광명의 세상을 만드는 것이다. 그 작업이 바로 태양의 잉태와 출산인 것이다. 박두진은 이처럼 '밤'과 '태양'이라는 이질적 사물에 '어머니'와 '자식'이라는 상징적 모자(母子)관계를 제시하고 있다.

인간의 상상과 추리를 통해 이루어지는 상징은 인간의 삶을 다양하게 한다. 박두진 시의 상징적 이미지는 '돌', '절벽', '새', '달', '이리', '태양', '밤' 등 우주만물이다. 우주만물은 그 자체로 신성을 표상하거나 인성을 소유하며 인간과 불가분의 관계를 이룬다. 이처럼 우주만물은 인간의 삶을 심오하게 하고 풍요롭게 한다. 박두진은 우주만물과 인간을 별도로 놓지 않는다. 그의 시에서 우주만물은 신으로 성화되거나 인간으로 의인화되어 천지인(天

---

81) 김응교, 『사회적 상상력과 한국시』, 소명출판, 2010, p. 113.

地人)의 조화양상으로 나타난다.

3) 정신적 이미지

정신적 이미지 중에서 가장 중시되는 이미지는 시각적 이미지이다. 청각이나 촉각 혹은 여타 다른 이미지조차도 그것 자체만의 단독 이미지로 형상화되는 것이 아니라 그 배면에는 시각적 이미지가 함께 존재하고 있기 때문이다. 예를 들어 윤동주의 「또 다른 고향」을 보면, "志操 높은 개는/ 밤을 새워 어둠을 짖는다/ 어둠을 짖는 개는/ 나를 쫓는 것일 게다."라는 구절이 있다. 이 부분은 '개가 컹컹 짖는' 청각적 이미지에 주로 의존하고 있지만 독자는 동시에 개가 존재하는 '어두운 밤'이라는 시간과 공간을 지각한다는 것이다.

또 정지용의 「향수」를 살펴보면, "사철 발 벗은 아내가/ 따가운 햇살을 등에 지고 이삭 줍던 곳."이라는 부분이 있다. 시어 '따가운 햇살'을 이미지화하면 우선 떠오르는 게 촉각적 이미지이다. 해의 뜨거움이 맨 먼저 피부로 와 닿기 때문이다. 그러나 '따가움'의 배경에는 강렬하고 눈부신 해가 존재한다. 독자는 '따가운 햇살'이라는 구절을 읽으면서 촉각적 이미지와 시각적 이미지를 동시에 지각하는 것이다. 이렇게 모든 이미지에는 대체로 시각적 이미지가 배경으로 자리하고 있다. 그러므로 정신적 이미지 중에서 가장 중요한 이미지를 시각적 이미지라고 단언할 수 있다.

'해'의 시인 박두진에게도 시각적 이미지는 시인이 지각한 가장 중요한 이미지 중의 하나이다. '해', '햇살', '햇볕', '햇볕살', '햇빛', '빛', '빛살', '햇덩어리', '불덩어리', '화염', '봄볕', '뙤약볕', '땡볕', '불볕', '볕', '볕살', '태양' 등 그의 시에서 해를 형상화한 시각적 이미지는 이처럼 다양하다. 이 중에서 특히 '-볕', '-살'은 독자에게 시각적 이미지와 촉각적 이미지를 동시에 지각토록 한다.

① 저 밤하늘 높디높은 별들보다 더 아득하게 <u>햇덩어리</u> 펄펄 끓는 <u>햇덩어리</u> 보다
더 뜨겁게, 꽃잎보다 바람결보다 <u>빛살</u>보다 더 가볍게,

                                                    ―「書翰體」 일부

② 낮에 햇볕 입고/ 밤에 별이 소올솔 내리는/ 이슬 마시고,

                                                    ―「落葉松」 일부

③ 금잔디 사이 할미꽃도 피었고, 삐이 삐이 배, 뱃종! 뱃종! 멧새들도 우는데, 봄
볕 포군한 무덤에 주검들이 누웠네.

                                                    ―「墓地頌」 일부

④ 百 千萬 萬萬 億겹/ 찬란한 <u>빛살</u>이 어깨에 내립니다.
쨍 쨍, 永劫을 볕만 쬐는 나 혼자의 <u>曠野</u>에/<u>뙤약볕</u>에 <u>氣盡</u>한
나홀로의 핏덩이를 보셨습니까.

                                                    ―「午禱」 일부

⑤ 빛에서 피가 흐르는/ 江/ 孤獨이 띄우는 / 찬란한 꽃불은/ 밤이다.

                                                 ―「孤獨의 江」 일부

⑥ 너희들의 숫된 맘은 푸른 바람결,/ 이름 석 잔 바람결,/ 혼령들은 <u>햇살</u>이 되어
오늘 저 볕살 속에 살아 있으리.

                                             ―「젊은 죽음들에게」 일부

⑦ 뜨거운 침묵의 <u>햇살</u>이 쌓이고,/ 바람은 보고 온 아무것도 말하려 하지 않는다.

                                                   ―「廣場」 일부

⑧ 七月의 <u>太陽</u>에서는 獅子새끼 냄새가 난다./ 七月의 <u>太陽</u>에서는 薔薇꽃 냄새가
난다.

                                                   ―「七月의 편지」 일부

⑨ 해의 나라 산다./ 해의 나라 해를 안고 땅의 나라 산다./ 끓어서 활활 이는 해

의 나라 열기

해의 나라 사상/ 가슴에 하나씩의 <u>햇덩어릴</u> 안고/ 땅의 나라 어디에나 불을 지른다.

너무 많은 <u>해</u>의 영원/ <u>해</u>의 깃발 세운다.

— 「문학, 만세」 일부

⑩ 영겁을 활활 타는/ <u>햇덩어리</u> 분노, / 한낮의 <u>불볕</u> 끓고/ 뜰에는 금빛 적막

— 「꽃사태」 일부

⑪ 고독에 불지르는,/ 너무 열한 저 <u>불덩어리</u>를/ 차단해 다오.

— 「파도야, 파도야」 일부

⑫ 가슴에 끌어안는 <u>불덩어리</u> 빛,

— 「불덩어리 꿈」 일부

⑬ <u>해</u>가 활활 타고 있다./ 분노로 이글이글 벌겋게 <u>해</u>가 타고 있다.

우리들의 분노를/ 뜨겁게 <u>해</u>가 타고 있다.

— 「하나의 날을 위하여」 일부

⑭ 쨍쨍히 내려쬐는/ 저 한낮의 <u>햇볕살</u>을 바라볼 수 있는 일은

그 <u>햇볕</u>을 함빡 받고

바람과 <u>햇살</u>/ <u>햇살</u>과 바람 속에 홀로

— 「저 햇살」 일부

⑮ 영원을 무료히 내려쬐는 한낮의 <u>땡볕</u>

— 「野生代」 일부

박두진은 '해의 시인'이라 불릴 만큼 해를 찬양한다. 그의 '해 사랑' 정신은 그의 저서 곳곳에서 발견된다. 그는 자신이 자란 고향 고장치기를 '끝없

이 펼쳐진 것 같은 논벌, 그 논벌이 끝나는 곳에는 차령산맥의 묵중한 주산들이 환상과 동경에 어린 모습으로 파도처럼 굽이치고'[82] 있는 아름다운 마을로 묘사하였다. 이처럼 아름다운 차령산맥의 한 끝자락, 그 안에 산으로 둘러싸여있는 분지지역 고장치기에서 박두진은 해에 대한 강렬한 체험을 한다.

> 나의 전체 시의 가장 핵심적인 상징이 되는 쩔쩔 끓는 해, 높고 푸른 창공의 하늘, 영원을 반짝이는 웅대한 별밭, 잔잔하고 노하고 영원히 잠잠할 수 없는 바다, 찌를 듯 솟아오르고 유유히 침묵하는 산들의 실체와 그 불변 가변의 심상이 다 이 천혜의 환경과 그 체험에 기인된 것이 아닌가 한다.[83]

> 이때에 받은 별들의 영원한 놀라움과 그 장엄함, 이때에 몸에 받은 일종의 대륙적인 햇볕의 강렬성은 지금도 길어내고 있는 내 시적 작업의 상당한 자원이 되고 있다.[84]

그의 이러한 어린 시절 체험은 시작활동에 크게 영향을 미쳐 그를 '해의 시인'으로 명명케 했으며, 그것은 마침내 그의 시세계를 지배하는 강력한 원동력이 된다. 나열된 위의 시에서 알 수 있듯이 박두진은 '해' 또는 해가 비치는 현상과 관련된 다양한 시어를 통해 해를 시각적으로 형상화하고 있다. 이 중에서도 특히 '햇덩어리', '햇살', '햇볕'은 해와 연관된 상황을 형상화하는데 자주 사용되는 시어이다. 그 의미를 면밀히 따져보면, '햇덩어리'는 '해의 덩어리'를 의미한다. 이것은 '해'라고 표현했을 때 보다 좀 더 역동적이고 입체적이며 감각적인 뉘앙스를 풍긴다. ①, ⑨, ⑩에 등장하는 '햇덩어리'는 확실히 '해'와는 어감부터 다르다. 일반적으로 '해'가 주는 이미지는 보편적

---

82) 박두진, 「자연, 인간, 神」, 『문학적 자화상』, 한글, 1994, p. 25.
83) 박두진, 「자연, 인생, 시」, 위의 책, p. 105.
84) 박두진, 「자유, 사랑, 영원」, 위의 책, p. 52.

이고 객관적이며 평면적이지만, '햇덩어리'가 주는 이미지는 특수하고 주관적이며 입체적이다. 독자는 ①, ⑨, ⑩에서 이러한 인상을 감지할 수 있다. 특히 ⑨에는 '해'와 '햇덩어리'가 함께 등장하는데 마치 '해'라는 전체 속에 '햇덩어리'가 부분적으로 존재하는 느낌이 강하게 시사된다. 이처럼 시어 하나에도 뉘앙스를 감안해 선별·선택하는 시인의 노력이 있기에 독자는 개개의 시어에 따른 저마다의 독특한 묘미를 감상할 수 있다.

한편, '햇살'은 해가 밝게 비칠 때 뻗어 나오는 빛의 줄기를 의미하고, '햇볕'은 해의 뜨거운 기운을 의미한다. 참고로 '햇발'은 사방으로 뻗친 햇살을 의미하고 '햇빛'은 해의 밝기를 의미한다. 즉 햇빛은 해의 밝은 정도를, 햇볕은 해의 따뜻한 정도를 의미한다. ②, ③, ④, ⑤, ⑥, ⑦, ⑩, ⑭, ⑮에 등장하는 해의 유사어휘들은 '-볕', '-살', '-빛' 등의 접미사로 인해 의미가 다양하게 분화되어 시 전체에 생동감과 활기를 불어넣어 주고 있다. 접미사 '-볕'으로 끝나는 시어만 해도 햇볕, 봄볕, 뙤약볕, 땡볕, 불볕 등 다양하다. 접두사로 어떤 말이 오느냐에 따라 '-볕'의 따뜻한 정도와 그것이 함의하는 뉘앙스는 각양각색이다. ②, ③에 등장하는 '햇볕'과 '봄볕'은 봄날의 따뜻하고 포근한 해의 기운을 의미하지만, ④, ⑩, ⑮에 등장하는 '뙤약볕', '불볕', '땡볕'은 한여름의 작열하는 뜨거운 해의 기운을 연상케 한다. '-살' 역시 접두사에 의해 함의하는 의미의 정도가 다양하다. ④의 '빛살'과 ⑥, ⑦의 '햇살'은 햇빛의 줄기라는 사전적 의미를 띠고 있지만 두 시어가 갖는 뉘앙스는 결코 동일할 수 없다. 이에 ⑥의 '볕살'과 ⑭의 '햇볕살'이 가세하여 '-살'의 의미를 더욱 분화시키고 다양화시킨다. 이 두 시어 역시 '해의 따뜻한 기운과 빛의 줄기'라는 사전적 의미를 갖고 있지만 박두진의 시에서는 미묘한 뉘앙스에 의해 의미가 분화된다. 이처럼 묘한 뉘앙스를 풍기며 시적 분위기를 다양화하는 유사어휘들이야말로 박두진 시를 더욱 풍성하게 하는 주요 동인이 되고 있다.

또한 박두진은 해를 형상화함에 있어 그냥 '해', '햇덩이', '햇덩어리'라고 표현하기도 하지만 ⑧, ⑪, ⑫에서처럼 좀 더 강렬한 이미지인 '태양', '불덩이' 등으로 다양하게 시각화한다. 이처럼 다양한 시어의 조율은 타고난 시인의 섬세한 감각과도 직결되지만 독자에게도 다양한 미적 쾌감을 유발하여 시인 독자 모두에게 무한한 시적 · 감각적 상상력을 확대한다. 비록 박두진 시에 나타나는 시적 언어의 의미가 이처럼 대동소이(大同小異)하지만 그것들이 미묘한 뉘앙스를 통해 감각적이고 참신한 상상력을 유발하는 것 또한 사실이다. 특히 햇볕, 햇살, 햇빛 등은 의미면에서도 다채롭지만 감각적인 면에서도 이중적이다. 그것들은 각각 강렬한 해의 시각적 이미지를 형상화하기도 하지만 몸에 감각되는 해의 따뜻한 기운인 촉각적 이미지도 동시에 형상화한다. 이는 박두진이 하나의 시어를 선택하는 데에도 의미뿐만 아니라 감각적인 면에서도 얼마나 신중하게 생각하고 민감하게 고심하였는지를 알게 해주는 단적인 예라고 할 수 있다.

이처럼 박두진은 시각적 이미지와 촉각적 이미지를 통해 '해'의 강렬함을 노래하고 있다. 박두진에게 해는 그 자체로도 눈부신 존재이다. 한마디로 경외의 대상이다. 따라서 그의 해에 대한 절대적 외경심이 시각적 이미지라는 미적 기법을 통해 표출되고 있는 것이다. 이처럼 박두진은 자연에 대한 외경심을 시각이라는 감각의 구체화를 통해 부각시키고 있는 것이다.

이상으로 박두진 시에 나타난 시각적 이미지를 '해'를 포함하여 그와 유사한 시어들을 중심으로 살펴보았다. 시각적 이미지는 모든 감각 중에서 가장 중요한 이미지이다. 시각적 이미지는 시적 장면에 단독으로 등장하기도 하지만 사실 모든 이미지의 배후로 등장하기 때문이다. '해의 시인' 박두진에게 시각적 이미지는 특히 중요하다. 물론 '-볕'과 어우러진 시어들은 촉각적 이미지도 불러오지만 대체로 해의 원대함, 태양의 강렬함을 형상화하는 데 시각적 이미지보다 더 적절한 이미지가 없기 때문이다. 앞에 나열된 시편들에서 알 수 있듯이 박두진은 다양한 유사 어휘들을 통해 해를 시각적으로 형상화하는 섬세함을 보여주고 있다.

시각은 이미지 중에서 가장 중요하다. 시각은 단독 혹은 모든 이미지의 배경으로 제시되기 때문이다. 박두진의 시에서는 시각과 촉각이 공존하는 경우가 많다. 시어 '해'를 중심으로 다양한 유사어휘는 그 자체로도 빛나지만, 인간의 삶을 윤택하게 만드는 매개물이 되기도 한다. 인간은 강렬한 해를 바라보며 삶을 진지하게 성찰하고, 따가운 햇살을 받으며 삶의 희열을 느끼기 때문이다. 이렇듯 해는 인간에게 경외의 대상이기도 하지만, 한편으로 인간과 동반자적 관계를 형성하기도 한다. 자연과 인간의 동반적 관계는 박두진의 시정신의 지류이다. 그의 시정신은 자연과 인간의 조화이다. 시각과 촉각 이미지는 그의 시정신을 선명하게 부각시킨다. 형식이 내용을 심화시키는 경우라고 할 수 있다.

인간은 오감(五感) 중에서 청각에 가장 민감하다. 독자의 정서를 자극하여 시인이 의도한 상상력의 세계로 유도해나가는 데 청각적 이미지만큼 효과적인 감각작용도 없다. 특히 의성·의태어는 시적 상상력에 탄력과 환기를 주므로 청각적 이미지에서 효과적으로 사용되고 있다. 박두진의 시에서 시각적 이미지 못지않게 많이 나타나는 이미지가 청각적 이미지이다. 박두진은 청각적 이미지의 제시에 의성·의태어를 자주 사용함으로써 청각적 이미지의 효과를 배가시키고 있다. 의성·의태어가 제시된 시를 살펴보면 다음과 같다.

① 보라. 쏘는 듯 향기로히 피는 저 산꽃들을, 춤 추듯 너훌대는 푸른 저 나뭇잎을. 영롱히 구슬 빛듯 우짖는 새소리를. 줄줄줄 내려 닫는 골 푸른 물소리를.……

　　　　　　　　　　　　　　　　　　　　—「해의 품으로」 일부

② 워어이 워어이 모두 불러 한자리 앉아 애뙤고 고은 날을 누려보리라.

　　　　　　　　　　　　　　　　　　　　　　　　—「해」 일부

③ 금잔디 사이 할미꽃도 피었고, 삐이 삐이 배, 뱃종! 뱃종! 멧새들도 우는데, 봄

볕 포군한 무덤에 주검들이 누웠네.

— 「묘지송」 일부

④ 아랫도리 다박솔 깔린 산 넘어 큰산 그 넘엇 산 안보이어, 내마음 둥둥 구름을
타다.

— 「香峴」 일부

⑤ 하늘 천지 땅 천지 둥둥 뜨는 함성/ 만세 만세 돌들의 외침 끝이 없었다.

— 「水石 會議錄」 일부

⑥ 흩어졌던/ 너이 형 아우 총총히 돌아오고,/ 너는 늴늴늴 가락/ 맞춰 풀피리나
불고,

— 「어서 너는 오너라」 일부

⑦ 不死의 새여/ 푸드득 푸드득/ 이제는 우리들의 날개를 퍼덕여 올려야 할 때다.

— 「不死鳥의 노래」 일부

⑧ 내 영혼의 안과 밖 가슴 속 갈피갈피를/ 포릉대는 새여.

빙벽 속에 화석하며 끼들끼들 운다.

어쩔까 아 징징대며 젖어오는 울음/ 아직도 너는 나를 사랑하고 있다.

— 「魔法의 새」 일부

⑨ 태양 윙윙 떨어져나오는 소리/ 네게서 들린다.

— 「天體圖」 일부

⑩ 쏘는 눈/ 윙윙대는 날개의 사랑으로

— 「聖處女」 일부

①에서는 산꽃과 나뭇잎을 시각화한 후 새소리와 물소리를 청각화하고 있

다. '새소리', '물소리'라는 시어의 제시만으로도 독자들은 깊은 산속에서 지저귀는 새소리와 깊은 계곡에서 흐르는 물소리를 연상할 수 있다. 그러나 시적 화자는 "영롱히 구슬 빚듯"이라는 표현을 통해 새소리의 아름다움을 강조하고 있으며, '줄줄줄'이라는 의성어를 통해 계곡 물소리의 양적 풍부함과 우렁참, 흐름의 끊임없음과 연속성을 부각시키고 있다.

②에서 시적 화자는 해의 도래로 인해 모든 것이 새롭게 변화된 세상을 노래하고 있다. 그 새 세상에서는 약자도 강자도 없이 평화로움만 지속되는데, 시적 화자는 이러한 평화공동체 속에 동참하자고 모든 생물체를 불러모은다. 소리가 주는 주위의 환기는 남다르다. 의성어 '워어이 워어이'의 사용으로 이 시는 두 가지 효과를 얻고 있다. 첫째, '워어이 워어이'의 등장은 평범한 시상에 입체감을 형성한다. 둘째, 독자는 무심히 지나치던 모든 생물들이 시적 화자의 소리에 화답하듯 뒤돌아보고 잔치에 참여하는 행동을 연상한다. 이렇듯 의성어는 시적 화자와 독자의 주위(청각)를 환기하고 자극하는 데 효과적인 기제로 작용하고 있다.

③, ④의 의성·의태어 역시 마찬가지이다. ③은 묘지를 통한 부활심상을 노래하고 있다. 무덤을 덮고 있는 금잔디, 할미꽃과 멧새의 등장이 조화를 이루어 무덤의 이미지를 긍정적으로 만들고 있다. 이때 멧새의 울음소리 "삐이 삐이 배, 뱃종! 뱃종!"은 독자의 청각을 자극하고 환기한다. 봄볕, 금잔디, 할미꽃과 어우러져 들리는 멧새의 노랫소리는 마치 봄의 교향악을 연상시킨다. 이처럼 의성어 "삐이 삐이 배, 뱃종! 뱃종!"이 등장함으로 시는 전체적으로 활기가 넘치고 부활의 희망은 더욱 극대화된다.

④ 역시 의태어 '둥둥'의 등장으로 산 고개를 넘어가는 시적 화자의 들뜬 마음이 감각적으로 형상화된다. 시적 화자는 고개를 '향현'이라고 부르고 있다. 뜻풀이를 하자면 '향기로운 고개'라는 것인데 실제 지명이라 할지라도 그것의 의미는 상서롭다. 따라서 독자는 '향현'에 부여된 시적 화자의 한없는 애정을 느낄 수 있다. 그 고개를 넘어가는 시적 화자의 기쁨은 이루 다 말할 수

없다. 그 설렘과 기쁨의 감각적 형상화가 바로 의태어 '둥둥'인 것이다.

⑤ 역시 의인화된 돌들의 함성을 극대화시키는데 적절한 청각적 심상으로 '둥둥'이 사용되고 있다. 북은 축제의 장에도 꼭 필요한 악기지만 공동체의 목소리를 하나로 모으는데도 반드시 필요한 악기이다. ④의 '둥둥'이 '설렘'의 표현이라면 ⑤의 '둥둥'은 개개인의 마음을 하나로 모으고 뜻을 한데로 합치기 위한 강력한 발화의 배경이 된다고 할 수 있다. 이때의 배경은 단순히 하찮은 배경이 아니라 뜻을 관철시키는데 없어서는 안 될 배경, 즉 내용을 부각시키고 지배하는 배경이라고 할 수 있다. 따라서 ⑤의 '둥둥'은 자칫 건조하고 활력 없는 돌들(우리들)의 함성에 힘과 활기를 부여해 시 전체의 분위기를 상승·고조시키는 역할을 하고 있다.

⑥에 나타난 '총총히'와 '늴늴늴' 역시 박진감 넘치는 기쁨을 묘사하는 데 적절한 의성·의태어라 할 수 있다. 시 전체의 내용은 해방의 기쁨을 노래하고 있다. 시적 화자는 나라가 일제 식민지로부터 독립이 되었으니 흩어졌던 우리민족이 돌아오기를 갈망하고 있다. 그는 하루 바삐 해방된 조국으로 돌아와 새국가 건설에 동참할 것을 열망한다. 시적 화자는 간도와 만주로 떠나갔던 우리민족이, 징병과 징용으로 끌려갔던 우리 형제자매가 어서 돌아오기를 학수고대하며 그 간절함을 '총총히'라는 의태어를 통해 표출하고 있는 것이다.

이 시는 '총총히'의 등장으로 해방의 기쁨을 박진감 있게 표현할 뿐만 아니라 우리민족이 하나 둘 속속히 돌아오고 있음을 중의적으로 함축하고 있다. '늴늴늴' 역시 관악기 소리를 음성화한 것인데 해방의 기쁨을 감각적으로 형상화한 것이라고 할 수 있다. 나라를 되찾은 날, 그 기쁨의 날에 가무를 곁들이는 것은 당연한 절차이다. 시적 화자는 '늴늴늴' 악기 소리에 맞추어 모두 다 춤추고 노래하는 한바탕 축제의 향연을 노래하고 싶었고, 의성어 '늴늴늴'은 그러한 시적 화자의 의도를 제대로 살려주고 있는 청각적 이미지라 할 수 있다.

⑦은 우리민족(우리나라)의 재생, 재건을 영원히 죽지 않고 비상하는 불사조를 통해 형상화하고 있다. 의성어 '푸드득 푸드득'은 새의 날갯짓을 의미하는데, 이는 새가 비상하기 위해 꼭 필요한 시작단계이자 준비단계이다. 모든 것은 시작이 있어야 끝도 있다. 비상의 날갯짓이 있어야 새는 높이 비상하게 된다. 국가의 재건도 마찬가지이다. 재건을 위한 시행착오와 끊임없는 노력이 있어야 마침내 새로운 국가를 창조할 수 있다. 이처럼 시적 화자는 새의 비상과 국가의 건설을 동일개념으로 보고 있으며, 따라서 음성 상징어 '푸드득 푸드득'을 통해 국가 재건의 가능성을 보여주고 있다.

⑧ 역시 의성·의태어를 통해 나에 대한 너의 사랑을 확인하고 있다. 여기에 등장하는 의성·의태어는 '포릉대는' '끼들끼들' '징징대며' 세 가지이다. '포릉대다'는 북한어로 작은 새가 가볍게 짧은 거리를 나는 소리나 모양을 일컫는다. '끼들끼들'은 참다못해 터뜨리는 웃음을 입속으로 조금 되게 내는 소리나 모양을 의미하며 역시 북한어이다. '징징대다'는 언짢거나 못마땅하여 자꾸 보채거나 짜증을 내는 모양을 의미한다. 이 시에서 너는 한 마리 새로 형상화되는데 이때의 너는 한편으로는 포릉대고, 한편으로는 끼들끼들 울고, 또 한편으로는 징징댄다. 끼들끼들은 웃음을 나타내는 의성어인데 뒤에 이어지는 동사는 '울다'이다. 즉 '끼들끼들 운다'는 의미상 아이러니지만 사람의 관계 혹은 애정의 관계가 때로는 아이러니임을 시적 화자는 역설적으로 보여준다고 볼 수 있다. 나에 대한 가슴앓이로 너는 포릉포릉 가볍게 소리 내는 한 마리 새였다가, 웃음과 울음을 구분할 수 없는 끼들끼들 모호한 소리를 내기도 하다가, 마침내 징징 울고 말지만 그것은 여전히 나를 사랑하고 있음을 확인하는 증거들일 뿐이다. 이처럼 시적 화자는 새의 소리와 행위를 나타내는 의성·의태어를 통해 너와 나의 애증관계를 결국은 사랑으로 풀어내고 있다.

⑨와 ⑩의 의성어 '윙윙' 역시 대상에 생동감과 입체감을 부여하고 있다. ⑨는 전반부에선 지구를 포함한 우주 생성의 감격을 노래하고 있고, 후반부

에선 인류의 출현과 거주를 통해 전쟁과 욕망으로 치열했던 인류사를 기술하고 있다. 이때의 의성어 '윙윙'은 태양의 생성을 종교적 신비로 풀어내려는 시적 화자의 상상력에 일조를 하는 한편 독자에게는 태양의 움직임을 역동적으로 감상할 수 있는 기회를 제공한다. 이렇듯 사소한 의성어 하나가 시 전체의 분위기를 단순에서 복합으로, 평이에서 입체로, 무미건조에서 생동감 넘치는 역동으로 변모시킬 수 있다. 이러한 특징이 감각작용의 장점이라고 할 수 있다.

⑩은 성처녀 마리아에 대한 찬미가라고 할 수 있다. 여기에서 의성어 '윙윙'은 천사의 나래를 펴고 성처녀에게 날아가고 싶은 시인의 소망을 역동적으로 표현한 것이라 할 수 있다. '윙윙'은 조용하고 사뿐하게 날아가는 것이 아니라 조금은 자랑이라도 하듯이 다소 과장스런 몸짓으로 빠르고 세차게 너(성처녀)에게 날아가고 싶음을 의도적으로 표현한 것이라 할 수 있다.

청각은 모든 감각 중에서 가장 민감하게 반응하는 기관으로 인간의 정서를 자극하고 환기하는 데 효과적이다. 박두진은 다양한 의성·의태어를 통해 자연과 인간의 어우러짐을 구체화하고 있다. 그의 시에서 의성·의태어는 자연친화적 사고를 심화시키는 소재이다. 그는 청각적 이미지 제시에 의성·의태어를 사용하여 시상의 전개를 생동감 있게 할 뿐만 아니라 시 전체의 분위기를 고양시켜 독자로 하여금 다양하고 독창적인 감상을 하도록 유도하고 있다. 따라서 독자는 의성·의태어가 자연과 인간의 조화를 지향하는데 촉매역할을 하고 있음을 깨달을 수 있다.

3장 의미 구조적 전개

　오늘날 인류가 처한 생태계의 위기는 근대문명에 깔려있는 서구의 형이상학이 상정하고 있듯이 지배자로서 인간과 물질적 존재로서 자연을 양분하여 인간의 우월성을 주장함으로써 인간의 자연 약탈과 정복을 정당화하는 인간중심주의에서 그 근본적인 원인을 찾을 수 있다. 또한 이러한 위기는 기본적으로 우주를 바라보는 인간의 태도, 세계관의 문제이며, 더 근원적으로 인간이란 무엇인가라는 자아 정체성에 관한 존재론적이며 윤리적이고 철학적인 문제와 연결된다.[85] 이는 인류의 미래를 위해서는 "일원론적 형이상학"과 자연중심적 가치관으로 서술할 수 있는 "생태적 세계관"으로의 전환이 필요하다[86]는 것과 같은 맥락이다.

　근대과학의 합리성이 인간을 지배하기 이전에 사람들이 지니고 있었던 생

---

85)　김구슬, 「T. S. 엘리엇의 비평이론과 생태학적 통찰」, 『초록생명의 길 Ⅱ』, 시와사람사, 2001, p. 456.

86)　박이문, 『문명의 미래와 생태학적 세계관』, 당대, 2000, p. 9.

명에 대한 인식은 한마디로 신화적이고 문학적이었다. 히말라야 산맥의 여성들은 숲속에 들어가 땔감을 주워올 때 숲의 여신에게 자신들이 땔감을 가져가는 것에 대해 용서를 빌며 꼭 필요한 양만 가져가겠다는 다짐을 한다고 한다. 또한 1854년 미국의 대통령이 서부지역에 거주하고 있는 인디언 원주민들에게 그들의 땅을 팔라고 제안하자 그들의 추장은 자연의 삼라만상이 모두 인간과 형제임을 주장하며 그 부당함을 피력했다[87]고 한다. 이처럼 이들은 인간과 자연을 대등한 존재로 보고, 인간에게는 인간의 질서가, 자연에게는 자연의 질서가 있으며 그 둘이 관계를 맺을 때에도 일정한 법도와 예의가 있어야 한다[88]고 생각했다. 이규보의 한문수필「슬견설(蝨犬說)」역시 미물이나 영물이나 모든 생명은 소중하다는 생명 존중사상, 만물 평등사상을 내포하고 있다.

박두진의 시에도 만물에 대한 통합적 상상력이 드러나 있다. 박두진이 시를 통해 추구한 세상은 근대적·합리적·이성적 방식이 통하는 사회가 아닌 신화적·문학적·감성적 방식으로 소통하는 사회이다. 근대화 이전의 자연과 인간이 조화를 이룬 원래의 모습, 그 원형적 공간을 추구한 것이다. 이처럼 박두진의 시에는 생명의 고귀함과 아름다움, 우주 만물의 평등에 대한 귀중한 인식이 담겨있다. 자연과 인간을 동일시하여 작고 하찮은 생명조차 소중히 여기는 통합적 상상력이야말로 자연과 인간이 다함께 공존하는 상생의 길이라 할 수 있다.

더불어 박두진의 시를 논할 때 간과해서는 안 되는 것이 있다. 바로 그의 종교적 관념이다. 그는 자연이라는 시적 소재에 기독교적 사유를 불어넣어 시세계를 확립시킨 시인이다. 따라서 그의 시에는 기독교적 상상력과 생태의식이 공존한다. 기독교적 상상력은 자연에 긍정적인 자세를 취한다. 성서에는

---

87) 정효구, 『우주공동체와 문학의 길』, 시와시학사, 1994, p. 19.
88) 이숭원, 앞의 글, 앞의 책, p. 443.

자연과 인간을 동등한 신의 피조물로 소중히 여기는 생태의식이 나타나 있다. 이처럼 그의 시의 기저에는 기독교적 사유와 생태의식이 자리 잡고 있다.

따라서 본장에서는 박두진의 시를 생태의식에 의거하여 자연의 신성성과 인간애를, 그의 기독교적 상상력이 투영된 구원의식과 절대성 지향을, 조국과 민족의 비애를 좌시할 수 없었던 양심이 투영된 민족애와 상생의 추구를 살펴볼 것이다.

1. 자연의 신성성 구가와 인간애

박두진의 시세계의 핵심어는 자연, 인간, 신이다. 그가 초기에는 자연에, 중기에는 인간에, 그리고 후기에는 신에게 치중하였다하더라도, 그의 시 전반에 나타나는 핵심어는 자연이다. 그는 평생 자연에 심취한 시인이다. 그래서 박두진의 자연은 다른 두 명의 청록파 시인의 그것과는 다르다. 그의 자연은 박목월이나 조지훈에게 나타나는 '향토적 서정'이나 '불교적 선미(禪味)'로서의 자연이 아닌, 있는 그대로의 자연, 생명력 넘치는 역동적 자연이다. 박두진의 자연은 모든 생물이 다함께 공존하는 자연이다. 그것이 박두진이 자신의 시에서 추구한 이상세계였다. 모든 만물이 공존하는 세상, 이것은 생태의식의 기본명제이다. 박두진의 시에 이런 생태의식이 드러나기에 그의 시를 생태시로 볼 수 있는 것이다.

박두진의 시는 생태의식에 기반을 두고 있어 건강하고 낙관적이다. 그는 신자연이라는 새로운 세계를 가지고 산림에서 풍기는 식물성의 향기와 같은 신선한 시적 체취를 풍기면서 나타났다. 따라서 청록파의 공통된 세계가 자연이라면 박두진이 그 중심적 존재[89]라고 할 수 있다. 그는 청록파의 두

---

89) 정한모, 『현대시론』, 보성문화사, 1994, p. 192.

시인과는 구별되게 자연에 대한 긍정적 찬가에서 출발하여 힘찬 의지와 서정의 여울로 목청을 돋우어 노래한 시인[90]이기 때문이다.

박두진의 자연은 기독교적 관념이 내재해 있어 신화적이고 신성하다. 고도의 정신적 사유와 영성이 있다. 아름답고 신비롭다. 따라서 그는 자연을 의인화시켜 그것에 인간의 정신적 사유인 고독과 위무의식을 투영시키고 있다. 또한 동경의 대상을 등장시켜 자연과 합일 내지는 조화를 이루는 양상을 표출하고 있다. 마지막으로, 광물적 이미지인 '돌'을 성화(聖化)하여 그것에 영성과 심미의식을 투영시키고 있다.

1) 고독과 위무의식

인간의 자연친화적 사고는 동서고금을 막론하고 동일하다.[91] 자연은 때로는 문명화된 삶으로부터 도피의 공간으로 제공되어 인간을 위무하는 존재가 되기도 한다. 인간은 현실에 애착을 지니고 있으면서도 그 현실에 의해 좌절을 겪게 될 때, 좌절된 현실의 대립명제로 자연을 노래한다고 할 수 있다.[92] 그러나 자연이 항상 위로의 존재로 나타나는 것은 아니다. 때때로 자연은 인간의 감정이 고스란히 이입되어 고독과 소외감을 심화시키기도 한다.

박두진의 초기시에는 이러한 자연의 양면적 특성이 두드러지게 나타나고 있는데, 그것은 그가 처했던 현실상황과 관련이 깊다. 그는 일제 강점하의 조국현실, 가난, 질병, 형과 누이의 죽음 등을 통해 일찍부터 인생의 비애를 경험하게 된다. 불행한 현실은 그를 더욱 고독의 심연으로 몰아갔으며, 따라서 아침저녁으로 바라본 자연물에게조차도 그는 우울의 정조를 느끼게

---

90) 정한모, 앞의 책, p. 320.

91) 서구의 자연은 목가적 아르카디아를 의미하고, 동양의 자연은 불노장생의 무릉도원을 의미한다.

92) 이건청, 「한국전원시연구」, 단국대 대학원 박사학위논문, 1985, p. 10.

된다. 다음의 시에서 박두진은 자연을 매개물로 하여 인간의 고독을 표현하고 있다. 그리고 그가 고독의 표상으로 선택한 제재는 '숲'이다.

진달래 붉게 피고,
杜鵑새며 綠陰 따라
꾀꼬리도 와서 울고 하면,
숲은
새색시같이 즐거웠다.

우거진 綠陰 위에
오락 가락 검은 구름 떼가 몰리고,
이어 성난 하늘에
우루루루 천둥이며 비바람에
파란 번개불이 질리고 하면,
숲은 후둘 후둘 무서워서 떨었다.

찬비가 내리곤 하다가
이윽고 하늘에 서릿발이 서고,
찬바람에 우수수 누렁 나뭇잎들이 떨어지며
달밤에 귀뚜라미며 풀버레들이 울고 하면,
숲은 쓸쓸하여,
숲은, 한숨을 짓곤 짓곤 하였다.

부우연 하늘에서
함박눈이 내리고,
눈 위에 바람이 일어 눈포래가 휩쓸고,
카랑 카랑 맵게 칩고,
달이며 별도 얼어 떨고,
부헝이가 와서 울고 하면,
숲은, 웅숭그리며, 오도오도 떨며, 참으며,
하얀 눈 위에서 한밤내—울었다.

—「숲」전문

숲은 여러모로 유익하다. 숲은 지구에 신선한 공기를 공급한다. 숲은 온갖 생물과 무생물의 조화와 균형을 가능하게 한다. 또한 숲은 인간에게 땔감과 자원 및 휴식공간을 제공한다. 이 시의 주체는 '숲'이고, 가장 두드러진 시적 수사는 숲의 의인화이다. 시적 화자는 사계절의 변화에 따른 인간의 감정을 '숲'이라는 자연물을 통해 표출시키고 있다. 즉 인간과 숲을 동일시하고 있다. 봄은 인간, 자연 모두에게 희망의 계절이다. 봄의 상징인 '꽃'과 '새'는 인간의 시각과 청각을 자극하여 감정을 고조시키는 심미적 소재이다. 1연에서도 숲은 "진달래꽃" 피고 "두견새"와 "꾀꼬리" 우는 봄이 찾아오자 "새색시 같이 즐거워"한다.

그러나 "천둥"과 "번개"를 동반한 여름이 시작되자 숲은 불안과 공포에 떨게 된다. 무덥고 지루한 여름이 가고 "찬바람" 불고 "서리발" 내리는 가을이 되자 숲은 "쓸쓸"함을 감추지 못한다. 설상가상으로 "눈보라" 치고 "달도 별도 얼어"붙는 겨울이 다가오자 숲은 외로움과 공포로 "한밤 내 울"게 된다. 숲은 '즐거움(설렘)→무서움(공포)→쓸쓸함 · 한숨(고독)→떪 · 울음(눈물)'의 감정변화를 일으키게 된다.

이 시 전편에는 다수의 새와 곤충이 등장하는데 1연의 두견새와 꾀꼬리, 3연의 귀뚜라미, 4연의 부엉이가 그것이다. 두견새는 본래 슬픈 전설[93]로 인하여 우울한 정조를 자극하는 자연물이다. 1연의 시간적 배경이 봄이기에 그 비애감은 다소 희석되지만, 근원적으로 두견새에는 애련함이 내재해 있다. 3연의 귀뚜라미 역시 인간에게 외로움과 쓸쓸함을 환기시키는 곤충으로 가을밤의 고독한 정취를 강렬하게 부각시킨다. 4연의 부엉이는 그 외양과 울음소리로 인해 인간에게 공포감을 조성한다. 시적 화자는 새 외에도 '한

---

93) 두견새는 전설의 내용에 따라 소쩍새, 접동새, 불여귀 또는 귀촉도로 불린다. 두견 새와 얽힌 전설에는 굶어 죽은 며느리 전설, 의붓어미 전설, 촉나라 망제의 전설 등 이 전한다.

숨', '쓸쓸함', '무서움', '떪', '참음', '울음' 등 인간의 우울한 감정과 그에 따른 행위를 통해서 인간의 고독을 표출시키고 있다.

이렇게 본다면 이 시에서 숲의 감정은 1연을 제외한 나머지 연에서 고독의 하강 분위기를 제시하고 있다. 전체적으로 우울한 정조를 드리우고 있기에 1연의 상승 분위기는 역설적으로 더 비애적이다. 인간은 근본적으로 고독하다. 고독은 인간만이 소유할 수 있는 특권이다. 고독은 인간으로 하여금 사색할 수 있는 시간을 준다. 그리고 인간은 그 사색을 통해 자신을 안위하는 즐거움을 경험하게 된다. 그리하여 고독은 외로우면서도 외롭지 않은 것이 된다. 오히려 자신을 돌아보고 성찰케 하는 경건한 것이 된다. 따라서 고독은 사색, 성찰, 경건 등과 동질의 의미를 띤 신성한 것이 된다.

박두진에게 자연은 박두진 자신이었다. 어려서부터 보고 자란 자연, 하루 종일 뛰어논 산과 들은 영원한 고향, 평생의 휴식처였다. 박두진은 이런 자연을 통해 인간의 신성한 특권, 즉 고독을 표현하고 싶어 했다. 자연물 외엔 그 어떤 것도 고독을 대신 표출할 수 없기 때문이다. 고독의 신성을 이입할 수 있는 것은 신성한 자연 외엔 없기 때문이다. 박두진의 이러한 자연지향은 자연과 인간의 공존을 주장하는 생태의식과 맞닿아 있다. 자연의 한 부분인 인간은 전적으로 자연에 속해 있다. 정신적 영역과 물리적 영역 모두 자연의 것이다. 따라서 인간의 고독도 결국은 자연의 것이다. 인간은 자연의 정신적 사유체계를 잠시 빌린 것뿐이다. 박두진은 다음의 시 「道峯」에서도 자연물을 통해 인간의 고독을 형상화하고 있다.

산새도 날라와/ 우짖지 않고,

구름도 떠가곤/ 오지 않는다.

인적 끊인 곳/ 홀로 앉은
가을 山의 어스름.

호오이 호오이 소리 높여
나는 누구도 없이 불러 보나,

울림은 헛되이
빈 골 골을 되도라 올뿐.

산그늘 길게 느리며
붉게 해는 넘어 가고,

黃昏과 함께
이어 별과 밤은 오리니.

生은 오직 갈수록 쓸쓸하고,
사랑은 한갓 괴로울 뿐.

그대 위하여 나는, 이제도 이,
긴 밤과 슬픔을 갖거니와,

이밤을 그대는, 나도 모르는
어느 마을에서 쉬느뇨.

—「道峯」

이 시에서 시적 화자는 '그대(임)'의 부재로 인해 외로움에 휩싸여 있다. 물론 그는 처음부터 자신의 이러한 감정을 직접적으로 노출시키지는 않는다. 그는 "산새", "구름", "가을 山", "산그늘", "황혼", "별", "밤" 등 그를 둘러싼 배경묘사를 통해 자신의 감정을 간접적으로 드러낸다. 산새와 구름은 본래의 의무와 역할에 태만한 채 움직이지 않고 있으며, 가을 산, 산그늘, 황혼, 별과 밤은 어둠의 이미지를 부각시켜 우울함을 드러내고 있다. 더욱이 꿈과 희망의 상징인 별마저도 어둠 속에 침몰하는 부정적 요소로 작용하고 있는 것을 보면 그는 지금 극단적으로 고독하고 절망적인 상태에 빠져 있다.

시적 화자는 이 시의 후반부에 가서 자신의 고독의 근원이 '그대' 때문임을 고백한다. 여기에서 임은 사랑하는 사람일수도 있고, 민족이거나 조국일수도 있고, 절대자이거나 그 모두 일 수 있다.[94] 시적 화자는 사랑하는 임의 부재로 "긴 밤과 슬픔을 갖"게 되는데, 사실 자신의 슬픔보다 더 걱정스러운 것은 임의 행방이다. 임이 간곳을 알 수 없기에 시적 화자는 "이밤을 그대는, 나도 모르는 어느 마을에서 쉬느뇨"라며 탄식하고 있다.

이처럼 박두진은 전반부에서는 서경을 드러내고 후반부에서는 서정을 표현한다. 이러한 선경후정[95]의 구조는 화자의 정서를 드러내는데 효과적이다. 흔히 문학작품에서 배경은 주제를 부각시키는 복선이다. 배경을 통해 작품의 전반적인 분위기가 형성된다. 또한 배경은 화자 혹은 인물의 심리와 행동을 암시하거나 사실적으로 보이게 한다. 이 시에서 자연물은 배경이고 시적 화자는 주체이다. 즉 자연을 배경으로 그 속에 인간이 존재하는 것이다. 그러나 자연은 단지 인간의 부속물로 보조역할에 머무르지는 않는다. 오히려 인간의 심리나 상황을 부각시키고 심화시키는 존재로 작용한다. 박두진은 고독한 분위기를 자아내는 자연물을 먼저 배경으로 제시하고 감정을 뒤에 제시함으로써 시적 화자의 고독을 한층 더 강조하고 있다.

자연은 우주의 변화를 인간보다 먼저 체감한다. 자연물에는 인간이 범접할 수 없는 영성이 깃들어 있다. 시인의 역할은 그 영성을 발견하여 독자에게 그대로 전해주는 것이다. 박두진 역시 자연물에서 이런 영성을 발견한다. 그 영성은 고독으로 나타난다. 이 시에 제시된 '산새', '구름', '가을 山', '산그늘', '황혼', '별', '밤' 등의 자연물은 단지 자연물로서 존재하는 것이 아니다. 그것들은 시적 화자의 외로움을 부각시키는 고독의 이미지를 함의하

---

94) 박두진, 『한국현대시인론』, 일조각, 1977, pp. 375~378.
95) 우리나라 최초의 고대 서정가요인 「황조가」에서 선경후정의 한시구조를 엿볼 수 있다.

고 있다. 자기 자신의 근원을 발견하고 성찰하는 고독은 신성하고 숭고한 것이다. 그래서 고독은 심미적이기까지 하다.

그러나 박두진의 자연이 항상 고독감만을 드러내는 것은 아니다. 그것은 때로 다른 어떤 것보다 강력한 '치유력(healing power)'[96]으로 인간에게 위안을 준다. 박두진이 위무의 대상으로 선택한 자연은 '바다'이다.

> 나혼자 홀홀 떠나 바다로 간다.
> 난초도 거문고도 백자항아리도 버리고
> 장서도 가족들도
> 꽃밭도 버리고
> 바다만 앞에 있는
> 바다만 뒤에 있는
> 바다만 옆에 있는
> 바다 망망한 가운데 심해선 저 쪽
> 일렁되는 파도 위를 알몸 누워 간다.
> 가슴에는 다만 하늘
> 가슴에는 다만 태양
> 갖고 싶던 아무 것도 잊어버리고
> 알고 싶던 아무 것도 잊어버리고
> 보고 싶던 아무 것도 잊어버리고
> 처음 혼자
> 순간이 그 영원
> 영원이 그 순간으로
> 출렁거리는
> 나 혼자 홀홀 떠나 바다로 간다.

---

96) 매튜 아놀드에 의하면 워즈워스의 시가 위대한 것은 시인이 자연 속에서 느끼는 '특별한 힘' 때문이라고 하는데, 시인의 즐거움이 독자에게 그대로 전해지는 이 독특한 시적상상력을 '치유력(healing power)'이라고 한다. (Matthew Arnold, *Essays in Criticism*(London: Macmillan, 1958), p. 91.)

동해 파도 한가운데 바다로 간다.

—「바다로 간다」 전문

　인간은 세상의 잡다한 번민으로 괴로울 때 모든 걸 다 잊고 멀리 떠나고 싶어 한다. 그때 찾게 되는 곳이 대체로 인간 세상과는 유리된 산이나 바다이다. 산과 바다는 속세와 떨어져 있으면서도 마음만 먹으면 쉽게 찾아갈 수 있는, 심리적으로 안정을 주는 곳이기 때문이다. 이 시에서 시적 화자가 궁극적으로 지향하는 것도 "바다"이다. 그는 소중한 모든 걸 버린 후, "훌훌 털고 바다로 가고 싶다"고 자신의 솔직한 심정을 토로한다. 그는 평소 물질에 욕심이 많은 사람이 아니다. 그에게 소중한 것은 단지 "난초", "거문고", "백자항아리", "장서", "가족", "꽃밭" 등 작고 사소한 물질 내지는 정신적인 것들이다. 그럼에도 불구하고 그는 이 작고 사소한 것조차 부담스러워 모두 "버리고" 그 "혼자" 바다에 가겠다고 한다.

　바다에 대한 애착은 거의 광적이어서 바다만 오로지 그의 "앞"과 "뒤"와 "옆"에 있어준다면 "알몸"으로 가겠다고 까지 고백한다. 여기서의 알몸은 그가 진정으로 갈망하는 절대적인 자유의 몸이다. 그에게 바다는 모든 것을 버리고 갈 수 있을 만큼 절대적 존재이다. 또한 바다는 그가 모든 거짓과 위선을 벗어버리고 알몸으로 대면해야 할 완전무결한 존재이기도 하다. 바다는 "갖고 싶"고, "알고 싶"고, "보고 싶"던 모든 것을 잊어버리고 '순간을 영원처럼, 영원을 순간처럼' 여기며 살아가는 것을 가능케 하는 존재이다. 그렇기에 그는 모든 걸 훌훌 떠나 "동해바다"로 가고 싶다고 고백하는 것이다.

　이처럼 시적 화자는 자연을 세상의 모든 고뇌와 욕심으로부터 벗어나 인간이 줄 수 없는 무한의 안식과 위로를 주는 절대적 존재로 간주하고 있다. 그러한 존재로는 가슴에 품은 '하늘'과 '태양'도 있지만, 이 시에서 시적 화자가 궁극적으로 지향하고 있는 것은 푸르고 광대한 '바다'이다. 그것은 문명의 억압과 소외의식에서 벗어난 자유지향으로서의 공간이다.

인간은 본래 자연과 그 영성을 공유하는 자연의 산물이며 일부분이었다. 신화, 전설, 민담 등에서 인간과 자연이 서로 분리되지 않고 운명공동체로 등장하는 것은 자연과 인간이 원래 한 몸임[97]을 보여주는 증거이다. 인간이 자연을 그리워하는 것은 본래 한 몸이었고 같은 운명공동체이기 때문이다. 자연과 인간의 한 몸 공동체는 생태의식의 기본 바탕이다. 인간이 자연을 경외시하고 공존을 추구하는 자세야말로 생태의식의 이상적인 모습이다. 자연물 중 특히 산, 바다, 하늘이 동경의 대상이 되는 것은 그것들이 크고 높고 넓기 때문이다. 인간은 자신보다 더 큰 존재에 대한 고소지향, 동일지향이 있기 때문이다. 박두진의 자연에 대한 외경심은 다음의 시 「하늘」에서도 잘 나타난다.

> 하늘이 내게로 온다.
> 여럿 여럿/ 머얼리서 온다.
>
> 하늘은, 머얼리서 오는 하늘은,
> 호수처럼 푸르다.
>
> 호수처럼 푸른 하늘에,
> 내가 안긴다. 온 몸이 안긴다.
>
> 가슴으로, 가슴으로,
> 스미어드는 하늘,
> 향기로운 하늘의 호흡,
>
> 따거운 별,
> 초가을 햇볕으론
> 목을 씻고,

---

97) 홍용희, 「시적주체와 우주율」, 신덕룡, 앞의 책, pp. 405~406.

나는 하늘을 마신다.
작고 목 말러 마신다.

마시는 하늘에
내가 익는다.
능금처럼 익는다.

—「하늘」 전문

시적 화자의 시선은 지금 "하늘"을 향해 있다. 그런데 그는 땅에 있고 하늘은 우주공간에 위치해 있다. 하늘과 그는 물리적으로 먼 거리에 있다. 그러나 그가 하늘을 향해 몸과 마음을 노출시키자 곧 둘만의 정신적 교감이 시작된다. 하늘이 "머얼리서" 그에게 다가오는 행위가 그것이다. 그와 하늘이 정신적 거리 안에서 가까워지자 그는 마침내 하늘이 "호수처럼 푸르다"고 고백한다. 하늘의 "푸르름"에 몰입된 시적 화자는 하늘에 "온 몸이 안기는" 경험을 하게 된다. 하늘과 시적 화자 사이에 거리가 없어진 것이다.

하늘이 시적 화자의 "가슴으로" 스미자 그는 하늘의 "향기로움"을 '호흡'하고 마침내 "하늘을 마시는" 합일의 경지에 이른다. 하늘을 호흡한다는 것은 하늘과 하나가 되기 위한 준비단계라고 할 수 있다. 하늘과 합일의 경지에 이르기 전에 거쳐야 할 통과의례가 하나 더 있다. 바로 따가운 "햇볕"으로 "목을 씻는" 행위이다. 햇볕은 해와 동일한 의미를 띠기 때문에 절대적 존재로 상징된다. 목을 씻는 행위는 세족(洗足)식 같이 정화 혹은 정결의 의미를 함의한다. 마침내 시적 화자는 하늘과 하나가 되는 체험을 하게 되고 그 결과 그의 지위는 하늘과 동등한 관계로 상승된다. 하늘과 동격이 되자 그는 "능금처럼 내 마음이 익는다"고 고백한다. 그의 인격이 하늘을 닮아 능금처럼 성숙해질 뿐만 아니라 완전해지고 있는 것이다.

이상으로 박두진의 시에 나타난 자연의 존재를 살펴보았다. 자연의 아름다움은 인간에게 자신이 처한 현실을 상기시켜 외로움을 부각시키기도 하지만, 현실의 고통으로부터 그들을 포용하고 위로해주는 위무의 존재로 나타나기도 한다. 고독이나 위무는 가치 지향적이고 심미적인 것이다. 고독이나 위무는 인간만이 소유한 정신능력이다. 그런데 박두진은 이렇게 형이상학적인 인간의 속성을 자연물에 부여하고 있다. 그것은 두 가지로 이해될 수 있다. 첫째는 자연에 신비로운 영성이 깃들어 있기 때문이다. 본시 자연은 우주의 근본임으로 인간은 단지 자연의 섭리 안에 거하며 자연을 외경하는 일부분이었을 뿐이다. 따라서 자연물이 의인화되어 고독과 위무의식이라는 고도의 정신사유를 소유하는 것은 당연한 논리이다. 둘째는 자연과 인간의 공존, 두 개체의 상생을 지향하는 박두진의 자연관 때문이다. 박두진은 자연이 인간이고 인간이 자연인 물아일체의 경지, 그 화합의 정신을 지향한다. 그의 이러한 가치관이 결국 자연물에 고독과 위안이라는 신성을 부여하고 있는 것이다.

김동리는 박두진 시의 위대성을 '멸하지 않고 영원히 아름다운 것'을 추구하는데서 발견한다. '멸하지 않고 영원히 아름다운 것'은 박두진이 지향한 자연이며, 그것은 '메시아적 이상의 세계'[98] 혹은 '에덴적 자연'[99]으로 해석할 수 있다. 비록 박두진의 자연관에 기독교 정신이 채색되어 있다 할지라도 그것이 그의 '자연과 인간의 상생'이라는 시적 상상력을 희석시키지는 않는다. 기독교 정신은 신과 인간의 결합, 자연과 인간의 공존이다. 신은 지구상에 맨 먼저 자신의 형상대로 인간을 창조했고, 그 후에 모든 생물을 만들었다. 인간과 자연은 신의 피조물인 까닭에 기독교적 세계관에는 인간과 자연 존중의 정신이 내재해 있다. 따라서 박두진에게 자연은 단순한 차원이 아닌 '자연 그 이상의 것'이라고 할 수 있다.

---

98) 이건청, 앞의 논문, p. 135.
99) 신용협, 『한국 현대시 연구』, 새미, 2001, p. 276.

2) 동경과 그리움

문학작품에는 다양한 인간유형이 등장한다. 물론 다양한 인물들의 갈등을 표출시킬 수 있는 장르로는 시보다 소설이 더 적합한 것도 사실이다. 서사시가 예외가 될 수는 있겠으나 시는 여전히 시적 화자의 감정을 고백하는 독백의 문학이기 때문이다. 그렇다고 해서 시에서 등장인물이 전혀 드러나지 않는 것은 아니다. 시인은 직접적인 방식, 혹은 비유나 상징을 통한 간접적인 방식으로 자신의 작품 속에서 인물유형을 창조해 낸다.

박두진의 시에는 몇몇의 인간유형이 등장하는데, 그 모습은 대체로 동경 혹은 그리움의 대상이다. 그의 시 「海愁」에 나타나는 이상적 여인은 '숙'이다. 그녀는 천상의 인물에 근접한 여인으로서 성스러운 존재로 나타난다.

> ─바다는 누군가. 바다에는 누가 사나. 바다에는 누가 살기 날 이리 닳게 하나.
> ……
>
> 바다가 그리움도 그대 때문에, 파도가 그리움도 그대 때문에.…… 바다 처럼 부퍼오는 그대의 가슴. 파도 처럼 설레오는 그대의 숨결. ……
>
> 설레는 파도 곁에 그대를 보러, 기슭에 홀로 섰는 그대를 보러. ……물 위에 햇발 놀듯, 바람 날듯, 물결 뛰듯, 나의 마음.…… 바다로 바다로만 달리는 마음.……
>
> 눈부시게 내려 올 꽃비를 보며, 한 바다 흩날려 올 꽃눈을 보며, 달려간다 나는 숙아. 덩, 덩, 덩,…… 널 보러 바다로만 달려간다 숙아.……
>
> ─「海愁」 일부

시적 화자가 바다로 온 목적은 명확하다. 그것은 그리운 "숙"과 해후하기 위해서이다. 그녀를 향한 그의 마음은 "바다처럼" 부풀어 오르고 "파도처럼" 설렌다. 동사 '부풀어 오른다', '설렌다', '난다', '뛴다', '달려간다' 등을 통해 알 수 있듯이 시적 화자는 지금 기분이 고양된 상태이다. 그는 숙을 만날 생각에 흥분해 있다. 그가 생각하는 그녀는 바다에 가야만 볼 수 있는 존재이다. 그녀는 "파도 곁에" 있거나 "기슭에 홀로 서" 있어 인간 세상과는 멀리 떨어진 곳에서 존재하는 여인이다. 그녀는 바다에 가야만 만날 수 있는 여인이기에 바다 자체이거나 바다와 등가관계를 이루는 존재라고 할 수 있다. 그녀는 바다의 광활함, 바다의 위엄, 바다의 드넓음을 소유한 여인이다.

그러나 숙은 바다가 통상 함의하는 야성적인 남성 이미지는 결코 아니다. 그녀는 바다의 포용력을 닮은 여인이다. 그것은 마지막 연에 나타나는 꽃의 이미지를 통해 알 수 있다. 그가 그녀를 만나러 "달려갈" 때 하늘에서는 "꽃비"와 "꽃눈"이 내린다. 이때의 '꽃비'와 '꽃눈'은 그녀의 아름다움과 여성스러움을 꽃으로 형상화한 이미지라고 할 수 있다. 숙은 인간세상과 유리된 바다에만 존재하는, 혹은 바다 같은 포용의 마음속에만 존재하는 여인이며 '꽃비'와 '꽃눈'으로 형상화된 여성스럽고 아름다운 여인이다. 따라서 숙은 시적 화자의 영원한 동경의 대상이라고 할 수 있다.

이 시 외에도 박두진의 시에는 '숙'이라는 여성이 자주 등장한다. 「산에 살어」, 「한아름 海棠꽃이」 등의 시편에서 숙은 시적 화자의 사랑과 그리움의 대상으로 형상화된다. 박두진의 시에는 '숙' 외에 '너', '그대', '볼이 고운 사람' 등으로 명명된 여성이 등장한다. 이외에 인물이 하나 더 있는데, 바로 '아내'이다. 다음의 시 「아내를 위한 자장가」에서는 이러한 박두진의 마음이 잘 나타나 있다.

바람에 서느러히 흔들리며
닿을듯 하늘로 싱싱한
긴 너의 살눈썹은/ 푸른 수림.

수림으로 들리운 잔잔한 수면
하늘 먼/ 옛날로의 옛날로의,

푸른 네 눈은/ 생각하는 호수.

그 호수, 그 눈, 이제는 오,
고요히 나의 품에/ 아가처럼 감으라.
흰 나랠 채곡접듯
생각하는 지침과 꿈의 나랠 걷우고
아가처럼 안겨들어/ 밤 품에 쉬어라.

불에 타는 강물처럼
노을 이미 온 하늘 활활 타며 번져가고
흰 너의 이마 위를
먼 하늘 푸른 별들 덧덮여 흘러 가면
나는/ 솟쳐 오는 바닷파도
노해 오는 파돌 막아 너의 곁에 살마.

— 「아내를 위한 자장가」 전문

 이 시에서 시적 화자는 아내의 신체 중 일부인 "눈썹"과 "눈"을 "수림"과 "호수"로 비유하고 있다. 여기서 '수림(樹林)'과 '호수'는 일반적으로 '산'과 '물'을 지칭한다. 산과 물은 인간의 역사 이전부터 존재한 유구한 자연물이다. 그것은 이러한 속성에 의해 영원성을 표상하기도 한다. 영원성은 숭고함과 동일한 의미를 띤다. 그러므로 산과 물은 인간에게 성스러운 존재가 아닐 수 없다.

 그런데 시적 화자는 외경의 대상인 산(수림)과 물(호수)을 아내의 '눈썹'과 '눈'에 비유하고 있다. 이는 아내가 수림처럼 크고 호수처럼 깊은 성격의 소유자라는 것이다. 또한 아내의 외모가 자연물에 견주어 전혀 손색이 없다는 뜻이기도 하다. 다시 말해, 아내의 눈썹은 수림처럼 짙고 무성하며, 눈은 호수처럼 깊고 아름답다는 것이다. 흔히 인간의 눈은 그 사람의 내면을 표현한다. 그의 아내는 수림 같은 눈썹, 호수 같은 눈을 소유하고 있다. 이는 아내의 내면이 나무처럼 푸르고 무성하며, 호수처럼 넓고 깊고 맑음을 의미한다. 아내는 내·외면적으로 완벽한 여인인 것이다.

시적 화자는 아내가 "아가처럼" 자신의 품에 안겨 잠들 것을 소망한다. 그가 생각할 때 아내는 세속에 전혀 물들지 않은 순수한 아가와 같다. 아가는 보호자가 돌봐줘야 한다. 그는 자신의 품에서 고이 잠든 아내를 바라보며 복잡한 일상의 "생각하는 지침"과 이상적 "꿈의 나래"를 접고 오래도록 휴식하기를 기원한다. 그리고 "파도"로 표상된 인생의 고난이나 시련으로부터 아내를 지켜주겠다고 다짐한다. 그에게 아내는 감싸주고 보호해야할 아가, 연약하지만 사랑스러운 존재이다. 이처럼 시적 화자는 아내를 '수림'과 '호수', 그리고 '아가'로 비유하여 사랑의 대상으로 형상화하고 있다. 다음의 시 「산에 살어」에서도 '숙'은 사랑의 대상이요 그리움의 대상이다.

> 산에 왔다, 숙아.…… 나홀로 왔다 숙아. 억새풀 서슬져 우거지고, 가시덩쿨 얼크러져 둥주리지고, 짐승들도 무서워 울지 않는곳,
>
> ……
>
> 띠끌이 싫여, 저자가 싫여, 세우는 핏대들과 아우성이 싫여, 다만 여기 산새가 우는대로 사슴이 오는대로, 먼 그 열 골을, 나홀로 휘정청 들어왔다 숙아.
>
> 갈하면 돌 틈에 물을 따 마시고, 곺으면 무르닉은 산열매 따먹고, 벗은 몸 내 살은 아담처럼 가리어, 해 솟는 아침이면, 쩡, 쩡, 빼여난 봉에 올라 울려보는 메아리.……
>
> ……
>
> 먼 첩첩, 열 구비 꽃골짜기 돌아 들은 곳, 내가 온 골을 딸아 너도 오라 숙아. 머리엔 고운, 산꽃을 따 달어 이브처럼 꾸미고, 한아름 붉은 꽃을 가슴에 안고, 여기, 먼, 아무도 없는 골에 천년을 살러, 사뿐히 날아 오듯 달려오라 숙아. 화장도 생활도 풍속도 버리고, 한 천년 산에 살러 내게 오라 숙아.
>
> ― 「산에 살어」 일부

이 시에서 시적 화자는 탈속하여 입산한 상태이다. 그곳은 "억새풀"과 "가시덩쿨"이 엉겨 붙어 짐승들도 가지 않는 야산이요 심산이다. 그가 이런 심

산유곡을 찾아온 것은 "띠끌", "저자", 인간들의 "아우성"으로 이루어진 세상의 번잡함이 싫어서이다. 가식적이고 인위적인 인간의 모습을 버리고 자연인으로 돌아온 그는 "돌 틈에 물"과 "산열매"로 끼니를 해결하는 등 의식주를 비롯한 모든 생활방식을 자연에 의존한다. 그러나 이렇게 세속적 욕심을 떠나 온전한 자연인으로 돌아간 시적 화자에게도 한 가지 소망이 있다. 그것은 사랑하는 여인과 함께 하는 것이다. 에덴동산의 "아담"처럼 순수한 자연인으로 돌아간 시적 화자는 그리움의 대상, 평생의 동반자 "이브"를 기다리는데 그 여인이 다름 아닌 "숙"이다.

시적 화자는 입산할 때부터 가슴 속에 숙을 품고 왔다. 그의 일상은 온통 그녀 생각뿐이다. 그가 그리는 숙은 머리에는 "고운, 산꽃을 달"고 가슴에는 "한 아름 붉은 꽃을 안"은 아름다운 여인이다. 숙은 치장이 화려하지 않은 자연 같은 여인이다. 그는 그녀와 "한 천년"을 함께 살고 싶어 한다. 그 이유는 그녀가 시적 화자의 흠모의 대상이요 동경의 여인이기 때문이다. 그의 곁에서 영원히 함께 살 자격이 있는 사랑하는 여인이기 때문이다. 따라서 그는 그녀에게 "화장/ 생활/ 풍속"과 같은 모든 세속적 욕심을 버리고, "먼 첩첩, 열 구비 꽃골짜기 돌아 들은" 산 속에서 영원히 함께 살자고 고백하고 있다. 박두진의 동경의 여인은 「靑山道」에서는 '볼이 고운 사람'으로 나타나기도 한다.

> ......
>
> 띠끌 부는 세상에도 버레 같은 세상에도 눈 맑은, 가슴 맑은, 보고지운 나의 사람. 달밤이나 새벽녘, 홀로 서서 눈물 어릴 볼이 고운 나의 사람. 달 가고, 밤 가고, 눈물 도 가고, 티어 올 밝은 하늘 빛난 아침 이르면, 향기로운 이슬밭 푸른 언덕을, 총총총 달려 도와줄 볼이 고운 나의 사람.
>
> 푸른 산 한나절 구름은 가고, 골 넘어, 골 넘어, 뻐꾸기는 우는데, 눈에 어려 흘러가는 물결같은 사람 속, 아우성 쳐 흘러가는 물결같은 사람 속에, 난 그리노라. 너만 그리노라. 혼자서 철도없이 난 너만 그리노라.
>
> ―「靑山道」 일부

인간은 누구나 자신의 삶에 의미를 부여하는 존재를 갖게 되는데, 그것이 추상적인 관념일 수도 있고 구체적인 대상일 수도 있다. 이 시에서 시적 화자에게 의미를 주는 존재는 "볼이 고운 사람"이다. 그가 현재 거주하는 곳은 "빛난 아침"과 "향기로운 이슬"이 아름다운 "청산"이다. 그가 있는 청산은 '고요하면서도 밝고 싱싱하고 생명감에 찬 원시적 자연'[100]이다. 그는 이 '푸른 산' 속에서 한가로이 흘러가는 구름을 보고 뻐꾸기 울음소리를 들으며 자족적인 생활을 한다. 그러면서도 그는 끊임없이 볼이 고운 사람을 기다린다. 그 사람은 "띠끌"과 "버레"가 가득한 세상 속에서도 전혀 오염되지 않고 순수함을 그대로 간직하고 있는 "눈 맑고, 가슴 맑은, 보고 지운 나의 사람"이다.

그러나 그와 볼이 고운 사람은 현재 함께 있지 않다. 그는 청산에, 볼이 고운 사람은 "물결 같은" 세상 속에 있다. 그들은 이렇게 멀리 떨어져 있지만 서로를 그리워한다. 볼이 고운 사람이 "달밤이나 새벽녘 홀로 서서 눈물" 흘리는 행위나, 그가 "혼자서 철도 없이" 볼이 고운 사람을 그리워하는 행위가 이를 잘 증명해 준다. 또한 "너만 그리노라"라는 반복적 발화가 그녀를 향한 그의 절실한 심정을 드러내는 단적인 예이다. 인간은 혼자서 살 수 없다. 그를 이해하고 위안해 줄 최소한 단 한명의 사람이라도 옆에 있어야 한다. 그래서 시적 화자가 선택한 단 한명의 여인이 바로 볼이 고운 사람이다. 자연의 위무가 인간에게 필요한 것은 사실이지만, 자연 그 자체만으로 인간의 삶이 완전할 수는 없다. 따라서 그는 청산에 머물면서도 순수하고 아름다운 여인, 즉 '볼이 고운 사람'을 간절히 기다리는 것이다.

이상으로 박두진 시에 나타난 인간의 유형을 살펴보았다. 그의 시에 등장하는 사랑의 대상은 고유명사 '숙'이다. 숙은 때로는 '아내'로, 때로는 2인칭 대명사 '너'와 '그대'로, 때로는 '볼이 고운 사람'으로 나타나고 있다. 그의 시에서 숙은 시적 화자가 선망하고 갈망하는 동경의 대상이다. 자연의 일부분

---

100) 신용협, 앞의 책, pp. 233~234.

인 인간이 자연의 품성을 닮아 자연화되는 것이 생태의식의 기본이다. 인간은 자연의 영성, 자연의 완전함, 그리고 자연의 통합성에 순응해야 한다. 그렇게 될 때 자연과 인간은 하나가 된다. 박두진의 시에 등장하는 인간유형 중 특히 여성은 이러한 자연의 품성을 닮은 여인이다. 그녀는 자연처럼 아름답고 선량하며 편안한 존재이다. 그녀는 늘 자연과 함께 있거나 자연으로 비유된다. 그녀가 자연인지 자연이 그녀인지 구분이 되지 않는다. 박두진은 자신의 시에서 이렇게 자연과 인간을 구분시키지 않음으로써 궁극적으로 자연과 인간의 합일, 자연과 인간의 조화를 추구하고 있다. 이것이 바로 그의 시를 생태의식에 의거하여 독해할 수 있는 이유이다.

3) 영성과 심미의식

박두진의 시에서 자연, 인간, 그리고 신이라는 세 테마가 순차적으로 등장하는 것은 아니지만 박두진은 인격적으로 원숙해질수록 신에 대해 관심을 기울이게 된다. 그리고 신으로의 귀의의 증표는 '수석시(水石詩)' 연작에서 두드러지게 나타난다.

박두진은 수석에 대해 "한 점의 수석은 그 자신을 형성해 낸 범 자연 전체 자연의 속성을 완전무결하게 응결 집약 표상한 모습으로 우리 앞에 나타난다."[101]라고 말하고 있다. 또한 수석을 처음 대하는 순간을 "어떤 선험적인 아득한 향수가 목전의 경이로 나타나 순수 영원한 환희와 충격 그러한 만남의 숙명을 체험하게 되었다."[102]고 고백하고 있다. 이렇듯 박두진은 수석과의 만남을 "자연과 인간의 가장 정신적이고 심미적인 만남"[103]으로 귀결 짓

---

101) 박두진, 『현대시의 이해와 작법』, 일조각, 1976.
102) 박두진, 「水石詩 · 藝術美」, 『현대문학』 통권 91호, p. 19.
103) 박두진, 「돌과의 사랑」, 『햇살, 햇볕, 햇빛』, 대원사, 1991, p. 231.

고 있다. 다음의 인용에서도 박두진의 돌에 대한 애정을 엿볼 수 있다.

① 돌 속에 내가 있으니까 돌이 좋아 돌을 찾아나서고 헤매고, 나 속에 돌이 있으니까 돌이 좋아 돌을 찾아나서고, 찾아서 만나면 동심으로 작약한다. 돌이기 때문에 의연해지고 돌이기 때문에 돌과 나는 일체무궁한 정신과 자연의, 마음의 그 진경에서 사랑과 생명, 존재와 활동의 근원에서 영원한 공생과 유열을 향유한다.[104]

② 그러한 체험을 나는 고백할 수 있다. 돌이 시가 되거나 돌을 쓰는 것이 아니라 바로 돌이 시라는 체험이다.…대상이라든지 실체라든 소재라든 사랑이라든 아무거래도 그것은 무방하다. 가장 가까운 가장 짙은 가장 진실한 시의 근원, 그 알맹이, 그 실체로서의 돌의 구체성을 말하려하는 것뿐이다.[105]

③ 나와 자연, 나와 미, 나와 신과의 조형적 실재적 심미적 연결과 만남과 성취를 가능하게 하는 하나의 선택된 길이요 기회이며 그렇게 주어진 은택인 것이다.[106]

①에서 박두진은 돌에 대한 애정이 그와 돌이 하나가 되는 동일성의 경지로까지 나아가고 있음을 고백한다. ②에서 박두진은 자신이 돌에서 시의 본질을 찾고 있음을 고백한다. 이른바 '수석시(水石詩)'를 만들어낸 것이다. ③에서 박두진은 수석과의 만남이 선택이요 기회이며 은택이라고 고백한다. 다음의 시 역시 돌과 시인이 동화되어 나타난다.

① 왜 너는 눈으로만 말하니? 슬퍼하니?
   왜 너는 내게서 달아나는 것으로 내게 오니?
   왜 너는 네가 모든 것을 아는지 모든 것을 모르는지를 모르게 하니?

---

104) 박두진, 『언덕에 이는 바람』, 서문당, 1973, p. 106.
105) 박두진, 「水石詩 · 藝術美」, 앞의 책. p. 19.
106) 박두진, 「수석의 미학」, 『햇살, 햇볕, 햇빛』, 대원사, 1991, p. 229.

왜 너는 내 앞에 언제나 네 가슴의 열쇠만 절렁거리니?
내가 네 안에 빠질 때 너는 바다만큼 너무 깊고
네가 내 안에 빠질 때 너는 햇덩어리만큼 너무 뜨겁니?
왜 너는 언제나 내가 아니고 너니?
왜 너는 언제나 네가 아니고 나니?

—「돌의 너」 전문

② 너는 돌 나는 돌군일 뿐.

햇살 약간 내리쬐고/ 바람 약간 불다 말고
여울소리 조금 날 뿐/ 아무 것도 없다.

두고 온 서울 생각, 나라 생각,
다가올 내일 생각,/ 지나간 피의 역사
까막 잊는다.

돌 원래 말이 없고/ 나 또한 말이 없고
얼음 위에 되비치는 찬란한 해의 햇볕
만년이 일순 같고/ 일순이 만년 같고
나 하나 찍혀 있는 영원 속의 점.
거기서 나고 죽고,/ 거기서 하고 않는,
참과 거짓, 옳고 그름,/ 미와 추, 선과 악,

허다한 증언자여./ 그 중에도 예수여.
말씀 번뜩 번쩍이는 영혼 속의 우뢰.
이때,/ 나의 앞에 움직움직 일어서는 돌,

그렇다 아 정말/ 이래서는 안되겠다.

—「깨달음의 돌」 전문

①에서 돌은 '너', 시적 화자는 '나'로 나타난다. 이 양자는 누가 돌이고 누

가 시적 화자인지 구분이 되지 않을 만큼 합일의 상태에 있다. 시적 화자는 돌에게 인성을 부여하여 자신과 동일시하고 있다. 돌이 '슬픈 눈'으로 말하려 하거나 '달아나려' 하고, 때론 '모든 것을 비밀'로 하려는 것은 시적 화자 자신이 지금 절박한 상황에 있기 때문이다. 그러나 돌이 "가슴의 열쇠"를 "절렁거리"는 것은 비밀을 간직하고도 있지만 그것을 모두 밝히고 싶다는 의지이기도 하다. 돌은 사건의 핵심에 있는 것이다. 또한 돌은 "바다만큼" 깊은 사유와 "햇덩어리만큼" 뜨거운 열정을 간직하고 있다. 돌은 범상한 돌이 아니다. 돌은 사건의 핵심에 서서, 그 상황을 간과하지 않는 열정을 가지고 있으나 성급하게 행동하지 않는 신중한 사고의 소유자라 할 수 있다. 돌은 바로 시적 화자, 시인 자신이라고 할 수 있다.

②에서도 시적 화자와 돌은 동일시된다. 시적 화자는 돌을 채집하는 돌군이다. 그는 채석하다가 돌에서 위안을 얻는다. 그는 국가와 민족, 그것의 장래에 대한 번뇌로 괴로워하다 돌을 보고 시름을 잠시 잊는다. 그리고 돌에서 과묵함을 발견한다. 그는 "돌 원래 말이 없고/ 나 또한 말이 없"는 합일의 경지에서 인생의 덧없음을 깨닫는다. 그러다가 문득 시적 화자는 세상의 모든 "참과 거짓, 옳고 그름, 미와 추, 선과 악"의 번뇌 속에서 "영혼 속의 우레"처럼 '예수 그리스도'를 떠올린다. 예수는 그에게 자극과 깨달음을 주는 존재이다. 그는 돌을 통해 예수를 본 것이다. 그리하여 그는 "정말/ 이래서는 안되겠다"는 각성을 하게 된다. "움직움직 일어서는 돌"은 시적 화자가 돌밭에서 본 환상이다. 그러나 이것은 단순한 환상이 아니다. 무생물인 돌에 생기와 역동성을 부여함으로써 돌과 예수, 나아가 시적 화자가 합일되는 경지를 보여주는 것이다. 즉 이 시는 '돌=예수=시적 화자=시인'의 관계가 형성된다고 할 수 있다.

박두진의 신앙이 기독교임을 고려할 때 그의 시에서 돌은 성서[107]에서 언

---

107) 성서 인용은 대한성서공회에서 펴낸 『성경전서』(성서원, 2001)로 한다.

급되는 돌과 유사성을 지닌다. 성서에 등장하는 돌은 '반석, 산 돌, 흰 돌, 머릿돌'[108]이고, 이러한 돌은 예수 혹은 예수의 말씀으로 비유된다. 또한 돌은 '진리와 정의의 투석' 혹은 '순결'[109]로 상징된다. 박두진에게 예수는 신앙과 생활면에서 절대적 존재로 구원의 표상이었다. 따라서 그의 시에서 돌이 중심 소재로 등장하는 것은 당연한 결과이다. 다음은 성서의 한 장면을 연상케 하는 시이다.

> 그때/ 군중들이 던지던
> 빗발치던 막달레나 깔아 눕히던
> 피에 젖어 쌓인 돌도
> 손바닥에 다시 보고,
>
> 이마빡/ 골리앗을 쓰러뜨린
> 소년 다윗의 돌팔매 돌도
> 다시 만져보고,

---

108) 성서에 등장하는 돌의 상징은 다음과 같다.

"모두가 같은 신령한 음료를 뒤따르는 신령한 반석으로부터 마셨으니 그 반석은 곧 그리스도시라" (「고린도전서」 10장 4절 참고.)

"사람에게는 버린 바가 되었으나 하나님께는 택하심을 입은 보배로운 산 돌이신 예수께 나아가 너희도 산 돌 같이 신령한 집으로 세워지고 예수 그리스도로 말미암아 하나님이 기쁘게 받으실 신령한 제사를 드릴 거룩한 제사장이 될지니라" (「베드로전서」 2장 4절~5절 참고.)

"귀 있는 자는 성령이 교회들에게 하시는 말씀을 들을지어다 이기는 그에게는 내가 감추었던 만나를 주고 또 흰 돌을 줄 터인데 그 돌 위에 새 이름을 기록한 것이 있나니 받는 자 밖에는 그 이름을 알 사람이 없느니라" (「요한계시록」 2장 17절 참고.)

"예수께서 이르시되 너희가 성경에 건축자들의 버린 돌이 모퉁이의 머릿돌이 되었나니 이것은 주로 말미암아 된 것이요 우리 눈에 기이하도다 함을 읽어 본 일이 없느냐" (「마태복음」 21장 42절 참고.)

"성경에 기록하였으되 보라 내가 택한 보배로운 모퉁잇돌을 시온에 두노니 그를 믿는 자는 부끄러움을 당하지 아니하리라 하였으니" (「베드로전서」 2장 6절 참고.)

109) 김응교, 『박두진의 상상력 연구』, 앞의 책, pp. 232~233.

겟세마네 어둘녘
산상에서 기도할 때 손아금에 비비던
피와 땀에 젖은 그 돌도/ 다시 쓰다듬고,

기도처럼 타오르는/ 돌밭의 열기,

저기/ 저만치
아무말도 말이 없이 홀로 헤매는,
휘청휘청 걸어가다/ 하늘 우러르는,

맨발의 저 키큰 이가/ 누구이실까

―「저분이 누구실까」 일부

　이 시에는 성서의 세 장면이 등장한다. 첫 번째 장면은 군중들이 간음죄를 범한 막달라 마리아를 향해 돌을 던지는 장면이고, 두 번째 장면은 소년 다윗이 거인 골리앗을 돌팔매로 쓰러뜨리는 장면이고, 세 번째 장면은 예수 그리스도가 십자가에 못 박히기 전 겟세마네 동산에서 피땀 흘려가며 기도하는 장면이다. 이 세 장면 모두에 돌이 등장한다. 성서에서 돌은 신성을 상징한다. 돌이 표상하는 예수 그리스도, 말씀, 진리, 정의 모두 성스러운 것들이다.

　첫 번째 장면에서 막달라 마리아는 돌에 맞아 죽을 상황에 처해 있다. 이스라엘에는 간음한 여인을 돌로 쳐도 되는 관습법이 있다. 이때 돌은 간음죄를 질타하는 '순결'의 상징이 된다. 두 번째 장면에서 소년 다윗은 거인 골리앗을 돌팔매로 겨루고 있다. 거인 골리앗에게 소년 다윗은 상식적으로 싸움의 상대가 될 수 없다. 그러나 선(다윗)이 악(골리앗)을 척결한다는 측면에서는 두 사람의 싸움뿐만 아니라 다윗의 승리도 가능한 것이다. 이때 선인 다윗이 던지는 돌은 악인을 물리친다는 의미에서 '정의' 혹은 '정의의 투석'이 될 수 있다. 세 번째 장면에서 예수 그리스도는 겟세마네 동산에서 기도하고 있다. 모든 죄인들을 대신해 십자가 형벌을 받아야 하는 상황에서 그는 인간적인 고뇌로 괴로워한다. 십자가 형벌이 주는 육체적 고통이 두려운 것이다. 그래서 하나님께 '아바 아버지여 아버지께는 모든 것이 가능하오니 이 잔을 내게서 옮기시옵소서.'라고 기도한다.[110] 그러나 예수는 '나의 원대로 마옵시고 아버지의 원대로 하옵소서.'라고 다시 기도한다. 마침내 육체적 고통의 유혹을 이긴 것이다. 돌밭에서의 간절한 기도가 유혹을 이기게 한 것이다. 이때의 돌은 '유혹을 물리치는 기도' 혹은 죄인을 대신해 십자가 형벌을 지라는 하나님의 '진리의 말씀'으로 표상된다. 다음의 시에서도 돌은 성서적 상상력에 의해 신성한 존재로 표상된다.

> 돌과 돌들이 굴러가다가 나를 두들기고,
> 모래와 모래가 쓸려가다가 나를 두들기고,
> 물결과 물결이 굽이쳐가다가 나를 두들기고,
>
> 너무도 기나긴 억겁의 세월,
>
> 햇살과 햇살이 나를 두들기고,
> 달빛이 나를 두들기고,
> 깜깜한 밤들이 나를 두들기고,
> 별빛과 별빛이 나를 두들기고,
>
> 아, 훌훌한 낙화가/ 꽃잎이 나를 두들기고,
> 바람이 나를 두들기고,
> 가랑비 소낙비 진눈깨비가 나를 두들기고,
> 싸락눈 함박눈 눈보라가 나를 두들기고,
> 우박이 나를 두들기고,

---

110) 「마가복음」 14장 32~42절 참고.

그, 분노가 나를 두들기고,
회의와 불안,/ 고독이 나를 두들기고,
절망이 나를 두들기고,

아니, 사랑이 나를 두들기고,
끝없는 뉘우침/ 끝없는 기다림
갈망이 나를 두들기고,

양심과 정의, 지성이 나를 두들기고,
진리와 평화/ 자유가 나를 두들기고,
겨레가 나를 두들기고,

끝없는 아름다움/ 예술이 나를 두들기고,

나사렛 예수/ 주 그리스도와 하느님,
말씀이 나를 두들기고.

—「自畵像」 전문

이 시에서는 돌에 대한 언급이 첫 연 첫 행에 한 번 등장하지만 전 연에 걸쳐 "두들기고"라는 동사가 언급되어 돌의 역동성이 시 전체를 지배한다. 시적 화자를 두들기는 것은 비단 돌 뿐만이 아니다. "모래", "물결", "햇살", "달빛", "꽃잎", "바람"과 같은 자연물에서부터 "분노", "고독", "사랑", "갈망", "진리", "자유", "예술"과 같은 추상물에 이르기까지 다양하다. 두들긴다는 것은 소리가 나도록 세게 치거나 때리는 것, 크게 감동을 주거나 격동시키는 것으로 상대방 혹은 대상을 자극한다는 것이다. 시적 화자는 세상 만물이 자신을 자극하고 있음을 인지하고 있다. 여기서 주목해야 할 것은 '두들기다'라는 시어가 내포한 역동성이다. 자연물로부터 추상물에 이르기까지 모든 주체들의 두들김이 대상(나)에게 행동의 변화를 요구하고 있다. 결국 시적 화자는 만물의 두들김으로 인해 온전한 인격체로 완성되어갈 수 있는 것이다.

특히 돌의 두들김은 그런 면에서 의미심장하다. 박두진이 평소 돌에 대한 애정과 동일시를 고백했던 것을 고려할 때, 또한 시 제목이 '자화상(自畵像)'인 것을 감안할 때 이 시의 중심소재는 단연 돌이다. 즉 '시인=시적 화자=자화상=돌'의 관계가 성립된다고 할 수 있다. 시적 화자를 두들기는 주체는 첫 연의 '돌'에서 시작해서 마지막 연의 '예수 그리스도'와 '하느님' 그리고 '말씀'으로 끝이 난다. 얼핏 보면 돌과 예수, 하나님, 말씀은 관련이 없는 것 같지만 성서적 상상력의 관점에서 보면 돌과 예수 그리스도의 동일화[111]는 가능한 전제이다. 하나님의 아들인 예수는 이 땅의 모든 인간들의 죄를 대속하기 위해 값없이 피 흘린 인류의 구원자이다. 시적 화자는 돌로 형상화된 예수 그리스도의 끊임없는 두들김을 통해 더욱 완전한 인격체로 나아가기를 갈망하고 있다. 그리고 이러한 갈망의 극대화가 바로 '돌=예수=자화상'의 관계를 형성하고 있는 것이다. 다음의 시에서도 돌은 하나님과 불가분의 관계를 맺고 있는 신성한 존재로 형상화된다.

> 먼 항하사
> 영겁을 바람부는 별과 별의
> 흔들림
> 그 빛이 어려 산드랗게
> 화석하는 절벽
> 무너지는 꽃의 사태
> 별의 사태
> 눈부신,
> 아
> 하도 홀로 어느 날에 심심하시어
> 하늘 보좌 잠시 떠나

---

111) 성서에서 예수 그리스도는 돌로 형상화된다. 각주 99~102 참고.

납시었던 자리.
한나절내 당신 홀로
노니시던 자리.

             —「天台山 上臺」 전문

　이 시의 중심소재 역시 돌이다. 좀 더 구체적으로 말하자면 '절벽'이다. 그 절벽은 천태산 가장 높은 곳에 위치해 있다. 이름 그대로 하늘과 가장 가까운 산인 천태산은 절대자 하나님이 계신 그곳과도 가장 가깝다. 하나님 나라와 가장 가까운 천태산, 그 산에서도 가장 높은 곳에 절벽이 위치해 있으니 이곳은 인간계 보다는 천상계에 더 가깝다고 할 수 있다. 그래서 그 절벽은 보통 산에 있는 절벽과는 다르다. 그곳은 별과 꽃으로 사태를 이룬 눈부신 곳이다. 아름답고 신비로운, 감히 인간은 범접할 수 없는 별빛으로 화석화된 곳이다. 그 신비의 공간, 그 절벽에 가까이 갈 수 있는 존재는 절대자 하나님뿐이다. 그 절벽은 하나님만을 위해 준비된 공간이다. 하나님이 무료함과 심심함을 달래기 위해 "하늘 보좌 잠시 떠나/ 한나절 내/ 노니시던" 자리이다.

　여기서 주목해야 할 부분은 '한나절'이라는 시간의 길이이다. 하나님은 한나절이라는 긴 시간을 "홀로" 절벽에서 보낸다. 보통 한나절은 낮의 길이로 약 6시간을 의미한다. 한나절은 단지 심심함을 달래기 위해 하늘 보좌에서 잠시 내려온 하나님이 보낸 시간치고는 비교적 긴 시간에 해당한다. "꽃 사태", "별 사태"로 어우러진 절벽이 무척이나 아름답고 눈부시어 절대자 하나님조차도 그곳을 떠나지 못한 것이다. 혼자여도 외로운 줄 모르고 하늘 보좌도 잊은 채 시간 가는 줄 모르고 노닌 것이다.

　이 시에서 절벽이 차지하는 비중은 절대적이다. 절벽은 예찬을 넘어 경외의 경지에까지 이르고 있다. 몇 백 년 혹은 몇 천 년이 지나도 형태 그대로 그 자리에 서있는 돌, 변함없음 하나만으로도 돌이라는 광물은 경외의 대상이다. 인간의 정서에는 평지에 뒹구는 돌조차도 반가운 법인데, 산속 깊이 서있는 절벽은 그 웅대함에 바라보는 것만으로도 탄성이 절로 나온다. 박두진은 '돌 속에 내가 있고 내 속에 돌이 있다'고 고백할 만큼 돌에 대한 애정과 동일시, 돌과의 '무궁일체'를 강조했다.[112] 그에게 절벽은 단순히 광물로서 돌이 아닌 그 이상의 의미를 내포하고 있다. 절벽은 내가 돌이고 돌이 나인 혼연일체의 존재, 하늘과 가장 가까이 위치한 인간과 천상의 매개체, 그리고 절대자 하나님을 모시는 휴식의 공간으로 그 우위를 확보하고 있다. 따라서 절벽은 단순한 광물적 존재가 아닌 인간 혹은 신과 근접해 있는 신성한 존재라 할 수 있다.

자연과 인간의 조화, 혹은 자연지향은 생태의식의 핵심이다. 신은 인간을 비롯한 만물을 창조했다. 신이 만든 모든 피조물은 귀하다. 돌 역시 마찬가지이다. 돌은 신의 피조물이기에 신성하다. 따라서 돌은 영성이 깃든 광물로 예수, 말씀, 순결, 정의 등으로 형상화된다. 이렇게 박두진은 돌을 통해 신의 영성을 표출함으로써 '돌(자연)=신성'의 관계를 도출하고 있다.

그러나 박두진의 모든 수석시가 종교적 신성을 드러내는 것은 아니다. 이것이 박두진을 종교 시인으로 한정하지 않는 이유이다. 다음의 시에서는 돌의 자연미·인공미를 예술적 신성으로 격상시키고 있다. 박두진의 생태의식이 심미성으로 확대된 것이다.

저것은 옛날옛날의 그 구름이다.
저것은 하늘에서 내려온 구름이다.

저것은 구름이 엉겨내린 구름돌이다.
저것은 강에서 피어오른 돌 구름이다.

저것은 저절로 흐르는 물의 물무늬다.

---

112) 각주 98 참고.

저것은 구름이 뭉겨지는 구름무늬다.

씻은 듯 하늘의 푸르고 정한 살갗
맑아서 맑다못해 파랗게 비취가 된,

저것은 하늘을 날으는 옛날옛날의 그 멋의 넋
그 마음의 여리디여린 나긋한 하늘의 응결이다.

아무도 보지 않는 강물에 씻겨 살던
그래서 내가 만난 달의 넋의 꿈이다.

—「돌 구름」 전문

   시적 화자는 물속의 돌, 수석을 바라보고 있다. 이때 돌은 그냥 돌이 아니다. 시적 화자는 돌을 통해 상상력을 확장시킨다. 돌은 "구름"이고 "물"이고 "비취"며 "하늘"이고 "달"이다. 돌은 광물적 상상력과 천체적 상상력을 넘나들며 고상하고 성스러운 이미지를 함의하고 있다. 하늘은 시원의 존재이자 절대자의 표상이다. 또한 하늘에 떠있는 구름과 달은 하늘의 일부분이자 지고한 존재로 동경의 대상이다. 물은 또 다른 의미에서 하늘이다.[113] 그렇다면 돌은 하늘 즉, 시원이자 거룩하고 성스러운 존재로 신성의 표상이라 할 수 있다. 돌은 또한 맑고 깨끗하다. 그 이유는 돌이 물속에 있기 때문이다. 저절로 흐르는 물에 씻겨 돌에는 "물무늬"가 생기고 하늘 담은 맑은 물속에서 돌은 맑다 못해 파란 "비취"가 된다. 결국 그 맑고 깨끗한 돌의 마음은 "하늘의 응결"이 되고 "달의 넋의 꿈"이 된다.

   이렇듯 시인은 강물속의 조약돌 하나도 간과하지 않는다. 오히려 그것에 '신성'을 부여하여 돌의 예술미를 부각시키고 있다. 박두진은 "한 개의 돌,

---

113) 바슐라르의 상상력에 의하면 수평선을 경계로 물은 하늘에 해당하며 물고기는 별에 해당한다. (가스통 바슐라르, 이가림 역,『물과 꿈』, 문예출판사, 1980, pp. 96~105 참고.)

한 개의 선택된 수석(水石)은 그 존재론적·형성적·현상적(現象的) 실존의 배경이 우주적인 데에 그 특징이 있다. 그 심미적(審美的)·조형적(造形的) 가치의 근원, 그 배경이 가장 즉물적·형이하(形而下)적인 동시에 가장 형이상적·영적(靈的)·신비적(神秘的)인 데 그 특징이 있다.”[114]고 했다. 이 시는 속세에 오염되지 않은 우주적 자연물인 돌을 은유의 기법을 통해 돌의 예술미·돌의 신성을 노래하고 있다. 이 시에는 성서적 흔적이 나타나지 않는다. 이처럼 박두진은 때론 종교성을 표면화시키지 않음으로써 그의 시를 다양하고 폭넓게 독해하도록 유도한다. 이것이 바로 박두진 시를 읽는 묘미이요 박두진 시가 갖는 힘이다.

이상으로 박두진의 수석시에 나타난 돌의 신성과 심미성을 살펴보았다. 광물인 돌 속에서 영성과 심미성을 발견하는 것은 돌을 신성시하는 것이다. 자연물을 성스럽게 여기는 것은 그것에 대한 외경과 같은 맥락이다. 자연에 대한 외경, 자연과 인간의 일치는 생태의식의 근본이다. 박두진의 자연에 대한 외경은 생래적(生來的)이다. 그의 고향은 안성 고장치기이다. 그는 그곳에서 자연과 더불어 자랐다. 그의 곁에 늘 존재하는 자연은 그의 벗이요 분신이었다. 따라서 박두진의 생태의식은 어린 시절 뛰어다니며 놀던 산과 들, 즉 원체험으로써 고향의 자연물에서부터 기인했다고 볼 수 있다.

2. 구원의식과 낙원지향의 상징성

박두진은 자연을 자연 그 상태로 간과하지 않고 자연 속에 자신이 추구하는 이상세계를 강하게 포괄하여 자연에 대한 특이한 관념적 신앙을 하나의

---

114) 박두진, 「돌과의 사랑」, 앞의 책, pp.230~231. (〈독서신문〉, 1974. 5. 26.)

이상으로서 확립[115]한 시인이다. 그의 자연에 대한 시적 지향은 암울한 일제 말기 고향과 민족의 회복으로서의 자연이며 개인적·시대적 고뇌를 풀어줄 구원의 모티브로서 이상세계이다. 이처럼 박두진의 시와 기독교적 관념은 불가분의 관계이다. 그의 시를 생태시로 간주할 때, 시적 소재로서 자연과 기독교적 상상력은 친밀관계를 형성한다. 다시 말해, 자연과 기독교 사상은 그의 평생의 시적 사유가 된다.

인간의 원초적인 무의식에서 형성된 원형상징(archetype) 역시 문학작품에서 보편적으로 나타나는 요소이다. 따라서 프라이(N. Frye)가 "신화는 문학 형식의 구성 원리이고, 원형은 문학적 표현의 필수적인 요소이다"라고 한 말을 빌리지 않더라고 박두진의 시적 이미지를 신화·원형상징에 기초하여 독해하는 것은 타당성이 있다. 기독교적 세계관 역시 일정 부분 신화적이고 신비적이다. 따라서 그의 시를 기독교 교리인 성서와 원형상징에 의거하여 독해하는 것은 가능하다.

그 동안 박두진의 시세계를 기독교적 측면에서 논의한 논문들은 많다. 이는 박두진 시에서 기독교가 차지하는 비중이 높음을 의미하는 단적인 예이다. 박두진 시가 기독교적 상징으로 독해 가능한 것은 누구나 다 공감하는 사실이지만 그간의 연구가 거시적인 차원의 독해로 머물 뿐 미시적인 차원의 연구가 부족한 것 또한 사실이다. 따라서 본장에서는 박두진 시의 기독교적 상징을 정치하게 미학적으로 규명하려 한다. 더불어 그의 평생의 시적 테마였던 기독교적 이상세계가 어떻게 형상화되고 있는지를 성서적 비유와 원형 상징에 의거해 살펴보고자 한다.

---

115) 조연현, 『한국현대문학사개관』, 정음사, 1974, p. 283.

1) '빛'과 절대자의 표상

박두진에게 따라다니는 꼬리표는 그가 '빛의 시인'이라는 것이다. 그것은 '빛'을 소재로 한 시편들이 그만큼 많다는 것을 의미하기도 하지만 한편으로는 '빛'이 가지는 상징성이 그에 못지않게 중요하다는 것을 의미하기도 한다. 김응교는 박두진의 빛 이미지가 갖는 특징을 다음과 같이 정의한다. 첫째, 빛은 어둠을 몰아내는 구원의 상징이며, 둘째, 빛은 정화 및 순진무구이고, 셋째, 극단으로 나아간 빛은 불의 이미지와 연결되며, 넷째, 빛의 상징은 일반적인 원형적 상징과 이어진다. 따라서 박두진이 구사하는 빛은 '태양-불-빛-씻음-부활'의 이미지로 상상력을 확장시킨다.[116]

또한 그의 시에는 이러한 빛의 이미지를 대표하는 시어로 '해'가 있다. 탄생, 창조, 부성(父性)으로 상징되는 해는 '떠오르는 해'와 '지는 해'로 나눌 수 있는데, 전자는 '창조', '탄생', '각성'을, 후자는 '죽음'을 의미한다.[117] 박두진의 시에 등장하는 '해'는 주로 '떠오르는 해'로 상승적 · 긍정적 이미지를 함축하고 있다.

> 해야 솟아라. 해야 솟아라. 맑앟게 씻은 얼굴 고운 해야 솟아라. 산 넘어 산넘어서 어둠을 살라먹고, 산넘어서 밤 새 도록 어둠을 살라먹고, 이글 이글 애띈 얼굴 고운 해야 솟아라.

> 달밤이 싫여, 달밤이 싫여, 눈물같은 골짜기에 달밤이 싫여, 아무도 없는 뜰에 달밤이 나는 싫여……

> 해야, 고운 해야. 늬가 오면 늬가사 오면, 나는 나는 청산이 좋아라. 훨훨훨 깃을 치는 청산이 좋아라. 청산이 있으면 홀로래도 좋아라.

---

116) 김응교, 『박두진의 상상력 연구』, 앞의 책, p. 140.
117) 이상우 외, 『문학비평의 이론과 실제』, 집문당, 2002, p. 244.

사슴을 딿아, 사슴을 딿아, 양지로 사슴을 딿아 사슴을 만나면 사슴과 놀고,

칡범을 딿아, 칡범을 딿아 칡범을 만나면 칡범과 놀고,……

해야, 고운 해야. 해야 솟아라. 꿈이 아니래도 너를 만나면, 꽃도 새도 짐승도 한자리 앉아, 워어이 모두 불러 한자리 앉아 애뙤고 고은 날을 누려보리라.

—「해」 전문

　기존의 연구에 따르면 '해'는 '어둠'으로 상징되는 모든 부정과 억압을 척결하는 생명과 창조의 에너지를, 일제 강점기를 이겨낸 우리민족 또는 우리민족이 함께 재건해 가야 할 우리조국을 의미해왔다. 그러나 박두진이 기독교인임을 감안하여 이 시를 분석한다면 '해'는 또 다른 이미지로 해석될 수 있다.

　이 시의 '해'는 보편적이고 객관적인 존재가 아니다. 시적 화자에게 '해'는 '말갛게 씻은 고운 얼굴이요 이글이글 앳된 얼굴'이다. 시적 화자는 '곱다'와 '앳되다'는 형용사를 사용하여 '해'를 향한 최고의 친근감을 드러내고 있다. 그러나 시적 화자가 '해'를 향해 단순히 친근감만을 드러내는 것은 아니다. 그는 산 너머에 있는 "어둠"과 "달밤"을 밤새도록 살라먹는 '해'의 행동에 경외감도 동시에 가져 '해'가 어서 솟기를 간절히 소망하고 있다. 이때 시적 화자가 '해'의 솟아오름을 갈망하는 이유는 그것이 일체의 악을 척결하고 모든 생물들을 한자리에 불러 모으는 치리자의 역할을 수행하기 때문이다. '해'의 출현으로 청산에 있는 모든 생물들이 한자리에 모여앉아 "애뙤고 고운 날을 누리"는 향연을 벌일 수 있기 때문이다.

　성경에서는 종종 창조주 하나님을 '빛'[118]으로 묘사한다. '빛'과 '열'은 해

---

118)　「요한 1서」 1장 5절 "우리가 저에게서 듣고 너희에게 전하는 소식이 이것이니 곧 하나님은 빛이시라 그에게는 어두움이 조금도 없으시니라"라고 기록되어 있다.

의 구성성분이다. 즉 '해=빛+열'의 관계가 성립된다. '빛'은 어둠을 추방하여 사물을 명료하게 하는 가시성(visibility)을 나타내고 '열'은 불의 은유적 내포[119]로 창조와 파괴라는 극단적인 의미를 함축한다. 따라서 '해'를 '빛의 이미지'로 초점화한다면, 그것은 꽃과 새와 짐승을 하나로 융합시켜 평화공동체를 형성하는 치리자(治理者)의 표상이 된다. 그러나 '열의 이미지'에 중점을 둔다면, 그것은 악으로 지칭된 일체의 어둠과 달밤을 몰아내고 평화로운 청산을 재건하는 창조자가 된다. 즉 '해'는 정의로운 치리자요 정화의 상징인 것이다. 따라서 이 시의 '해'는 불의를 척결하고 선을 추구하는 전지전능의 절대자를 표상한다고 할 수 있다.

「해」에는 만물에 대한 통합적 상상력이 드러난다. 「해」에는 다양한 동식물이 등장한다. 강자로 대표되는 '칡범'과 약자로 대표되는 '사슴'이 등장하고, 그 외에 '꽃'과 '새'와 다른 '짐승'들이 등장한다. 그리고 이 모든 만물의 중심에 시적 화자 '나(인간)'가 있다. 나는 절대자 혹은 광명의 상징인 해가 솟아오르기를 간절히 열망한다. 그리고 그 열망의 순간이 현실화되었을 때 세상의 삶은 근대적·합리적·이성적인 방식이 아닌 신화적·문학적·감성적인 방식으로 전환된다. 인간과 동물의 분리, 초식동물과 육식동물의 분리, 식물과 동물의 분리는 무의미해졌으며 모든 생명체가 하나가 되어 춤추고 노래하는 향연의 장이 도래한 것이다. 근대화 이전의 자연과 인간이 조화를 이루고 살았던 그 원래의 모습, 원형적 공간을 되찾은 것이다. 이처럼 「해」에는 생태시의 아름다움과 생명의 고귀함, 우주만물의 평등함에 대한 귀중한 인식이 담겨있다. 인간과 자연을 동일시하여 '꽃'이나 '새'와 같은 작은 생명조차도 소중히 여기는 그 통합적 상상력이야말로 자연과 인간이 다 함께 공존하는 상생의 길이라 할 수 있다.

「해」에는 요즘의 생태시에 조금도 뒤지지 않는 자연융합의 상상력이 작

---

119) 홍문표, 『현대문학비평이론』, 창조문학사, 2003, p. 428.

용하고 있기 때문이다. 우리는 그의 시 한 편을 감상하면서 자연이 주는 심미적 상상력의 세계로 나아갈 수도 있지만, 자연에 몰입하여 그것에 더 가까이 다가가려는 자연중심적인 세계관을 가질 수도 있다. 이렇듯 자연을 소중히 여기고 자연과 인간의 공존을 추구하려 했던 박두진의 시는 생태시의 활성화에 단초를 제공한다고 할 수 있다. 박두진의 절대자에 대한 염원은 다음의 시에서는 '태양' 이미지로 표상된다.

> 열리렴! 하늘…… 아득히 아른 아른 빛나 오는 것, 눈시울에 아른거려 닿아 오는 것, 푸르른 하늘.……아득한 하늘 넘어, 한가닥 아른 아른 빛나 오는 것, 열리렴! 하늘.……
>
> (…중략…)
>
> 솟으렴! 태양.…… 또 하나 궁창에서, 훨훨훨 나래 떨며 솟아나는 것, 뭇 어둠 불살으며, 이글 이글 타는 얼굴 솟아나는 것,
>
> 별들 다아 새로 씻겨 빛나고, 온 누리, 눈물 어린 누리 위에, 금빛 쏴아아 내려 쬐는 빛의 줄기.…… 유량한 울림 속에 청산은 모두 귀를 열어, 소리 높여, 일제히 노래 부를 푸른 나무들!
>
> (…중략…)
>
> ―「훨훨훨 나래 떨며」 일부

이 시에서도 '태양'은 절대자를 표상하고 있다. '해' 또는 '빛'이 절대자라면 빛의 결정체인 태양 역시 같은 의미로서의 이해가 가능하다. '태양'은 '하늘'이라는 우주공간 속에 존재한다. 따라서 '하늘'은 신이 주재하는 천상계를 의미한다. 1연에서 시적 화자는 "아른아른 빛나는 것"을 보고 싶어 "하늘"이 열리기를 소망한다. 그리고 그 아른아른 빛나오는 것의 실체는 2연에서 곧바로 확인된다. 궁창에서 훨훨훨 나래 떨며, 모든 어둠 불사르며, 이글이글 타는 얼굴로 솟아오르는 그것은, 바로 '태양'이다. '태양'이 솟으면 별

들이 새로 빛나고, 눈물 어린 온 세상은 눈물을 거두며, "유량한 청산"은 일제히 노래를 부른다. 이때의 상황은 다분히 상징적이다. '태양'과 별의 공존은 과학적으로 불가능하기 때문이다. 따라서 현 상황을 정리하면 다음과 같다. '태양'의 출현으로 온 세상은 희망이 생긴다. 이 희망의 빛으로 온 세상은 눈물과 고통이 사라진다. 희망과 행복이 가득 찬 세상에서 사람들은 일제히 기쁨의 노래를 부른다. 즉 '태양'으로 표상된 절대자의 등장이 '어둠'과 '눈물'로 가득 찬 이 세상을 희망과 기쁨의 공간으로 변화시킨다. 절대자의 출현으로 이 세상은 어둠의 공간에서 빛의 공간으로 변모된다.

박두진은 태양 이미지에 대해 "사랑과 평화와 조화와 질서와 미와 진실과 진선의 영원한 성취를 이상하였고, 완전하고 그지없이 치열하고, 무한대한 희원을 더할 수 없는 유일 절대한 시적 형상의 실체를 잡아 고창해 본 것"[120]으로 설명하고 있다. 따라서 이 시에서 '태양(빛)'을 절대자, 즉 절망의 상황을 희망으로 변화시키는 전지전능자로 독해하는 것에는 별무리가 없다. 박두진의 절대자에 대한 갈망은 다음의 시에서는 '빛'으로 드러난다.

빛 있으라. 빛이 있으라. 빛 새로 밝아 오면 온 산이 너훌에라. 푸른 잎 나무들 온 산이 너훌에라. 빛 밝은 골짜기에 나는 있어라. 볕 쪼이며 볕 쪼이며, 빛 방석 깔고 앉아 나는 있어라.

홀로 내 앉은자리 풀 새로 돋아나고, 따사한 어깨 위엔 금빛 새 떼 내려 앉고, 온 골,볕 밝은 골마다 핏빛 장미 피어나면! 나는 울어도 좋아라. 새로 푸른 하늘 아래, 내사 홀로 앉아 울어도 좋아라.

줄줄줄 단 샘물에 가슴이 축고, 빛 고은 산열매사 익어가는데, 아, 여기 작고 짐승 의 떼 운다기로, 가시풀 난다기로, 내 어찌, 볕밝은 골을 두고 그늘로야 헤매랴.

---

120) 박두진, 『한국현대시론』, 일조각, 1992, p. 385.

난 있어라. 나는 있어라. 볕 밝은 골짜기에 홀로 있어라. 너훌대는 청산 속에
나는 있어라. 귀 깊이 기우리면, 머언 가녀린 들려오는 노랫소리……. 아득한 하
늘 넘어, 아득히 열려오는 아른대는 빛의 줄기……. 빛 보여, 빛 보여, 나는 있어
라.

— 「들려오는 노래 있어」 전문

이 시에서 시적 화자는 지금 '청산'에 있다. 그리고 청산에서도 "빛 밝은 골
짜기"에 있다. 1연 1행의 "빛 있으라. 빛이 있으라."는 대목은 구약의 성경구
절(창세기1:3)과 유사하다. 창조주 하나님께서 '빛이 있으라 하시매 빛이 있
었고'에서 알 수 있듯이, 이 시에서도 시적 화자의 "빛이 있으라"는 간접 명
령은 앞으로 일어날 빛의 출현을 의미한다기보다는 시적 화자의 발화와 동시
에 이미 '빛이 있음'을 의미한다고 할 수 있다. 또한 비록 공손한 명령이긴 하
지만 시적 화자가 간접 명령법의 발화를 사용하고 있는 것은 '빛'으로 표상된
절대자를 간절히 염원하고 있음을 보여주는 단적인 예라고 할 수 있다.

'빛'의 출현으로 달라진 상황을 상술하면 다음과 같다. '빛'이 새로 밝아 오
자 청산은 너울너울 춤을 춘다. 나무들이 춤을 추고 풀들이 돋아난다. 또한
새들이 날아오고 장미꽃이 새로 피어난다. 뿐만 아니라 골짜기에는 단 샘물
이 흐르고 산열매가 익어간다. '빛'은 '짐승의 떼', '가시풀', '그늘' 같은 부정
적인 것들을 척결한다. 즉 '빛'은 모든 악하고 속된 것들을 일시에 소멸시키
고 선하고 순수한 것들만을 생성시키는 창조자인 것이다. '아른대는 빛줄기'
가 '너울대는 청산'을 둘러싸고 '볕 밝은 골짜기에 홀로' 화자가 있다. 이러
한 상황은 '빛〉청산〉나(홀로)'의 삼원구조로 이루어지는데 이는 동양의 '천
지인(天地人)'구조와 유사하다. 이러한 삼원의 구조 속에서 마침내 시적 화
자는 '빛'을 보는 경험을 하게 되고 나아가 '빛' 가운데 서 있는 자기 자신을
발견하는 경지에까지 이르게 된다.

빛은 성서적 상상력에서 보면 절대자를 상징하지만, 생태의식에서 보면 인
간의 삶을 지탱해주는 힘의 근원이다. 인간에게는 밝고 따스한 햇볕이 필요

하다. 다른 사람의 권리를 존중하고, 분명한 자의식을 지니고, 남을 사랑하면서 이 세상을 환희 비추는 사람들이 필요하다. 이런 자체가 태양이며, 태양은 인간의 음산해 보이는 일상에 확신의 광채를 뿌린다. 태양은 생명의 빛이며, 무한의 존재이다. 태양은 무한히 빛나며 무한한 체험으로 존재한다.[121] 결국 빛은 성서적 상상력과 생태의식 둘 다에서 생명의 근원으로 표상된다.[122]

이상으로 박두진의 '빛' 이미지에 나타난 기독교적 상징을 살펴보았다. 박두진의 시를 들여다보면, 외면은 자연지향 혹은 자연과 인간의 화합이지만 내면은 기독교적 이상세계가 자리하고 있다. 이는 박두진의 시정신(메시아 사상)을 생태적 사유로 독해할 수 있는 근거가 된다. 모든 생물들이 하나가 되어 화합의 공간을 이루는 그 중심에 절대자가 존재하고 있기 때문이다. 또한 절대자를 표상하는 '빛'은 넓은 의미에서 자연물이므로 '절대자=빛=자연'의 등가관계도 형성될 수 있다. 이처럼 '빛'을 통해 기독교적 상징과 생태의식이 조화를 이루고 있는 시로는 「해의 품으로」, 「달과 말」, 「나의 하늘은 푸른 대로 두시라」 등이 있다.

2) '청산'과 기독교적 에덴

한국 자연시에서 가장 많이 등장하는 배경의 이미지는 '산'과 '하늘'이다. 특히 '청산'은 한국 시인들에게 한국적 정서가 깃든 낙원의 모습으로 노래되었는데 대표적인 것이 고려가요 「청산별곡」이다. 박두진 역시 자신의 시에서 청산을 통해 낙원의 이미지를 형상화하고 있다. 그러나 청산으로 표상된 박두진의 낙원 이미지는 동양적 낙원의 모습이 아닌 기독교적 사랑 공동체

---

121) 프란츠 알트, 손성현 역, 『생태주의자 예수』, 나무심는사람, 2003, pp. 108~109 · 140~141.
122) 전통 기독교 신학은 이런 사상을 '범신론(모든 것은 하나님이다)'이라고 공격하지만, '범재신론(하나님은 모든 것 안에 있다)'이라고 보는 게 옳다.

로서의 낙원이라는데 그 특징이 있다. 기독교 신앙에 깊이 경도된 박두진은 자연(특히, '청산')을 기독교의 낙원의식과 결합시켜 이상적 낙원, 즉 에덴동산으로 구체화시킨다.

> 아랫도리 다박솔 깔린 산 넘어 큰산 그 넘엇 산 안보이어, 내마음
> 둥둥 구름을 타다.
>
> 우뚝 솟은 산, 묵중히 엎드린 산, 골 골이 장송 들어 섰고, 머루 다랫 넝쿨 바위
> 엉서리에 얽혔고, 샅샅이 떡갈나무 억새풀 우거진 데, 너구리, 여우, 산토끼, 오소
> 리, 도마뱀, 능구리 등 실로 무수한 짐승을 지니인,
>
> 산, 산, 산들! 누거만년 너희들 흠뻑 지리함즉 하매,
> 산이여! 장차 너희 솟아난 봉우리에, 엎드린 마루에, 확 확 치밀어
> 오를 화염을 내 기다려도 좋으랴?
> 핏내를 잊은 여우 이리 등속이, 사슴 토끼와 더불어 싸릿순 칡순을
> 찾아 함께 즐거이 뛰는 날을, 믿고 길이 기다려도 좋으랴?
>
> ──「향현」 전문

박철희는 박두진의 자연을 "일제의 암흑기, 참담한 현실과 대치되는 정신세계로서의 밝고 희망찬 새로운 세계의 자연이며, 나아가서 비유, 정열, 예언 등을 통하여 도달한 화해의 세계"[123]로 보기도 한다. 이 시에 나타난 '산' 역시 화해공동체로서의 역할을 충실히 수행한다. 박두진의 시적 이미지의 한 지류를 형성하는 역동적 이미지를 증명이라도 하듯이 이 시에서도 '산'은 적극성을 드러낸다. 어떤 '산'은 "우뚝 솟아" 있고, 또 어떤 '산'은 "묵중히 엎드려" 있다. 이때 '산'이 그리운 시적 화자는 "둥둥 구름을 타고" 온다. "다박솔 깔린" 청산은 "머루 다래" 등의 식물성과 "너구리 여우 산토끼" 등의 동물성을 함께 품고 있다. 청산은 "여우 이리 등"의 육식동물과 "사슴 토끼" 등

---

123) 박철희, 「청록파연구 Ⅱ」, 『국문학논집』 ⑨, 민중서관, 1977, p. 448.

의 초식동물이 함께 공존하는 화해의 공간이다. 약자와 강자가 대립하지 않고 평화롭게 살아가는 화합의 세계이다. 그러므로 이 시는 약육강식의 논리가 지배하지 않는 평화로운 에덴동산의 갈망이 '청산'을 통해 형상화되었다고 할 수 있다.

해야, 고운 해야. 늬가 오면 늬가사 오면, 나는 나는 청산이 좋아라. 훨훨훨 깃을 치는 청산이 좋아라. 청산이 있으면 홀로래도 좋아라.

사슴을 딿아, 사슴을 딿아, 양지로 양지로 사슴을 딿아 사슴을 만나면 사슴과 놀고,

칡범을 딿아, 칡범을 딿아 칡범을 만나면 칡범과 놀고,……

―「해」 일부

이 시에서 "청산" 역시 모든 생물들이 함께 생활하는 공동체적 공간이다. 그곳에서는 강자도 없고 약자도 없다. 다만 조물주의 피조물이 있을 뿐이다. '청산'에서 시적 화자는 때로는 "사슴"과 놀기도 하고, 때로는 "칡범"과 놀기도 한다. 그러다 지치면 혼자 휴식을 취하기도 한다. 그곳에서는 약육강식의 논리는 존재하지 않는다. 다만 "꽃도 새도 짐승도 모두 한자리에 앉아 앳되고 고운 날"만 누리는 화해의 공간인 것이다. 사자 굴에 어린 양이 손 넣고 장난쳐도 물지 않는[124] 절대자 하나님의 천지창조 초기의 공간인 것이다. 따라서 시적 화자가 갈구하는 '청산'은 아담과 이브의 범죄 이전의 시대, 즉 창조주 하나님의 약속을 소중히 지킨 오염되지 않고 실추되지 않은 초창기 낙원, 에덴의 모습이라 할 수 있다. 박두진 본인도 작품 「해」에서 자신이 추구하려한 것이 '포괄적인 이상의 세계'였다고 고백하고 있다.

---

124) 「이사야」 11장 6절~8절 참조. (즉 박두진의 '청산'은 이사야적 낙원이라 할 수 있다.)

……해의 세계는 그만큼 현실과 이상, 어제와 오늘 보다는 오늘에서 내일로의 자세, 부분적, 일시적 단계이기보다는 인류적 전체, 포괄적 영원, 현세적 정치적 이상과 종교적 궁극적 생활 생존 양식이 아무런 모순없이 일원화된 세계로 나타나 있다. …….

8·15 해방의 세기적 분출구를 만나 그냥 조용하고 조심스런 긴장, 무엇인가 아주 포괄적이고 근원적이고 민족과 인류, 현재와 영원, 미래를 일관할 수 있는, 포괄할 수 있는 이상을 집중적으로 완벽하게 표현 형상화하고자 했었을 뿐이었다.[125]

이처럼 「해」는 민족과 인류의 현재와 영원을 일관·포괄할 수 있는 일원화된 세계, 즉 기독교적 이상세계를 형상화한 작품이다. 그리고 그 이상이 구현되는 장소가 '청산'[126]이라 할 수 있다. 다음의 시에서 '산' 또한 화자의 지친 심신을 위로해주는 이상적 낙원의 모습으로 형상화된다.

티끌이 싫여, 저자가 싫여, 세우는 핏대들과 아우성이 싫여, 다만 여기 산새가 우는대로 사슴이 오는대로, 먼 그 열 골을, 나홀로 휘정청 들어왔다 숙아.
……

갈하면 돌 틈에 물을 따 마시고, 곺으면 무르닉은 산열매 따먹고, 벗은 몸 내 살은 아담처럼 가리어, 해 솟는 아침이면, 쩡, 쩡, 빼여난 봉에 올라 울려보는 메아리.……

산꽃에 둘리워선 취하고, 사슴과 놀다간 사향내에 취하며, 낮에 홀로 졸며 깨며, 뜨거히 닦아드는 해를 안고 딩굴고, 밤에, 먼 하늘 푸른, 별을 모두 불러 울어, 무릎 꿇고 눈 들어, 스스로의 외롬을 하늘에 운다.

— 「산에 살어」 일부

이 시에서 시적 화자가 "산"에 온 이유는 명백하다. 1연에 제시되어 있듯이 세상의 "티끌"과 "저자"와 "핏대"와 "아우성"이 싫어서이다. 속세의 지저

---

125) 박두진, 「시의 운동」, 『문학사상』, 1972. 10, pp. 276~277.
126) 이건청, 앞의 논문, pp. 136~137.

분함과 복잡함과 시끄러움과 더불어 이 모든 것의 원인제공자인 사람이 싫어서이다. 지금 시적 화자는 세상의 "풍속"에 몸과 마음이 지칠 대로 지친 상태이다. 그는 자신이 지고 있는 모든 멍에를 벗어던지고 어디론가 떠나고픈 상태에 있다. 이때 시적 화자가 생각해낸 곳이 바로 속세에 오염되지 않은, 태고적 그대로의 '산'이다. "산새"가 지저귀고 "사슴"이 사는 '산'은 시적 화자가 멀고 먼 "열 골"을 지나 찾아온 심산(深山)이다. 그 '산'은 인간세상과의 교류가 전혀 없는 청정무구의 세계이다.

입산한 시적 화자는 태초의 인간 "아담"처럼 생활한다. 목마르면 돌 틈에 흐르는 물을 마시고 배고프면 잘 익은 "산열매" 따먹고 아침 일찍 높은 "봉우리"에 올라 "메아리"도 불러본다. 낮에는 "산꽃"의 아름다움에 취하고 "사슴"이 남긴 향내에 황홀해하며 비몽사몽 나른한 "오수"도 즐긴다. 또한 밤엔 눈을 들어 밤하늘의 "별"을 보다가 자세를 정돈하고 광대한 "하늘"을 향해 자신의 고독을 경건하게 고백하기도 한다. 이처럼 시적 화자의 산속 생활은 속세처럼 평범하다. 표면적으로는 양자의 생활이 별반 다르지 않은 것처럼 보인다. 그러나 전자의 생활은 후자의 생활보다 정신적으로 편안하고 육체적으로 활력이 넘친다. 산속의 시적 화자는 자발적으로 모든 일을 하지만 세상의 사람들은 관계중심의 생활 속에서 타율적으로 일을 해야 하는 경우가 다반사이기 때문이다. 이러한 강압적 생활이 싫어 '산'에 온 시적 화자이기에 지금의 생활이 즐겁고 행복한 것은 당연하다.

시적 화자의 삶은 불순에 물들지 않은 원초적 자연인의 모습이다. 그는 세속의 욕망을 초월한 사람이다. 산속 생활은 시적 화자 자신이 꿈꿔온 생활의 모습이기도 하지만, 그것은 본래 인간을 창조한 조물주 이상적 낙원의 원형이기도 하다. 그러나 인간의 욕망은 갈등을 낳았고 갈등은 죄를 낳았다. 더 이상 서로를 사랑할 수 없게 된 인간들은 사랑공동체를 떠나 자신들의 이익에 합당한 집단을 형성하기 시작했고 그 집단들이 거대해짐에 따라 지금의 세상이 형성된 것이다. 그러나 인간은 항상 자신의 모체를 그리워하

게 마련이다. 순진무구한 시절 자신들이 거주했던 순수의 공간, 조물주의
창조 청사진의 배경이었던 에덴동산, 그 고향에 대한 그리움과 지향이 세속
에 찌든 시적 화자를 오염되지 않은 '산(청산)'으로 인도한 것이다. 다음의
시에 나타난 '산' 역시 기독교적 낙원으로 형상화된다.

희끗희끗 양지에 남은 눈이 녹는
봄이 되면 서둘러서
山으로 가야겠다.

山이 좋아.
무엇보다 세상에선
山이 제일 좋아

山으로 가는 날은 내가 山을 사는 날.
山이 나를 사는 날.
내가 나를 사는 날

山이 좋아.
아내와 같이 일 땐
火木을 지펴
깊은 끝 양지쪽에 原始를 生活하고,
……
내가 아무리 혼자라도 山은 나와
함께 있고,
내가 아무리 서러워도
山은 나를 깊이 알아,
山은 늘 그리운, 山은 늘 너그러운,
山은 늘 따스한,
女人의 품, 어머니의 품,
아버지의 품.
……

아, 머리카락, 山바람에 날리는,
그리고 내 이마,
山봉우릴 올라서면 이마에 해를 받자.

—「山이 좋다」 일부

　서두에서부터 시적 화자는 마음이 급하다. 시적 화자는 "산"으로 가고 싶은 열망 때문에 봄눈 녹기를 간절히 기다린다. 그가 이처럼 '산'을 갈망하는 이유는 "산이 세상에서 제일 좋기" 때문이다. 아무리 세상이 자신을 버려도 "산만은 함께 있어"주고, 세상에서 아무리 "서러운" 일을 당해도 산만은 자신을 "깊이 알아"주기 때문이다. 그래서 산은 늘 '그리운 여인'이요 '너그러운 어머니'요 '따스한 아버지'인 것이다. 사랑에 빠진 남자의 휴식처는 연인의 품이고 세파에 찌든 아들의 안식처는 부모의 품이다. 이처럼 '산'은 시적 화자에게 사랑의 설렘과 안도의 호흡을 제공하는 공간이다. 그래서 그는 '산'에 가는 날을 "내가 山을 사는 날", "山이 나를 사는 날", "내가 나를 사는 날"이라고 고백하는 것이다. 그날은 나와 '산'이 어우러져 하나가 되는 시간으로 세상의 모든 잡념을 잊고 기쁨으로 충일한 시간이다. 그는 '산'과의 교감을 통해서 세속의 자신을 잊고 인간 본연의 "原始"적 삶을 만끽한다. 따라서 시적 화자가 '산'으로 가는 날이 궁극에는 "내가 나를 사는 날"이 되는 것이다.

　'산'은 시적 화자를 포함해서 모든 것들을 품고 있다. 이 시에 수록되어 있는 "新綠잎, 山꽃, 山새, 山짐승, 山僧, 푸른 바위" 등 피조물들은 모두 '산'에 속해 있다. '산'은 두 날개를 펼쳐서 새끼들을 품고 있는 어미 새처럼 자애로움으로 피조물들을 품고 있다. '산'의 넓은 품속에서 피조물은 지극히 평화롭다. 꽃은 꽃대로, 새는 새대로, 바위는 바위대로, 山僧은 山僧대로, 짐승은 짐승대로 제각각 자신들의 본분을 잃지 않는다. 그것은 일찍이 조물주가 만물을 창조하며 기대했던 이상적 낙원의 모습이다. 산은 세상과 분리되어 있기에 세속에 물들지 않는다. 이곳에선 대결도 투쟁도 전쟁도 없다. 평화와 안식만이 존재할 뿐이다. 모든 피조물들이 자유롭게 공존하는 곳,

인류가 죄악에 빠지기 전의 화목의 공간, 그 이상향이 시적 화자가 지금 향유하고 있는 산속의 평화로운 정경이다.

그런데 시적 화자는 이 안식의 공간에 혼자 있지 않다. 옆에는 아내가 있고 위에는 절대자가 있다. "아내와 같이 일땐 / 火木을 지피"고 "山봉우릴 올라서면 이마에 해를 받"는 행위가 그것이다. 즉 지상에는 아내, 천상에는 절대자가 존재하는 것이다. '시적 화자, 아내, 절대자'의 구조는 '아담, 이브, 하나님'의 구조와 유사하다고 할 수 있다. 이는 '시적 화자, 청산, 해'의 구조와 관련성이 높다. 시적 화자는 아내와 함께 청산에 있다. 그는 청산에서 심신의 피로를 풀며 안식한다. 그런데 자유로운 공간, 산속에서도 그의 마음가짐은 흐트러지지 않는다. 그것은 자신을 자극하고 단련하는 삶의 모범, 절대자가 있기 때문이다. 따라서 시적 화자가 '이마에 해를 받는 행위'는 절대자를 경외함으로써 그의 보호 아래 머무르며 삶의 활력을 찾겠다는 것으로 이해할 수 있다.

박두진의 시에 나타난 '산(청산)'은 아담과 이브가 범죄 하기 전의 에덴동산, 즉 양육강식의 논리가 없는 이사야적 낙원이라고 할 수 있다. 이러한 이상적 낙원을 표상하고 있는 시편으로는 앞에서 인용한 시 외에도 「青山道」, 「푸른 숲에서」, 「샘이 솟아」 등이 있다.

박두진 시를 살펴보면 '해'와 '청산'이 공존하는 경우가 많다. 이는 그의 시에 자주 나타나는 '빛〉청산〉인간'의 삼원구조와 관련이 깊다고 할 수 있다. 이는 '인간'의 이상향인 '청산'에서만이 '절대자'의 존재가 확인되는 논리와 맥을 같이한다. 이런 현상은 「해」, 「들려오는 노래 있어」, 「향현」, 「山이 좋다」 등에서 확연히 드러난다.

3) '바다'와 구원의 통로

박두진의 시에 등장하는 자연의 대표적 심상은 '산'과 '바다'이다. 청산으로 대표되는 산이 화해공동체로서 기독교적 낙원의 모습을 표상하는 것처럼 바다 역시 '메시아적 이상'[127]이 실현되는 공간으로 형상화된다. 바다의 주성분인 '물(water)'은 일반적으로 창조의 신비, 탄생, 죽음, 부활, 정화와 속죄, 풍요와 성장을 의미하고, 융(Jung)에 의하면 무의식을 상징한다. 물이 모여 이루어진 두 개의 큰 공간체로는 '바다'와 '강'이 있다. '바다(sea)'는 모든 생명의 어머니, 영혼의 신비와 무한성, 죽음과 재생, 무궁과 영원, 무의식 등을 상징하고 '강(river)'은 죽음과 재생(세례), 시간의 영원한 흐름, 생명 주기의 변화상, 제신(諸神)의 화신 등을 상징한다.[128]

성서와 원형상징 그리고 박두진의 신앙에 의거했을 때 그의 시에서 '바다'는 생명의 근원, 재생과 영원, 구원 등으로 형상화되어 기독교적 심상을 강하게 노출시킨다. 따라서 박두진 시의 '산'과 '바다'는 기독교적 이상세계를 구축하는 두 개의 대칭축으로서 그 기능을 공고히 하고 있다.

> 바다가 와락
> 달려든다.
> 내가 앉은 모래 위에.……
>   ……
> 귀가 열려,
> 머언
> 바다에서 오는 소리에
> 자꾸만, 내, 귀가 열려,
>
> 나는 일어선다.
> 일어서며,
> 푸른 물 위로 걸어가고 싶다.

---

127) 김동리, 「발문」, 박두진, 『해』, 청만사, 1949.

128) Wilfred L. Guerin(ed.), *A Handbook of Critical Approaches to Literature*(N.Y. : Harper & Row, 1979), pp. 157~163.

쩔벙 쩔벙
머언 바다 위로 걸어가고 싶다.

햇살 함빡 받고,
푸른 물 위를 밟으며 오는

당신의 바닷 길.······

바닷 길을 나도,
푸른 바다를 밟으며 나도,
먼, 당신의 오는 길을 걸어가고 싶다.

— 「바다 2」 일부

　지금 시적 화자가 서 있는 곳은 '바다'이다. 그는 바닷물의 출렁거림을 바라보면서 불현듯 "바다" 위를 걷고 싶은 충동을 느낀다. 그것은 "먼 바다"에서 들려오는 "소리" 때문이다. 푸른 물 위를 걸어오는 "당신" 때문이다. 성경에 의하면 물은 정결, 재생, 말씀[129]을 의미한다. 원형상징에 의해서도 물은 창조, 탄생, 부활, 정화와 속죄를 의미한다. 따라서 물 위를 걸을 수 있는 "당신"은 이 모든 조건을 갖춘 존재, 신과 인간의 통로가 되신 예수 그리스도뿐이다. '소리'와 '바다'로 표상된 예수 그리스도가 걸어오는 "푸른 바닷길"은 경이감과 희열의 공간이다. 그 길은 "푸른 물"과 "푸른 바다"에 나타난 색채 이미지가 보여주듯이 희망과 기쁨의 공간이다. 정신적 안정과 영혼의 순수로 가득 찬 종교적 공간이다. 따라서 그 길에는 영원한 진리와 구원과 안식이 있다. 예수 그리스도는 신과 인간의 관계를 회복시킨 구원자이기 때문이다. 이스라엘 민족이 선지자 모세의 기적으로 홍해를 건너갔고[130], 사

---

129) 「요한복음」 4장 14절, "내가 주는 물을 먹는 자는 영원히 목마르지 아니하리니 나의 주는 물은 그 속에서 영생하도록 솟아나는 샘물이 되리라" 참고.
130) 「출애굽기」 14장 1절~31절 참고.

도 베드로가 믿음으로 물위를 걸어갔던 것[131]처럼, 시적 화자도 예수 그리스도를 만나기 위해 구원의 통로인 '바닷길'을 걸어가고 싶어 한다. 그도 모세나 베드로처럼 물위를 걸어야만 절대자를 만날 수 있다. 물은 절대자와 불가분의 관계이기 때문이다. 이렇듯 예수 그리스도를 만날 수 있는 구원의 통로인 '바다' 이미지는 다음의 시에서도 나타난다.

> 하늘도 좋고, 구름도 좋고, 머루랑 다래랑 으름도 좋고, 사슴도 골짜기도 산바람도 좋은데, 어찌서 오늘은 나 홀로 앉아, 머얼리 파도치는 바다가 그리울가.
>
> 나만 혼자서 그리는 하늘. 나만 혼자서 그리는 사람. 그리는 사람과 구름을 밟고, 나란히 층층계 올라가 본다. 머얼리 따로 있어 생각 하는 이, 바다로 걸어 가며 생각하는 이, 당신의 가슴으론 해가 오리라.
>
> ―「海愁」 일부

바슐라르는 '강'이나 '바다'를 하늘의 투영체로 본다. 수평선을 경계로 '하늘'과 '바다'가 하나로 융합되는 것이다. 따라서 '하늘=바다', '별=섬', '새=물고기'의 관계가 성립된다.[132] '하늘'이 절대자가 주재하는 천상계를 표상하듯이 '바다' 역시 절대자를 갈망하는 구원의 공간이다. '하늘'은 인간의 영적 천상계이고 '바다'는 인간의 육적 천상계라고 할 수 있다. '하늘'과 '바다'는 특성상 동격의 이미지로 일원화되지만 '하늘'은 무한대하고 추상적이다. 이곳은 육체적 접촉이 불가능한 광활한 우주이다. 반면에 '바다'는 물이라는 액체를 직접 만질 수 있고 느낄 수 있으며 화자와 혼연일체가 가능한 구체적이며 물질적인 공간이다. 시적 화자가 청산에 머물면서도 '바다'를 갈망하는 이유가 여기에 있다.

---

131) 「마태복음」 14장 22절~33절 참고.

132) 가스통 바슐라르, 이가림 역, 앞의 책, pp.96~105.

'바다'를 걸어가는 행위에는 간절한 기다림과 사모가 있다. 그것이 시적 화자의 마음을 '바다'로 향하게, 시적 화자의 행동을 '바다'로 걸어가게 하는 것이다. 육적 천상계인 '바다'를 걸어감으로써 시적 화자는 영적 천상계에 대한 간접체험을 하게 되는 것이다. 영적 시적 화자가 절대자를 만나기 위해 하늘의 구름계단을 한 계단 한 계단 올라가듯이, 육적 시적 화자 역시 절대자와의 간접교감을 위해 '바다' 물 위를 한 발 한 발 천천히 걸어가는 것이다. 따라서 '바다'는 신과 인간의 교감을 위한 가교로서 구원의 통로가 된다.

> 흰 옷을 입으시면/ 당신은 갈매기…….
> 저 푸른/ 바다를 바라보고
> 앉아 보아 주십시오
> …
> 바다를 바라보고/ 사려 앉아 주십시요.
> 못견디게 바다가 가슴을 설레우면,
> 당신의 흰 옷은 바다의 갈매기…….
> 깃을 치는 바닷 넋/ 당신은 갈매기…….
> ……
> 설레는 바닷가슴 밝은 빛의 숲으로
> 물살들이 당신을 맞아가려 오면,
> 數 數百 數 萬千의 다른 깃에 보다도
> 오, 내사람,/ 그 속 가장 속의 더욱 따스한
> 당신의 옷깃으로 나를 휩 싸 주십시요.
>
> ― 「아침의 詩」 일부

원형상징으로 볼 때 '새'는 그 비상의 속성으로 인해 신과 인간을 연결하는 사다리, 신과 인간의 메신저, 구원의 모티브[133]로 해석된다. 따라서 새는

---

133) 김열규, 『한국의 신화』, 일조각, 1980, pp. 34~39.

살아있는 생명체 가운데 가장 숭고하고 신성한 존재로 여겨진다. 이 시에서 시적 화자는 "바닷가"에서 "갈매기"를 보며 "당신"을 떠올린다. '갈매기'는 흰색이다. 흰색은 순수, 순결, 영원을 상징한다. 그리고 이러한 이미지는 예수 그리스도의 신성과 연결된다. 결국 '갈매기'는 죄 없이 십자가를 진 예수 그리스도로까지 사고가 확장된다. '흰옷 입은 예수 그리스도=흰색의 갈매기'의 등가관계가 성립되는 것이다. 따라서 '갈매기'는 시적 화자의 구세주, 시적 화자의 절대자로 표상된다.

이때 주목해야 할 또 하나의 시적 상징은 '바다'라는 공간이다. '바다'는 그것의 성분을 이루는 '물'의 특성으로 인해 '정결', '정화', '재생' 및 '구원'의 이미지로 시상이 확대된다. '갈매기'의 고향이 '바다'이듯 '갈매기'로 표상된 그리스도의 고향도 '바다'이다. '갈매기'가 '바다'를 떠나지 않듯 그리스도 역시 '바다'를 떠나지 않는다. '바다'는 '갈매기와 그리스도의 모체'이기 때문이다. 시적 화자가 절대자를 경외한다면 '바다'로 와야 한다. 절대자와의 만남을 갈망한다면 즉시 '바다'로 와야 한다. 절대자는 '바다'에 존재하기 때문이다. '바다'로 오는 것만이 시적 화자가 절대자를 만날 수 있는 유일한 길이다. 따라서 '바다'는 절대자와 시적 화자(인간)의 소통을 가능케 하는 매개물로서 구원의 통로가 된다. 결국 시적 화자는 구원의 통로인 '바다'를 통해 절대자의 넓은 품에 안기는 합일의 경지를 경험하게 된다. 이밖에도 '바다'를 절대자와 인간의 소통 통로로 인식한 시편들에는 「바다의 靈歌」, 「바다로」, 「오 바다」 등이 있다.

자연의 역할 중 하나가 인간에 대한 위무이다. 그리고 시에서 위무의 존재로 자주 등장하는 것은 산과 바다이다. 박두진 시에도 '청산'과 '바다'가 시적 제재로 등장한다. 그러나 그의 청산과 바다는 단지 위무의 존재만으로 나타나지는 않는다. 그것은 인간에게 위안을 줄 뿐만 아니라 더 심오한 세계를 표상하는 존재로 나타난다. 청산과 바다는 기독교적 이상세계를 지향하는 존재로 상징되는데 청산은 기독교적 에덴동산으로, 바다는 신과 인간이 만나는 구원의 통로로 인식된다. 이것은 박두진의 생태의식을 기독교적 사유로 이해할 수 있는 근거가 된다. 그의 시세계는 자연과 신이 하나로 융합된 기독교적 자연, 혹은 자연지향의 기독교로 확대·변용되어 나타난다.

바다(바닷물)의 주성분은 물이다. 물은 보통 정화, 재생의 의미로 상징된다. 이런 일반적 상징은 종교적 상징인 '세례'와 동일한 의미를 갖고 있다. 세례는 '죄 씻음'의 의미뿐만 아니라 기독교인과 비기독교인을 구분 짓는 의식이 된다. 세례를 통해 인간의 영혼은 맑아지고 결과적으로 영원한 구원을 받게 되는 것이다. 이처럼 물이 갖는 종교적 신성성 때문에 박두진의 시에 나타난 '바다'의 의미는 성스럽고 숭고하다. 바다(바닷물)가 함의하는 성스런 의식, 즉 세례를 통해 인간은 신과 교감하는 경험을 하게 되고, 결과적으로 영혼이 구원받는 경지에 도달하게 된다.

4) '무덤'과 부활의 모체

박두진은 한국 현대시에 기독교 의식을 표출시킨 시인으로 일컬어진다. 그는 자신의 시에서 삶과 신앙 사이의 긴장관계를 보여주기 보다는 양자의 일치를 보여주고 있다. 박두진은 식민지 상황이라는 죽음의 현실 속에서 부활이라는 구원의 희망[134]을 보았다. 그는 시를 통해 절망을 넘어서 새로운 세계를 희구하려는 강렬한 열망을 보여주었다. 그 갈망의식은 '무덤'이라는 표피적으로는 어둡고 답답한 공간을 통해 부활심상으로 나타난다.

'무덤'은 모성 혹은 여성의 상징과 연결된다. '자궁(womb)'과 '무덤(tomb)'은 서로 신비하게 결합된 원형상징을 갖고 있다. 고대신화를 보면, 시신매장이 곧 재생을 위한 준비 작업이기에 매장풍속은 곧바로 재생의 관념으로 표현된다. 또한 고대의 여신 이미지를 보면, 여신이 사자(死者)의 영혼을 다

---

134) 임영주, 앞의 책, p. 74.

시 받아들이는 어머니로 그려진다.[135]

北邙 이래도 금잔디 기름진데 동그만 무덤들 외롭지 않어이.

무덤 속 어둠에 하이얀 髑髏가 빛나리. 향기로운 주검읫내도풍기리.

살아서 섧던 주검 죽었으매 이내 안 서럽고, 언제 무덤 속 화안히 비춰줄 그런
太陽만이 그리우리.

금잔디 사이 할미꽃도 피었고, 삐이 삐이 배, 뱃종! 뱃종! 멧새들도 우는데, 봄
볕 포군한 무덤에 주검들이 누웠네.

　　　　　　　　　　　　　　　　　　　　　　　　　　　　—「묘지송」 전문

　이 시의 시적 화자 역시 '어머니(재생)'의 이미지로 표상되는 절대자를 갈
망한다. 그가 "주검들"을 바라보는 감정 상태는 연민이나 동정 또는 안타까
움이 아니다. 그는 오히려 '주검들'을 평화로운 상태로 인식한다. 우선 주검
들이 누워있는 "무덤" 안과 밖의 공간적 배경이 이를 잘 뒷받침해준다. '무
덤' 속은 비록 어둡지만 髑髏가 하얗게 빛나고 "주검읫내"도 향기롭게 풍
긴다. 이처럼 시적 화자는 인간들이 일반적으로 인식하는 것과는 다르게 '무
덤'이라는 공간에 대해 긍정적인 견해를 보이고 있다.
　'무덤' 밖 배경 역시 평화롭고 아름답다. '무덤'을 둘러싸고 있는 잔디는 기
름진 "금잔디"이고, 잔디 사이사이에 "할미꽃"도 피어 있으며, 나무 위에서
는 "멧새"들이 운다. 시간적 배경 또한 "봄볕 포군한" 봄이다. 원형상징에 따
르면 '꽃'은 여성, '새'는 남성, 그리고 '햇빛'은 창조(자)의 이미지[136]로 나타
난다. 표면적으로든 상징적으로든 '무덤' 주위의 모습은 활기차고 따스하다.

---

135)　Joseph Campbell, 이윤기 역, 『신화의 힘』, 고려원, 1992, p. 398.
136)　이상우 외, 앞의 책, pp. 244 · 261~262.

역설적이게도 모든 상황이 주검을 "안 서럽게" 하고 있다. '무덤'을 둘러싼 '금잔디', '할미꽃', '멧새', '봄볕'은 주검들에게 위안과 위로를 주는 구원의 대상이 되고 있는 것이다.

예수 그리스도의 재림을 믿기에 '무덤' 속 주검들은 죽었어도 안 서럽고 혼자 누워있어도 외롭지 않다. 나팔소리를 신호로 예수 그리스도의 재림과 동시에 천년왕국이 시작되면 일제히 '무덤' 속 주검들이 부활하리라는 시적 화자의 확신이 이처럼 '무덤' 속 주검들을 긍정적으로 예찬하는 여유를 주고 있는 것이다. 사실, 박두진 역시 「묘지송」창작 동기를 다음과 같이 밝힌 바 있다.

> 편하고 포근하게 자리잡고 있는 묘지의 무덤들을 바라보며 이 시를 썼다. 인간의, 인생의 혹은 민족의, 혹은 인류의 열렬한 비원, 열렬한 염원, 끊을 수 없이 강렬한 동경이면서도 이루어질 수 없는 영원한 소망, 죽음에서 생명, 죽음에서 부활을 갖는 그러한 염원을 오히려 정돈되고 가라앉힌 감정으로 불멸의 종교적인 믿음으로 가져보고 노래해 보고 신원하였다.[137]

이처럼 박두진은 주검에서 생명을, 무덤에서 태양을 바라보는 기독교적 세계관을 통해 부활의 가능성[138]을 열망하였다. 이러한 그의 부활의 소망은 신앙의 깊이와 비례하여 더욱 강한 확신으로 그의 시에 나타난다.

> 바닷가의 언덕에 있어야/ 할 것이다.
> 아내여!/ 내가 죽으면 무덤은
> 진종일 귓가에 와 파도가 철석이고
> 멀리론 저렇게 바닷 벌이 펼쳐 진
> 그런 곳에 조용히 있어야/ 할 것이다.
> ......

---

137) 박두진, 『한국현대시론』, 일조각, 1992, pp. 374~375.
138) 임영주, 앞의 책, p. 76.

언제―/ 그 주검들을 일으킬
무덤들을 쪼개 열을 금빛 나팔을
어느 별의 천사가 와 불어 줄진 몰라도
아내여! 나는/ 저 쏟아지는 볕살들의 따신 포옹과
파도들의 자장가가 들려 오면 그만,
눈이 부신 찬란한 기다림의 아침이
百 千年 또 혹은/ 그 보다도 더 오랜 언제라도 좋다.
      ……

꽃 한 떨기, 적은/ 패랭이 꽃 한 떨기 안 필 지라도
새 한 마리, 죄그만,/ 멧새 하나 찾아 와서 안 울지라도
푸른 바닷가, 아,/ 내가 누운 무덤은 찬란한 왕국
그 금빛 나팔소리 울려 와/ 일제히 모두 일어 새로 빛을 받으면
쏟아지는 볕살 새로 하늘 하나 가득
다시 피는 薔薇들이 퍼불 것이다.
바다에는 바다 함빡 물굽이 마다
눈물들이 새가 되어/ 날을 것이다.

―「바다와 무덤」 일부

   자연에 대한 시적 지향을 꿈꾸었던 박두진은 '산'과 '바다'를 상처받은 인간이 안주할 수 있는 이상적 공간으로 간주했다. 이때의 이상향은 기독교적 유토피아, 즉 낙원이다. 낙원에 거하려면 거리적으로 가까워야 한다. 시적 화자 역시 언젠가 이루어질 부활을 확신하기에 자신의 "무덤"이 바닷가 언덕에 자리하길 소망한다. 비록 지금은 "꽃 한 떨기 피지 않고" "새 한 마리 찾아 와 울지 않을지라도" 언젠가 "금빛 나팔 소리"를 시작으로 "찬란한 왕국"이 도래할 것을 확신하기에 그 시간이 "백 천년"이 걸릴지라도 그 기다림이 "눈부시고 찬란하다"고 고백한다. 따라서 시적 화자는 빛으로 표상된 예수 그리스도의 '찬란한 왕국'이 건설되는 그날에는 '무덤' 속 주검들이 일제히 일어나 부활할 것을 확신한다.

   이때, 주검들의 부활 후의 모습이 '장미'나 '새'로 이미지화되는데 '꽃'은

순수함, 봄, 아름다움[139], 여성[140]을 의미하고 '새'는 천상으로 가는 인간 영혼 또는 남성[141]을 의미한다. 부활은 남성, 여성 모두에게 가능한 일로서 이때 그들은 내·외면의 아름다움을 갖춘 숭고하고 신성한 창조물(신령체)이 되는 것이다. 이처럼 화자는 암울한 이미지였던 '무덤'의 이미지를 새롭게 재해석하여 사후 부활에 대한 강한 확신과 낙관적 전망을 보여주고 있다.

박두진 시의 무덤 이미지가 기독교의 부활사상과 밀접한 관련을 맺는 것은 그의 다음의 고백에서 알 수 있다.

> 오랜 옛날에 흙으로 지음을 받은 인간의 육신이 다시 영원한 본향인 그 흙으로 돌아간다.…… 그 죽음, 이 죽음이야말로 사실은 우리 모두, 인간 모두의 문제의 종말이 아니라 그 출발이 아닐 수 없는 것이다. ……흙에서 난 자를 흙으로 돌아가지 않게 한 생명의 구주, 그 믿음의 실체를 깨닫는 것, 그것은 내가 기독교에 귀의하고, 시를 삶의 한 보람과 가장 생명적인 실현으로 아는 깊은 근원을 이뤄왔다.[142]

한국의 전통적 사후세계관은 흙에서 왔다가 흙으로 돌아가는, 그래서 인간의 몸이 자연의 일부분 혹은 자연 그 자체가 되는 것이다. 그러나 박두진의 사후세계관은 다르다. 그는 기독교의 부활사상을 믿기에 언젠가 무덤 속 주검들이 일제히 일어날, 그래서 재생할 날을 기다리고 있다. 대지의 이미지인 무덤은 흙으로 이루어져 있다. 무덤은 자궁을 의미하고 흙 역시 다산 혹은 양육의 모성을 상징한다. 따라서 주검들은 비록 육신은 죽었지만 어머니의 자궁에서 편안하게 안식하고 있는 셈이다. 그리고 그 무덤과 죽음은 영원한 것

139) J. E. Cirlot, *A Dictionnary of Symbols*, London: Routledge & Kegun Paul, 1983. p.109.
"By its very nature it is symbolic of transitoriness, of spring and of beauty."

140) 이상우 외, 앞의 책, p. 261.

141) 이상우 외, 위의 책, pp. 261~263.

142) 박두진, 「흙에 대하여」(1975.5), 『문학적 자화상』, 한글, 1994, pp. 138~144.

이 아니다. 메시아의 재림과 동시에 무덤은 열리고 주검은 부활하게 되는 일시적인 것이다. 이렇게 박두진은 대지의 이미지인 무덤에 메시아 부활사상을 이입하여 그의 시를 기독교적 생태시로 독해하게 한다. 다음의 시 역시 인간이 고독을 극복한 후 경험하게 되는 부활의 확신을 노래하고 있다.

2

왜 이렇게 자꾸 나는 山만 찾아 나서는겔까? —내 永遠한 어머니……. 내가 죽으면 白骨이 이런 양지짝에 묻힌다. 외롭게 묻어라.

꽃이 피는 때, 내 푸른 무덤엔, 한포기 하늘빛 도라지꽃이 피고, 거기 하나 하얀 山나비가 날러라. 한 마리 멧새도 와 울어라. 달밤엔 杜鵑! 杜鵑도 와 울어라.

언제 새로 다른 太陽, 다른 太陽이 솟는 날 아침에, 내가 다시 무덤에서 復活할 것도 믿어본다.

—「雪岳賦」 일부

지금 시적 화자가 서 있는 곳은 설악산이다. 그는 설악의 절경을 감상하며 인간이면 반드시 한 번은 겪어야 할 죽음을 생각한다. 그리고 부활도 확신한다. 시적 화자는 사후의 모습에 대해서도 담담하다. 두려움이 없다. 다만 사후를 상상할 때 "무덤" 속에 있는 자신이 외롭다고 느낄 뿐이다. '무덤' 주위에 피어있는 "한 포기"의 "도라지 꽃", "한 마리"의 "흰나비"와 "멧새"는 시적 화자의 고독을 드러내는 객관적 상관물이다. 이 시에 나타난 '외로움'의 정서는 '하나'라는 숫자와 조화를 이루는데, 이때 시적 화자는 인간은 결국 혼자라는 고독을 사유하게 된다.

그러나 '무덤' 속의 외로움이 끝은 아니다. 그것은 부활을 위한 통과의례일 뿐이다. 작고 동그마한 '무덤' 속에서 어두움과 외로움의 고행이 끝나는 날, 즉 "다른 太陽이 솟는 날 아침에" 부활할 것을 시적 화자는 믿고 있다. 아기가 어머니의 몸에서 열 달의 수고를 견뎌야 세상에 나올 수 있듯이 시적 화자 역시 작고 어두운 '무덤' 속에서 "다른 태양이 솟는 날 아침까지" 홀로 견뎌야 만이 재생의 기쁨을 만끽할 수 있다. 따라서 '무덤'은 인간을 죽음에서 부활로 이끄는 성스러운 어머니의 모체요 자궁인 동시에, 고독과 고통의 시련을 통과한 자만이 갱생할 수 있는 정화와 속죄의 공간이라고 할 수 있다. 그런데 시적 화자가 부활의 기쁨을 누리는 데는 조건이 하나 붙는다. 그것은 바로 태양의 솟아오름이다. 태양, 즉 절대자의 재림이 있어야 무덤 속 주검들이 일제히 부활할 수 있다. 이렇듯 박두진의 모든 시에 거의 다 등장하는 '태양(빛, 해)' 이미지는 구원과 부활의지에 당위성으로 존재한다. 이처럼 '무덤'을 통한 부활의지는 앞서 인용한 「묘지송」, 「바다와 무덤」, 「雪岳賦」 외에 「나무숲 땅 속에는」에서도 유사한 양상으로 나타난다.

지금까지 박두진 시에 나타난 기독교적 이상세계를 성경의 비유와 원형상징에 근거하여 구체적으로 논의해 보았다. 문학적 감수성이 민감한 청년시절, 그가 받아들인 기독교 사상과 신의 존재는 작고할 때까지 평생의 시적 테마가 된다. 기독교의 부활사상만이 개인적·시대적으로 궁핍한 시대를 살아야 했던 박두진에게 유일한 구원의 통로요 희망의 모체였던 것이다.

박두진의 시세계를 대표하는 또 다른 시적 테마는 자연이다. 자연과 함께 한 유년의 기억은 신의 사상을 형상화하는 데 적절한 제재가 되어 박두진의 시세계를 다양하고 심오하게 확장시킨다. 각각으로 존재했던 '자연'과 '신'이 서로 조화를 이루면서 박두진의 시정신을 고양시키는 역할을 하고 있는 것이다. 이처럼 자연물과 메시아 사상의 융합이야말로 박두진 시를 기독교적 생태시로 이해할 수 있는 근거가 된다.

박두진의 초기시를 대표하는 시적 이미지는 '해', '청산', '바다', '무덤'이다. 성경의 비유와 원형상징에 의거하면 '해'는 전지전능한 절대자를 표상하고, '청산'은 약자와 강자의 존재 자체가 무화된 화해의 공간, 즉 낙원을 표상한다. 또한 '바다'는 절대자 혹은 구세주를 만날 수 있는 필연적인 매개물로서 구원의 통로를 의미하고, '무덤'은 고독과 고통의 시련을 통과한 후 다시 회복하게 될 부활의 모체를 상징한다. 박두진의 자연이 다른 시인의 자연과 변별되는 이유는 그가 이처럼 자연을 시적 소재로 취하여 기존의 자연관과는 다른 기독교적 구원의식, 기독교적 유토피아를 추구하였기 때문이다.

"시는 인간의 혼을 정화시키고 행복하게 하는 참다운 길이며 시로써 신에게 영광을 돌려야 한다"[143]는 박두진의 고백은 그의 시세계와 시 정신을 집약하는 단서가 된다. 그의 고백에서 알 수 있듯이 박두진은 필생의 시작기간 동안 시로부터도 신으로부터도 결코 자유로울 수 없었다. 따라서 그의 시는 모든 기독교 사상의 근본인 성서의 말씀에 토대를 이루고 있으며, 그의 진실한 신앙이 가장 높은 감사요, 눈부신 찬미요, 가장 간절한 기도의 형태인 시로써 승화되어 표현되고 있다.[144] 따라서 '시 쓰기의 행복함과 신의 영광'이라는 화두가 존재하는 한 박두진과 시, 그리고 신의 논의는 계속 이어지리라 확신한다.

3. 민족애와 상생의 추구

박두진 중기시에서 보이는 자아와 세계의 대결양상은 정면승부이다. 그는 불의와 부조리한 상황에 대해 절대 타협하거나 우회하지 않는다. 따라서 우회의 방법이 아닌, 돌파의 시 정신, 천상적 평화에의 간구가 지상적 불의에로 향하기까지 그가 정면으로 마주해야 했던 타락하고 부정한 삶의 현실은 그만큼 강팍했다.[145] 이처럼 현실상황에 대한 치열한 대결양상은 그의 시에

---

143) 박두진, 『시와 사랑』, 신흥출판사, 1960, p. 163.
144) 임정아, 「박두진 시의 기독교 사상」, 『중앙대 어문론집』 제12집, 1977, p. 99.
145) 임영주, 앞의 책, p. 46.

서 '자유와 죽음의 대위법'[146]으로 나타난다.

본장에서는 박두진의 세계에 대한 대결양상에 초점을 맞추어 첫째, 부당하고 불합리한 현실을 극복하고 더 높이 비상하는 자유의지를 살펴볼 것이다. 둘째, 역사의 질곡 속에 희생되어야 했던 동족의 죽음에 대한 애도와 혼자 살아남은 자의 부끄러움이 투영된 속죄양 의식을 살펴볼 것이다. 셋째, 국내외적 위기의식과 해결방안을 '절벽'의 역설적 상황을 통해 살펴볼 것이다. 그리고 이러한 대결의식의 기저에는 인간과 세상에 대한 화해 및 상생의식이 자리 잡고 있음을 밝힐 것이다.

1) 비상과 자유의지

박두진은 일제강점기, 8·15해방, 한국전쟁, 4·19혁명, 유신독재정권을 겪으면서 그의 시세계도 시대의 흐름에 맞춰 다양하게 변모된다. 시대와 역사가 현실을 억압하면 할수록 인간의 자유의지는 더욱 강렬해진다. 박두진은 4·19혁명을 통해 인간의 자유이념을 확인할 수 있었고, 5·16군사혁명과 유신독재정권을 통해 자유의 소중함과 그것의 회복을 시로써 실천하고자 하였다. 이처럼 박두진은 자신의 시에 등장하는 돌, 비(碑), 기(旗), 새 등의 시어를 통해 독재정권하의 혼란한 사회를 벗어나고 싶은 자유의지, 진정한 민주주의 사회구현을 향한 비상의지를 강하게 드러내고 있다.

——한마리만 푸른 새가 날아 오르라. 碑.……한마디만 길다랗게 소릴 뽑으라.

千年 二天年을 三千年을 조으는것, 이끼마다 눈이 되어 꽃잎으로 피라. 이슬처럼 꽃잎마/ 다 녹아 흐르면, 아득한 하늘 밖에 별이 내린다.

---

146) 김윤식·김현, 『한국문학사』, 민음사, 1982, p. 269.

碑. 오오, 돌.…… 무엇을 呼吸는가. 오래 숨이 겹쳐 지면 깃쭉지가 돋는가. 목을 뽑아 鶴처럼/ 구름 밖도 나는가. 비바람과 눈포래와 내려 쬐는 또약 볕. 미처 뛰는 歲月 들이 못을 밝는다. 징/ 을 밝는다.

──月光.…… 또는, 별이 글성 배어 내려, 거울처럼 맑아지면 다시 네게 오마. 넌즛 한번 내어/ 밀어 손을 쥐어 다오. 벌에 혼자 너를 두고 훌훌 내가 간다.

──「碑」 전문

이 시의 중심 시어는 '비(碑)'이다. 시적 화자는 벌판에 홀로 서 있는 비석을 보며 비상의 이미지를 떠올린다. 하늘을 향해 치솟아 있는 비석을 보며 한 마리 '푸른 새'를 연상한다. 수천 년 동안 묵묵히 제자리를 지켜온 비, 인고의 세월을 견디며 역사의 산 증인이 된 비의 모습을 시적 화자는 '꽃잎'과 '별'로 형상화한다. 불행했던 역사적 사실을 표상한 '이끼'는 장차 다가올 미래의 아름다운 '꽃잎'으로 지고지순(至高至純)한 '별'로 변모된다. 시적 화자의 비석에 대한 예찬은 3단락에서는 더욱 확대된다. 어느새 비석은 '깃쭉지'가 돋고 '목'을 길게 뽑아 도는 '학(鶴)'으로 변모된다. 그러나 학의 비상이 그리 순탄치만은 않다. '비바람'과 '눈포래', '또약볕'이 학의 비상을 좌절시킨다. 모든 악조건들이 학의 비상에 '못'을 박고 '징'을 박는다. 하지만 시적 화자는 학의 비상에 대한 희망을 포기하지 않는다. 4단락에서 나타난 것처럼 시적 화자는 '月光'이 비치고 '별' 빛이 비쳐서 비석이 '거울처럼' 맑게 되면 '碑'는 학처럼 다시 한 번 높이 날아오를 것임을 강하게 확신한다.

한국전쟁 중인 대구피난시절에 쓰인 이 시는 박두진이 당시 사회현실을 바라보는 시각을 잘 보여주고 있다. 동족상잔이라는 최악의 전쟁 하에서도 박두진은 자유에의 희망을 포기하지 않는다. 남과 북, 이념전쟁으로 시작된 한민족 최대의 비극 속에서 박두진은 자유의 소중함, 자유의 가치를 깨닫고 마침내 그것을 수호하기로 결심한다. 이러한 자유수호의 의지가 이 시에서는 비록 무생물이지만 세월이 오래될수록 빛을 발하고 그 존재가치를 인정

받는 '비석의 비상'으로 형상화되고 있다. 이처럼 돌을 새로 형상화한 비상(飛上)의 이미지는 다음의 시 「돌의 노래」에서도 나타나고 있다.

돌 이어라. 나는,
여기 絕頂
바다가 바라뵈는 꼭대기에
앉아,
終日을 잠잠 하는
돌 이어라.

밀어 올려다 밀어 올려다
나만 혼자 이 꼭지에 앉아 있게 하고,
언제였을가
바다는,
점리 멀리, 저리 멀리,
달아나 버려
(…중략…)

오, 돌.
어느 때나 푸른 새로
날아 오르랴.
먼 위로 아득히 짙은 푸르름
온 몸에 속속들이
하늘이 와 스미면,
어느 때나 다시 뿜는 입김을 받아
푸른 새로 파닥어려
날아 오르랴.

밤이면 달과 별
낮이면 햇볕.
바람 비 부딪치고 흰 눈

펄펄 내려,
철 따라 이는 것에 피가 감기고
스며드는 빛갈 들,
아롱지는 빛갈 들에
혼이 곱는다.

어느 땐들 맑은 날만
있었으랴만, 오,
여기 絶頂.
바다가 바라뵈는 꼭대기에 앉아
하늘 먹고, 햇볕 먹고,
먼, 그, 언제,
푸른 새로 날고지고
기다려 산다.

— 「돌의 노래」 일부

　지금 돌은 "바다가 바라뵈는 산꼭대기"에 위치해 있다. 즉 산의 맨 꼭대기
인 絶頂에 있는 것이다. 바다에 의해 산꼭대기로 밀려 올려 진 돌의 낙은
하루 종일 '바다'를 바라보고, '파도'를 바라보는 것뿐이다. 그러나 돌이 바
닷가에서 산꼭대기로 들려 올려진 데는 이유가 있다. 바다만 알고 있는 깊
고 오묘한 비밀이 있는 것이다. 이는 4연에서 확실히 드러나는데 그것은 다
름 아닌 돌의 비상(飛上)이다. 바다는 돌이 언젠가는 '푸른 새'로 날아오르기
를 간절히 희구하는데 그 바다의 배후에는 시적 화자가 있다. 즉 바다는 시
적 화자의 또 다른 모습인 것이다. 돌의 비상에는 반드시 거쳐야 할 통과의
례가 있다. 돌은 '달', '별', '햇볕', '비', '바람', '흰 눈' 등 모든 시련을 이겨내
고 마침내 '피가 감기고' '혼이 곱'와지는 경지에 다다른 후에야 비로소 푸른
새가 되어 높이 날아오를 수 있는 것이다. 그 화려한 비상을 위해 돌은 오늘
도 변함없이 산의 절정에 앉아 '하늘'의 정기를 마시고 '햇볕'의 강렬함으로
정화되고자 애쓰고 있다.

박두진의 후기 시편들에서 알 수 있듯이 그의 돌에 대한 애정은 무한하고 남다르다. 무생물인 돌에 생명을 부여하여 비상으로까지 이끌고 갈 수 있는 시인은 박두진밖에 없다고 해도 과언이 아니다. 그것은 시인 박두진만의 고유한 특징이요 저력이다. 모든 세상사 번민을 잊고 훨훨 날고 싶은 자유에의 의지가 이처럼 돌을 한 마리 새로 형상화하여 자유롭게 날아가도록 하고 있는 것이다. 이는 현실 혹은 사회구조가 인간을 억압하면 할수록 자유가 더욱더 절실해지는 논리와 맥을 같이한다고 볼 수 있는데 전쟁의 참혹한 상황 혹은 독재의 그늘아래서 인간의 자유의지가 얼마나 소중한지를 보여주는 적절한 시적 형상화 방법이라고 할 수 있다. 주지하듯이 박두진은 광물인 돌을 생물인 새로 형상화하여 비상의 경지로 끌어 올렸다. 산의 정상에서 하늘을 향해 높이 치솟은 돌만큼 묵묵하고 변함없는 것도 없다. 또한 그것은 천재나 인재지변에 크게 영향을 받지 않는 믿음직한 존재이다. 또한 돌은 보통 지상의 맨 꼭대기 즉 정상에 위치하는 특징이 있다. 박두진은 돌의 이런 특징을 신중하게 고려하여 새의 이미지와 연결시켰으리라 추측된다. 즉 영물(靈物)인 새와 변함없고 믿음직한 돌의 만남은 이 시에서 비상의 이미지로 이어지고 이는 역사의 질곡 속에서 자유를 향해 더욱 높이 날아가고픈 박두진의 바람이 투영된 시적 상황이라고 할 수 있다. 이처럼 박두진의 자유에의 열망은 다음의 시 「旗」에서도 강하게 드러나고 있다.

旗! 그것은,──
찬란하게, 우리 앞에 나부끼어야 한다.
바람 결 띠끌마다 흐려 져 온것, 미처 뛰는 물결마다 휩쓸려 온것, 아우성의 저
자마다 찢겨져 온것,

그것은,──
어쩌면 피빛, 어쩌면 별빛, 어쩌면 초록, 어쩌면 눈물, 어쩌면 꿈! 어쩌면 활활
타는 불꽃 빛으로, 가슴마다 살아 있어 나부끼는 것,

펄펄펄펄 蒼穹 위에 펼쳐 오르면, 저마다의 旗폭들이, 아득하게 한폭으로 피어 살아 오르면, 우리들의 눈은 다시 부시어져온다. 가슴들이 둥둥 새로 틔어 부퍼 온다. 피가 더욱 새로 맑아 펄덕여져 온다.

旗! 다시 오른 旗폭은 찢겨지지 않는다. 펄펄펄펄 旗폭에서 빛발들이 흐른다. 펄펄펄펄 旗폭에서 꽃가루가 흐른다. 旗를 向해 우리들은 行進을 한다. 파다아하 게 모여들어 새로 뽑는 合唱.—— 손벽들은 흠뻑 친다. 하얀 새를 날린다. 눈빛같 은 하얀 새뗄 파닥파닥 날린다.

旗! 그것은,——
우리들 젊은, 우리들 뛰는, 가슴 마다 당신께서 주신 것이다.
旗! 그것은,——
奇蹟처럼 찬란하게, 당신께서 우리 앞에 날리셔야 한다.

—「旗」 전문

이 시의 시적 화자는 창공을 향해 찬란하게 휘날리고 있는 깃발을 바라보 며 만 가지 회한에 사로잡힌다. 흔히 깃발은 한 국가나 특정 단체 혹은 어떤 공동체의 이념을 함축하는 상징물이다. 따라서 깃발에는 민족이나 구성원 과 함께 역사의 질곡을 헤쳐 온 발자취가 있다. '바람결', '띠끌', '물결', '아 우성' 등으로 형상화된 깃발의 수난은 '찢겨져'라는 시어를 통해 극치에 다 다른다. 시적 화자는 나부끼는 깃발을 보며 그토록 험난했던 인고의 세월을 회상하는 것이다. 깃발은 한 국가나 민족의 존재유무를 의미하는 상징물이 기에 시적 화자는 깃발이 반드시 '찬란하게' 나부껴야 한다고 그것의 당위성 을 주장하고 있는 것이다.

2단락에서 시적 화자는 깃발을 '피빛', '별빛', '초록', '눈물', '꿈', '불꽃 빛' 등 다양한 이미지로 형상화하고 있다. 이것은 깃발이 다양한 시적 의미를 함 축하고 있다는 것을 의미하는 동시에 앞서 언급했듯이 역사의 변혁기와 함께 다양한 변화를 겪은 우리민족을 표상한다고 할 수 있다. 그리고 그것은 마침 내 "가슴마다 살아 있어 나부끼는 것"으로 종결된다. 3단락은 이러한 깃발이 우리에게 주는 영원한 생명성을 표현하고 있다. 깃발이 "펄펄펄펄 蒼穹 위에 펼쳐 오르면" 그 깃발의 비상에 의해 우리의 눈은 부시고, 가슴은 '둥둥' 두근거리고, 우리의 피는 더욱 맑아진다. 이처럼 깃발은 우리에게 생명을 부여하는, 우리의 가슴에 살아 나부끼는 소중하고 가치 있는 존재인 것이다.

그러나 깃발이 생명성만을 함축하는 것은 아니다. 그것은 깃발의 속성처럼 넓디넓은 창공을 훨훨 나는 자유를 표상하기도 한다. 4단락에서 시적 화자는 한번 솟아오른 깃발은 더 이상 찢겨지지 않음을 역설함으로써 다시 찾은 자유를 결코 다시는 뺏기지 않을 것을 강하게 시사하고 있다. '旗폭' 속에 흩날리는 '빛발'과 '꽃가루'가, '旗'를 향한 우리들의 '行進'이 이를 잘 설명해 준다. 시적 화자는 자유의 소중함을 '빛발'과 '꽃가루'로, 자유의 가치를 쉬지 않고 계속해야 할 우리들의 '行進'으로 형상화하고 있다. 시적 화자가 그토록 희구하는 자유에의 열망은 4단락 후반부에서 다함께 부르는 '합창'으로 '손뼉' 치는 환희로 표출되고 있으며 결국에는 '눈빛 같은 하얀 새'로 형상화되는데 이러한 시적 장치가 깃발의 상징성을 더욱 심화시키고 있다. 즉 '깃발'로 표상된 자유에의 갈망이 '하얀 새'를 통해 절정에 다다르고 있는 것이다. 높이 더 높이 비상하고픈 시적 화자의 자유에의 의지가 '깃발'을 넘어 눈같이 흰 '하얀 새'로 형상화되고 있는 것이다.

'깃발' 하면 가장 먼저 떠오르는 게 한 나라의 국기(國旗)다. 우리나라의 국기는 우리의 얼과 정신이 담긴 태극기(太極旗)다. 특히 36년의 일제강점기를 경험한 우리민족에게 태극기는 나라와 민족을 상징하는 시각적 언어이자 무언의 함성이라 할 수 있다. 이러한 태극기에는 나라를 되찾고 싶은 애국에의 열정이, 해방된 조국에서 마음껏 뜻을 펼치고 싶은 자유에의 의지가 담겨있다. 그토록 애타게 갈구했던 해방의 덕택으로 이제는 어디서든 자신 있게 창공을 향해 내달을 수 있는 태극기였기에 박두진에게 그것의 귀중함은 말로 표현할 수 없었을 것이다.

그러나 해방의 기쁨도 잠시, 이어진 남북의 분단, 한국전쟁, 군사혁명, 독

재치하는 박두진을 절망과 좌절에 빠지게 했지만 한편으로는 자유와 평화
에의 믿음과 의지를 더욱 확고하게 했다. 따라서 박두진은 자신의 시에서
이러한 믿음과 의지를 강하게 표출시키기에 이르는데, '돌(碑)'과 '깃발(旗)'
로 형상화된 비상의 이미지가 바로 그것이다. 시대의 과오와 민족의 고통
에 민감했던 박두진은 우리의 불행한 역사를 외면할 수 없었다. 따라서 그
는 자신의 중기시편들에서 이처럼 불행한 역사를 떨치고 훨훨 자유롭게 비
상하고 싶은 열망을 '돌', '새', '깃발'의 이미지를 통해 형상화하고 있는 것이
다. 이처럼 자유와 비상에의 의지를 담은 시로는 「旗를 단다」, 「海碑銘」,
「鶴」 등이 더 있다.

박두진은 일제식민지의 궁핍한 시대를 경험한 시인이었다. 박두진뿐만 아
니라 우리민족에게 8·15해방은 값진 선물이 아닐 수 없었다. 해방의 기쁨,
조국의 독립은 다시는 잃을 수 없는 소중한 가치였다. 그가 중기시에서 조
국과 민족의 갱생을 염원한 것은 당연한 결과였다. 불의와 독재로부터 조국
과 민족을 지키기 위해 박두진이 할 수 있는 일은 시로써 그것의 부조리와
불합리에 맞서는 것뿐이었다. 그는 자신의 시에서 민족의 자유와 조국 비상
을 노래하고 있는 것이다.

조국과 민족의 상생은 자연과 인간의 공존을 지향하는 생태의식과 유사하
다. 생태의식의 핵심은 자연과 인간의 구분 없이 모든 생명체가 하나 되는
공동체적 삶의 추구이다. 민족 공동체가 지향하는 것 역시 조국과 민족의
하나 됨, 미래에 대한 기대와 희망을 추구하는 것이다. 따라서 자연과 인간
의 공존을 추구하는 생태의식과 조국과 민족의 공생을 지향하는 박두진의
시세계는 동일한 맥락에 놓인다고 볼 수 있다.

2) 죽음과 속죄양 의식

앞에서 언급했듯이 8·15해방 후 이어진 한국전쟁, 4·19혁명, 5·16군사

혁명, 유신독재정권으로 이어진 민족의 비극사는 박두진을 고통과 좌절 속에 빠뜨렸으며 역사의 소용돌이 속에 희생양이 되어야 했던 선혈들에 대한 죄책 감은 그의 시세계의 한 부분을 형성한다. 그의 중기 시에는 유난히 '죽음'이 라는 소재가 많이 등장하는데 이는 비극의 소용돌이 속에서 홀로 살아남은 자의 부끄러움, 먼저 간 선혈들에 대한 속죄의식의 발로라고 할 수 있다. 다 음의 시 「態」에는 박두진의 이러한 속죄의식이 직접적으로 드러나 있다.

내가 죽으리라.
너희들이 내 몸둥일 터뜨렸구나.
내가 죽으리라.

가죽이 필요하냐?
내가 죽으리라.
발바닥이 필요하냐?
내가 죽으리라.

두고 온 어린 새끼
못 만나 본 짝이여.
살다가 온 골짜기여.
못 밟아 본 산줄기여.

칙칙한 나무 숲
하늘 펀히 트이더니,
돌아가누나. 내 살점 경련하며 황토 흙으로.
돌아가누나. 내 핏줄 구비치며 뜨건 강으로.

내가 죽으리라. 언제까지 이대로 두 눈 뜨리라.
내가 죽으리라. 언제까지 이대로
심장 뛰리라.

—「態 ——休戰線에 爆死한」 전문

서두에 "一休戰線에 爆死한"이라고 제시했듯이 이 시는 한국전쟁의 비극을 다루고 있다. 미국과 소련에 끼여 그들의 이념전쟁에 희생양이 된 한반도, 명분 없는 전쟁을 하며 동족끼리 총칼을 들이대야 했던 그 비극의 역사 속에는 진정한 승자도 패자도 없었다. 그저 꽃처럼 피 흘리며 죽어가야 했던 우리 민족만이 있을 뿐이었다. 그 비극의 현장 속에서 용케도 살아남은 자의 자책과 부끄러움, 고통과 회한, 그리고 죽은 자에 대한 극도의 미안함이 박두진에게도 없을 리 만무했다. 그의 이러한 속죄의식은 1연과 5연에 수미상관으로 드러나는 "내가 죽으리라"라는 시적 화자의 절규에서 알 수 있다.

시 전체의 분위기가 극도의 비장미가 느껴지는 것은 전쟁을 소재로 하고 있기 때문이며 또한 전쟁은 삶과 죽음의 문제와 결부되기 때문이다. 이 시에서 '나'와 '너'는 단순하고 표면적인 의미로 전자는 남한군, 후자는 북한군과 중공군을 나타내는 것은 아니다. '나'와 '너'는 미·소 양국의 이념전쟁에 희생양이 된 우리민족, 강대국의 힘겨루기에 어쩔 수 없이 장단 맞춘 남과 북 우리민족 전체를 가리킨다고 할 수 있다. 따라서 내가 죽어야 네가 살고, 네가 죽어야 내가 사는 식의 보편적 전쟁 상황은 아닌 것이다. 우리의 한국전쟁은 이보다 더 처절하고 더 잔인하고 더 비극적인 것이다. 내가 살아야만 네가 살고, 내가 죽으면 너도 죽는 식의 상황인 것이다. 명분 없이 처절하게 쓰러져 가는 이 땅의 꽃 같은 청춘들, 그들이 두고 온 그리운 고향산천과 가족, 따라서 죽어서도 두 눈 감을 수 없었던 그들의 원통함, 그럼에도 불구하고 두 눈 부릅뜨고 "내가 죽으리라"고 외치는 시적 화자의 절규는 시인 박두진의 절규요 우리민족 전체의 피맺힌 절규라고 할 수 있다. 따라서 "두고 온 어린 새끼", "못 만나 본 짝", "살다가 온 골짜기", "못 밟아 본 산줄기"가 그토록 간절히 그리우면서도 돌아갈 수 없었던, 전쟁터 아무데서나 묻혀야 했던, 억울하지만 나라와 민족을 위해서는, 한반도의 통일을 위해서는 기꺼이 "내가 죽으리라" 외치는 시적 화자의 함성은 가엾은 청춘들의 함성이요 그들 앞에 살아남아 죄스럽고 부끄러운, 시인 박두진의 함성을 대변한다고 할 수 있다. 그러나 그들의 죽음은 단순한 죽음이 아니다. 그것은 "이대로 두 눈 뜨"는 죽음, "이대로 심장 뛰"는 죽음인 것이다. 죽어서 역사를 다시 쓰는 죽음, 죽어서 민족을 구원하는 죽음, 죽어서 국가를 재건하는 죽음, 그래서 그들의 죽음이 헛되지 않고 영원히 가치 있는 죽음인 것이다.

이처럼 박두진은 비록 시를 통해서일망정 살아남은 자의 죄스러움을 '죽음'의 이미지를 통해 나라와 민족 앞에 속죄하려 하였다. 그의 이러한 속죄양 의식은 다음의 시 「꽃사슴」에서도 잘 나타나고 있다.

꽃이김에 모가지가
난만해져 있었다.

피 뻗혀
서른 울음.

한밤에 極光 하나
피고 있었다.

넋이는 고운
칠색.
金剛에,
金剛에,

푸른 물이 눈동자를
씻고 있었다.

입 한번 다물으면
영원한 침묵.

두 뿔은 먼
星座에 걸어 놓고,

네굽,
네굽,

까만 굽이 山줄기를
뛰고 있었다.

白樺 하얀
山峽.

방울 방울 땅에 젖어
꽃피 淋漓 떨구며,

골골을 못 잊어워
울어예는 사슴.

한밤에,
한밤에,

모가지가 꽃에 척척
이겨지고 있었다.
——한밤중에 누군가에 목이 잘려 죽은…

— 「꽃사슴」 전문

　이 시의 중심소재는 신비로운 영물(靈物)로 알려진 '꽃사슴'이다. 그런
데 그 사슴은 지금 꽃처럼 죽어있는 상태다. 마치 꽃이 짓이겨지듯이 그렇
게 꽃사슴은 목이 짓이겨진 채 죽어 있다. 꽃사슴은 전쟁과 독재의 상황에
서 꽃처럼 쓰러져간 우리민족 개개인을 표상한다. 그들의 죽음은 이 시에서
'꽃'과 '사슴'으로 형상화되어 그것의 고귀함과 가치는 더욱 극대화된다. '꽃
이김' '極光' '金剛' '푸른 물' '星座' "白樺 하얀 山峽" '꽃피' 등의 시어에서
알 수 있듯이 시적 화자는 사슴이 꽃처럼 짓이겨지는 장면을 때론 아름답고

신비롭게, 때론 슬프고 애처롭게 형상화한다.

　일반적으로 사람이나 동물이 죽는 장면은 잔인하고 처참하여 비극적이다. 물론 이 시에서 사슴의 죽는 장면도 비극적인 것은 마찬가지지만 잔인하다기보다는 오히려 모든 상황을 미리 알고 받아들이는 희생적인 숭고함이 돋보인다. 사슴은 "골골을 못 잊어워" '울어예'면서도 그 처절한 상황을 묵묵히 감내하여 마침내 하나의 '極光'으로 피어오른다. "푸른 물이 눈동자를 씻"는 정화의식을 통해, 억울함과 원통함을 성토하지 않는 '영원한 침묵'을 통해 마침내 사슴은 '星座'에 앉는 영광을 누리는 것이다.

　박두진은 한밤중에 목이 잘려 죽은 꽃사슴을 보며 자신의 시적 상상력을 확대하여 사슴의 죽음을 숭고한 희생정신으로 승화시킨다. 그것은 비극의 역사 속에 쓰러지고 사라져간 우리민족의 희생을 기리는 동시에 그들의 숭고한 정신을 아름답고 성스럽게 성화(聖化)시키고 싶기 때문이다. 또한 그것은 박두진 자신이 비극적 역사의 현장에서 꽃사슴처럼 아름답고 성스럽게 희생하지 못한 것에 대한 죄스러움의 발로라고도 볼 수 있다. 그의 이러한 속죄양 의식은 다음의 시 「바다와 무덤」에서 더욱 극대화되어 최고조에 이른다.

　　바닷 가의 언덕에 있어야
　　할 것이다.
　　아내여!
　　내가 죽으면 무덤은
　　진종일 귓 가에 와 파도가 철석이고
　　멀리론 저렇게 바닷 벌이 펼쳐 진
　　그런 곳에 조용히 있어야
　　할 것이다.

　　언제 부턴가 파도는
　　오래도록 저렇게 쉬일줄을 모르는
　　푸르른 푸르른 가슴들의 사뭇침

살아 있어 일찍 내가 지상에선 못 다 한
못겨디에 솟음치는 푸른 호소를
아내여!
나도 그때 바다와
함께 하게 하여 다오.

언제——,
그 주검들을 일으킬
무덤들을 쪼개 열을 금빛 나팔을
어느 별의 천사가 와 불어 줄진 몰라도
아내여! 나는
저 쏟아지는 볕살들의 따신 포옹과
파도들의 자장가가 들려 오면 그만,
눈이 부신 찬란한 기다림의 아침이
百 千年 또 혹은
그 보다도 더 오랜 언제라도 좋다.

펑, 펑, 펑, …… 저
쏟아지는 찬란한 햇살 속에는
옛날에 옛날부터
피빛 피다 찢긴 億萬 떨기 꽃
꽃의 얼이 소리치며 있을 것이다.
종일을 우쉬대는 파도 속에는
옛날에 옛날부터
피빛 숨어 흐른 찬란한 눈물
그 億萬 줄기 눈물들이 있을 것이다.

꽃 한 떨기, 적은
패랭이 꽃 한 떨기 안 필 지라도
새 한 마리, 죄그만,
멧새 하나 찾아 와서 안 울지라도

푸른 바닷 가, 아,
내가 누은 무덤은 찬란한 왕국
그 금빛 나팔소리 울려 와
일제히 모두 일어 새로 빛을 받으면
쏟아지는 볕살 새로 하늘 하나 가득
다시 피는 薔薇들이 퍼불 것이다.
바다에는 바다 함빡 물굽이 마다
눈물들이 새가 되어
날을 것이다.

— 「바다와 무덤」 전문

이 시에서 시적 화자는 아내에게 자신이 죽으면 '바닷가 언덕'에 '무덤'을 만들어 달라고 부탁한다. 시적 화자는 그곳에서 파도의 "푸르른 가슴들의 사뭇침"과 "지상에선 못 다 한 푸른 호소"를 들으며 지나온 삶을 돌아보고 싶어 한다. 이때 파도의 사뭇침과 호소는 시적 화자의 사뭇침과 호소이다. 현생에서 못 다한 자신의 행동을 죽어서라도 속죄하고픈 마음의 발로가 의인화된 파도를 통해 지상에서 못 다한 '푸르른 사뭇침'과 '푸른 호소'로 형상화되고 있는 것이다. 3연에서 알 수 있듯이 시적 화자가 죽어있는 무덤 속의 삶은 현재의 생활보다 훨씬 아름답고 황홀하며 가치 있다. 그곳에는 '볕살들'의 따뜻한 '포옹'과 '파도들의 자장가'가 있다. 이처럼 평화로운 삶속에선 '금빛 나팔' 부는 '천사'가 언제 올지 알 수 없어도, 시적 화자는 그 '기다림의 아침'이 그저 '찬란'하기만 하다. '百 千年' 또는 "그 보다도 더 오랜" 시간이 걸린대도 마냥 좋은 것이다.

4연에서 시적 화자는 "주검들을 일으키"고 "무덤을 쪼개 여"는 그 '찬란한 햇살'의 날이 도래할 때 '옛날'을 돌아보겠다고 한다. '피빛 꽃의 얼'과 '핏빛 눈물'의 시간을 기억하겠다고 한다. 그 옛날 꽃은 피다 찢겼고 눈물은 숨어 흘렀다. 그 꽃과 눈물은 모두 빨간 핏빛이었다. 따라서 '피꽃'과 '피눈물'은 과거의 상처요 희생이라 할 수 있다. 시적 화자는 이미 지난 과거의 아픔을 찬란한 미래의 그날에 기억하겠다고 한다. 행복만이 가득한 미래의 그날에도 기억하겠다고 한다. 이는 시적 화자가 과거의 상처로부터 여전히 자유롭지 못함을 의미한다. 그러나 시적 화자의 상처는 영원히 치유될 수 없는 것은 아니다. 그것은 5연에서 마침내 회복될 조짐을 보인다. 바로 '薔薇'와 '새'의 등장이 이를 암시한다. 지금은 비록 '멧새 하나' 찾아오지 않는 바닷가 무덤이지만 언젠가 '나팔소리' 울리는 '찬란한 왕국'이 도래하면 '피빛 꽃의 얼'은 아름다운 장미가 되고, '숨어 흐른 눈물'은 자유롭게 비상하는 새가 될 것이기 때문이다. 그때에 비로소 시적 화자는 '옛날부터' 있었던 과거의 모든 아픔과 고통으로부터 자유로워져 장미꽃의 세례를 받으며 새처럼 날 수 있는 것이다.

앞의 시들과는 달리 이 시에서 시적 화자는 자신의 죽음을 미래형 가정법을 이용하여 직접적으로 표출한다. 이것은 박두진이 그동안 참아왔던 혼자 살아남은 것에 대한 죄스러움과 부끄러움의 직접적인 발로라고 할 수 있다. 그리고 그 속죄양 의식은 단지 자신의 희생으로만 끝나지는 않는다. 그는 자신의 죽음을 통해 과거를 반추하고, 죽어있는 현재의 삶에 만족하며, 앞으로 다가올 미래에 희망을 건다. 따라서 이 시의 '죽음'은 과거를 속죄·청산하고 찬란한 미래를 예측하기 위해서 반드시 필요한 통과의례라 할 수 있다.

앞의 시들과는 달리 이 시에서 시적 화자는 자신의 죽음을 미래형 가정법을 이용하여 직접적으로 표출한다. 이것은 박두진이 그동안 참아왔던 혼자 살아남은 것에 대한 죄스러움과 부끄러움의 직접적인 발로라고 할 수 있다. 그리고 그 속죄양 의식은 단지 자신의 희생으로만 끝나지는 않는다. 그는 자신의 죽음을 통해 과거를 반추하고, 죽어있는 현재의 삶에 만족하며, 앞으로 다가올 미래에 희망을 건다. 따라서 이 시의 '죽음'은 과거를 속죄·청산하고 찬란한 미래를 예측하기 위해서 반드시 필요한 통과의례라 할 수 있다.

이 시는 기독교의 부활 상징과도 맞물린다. 무덤의 부활은 메시아의 재림과 연결되기 때문이다. 죽은 자들의 부활은 종교적으로나 사회적으로 희망을 함의한다. 종교적 부활은 영원한 생명이고 사회적 부활은 상처의 회복이다. 그리고 영생과 회복은, 구원이라는 차원에서 동일성을 획득한다. 진정한 구원은 종교적·사회적으로 진정성을 획득해야 한다. 박두진은 신앙인으로서 신실하고 사회적으로 정의롭기를 원했다. 그에게 신앙과 생활은 하나여야 했기 때문이다. 따라서 이 시는 기독교적 상징과 사회적 상징 어느 것으로도 독해가 가능한 시라고 할 수 있다.

박두진은 조국과 민족의 상생을 염원했다. 동족에 대한 죄책감, 그리하여 대신 죽으려는 마음 깊은 곳에는 조국과 민족에 대한 사랑이 자리 잡고 있다. 자신이 희생해서라도 조국과 민족이 갱생하고 부활하기를 갈망하고 있다. 자연 역시 인간의 이기심에 의해 오염되고 훼손되지만 결코 인간을 원망하거나 외면하지 않는다. 희생이라는 차원에서 자연과 박두진의 시적 상상력은 닮아 있다. 따라서 박두진 시의 속죄양 의식을 생태의식으로 독해하는 것은 가능하다.

이상으로 박두진 중기 시에 나타난 속죄양 의식에 대해 알아보았다. 역사의 격동기, 그 중심에 살았던 박두진은 수많은 비극적 사건 앞에서 좌절하기도 하고 절망하기 하며 고통의 세월들을 보냈다. 특히 한국전쟁과 4·19혁명은 그의 시세계를 변모시키는데 결정적인 역할을 했다. 그는 한민족이 이념차이로 적이 되지 않기를 소망했다. 민족이 독재정권하에 핍박받지 않기를 갈망했다. 다 함께 잘 사는 행복한 사회를 꿈꾸었다. 따라서 전쟁과 혁명 속에서 혼자 살아남았다는 죄책감은 마침내 그의 시에서 죽음을 동반한 속죄양 의식으로 드러난다. 그의 시편들 중에 '죽음'이미지가 유독 많이 등장하는 이유도 이 때문이다. 박두진의 속죄양 의식은 그의 시에서 사람이나 동물의 처참한 죽음을 통해 직·간접적으로 표면화된다. 이는 불행했던 시대의 산증인으로서, 천명을 타고 난 시인으로서 민족의 아픔과 고난을 외면할 수 없었던 시인 박두진의 양심이라고 할 수 있다.

3) 단애(斷崖)의 상황과 극복의지

박두진이 중후기로 갈수록 애착을 갖는 시적 소재는 '돌'이다. 그의 시에는 '수석시'라는 수식어가 붙을 만큼 돌을 소재로 한 시들이 많다. 특히, 그의 수석시에는 돌의 무더기인 '절벽'을 찬양하는 시들도 많다. 박두진은 절벽에 독특한 상상력을 적용시켜 색다른 이미지를 만들어내고 있다. 그것은 바로 절벽을 통한 역설의 미학이다. 그는 절벽 속에서 솟구쳐 오르는 역설적 상승, 역설적 절대 선, 정적 이미지인 절벽과 그것의 아우성, 정과 동의 역설적 조화를 추구하고 있다.

　　　절벽이 아니라 무너져내리는 별들이네.
　　　별들이 아니라 서서 우는 절벽이네.

　　　별들이 별들 위에
　　　절벽이 절벽 위에 있네.

　　　절벽이 절벽 아래에도 있네.
　　　절벽이 절벽 앞에, 절벽 뒤에,
　　　절벽이 절벽 안에도 있네.

　　　절벽은 절벽끼리 손이 서로 닿지 않네.
　　　절벽은 절벽끼리 말을 서로 할 수 없네.

　　　절벽이 절벽끼리 눈을 서로 가리우네.
　　　절벽이 절벽끼리 귀를 서로 가리우네.
　　　절벽이 절벽끼리 입을 서로 막네.

　　　절벽들의 햇불을 절벽들이 못 보네.
　　　절벽들의 절규를 절벽들이 못 듣네.

절벽은 스스로
사랑의 뜨거움을 말하지 않네.
절벽은 그 외로움
절벽은 그 분노
절벽은 그 내일에의 절망을 말하지 않네.

절벽의 가슴속엔 쏟아지는 별의 사태,
절벽의 가슴속엔 피와 꿈의 비바람,
절벽들의 가슴속엔 펄펄 꽃이 지네.

어디에나 홀로 서서 절벽들이 우네.

— 「絶壁歌」 전문

이 시에서 가장 눈에 띄는 것은 '절벽'을 '별'로 은유한 시인의 상상력이다. 문학적 상상력에서 긍정적 이미지로 인용되는 천체물이 해와 별이다. 달도 문학적으로 자주 은유되지만 그것은 주로 느리고 연약하고 은은하고 비애적인 이미지로 중국의 한시나 한국의 한시, 시조 등에 등장하는 부정적인 이미지이다. 그러나 해는 빠르고 직설적이며 희열에 넘쳐있다. 박두진 시인의 굳고 힘차고 선언적인 시를 대변하는데 해의 이미지보다 더 좋은 이미지는 없다고 본다.[147] 별 또한 동경이나 희망 등 밝고 긍정적인 이미지로 나타난다. 해와 별의 이미지는 박두진 시인이 예언이나 희망을 상징하는 이미지로 그의 시에 자주 나타난다.

이 시에서 시적 화자는 절벽을 보고 "무너져내리는 별들"이라고 말한다. 절벽을 "별들이 아니라 서서 우는 절벽"이라고 말한다. 시적 화자는 명산 깊은 곳에서 하늘에 닿을 듯 서 있는 절벽을 보고 밤하늘을 비추는 별들을 연상한다. 그리고 반짝이는 별빛의 영롱함을 눈물로 연상하고 절벽들이 운다

---

147) 마광수, 「서구적 기독교 정신의 표상」, 강창민 외, 앞의 책, pp. 269~271.

고 말한다. 즉 '서 있는 절벽→별들→별빛→눈물→우는 절벽'의 연상으로 확대된 것이다. 이처럼 시적 화자는 광물(절벽)과 천체(별)라는 이질적인 이미지를 대응시켜 서로 공감하는 동질적 이미지로 전환시키고 있다.

그러나 지금 절벽의 상황이 그다지 낙관적인 것은 아니다. 절벽들은 서로 손이 닿지 않고 말을 할 수도 없다. 눈과 귀를 서로 가리고 서로 막는다. 또한 서로의 "햇불"을 볼 수도 없고 "절규"를 들을 수도 없다. 한마디로 암담한 상황인 소통의 부재이다. 그렇다고 절벽들이 절망으로 좌절하지는 않는다. 절벽은 "사랑의 뜨거움", "외로움", "분노", "내일에의 절망"을 말하지 않고 묵묵히 침묵하며 내일에의 희망을 기다린다. 절벽의 가슴 속에는 "별의 사태", "피와 꿈의 비바람", "꽃"이 있기 때문이다. 절벽들을 가슴에 품고 있는 한 미래는 낙관적이기 때문이다. 비록 지금은 절벽들이 "홀로 서서" 울고 있지만 미래에 대한 희망을 버리지 않는 한 희망은 실현될 것임을 시적 화자는 확신하고 있는 것이다. 이처럼 박두진은 전혀 별개의 두 이미지, 즉 '절벽'이라는 광물적 상상력을 '별'이라는 천체적 상상력으로 확대하여 그것에서 미래를 희망하고 낙관하는 역설의 미학을 보여주고 있다.

박두진은 현실이 암담할수록 그것에 침몰하지 않고 그 절망의 상황 속에서 희망을 보았다. 그는 희망을 되찾기 위해 끊임없이 세상의 불의와 투쟁한다. 세상의 부조리와 부정에 대한 그의 분노는 다음의 시에서 절벽의 분노로 형상화된다.

> 말하라 너 푸른 절벽.
> 아무도 기어오를 수 없는 아득한 등마루,
> 다시는 돌이킬 수 없는 아득한 분노로 부딪치는
> 절규의 바다 파도 네 발 밑의 파도.
> 그 위에 쏟아지는
> 햇살과 하늘의 영원한 아침 축제
> 유유한 저 무한경영의 함의 뜻을 말하라.

말하라 너 푸른 절벽.
하늘 밑 번쩍이는 등마루의 네 칼날,
그 안에 오래 쌓인 절망과 인욕,
지금은 되살아나 분노로 폭발하는
폭발하는 의지의 순열도를 말하라.

— 「理由가 있는 絕壁」 전문

　이 시는 절대 부동의 절벽이 "분노로 폭발하는" 동적인 모습을 보여주고 있다. 바닷가 한적한 곳에 위치한 절벽은 본래 정적이다. 그러나 이 시의 절벽은 분노를 폭발하고 "참의 뜻"과 "의지의 순열도"를 말하는 동적인 절벽이다. 그런데 절벽이 동적일 수밖에 없는 절대적인 이유가 있다. 우선, 절벽의 태생이 그것이다. 절벽은 땅에 뿌리를 두고 있으나 하늘을 향해 치솟아 있다. 그리고 그 무게와 부피 또한 상당하다. 절벽은 그 모습으로 하늘을 향해 무엇인가를 말할 것 같은 위압감을 준다. 두 번째로, 절벽이 위치해 있는 장소이다. 절벽은 바닷가에 있다. 바다는 밀물과 썰물, 즉 파도의 출렁임으로 인해 동적인 느낌을 준다. "절규의 바다 파도 네 발 밑의 바다 파도" 등의 시구는 바다와 절벽이 함께 일어나야 함을 시사하고 있다.

　시적 화자는 절벽에게 아침에 보게 되는 "햇살"과 "하늘"의 "참의 뜻"을 말하라고 자극하고, "절망"과 "인욕"의 세월을 분노로 폭발하라고 촉구하고 있다. 그 분노 표출의 궁극적인 이유는 "의지의 순열도"를 말하고 참 진리와 참 의지를 말하기 위해서이다. 이처럼 절벽의 표면은 묵묵한 정적인 모습이지만 그것의 내면은 분노로 이글거리는 역동적인 모습이다. 절벽은 정과 동이 공존하는 역설의 미학을 보여주고 있다. 절벽의 이러한 조화는 박두진의 사회 불의에 대처하는 방법이기도 하다.

　박두진은 사회 부조리에 대한 분노를 시로써 표출하면서 시를 통해 사회의 불의와 부정을 고발하였다. 그는 또한 우리 민족이 나아갈 길을 제시하였다. 박두진이 세상에 분노한 것은 세상에 대한 애착이 있어서이다. 사회가 바른 길로 나아가길 원해서이다. 평화의 세상, 올바른 사회에서 민족이 공존하고 공생하는 희망을 포기하지 않았기 때문이다. 그리고 그의 이러한 바람은 한국, 한민족이라는 지역과 인종의 제한을 넘어 세계, 세계인으로 확장되어 간다. 다음의 시에서 그는 절벽의 역설지향을 통해 지구촌, 세계인의 상생을 열망한다.

> 저,/ 절벽이 절벽에 매달려 있다.
> 절벽이 절벽 위에/ 절벽이 절벽 아래 매달려 있다.
> (…중략…)
>
> 절벽이 절벽에게서/ 절벽이 절벽을
> 나고 나고 또 나고/ 낳고 낳고/ 또 낳고 낳고,
> (…중략…)
>
> 절벽은/ 새파란 하늘빛/ 절벽은/ 푸른 달빛/ 얼음빛,
> 절벽은 노을빛/ 주황빛/ 절망빛/ 무지개빛 오로라빛/ 땅거미빛/ 핏빛,
>
> 절벽에는/ 짓이겨진 꽃숭어리/ 짓이겨진 핏덩어리
> 눈물 뭉치 엉겨엉겨/ 서릿발로 서린,
> (…중략…)
>
> 절벽에는/ 예수 그리스도가 매달려 있다.
> (…중략…)
>
> 완전 파괴, 완전 멸망, 완전 멸종,/ 인류 인간
> 마지막 자멸의/ 핵무기들이 매달려 있다.
>
> 절벽에는/ 아침의 나라 한반도/ 끊어진 절벽이 매달려 있다.
>
> 피묻은 절벽이 매달려 있다./ 6천만 눈물이 매달려 있다.

절벽에는/ 아세아, 아프리카/ 태평양, 대서양
5대주 6대양이 매달려 있다./ 42억/ 눈물과 아우성이 매달려 있다.
(…중략…)

절벽에는,/ 절벽이 절망에/ 절망이 절벽에
파랗게 파랗게 매달려 있다.

—「가을 絶壁」 일부

　이 시는 총 24연으로 이루어진 비교적 긴 시이다. "절벽", "절벽에는~ 매
달려 있다", "매달려 있다"의 시어나 시구가 반드시 들어가 있다. 시인이 이
처럼 '절벽'과 '매달려 있다'를 강조한 것은 한국, 한민족뿐만 아니라 지구
촌, 세계 인류의 현실이 위태로움을 보여주기 위해서이다.
　초반부에서 절벽은 의인화되어 있다. 의인법은 인간이 아닌 모든 사물을
반려자로 보는 의인관에서 발생한 시적 기교이다. 4연에서 "절벽이 절벽에
게서/ 절벽이 절벽을/ 나고 나고 또 나고 나고/ 낳고 낳고/ 또 낳고 낳고"는
마태복음의 예수 그리스도의 가계도를 연상케 한다. 따라서 절벽은 인류 혹
은 세계를 상징한다고 볼 수 있다. 또한 죄와 악의 근원이 인류임을 감안할
때 절벽의 '낳고 낳고'는 인류가 죄를 '낳고 낳고'와 관련된다고 볼 수 있다.
이렇게 본다면 세계 모든 악의 시작은 인류 자신이다. 세계 모든 사건의 배
후에는 인류가 있다. 역사적으로 긍정적인 것이든 부정적인 것이든 인류는
그 사건의 핵심에 있다.
　절벽의 역사는 인류의 역사와 같다. 처음 절벽은 "새파란 하늘빛"이었다.
파란색, 하늘색은 희망을 상징한다. 그러나 절벽은 차츰 "푸른 달빛", "얼
음빛"이 되다가 "노을빛", "주황빛", "절망빛"이 되다가 마침내 "땅거미빛",
"핏빛"이 된다. 시적 화자는 이러한 빛의 변화를 "무지개빛 오로라빛"이라
고 반어적으로 말한다. 절벽에는 "꽃숭어리", "핏덩어리"가 "눈물"로 "엉겨"
있고 "서릿발"로 "서리"어 있음을 고백한다. 이렇게 절벽에는 세계와 인류

의 비극이 투영되어 있는 것이다.

한편, 절벽에는 역사적 인물이 매달려 있다. 최초의 인류인 아담의 두 아들, "카인"과 "아벨"이 매달려 있고 "욥", "예레미야"와 같은 구약성서의 인물이, "소크라테스", "공자", "싣달라"와 같은 인류의 성인들이, "코페르니쿠스", "아인슈타인"과 같은 과학자들이 매달려 있다. 절벽에는 인류의 구원자 "예수 그리스도", "성모 마리아", 그리고 "열두 사도들"이 매달려 있다. 그 밖에 절벽에는 "어거스틴", "단테"에서부터 "주기철", "슈바이처"에 이르기까지 세계사에 한 획을 그은 역사적 인물 혹은 성인들이 매달려 있다. 물론, 악한들도 매달려 있다. 절벽에는 세계를 비극으로 몰고 간 "사탄의 아들", "지옥의 아들", "독재자 학살자 전쟁광"이 매달려 있다. 절벽에는 "핵 미사일", "중성자탄", "생화학탄"이 매달려 세계 인류의 생존을 위협한다.

시적 화자의 근심과 우려는 대한민국으로 구체화된다. 그는 절벽에는 "한반도"의 "끊어진 절벽", "피묻은 절벽", 그리고 "6천만 눈물"이 매달려 있다고 고백한다. 남북의 분단, 독재에 맞선 저항의 몸부림과 절규를 "끊어짐", "피 묻음", "눈물"로 형상화하고 있는 것이다. 시적 화자의 걱정은 세계로 확장된다. 그러한 근심은 "5대주 6대양"과 "42억"의 "눈물과 아우성"이 절벽에 매달려 있음으로 구체화된다. 절벽에는 또 "악", "증오", "살육", "죽음"이 매달려 있다. "지구덩어리"가 하나 "외롭게" 매달려 있다. 절벽에는 "절망"이 매달려 있다.

이 시는 전체적으로 비극적이고 절망적이다. 그러나 박두진은 이 시를 통해 절망을 노래하지 않는다. 그는 이 절망의 시대에서 조차도 희망을 노래하려고 했다. 이 세계가 거대한 모습으로 우뚝 솟아있는 절벽처럼 절망과 좌절을 극복하고 희망과 기대로 다시 일어나기를 갈망하고 있는 것이다. 마지막 연에서 "절망이 절벽에/ 파랗게 파랗게 매달려 있다"는 구절이 이를 뒷받침해 준다. 파란색이 주는 색채상징은 희망이다. 박두진은 절망 속에서 희망을 본 것이다. 그는 세계와 인류에 대한 희망을 버리지 않는다. 그에게 삶은 그래도 살만한 가치가 있는 것이기에, 이 혼돈과 혼란의 시대에서 인류를 구원할 길은 오직 삶의 희망을 갖는 것이었기에 그는 시로써 삶의 희망을 노래하려고 한 것이다.

박두진은 산 중에 우뚝 솟아있는 절벽, 그 육중한 모습에 경탄하며 시적 상상력을 확장시켜 나갔다. 절벽, 그것은 움직이지 않는 광물이되 부피와 크기로 봐서 모든 것을 포용할 수 있는 존재요, 조물주가 만든 자연물 중에서 가장 높이 하늘로 치솟아 있는 성물이다. 따라서 박두진은 무생물인 절벽이 모든 세계 인류의 사건을 척결 내지는 정화하고 더 나은 미래, 즉 희망의 세계로 비상하기를 갈망하고 있는 것이다. 세계 인류가 국가 이기주의, 약육강식의 논리, 개인 이기주의로부터 벗어나 공생하는 길만이 인류가 생존하고 번성하고 영원할 수 있는 길이기 때문이다. 이처럼 박두진은 초국가주의와 초민족주의를 통해 세계 인류가 공생하는 세계평화주의를 지향하고 있다.

다음의 시에서는 얼어있는 절벽, 즉 '빙벽'을 통해 인간과 인간이 자행한 관념들이 공존함을 보여준다.

> 날새도 바람결도 얼어서 박히고
> 눈물로 옛날도 얼어서 박히고
> 꿈도 사랑도
> 달밤도 그 아침해도 얼어서 박히고
> 별들도 무지개도 얼어서 박히고
> 만남과 그 헤어짐
> 남과 죽음
> 영화와 그 몰락
> 아우성도 환호도 얼어서 박히고
> 비수와 꽃
> 깃발도 그 개선가도 얼어서 박히고
> 얼어서 박히고……
>
> — 「氷壁無限」 전문

이 시의 절벽은 얼어 있는 상태이다. 빙벽(氷壁)이기 때문에 '얼어서 박히다'라는 동사가 자주 등장한다. '얼어서 박히다'는 두 가지 상반적 의미를 함축하고 있다. 첫째는 얼어서 박혀있기 때문에 '죽은 상태로 계속 있다'는 뜻이고, 둘째는 죽어있는 상태이긴 하지만 냉각되어 있기 때문에 부패하지 않으며, 또한 얼음의 투명성으로 그 상태를 지속적으로 볼 수 있기 때문에 실제로는 죽은 것이 아닌 영원히 살아있는 것이라는 뜻이다. 제목에서도 알수 있듯이 빙벽, 혹은 빙벽 속에 얼어있는 모든 것은 영원히 죽었으면서도 살아있는 역설의 미학을 보여주고 있다.

이 세상은 선과 악, 미와 추, 정의와 불의, 삶과 죽음 등 상반된 관념들이 존재한다. 이 시 역시 "꿈과 사랑", "만남과 헤어짐", "남과 죽음", "영화와 몰락", "아우성과 환호", "비수와 꽃" 등 상반된 관념 혹은 이미지들이 등장한다. 이것들은 인간과 공존한다. 어떤 인간도 이것들을 피해갈 수는 없다. 시적 화자 역시 이것을 피해갈 수 없다는 것을 알기에 그것들을 곁에 두기로 한다. 그런데 단순히 곁에 두는 것이 아니라 냉각시켜서 언제든 바라볼 수 있게 한다. 어차피 인간의 삶은 행복 아니면 불행, 성공 아니면 실패, 전쟁 아니면 평화이다. 어떤 인간의 삶도 이 상반된 관념들이 획일적·일관적으로 나타나지는 않는다. 인간은 항상 올바른 생각, 현명한 선택, 정의로운 행동만을 하는 것은 아니다. 인간은 신과 같이 완벽하지 않다. 그래서 시적 화자는 인간의 역사, 세계의 사건들을 그것들이 바람직한 것이든 바람직하지 않은 것이든 모두 기록해 두려고 한다. 삶의 표본으로 영원히 간직해 두려고 한다. 그러한 목적으로 사용한 것이 바로 빙벽이다.

박두진은 우리 인류의 역사를, 그것이 옳건 그르건 역사의 표본으로 보관하는 것이 바람직하다고 판단하여 절벽, 즉 빙벽에 그것을 투영시킨다. 그것들은 냉각되어 부패하지도 않고 얼음이 투명해서 선명히 보이기까지 한다. 자연이 인류의 이기심과 과오를 감싸 안고 가듯 인간의 삶 역시 자신이 자행한 미와 추, 그 모든 것을 감싸 안고 간다. 박두진은 자연과 인간의 더불어 사는 삶의 모습에서 인간의 상반된 삶의 모습, 그럼에도 불구하고 그것을 포용하고 가는 삶의 순리를 터득한 것이다.

　이상으로 박두진 시의 '절벽'에 나타난 역설의 미학을 살펴보았다. 그는 절벽을 통해 절망적 상황 속에서 미래를 낙관하는 법, 묵과할 수 없는 불의와 부조리에 대한 고발, 초민족·초국가를 지향한 인간과 세계의 상생, 그리고 인간이 자신이 선택한 삶의 양상을 받아들이는 자세 등을 보여주고 있다. 이처럼 박두진의 세상을 향한 화해와 포용의 삶은 인간의 이기심까지도 수용하면서 공존을 추구하는 생태의식과 동일한 선상에 있다고 할 수 있다.

4장 생태의식의 교육적 적용과 전략

생태문학이 생태학적 인식을 바탕으로 생태문제를 성찰하고 비판하며 나아가 새로운 생태사회의 건설을 꿈꾸는 문학이라고 한다면, 박두진의 시는 오늘날의 생태시 교육에 있어서 매우 유용한 자료라 할 수 있다. 2장에서 살펴보았듯이 박두진 시의 생태의식은 크게 세 가지로 구분할 수 있는데, 그 첫째는 다양한 이미지의 활용에서 나타나는 조화의 추구이며 둘째는 자연의 신성성에 대한 겸허한 자세와 인간애의 구현이다. 그리고 그 셋째는 기독교적 구원의식을 바탕으로 한 낙원지향의 사상이다. 이러한 세 가지 특징은 생태문학의 본원적 과제라고 할 수 있는 자연과 인간, 자연애와 인간애의 정신을 바탕으로 한 조화와 상생의식 등 고래의 정신적 유산을 복원시킴에 있어 매우 유용할 수 있기 때문이다. 더욱이 생태문학의 거시적 과제가 생태 환경오염 실태의 비판과 고발에 머물지 않고 문화의 위기와 생태계의 위기를 하나로 파악하여 환경파괴적인 현대를 넘어 생태학적인 탈현대를 앞당기는데 있다면, 박두진 시에 나타난 생태의식은 미래세대들의 교육에 많은 점을 시사해주리라 믿는다.

따라서 본장에서는 박두진 시를 텍스트로 하여 중등학교의 교육현장에서 생태의식을 교육할 경우, 그 교수 학습의 과정에는 무엇이 준비되고 고려되어야 하며 구체적인 학습의 모형을 제시하고자 할 때, 상정할 수 있는 교육적 방법과 전략에는 어떤 것이 있을 수 있는가를 구체적으로 고찰하고자 한다. 물론 몇 편의 작품을 텍스트로 할 수도 있겠으나 교육현장에서 운용되는 시간이 50분이라는 현실을 감안하여 여기에서는 박두진의 시 「해」한 편을 텍스트로 하되 여러 가지 유의사항과 고려사항 그리고 교육적 방법과 전략을 고구한 후 귀납적으로 1차시 분량의 학습지도안을 모형으로 제시하고자 한다.

1. 생태시 교육의 의의와 특성

시교육은 느낌의 세계 가운데 '아름다움'과 '풍요로움'이라는 두 가지 정신기능을 키워서 기르는데 목적이 있다. 시작품의 감상 과정에서 일어나는 느낌의 핵심은 바로 상상력이다. 인간의 머릿속에 아름다움과 풍요로움이란 그림을 그리게 하는 이러한 상상력이야 말로 시교육의 중핵요소라 할 수 있다. 시교육은 학습자로 하여금 현 상태의 위기감을 인식하고 상상력을 통해 더 나은 세계를 전망하도록 유도한다는데 의의가 있다.

생태시는 생태환경의 현실을 다양하게 보여주며 문학적 형상화 과정을 거친다. 이때 문학적 형상화로 구체화된 생태환경은 학습자들의 이미지를 통해 저장된다. 학습자는 생태시를 제재로 생태시 교육을 받을 때, 구체적이며 경험적인 내용을 갖게 된다. 따라서 생태시에 대한 이해과정은 자연스럽게 생태비평으로 이어지면서 학습자들은 생태환경에 대한 올바른 인식을 형성한다.[148] 이처럼 생태시 교육은 학습자에게 생태환경과 자연보호에 대

---

148) 김성란, 「생태시 교육 방법 연구」, 한남대 대학원 박사학위논문, 2009, p. 31.

한 인식을 효과적으로 심어줄 수 있는 방법론의 하나라는 데 의의가 있다.

1) 생태시 교육의 목표

인간은 아름다움을 통해 영혼이 맑아진다. 아름다움은 인간의 영혼을 정신적으로 순화시키고 절대가치를 향유케 하는 원천이 된다. 이러한 아름다움은 직관에 의하여 확대된다. 직관은 창조적 행동의 근원이라 할 수 있다. 정리하면, 시교육은 인간 최고의 인식능력인 직관의 원리를 동원하는 것이자 직관의 힘을 심는 것이라 할 수 있다. 따라서 시교육의 목표를 확실히 하는 것은 바람직한 시교육의 일차적 작업이라고 할 수 있다.

시교육의 구체적 목표를 살펴보면 다음과 같다.

첫째, 인간은 시 교육을 통해 세련된 언어감각을 형성할 수 있다.
둘째, 시의 음악성과 구조를 통하여 정서적 위안을 음미할 수 있다.
셋째, 시인 또는 시적 화자의 감동을 독자의 감동으로 내면화함으로써 내적인 충일감을 음미할 수 있다.
넷째, 시의 가장 강력한 힘인 상상력의 세련을 기를 수 있다.
다섯째, 체험의 확대를 가져올 수 있다.
여섯째, 사물에 대한 애정을 회복할 수 있다.
일곱째, 사물을 수용하는 태도의 변화를 가져올 수 있다. 즉 시작품을 통하여 인간은 관념적·추상적 사고에서 구상적 사고로 변화될 수 있다.

교사는 시수업을 하기 전에 시를 '어떻게 가르칠 것인가' 하는 목적과 방향을 분명히 해야 한다. 교사의 목적과 의도에 의해 시교육이 전개되어 학습자의 학습상황에 영향을 주기 때문이다. 따라서 교사가 작성하는 교수−학습 모형은 중요하다고 할 수 있다. 교사는 바람직한 교수−학습 모형의 제시를 위해 올바른 수업 절차모형을 참고하는 것이 요구된다. 다음은 시교육의 일반적인 절차모형이다.

첫째, 계획단계이다. 이 단계에서는 수업목표를 설정하고 평가요목을 작성한다.

둘째, 진단단계이다. 이 단계에서는 학습해야 할 시에 대한 지식과 체험 그리고 학생들의 시적 감수성을 진단한다.

셋째, 지도단계이다. 이 단계는 시 교육의 가장 핵심이 되는 부분으로 이때 시 작품에 접근하는 방식은 '전체—부분—종합'의 과정이다.

넷째, 평가단계이다. 이 단계에서는 일반적 혹은 특수적인 시교육의 평가방법에 의거하여 시작품 전반에 대한 학습자의 수용여부를 평가한다.

다섯째, 내면화단계[149]이다. 이 단계에서는 학습자의 시적 체험을 확대 또는 심화하고 더 나아가 학습자에게 같은 주제의 시를 써보게[150] 한다.

이와 같은 시교육의 절차모형 중 셋째 단계인 '지도' 단계를 미시적으로 분석하면 다음과 같다. 첫째, 시의 제목, 모티브, 분위기, 어조 등을 면밀히 검토한다. 둘째, 시적 언어인 은유, 역설, 상징의 의미를 분석하고 시의 운율, 이미지의 구조를 분석한다. 이때 유의해야 할 사항은 시의 분석을 위한 비평용어와 방법론 설정 및 적용을 철저히 해야 한다는 것이다. 보통 형식주의 비평을 주(主)로 전기·역사비평을 종(從)으로 하는 것이 일반적이다. 셋째, 시와 시인, 시대와 역사적 상황을 종합적으로 검토한다. 넷째, 주제 또는 의미를 파악하는데 주력한다. 다섯째, 시작품 전체의 총체적인 의미구조 파악에 힘쓴다.

시교육 방법에서 시의 분석 지도의 실제절차는 대략 두 가지로 나뉜다. 첫째는 시의 존재 양상, 제목의 문제, 모티브, 분위기와 어조를 분석하는 기초적 고찰이고, 둘째는 메타포, 역설, 상징, 운율과 이미지를 분석하는 구조적 고찰이다. 전자를 구체적으로 논의하면 우선, 시는 형상과 심리적 체험, 그리고 개념과 의미의 상호작용에 의해 복합적으로 존재하는 것임을 염두에

---

149) 학습자의 가치관의 내면화는 시교육에서 '감수→반응→가치화→조직화→성격화'의 단계를 거친다. (불룸 외, 임의도 외 역, 『교육목표 분류학 Ⅱ:정의적 영역』, 교육과학사, 1983, pp. 231~251.)

150) 유성호, 『현대시교육론』, 역락, 2006, p. 27.

두고 시의 분석에 들어가야 한다. 제목은 시를 분석하고 감상하는데 풀어야 할 최초의 관건으로 작품자체의 형상화와 비밀을 암시하기 때문에 중요하다. 모티브는 시의 첫 행 또는 첫 연에 제시되어 제목 및 주제와 포괄적인 연관을 맺는다. 즉 도입 내지 서두 부분의 역할을 한다. 분위기와 어조는 시의 의미와 주제를 섬세한 뉘앙스로 분화하고 심화하는 데 불가결한 요소[151]이다. 따라서 이것들은 시의 분석 시 매우 중요하다.

또한 후자를 구체적으로 논의하면 우선 메타포의 분석이다. 은유는 문장의 장식이 아니라 방법과 주제 형성에 결정적 역할을 한다. 또한 시의 상상력을 구성하고 주제를 전개하며 결구를 완성하는 원동력이다. 다음으로 중요한 것이 역설이다. 역설은 모순된 진실을 내포하는 시적 조사법으로 역설 속에는 인간의 모순된 본질이 내재되어 있다. 인간은 이러한 역설을 통해 삶의 본질을 깨달을 수 있다. 그러나 역설 못지않게 중요한 시적 기교가 바로 상징이다. 상징은 하나의 표상으로서 복합적 의미의 다른 것을 암시 또는 지시하는 방법이다. 학습자는 다양한 상징의 기법을 통해 시적 상상의 세계로 나아갈 수 있다.

시의 분석 시 역설이나 상징과 마찬가지로 중요한 시적 요소로는 운율과 이미지가 있다. 음악성을 기본으로 하는 운율은 시의 구조를 통해 드러나며 반복성과 주기성을 그 특징으로 한다. 또한 회화성을 기본으로 하는 이미지는 은유와 상징에 의해 그 형상이 구현[152]된다. 따라서 이미지, 은유, 상징은 서로를 보완해준다는 차원에서 상관관계가 높다고 할 수 있다.

이상으로 시교육의 목표 및 절차모형에 대해서 살펴보았다. 생태시는 시의 하위 장르이고 생태시 교육 역시 시교육의 하위 항목이다. 따라서 생태시 교육의 목표 및 절차는 시교육의 목표 및 절차모형에 속한다고 할 수 있

---

151) 김재홍, 「시교육의 방법」, 『현대시교육론』, 시와시학사, 1996, pp. 56~63.

152) 김재홍, 위의 책, pp. 63~75.

다. 교사는 학습자에게 생태환경 조성의 중요성을 인식시키기 위해 생태시의 목표 및 절차모형을 숙지하고 활용해야 한다. 바람직한 교수-학습 모형의 제시는 생태시 교육에서 교사와 학습자 모두에게 유용하기 때문이다.

인류는 생태계 위기를 실감하며 지구의 미래를 걱정하고 있다. 그러나 정작 지구의 미래를 책임지고 살아갈 청소년을 위한 생태환경 교육이 제대로 실시되지 않고 있는 것은 유감이 아닐 수 없다. 현행 중·고등학교 교육과정에서 생태시 교육에 대한 구체적 언급이 없는 것은 아쉬운 일이다. 그렇다고 생태계에 대한 위기의식이 고조되는 현시점에서 생태시 교육이 간과될 수는 없다. 학습자는 생태시 교육을 통해서 생태계 파괴의 실상을 간접 체험 할 수 있고, 우주적 질서로서 궁극적인 자연의 원리를 발견할 수 있으며, 자연과 인간의 상생이 가능한 에코토피아를 전망할 수도 있다.[153] 이처럼 학습자는 생태시 교육을 통해 생태환경에 대한 올바른 인식을 함양할 수 있다. 또한 생태환경 조성을 위한 실천방향을 모색할 수도 있다. 이처럼 학습자에게 생태환경의 중요성을 인식시켜 자연과 인간의 공존을 모색하려는 것이 생태시 교육의 궁극적 목표이다.

2) 교육 현장에서의 생태시 교육

오늘날 지구는 생태계의 파괴와 환경오염으로 심각한 몸살을 앓고 있다. 생태계 파괴는 그 자체로 끝나는 것이 아니다. 그보다 더 문제가 되는 것은 생태계 파괴가 단순한 삶의 터전을 오염시키거나 망가뜨리는데 그치는 것이 아니라 인간성의 부정과 파괴를 초래한다는 점이다. 과학기술의 놀라운 발전은 인간들로 하여금 테크노토피아의 세계를 눈앞의 현실로 만들어 주었지만, 그와 동시에 생태계 파괴와 인간존재의 부정이라는 심각한 위기상

---

153) 이형권, 『현대시와 비평정신』, 국학자료원, 1999, p. 111.

황을 초래했다.[154] 따라서 교육 현장에서 자연 파괴의 심각성을 제시하고 자연과 인간의 상생을 강조하여 더 나은 미래를 전망하는 생태시의 논의는 의미 있다고 본다.

생태시는 생태계 파괴의 실상을 고발하는 시, 생태계 보호와 유기체적 생명의식을 드러내거나 우주 공동체의 삶을 지향하는 시로 나눌 수 있다. 그러나 7차 교육과정에서는 생태계의 파괴를 고발하는 시보다는 우주적 질서로서 자연과 인간의 공존을 모색하는 시가 다수 수록되어 있다.[155] 즉 생태 환경에 대한 현실의 직시 보다는 자연과 인간의 이상적 에코토피아만을 전망하고 있다. 이러한 생태시 편성은 현실적 비판의식과 미래지향적 전망의 조율이 이루어지지 않았다는데 문제점이 있다. 7학년에서 10학년까지 교과서에 수록된 생태시의 유형과 교육의 내용을 살펴보면 다음과 같다.

7학년 1학기 교과서에 실린 김지하의 「새봄」[156]은 '벗꽃'과 '푸른 솔'이라는 감각적 시어를 통해 조화로운 삶의 아름다움을 드러내고 있다. 인간은 벗꽃의 화사함에 감탄하기도 하지만 푸른 솔의 굳건함에 매료되기도 한다. 시적 화자는 자연의 질서에 낙엽수와 상록수의 조화가 필요하듯이 인간의 삶에도 다양한 인물들의 조화가 필요함을 언급하고 있다. 또한 시적 화자는 벗꽃과 푸른 솔을 바라보며 인간의 삶에는 크고 작은 모든 자연물도 포함됨을 언급하고 있다.

도종환의 「어떤 마을」[157]은 자연과 인간의 공존을 통한 이상적 삶의 공간을 제시하고 있다. 이상적 공간은 개울물 맑게 흐르고 접동새 소리 아름답

---

154) 최동호, 「에코토피아의 시학과 신인간의 역사철학적 방향」, 『초록생명의 길 Ⅱ』, 시와사람사, 2001, p. 334.

155) 7차 교육과정에 속하는 학생은 현 중학교 3학년까지이다. 현 중학교 2학년부터는 학교장의 재량에 의해 자율형 교재로 교육받고 있다. 따라서 교과서에 수록된 생태 시는 7차 교육과정에서 편성된 시로 한정한다.

156) 교육인적자원부, 『7학년 1학기 국어교과서』, 대한교과서주식회사, 2002, p. 11.

157) 교육인적자원부, 『7학년 2학기 국어교과서』, 대한교과서주식회사, 2002, p. 137.

게 들리는 별들이 많이 뜬 마을이다. 그곳에는 별처럼 착하고 순한 사람들이 평화롭게 살고 있다. 시어 '개울물', '접동새', '별' 등은 미학적 가치가 있는 자연물이다. 이러한 자연물은 인간의 삶을 포근하고 아름답게 만든다. 따라서 도종환의 「어떤 마을」은 자연과 인간의 조화가 주제라고 할 수 있다.

「새봄」과 「어떤 마을」이 자연과 인간의 조화를 추구한다면 안도현의 「우리가 눈발이라면」[158]은 자연과 인간의 동일성을 지향한다. 이 시의 제재는 '함박눈'이다. 시적 화자는 하늘에서 내리는 '눈발'을 바라보며 주의의 상처받은 이웃들을 위로해주고 보듬어주는 함박눈 같은 사람이 되자고 청자에게 권유한다. 이처럼 시적 화자는 자신을 자연물과 동일시하고 있다.

「잃어버린 고향」[159]은 과거에는 존재했으나 현재는 존재하지 않는, 과거의 이상적 고향에 대한 그리움과 고향상실의 안타까움을 드러내고 있다. 시적 화자가 안타까워하는 현재의 고향은 '내버려진 원두막'과 '농약병이 뒹구는' 병든 고향이다. '버려진 논'과 '잘린 나이테'만 존재하는 황폐한 고향이다. '흙빛 신작로' 대신 '흙빛 아스팔트'로 도배된 근대화된 고향이다. 이처럼 「잃어버린 고향」은 과거 자연친화적인 이상적 고향에 대한 그리움과 상실의식을 드러내고 있다.

황동규의 「귀뚜라미」[160]는 환경의 변화에 적응하지 못하고 사라져간 작은 생명체에 대한 안타까움과 연민을 노래하고 있다. 이 시는 현대인의 주거공간인 '아파트'에서 살아남기 위해 애쓰다가 실패하고 결국은 죽음에 이르는 '귀뚜라미'를 통해 자연이 살아갈 곳을 차단한 현대인의 문명비판과 생명의 소중함을 노래하고 있다

---

158) 교육인적자원부, 『7학년 2학기 국어교과서』, 대한교과서주식회사, 2002, p. 141.
159) 교육인적자원부, 『10학년 고등학교 국어(상)』, 교학사, 2002, p. 29. 이 작품은 학생 작품이다.
160) 교육인적자원부, 『8학년 1학기 국어교과서』, 대한교과서주식회사, 2002, p. 46.

나희덕의 「배추의 마음」[161]은 자연과 인간의 연대의식을 보여준다. 시적 화자는 배추를 기르는데 온갖 정성을 다한다. 배추에 농약도 치지 않고 배추와 끊임없이 대화를 하는 등 배추를 인간과 동일시한다. 시적 화자는 배추만 걱정하는 게 아니다. 배추 속에서 배추와 공생하는 배추벌레에게도 똑같은 마음을 갖는다. 그에게 배추와 배추벌레는 인간과 함께 살아가야할 소중한 생명체이기 때문이다. 의인법의 제시에서도 알 수 있듯이 시적 화자는 배추를 인격이 있는 인간으로 간주하여 마침내 배추와 하나가 되는 연대의식을 보여준다.

이처럼 중·고등학교 7차 교육과정에서는 생태시를 유형화하여 자연과 인간의 공존을 지향하고 있다. 생태시의 주제를 좀 더 구체적으로 정리하면, 자연물을 통해 깨달은 조화로운 삶의 추구, 자연과 인간이 공존하는 이상적 공간의 지향, 자연과 인간의 동일시 현상, 고향상실의 안타까움, 현대인의 문명비판, 자연과 인간의 연대의식 등이라고 할 수 있다. 그런데 정작 환경오염의 심각성이나 생태계의 파괴를 고발하는 시가 수록되지 않은 것은 아쉬움으로 남는다. 현행 교육과정에서 일부 학년이 학교마다 자율교재를 사용한다 할지라도, 환경오염의 심각성을 경고하는 시가 교과서에 수록되어야 하는 것은 마땅하다. 그러한 현실비판적인 작품을 통해 학습자는 생태환경의 중요성을 인식하고 미래의 생태사회를 꿈꿀 수 있기 때문이다.

20세기 후반부터 전개되어온 환경운동은 아무리 강조해도 지나치지 않다. 우리가 오늘날 환경보호를 위해 애쓰는 것은 지금 당장의 효과를 노려서가 아니다. 지금의 우리의 노력이 훗날 지구를 지키고 생태계를 보존하는 밑거름이 되기 때문이다. 생태계를 보호하는 것은 결국은 지구와 이 지구 행성에 살고 있는 우리 인간을 지키는 길이다. 따라서 환경운동은 유행처럼 단기간에 일어났다가 사라져버릴 성질의 것이 되어서는 안 된다. 그것은 소수

---

161) 교육인적자원부,『국어 3-1 교과서』, 대한교과서주식회사, 2002, p. 15.

의 사람들로 구성된 특정단체나 장소에서만 일어나야 하는 것이 아니라, 과거와 현재를 아우르며 미래에까지 이어져야할 범 시간적이고 범 공간적인 활동이다.

문학교육도 이와 마찬가지이다. 문학교육은 지금 당장 필요한 실제적 효용성을 목적으로 하는 것이 아니라 미래에 이룩될 이상적 가치실현을 목적으로 한다.[162] 따라서 문학교육은 눈앞의 현실에만 집착하는 사람에게는 무의미한 행위처럼 여겨질 수 있다. 생태시 교육은 환경오염 및 생태계 위기에 대한 가치관이 정립되지 않은 학습자에게 바람직한 가치관을 형성시키는 효과적인 방법론이 될 수 있다. 한 편의 생태시는 환경오염에 대한 심각성을 경고하기도 하지만 생태계 회복의 가능성을 제시하기도 한다.

효과적인 생태시 교육을 위해서 준비해야 할 작업 중 하나가 적절한 작품 선정이다. 그리고 작품이 선정되면 그 작품의 내용과 형식을 통해 생태의식의 특성을 찾아내야 한다. 내용은 주제와 밀접한 관련을 맺고 형식은 미적 장치를 통해 학습자에게 문학의 즐거움을 향유케 한다. 그러나 궁극적으로는 내용과 형식이 생태의식에 기여함은 의문의 여지가 없다.

박두진의 시에는 생태의식이 내재해 있다. 따라서 교사는 박두진의 생태시를 모델로 하여 자연과 생명에 대한 학습자[163]의 시각을 올바르게 교정시킬 수 있고, 더 나아가 환경오염에 대한 심각성도 주지시킬 수 있다. 이때 교사에게 전제되어야 할 자질은 두 가지이다. 하나는 시를 깊이 있게 이해하고 분석할 수 있는 비평가적 능력이고, 다른 하나는 시를 학생들에게 요령 있게 가르칠 수 있는 전도사적 능력이다.[164] 교사는 이러한 두 가지 능력을 가지고 한 편의 시를 재미있고, 깊이 있게, 그리고 의미 있게 가르쳐야 한

---

162) 이승원, 앞의 책, p. 452.

163) 학습자는 일선학교 중·고등학생을 대상으로 한다.

164) 김재홍, 앞의 책, p. 52.

다. 교사의 자질과 역량은 정서적으로 민감한 시기에 있는 학습자의 가치관과 인생관에 영향을 미칠 수 있기 때문이다.

한 편의 생태시를 교사가 어떻게 가르치느냐에 따라 학습자의 자연관은 달라질 수 있다. 박두진의 「해」를 제재로 생태시 수업을 진행할 경우, 교사는 그의 시에 나타난 상징과 심상을 통해 학습자를 심미적 세계로 인도할 수 있다. 또한 절대자의 도래, 자연과 인간이 어우러져 살아가는 모습을 통해 신화적 상상력으로 인도할 수 있으며, 아울러 자연과 인간의 조화, 만물 평등사상, 그리고 생명존중의 사상을 인식시킬 수 있다. 한 편의 시가 이처럼 다양한 효용성을 함의하고 있는 것을 볼 때, 시의 존재 가치와 그것의 중요성은 재론의 여지가 없다고 할 수 있다.

7차 교육과정에서는 교수-학습 시 학습자의 활동을 중요하게 여긴다. 학습자들에게 실시한 생태시 수업이 수업으로만 그치는 것이 아니라 그들의 생활에 적용돼야 하기 때문이다. 생태계의 위기는 더 이상 남의 이야기가 아니다. 이제 그것은 인류의 생존마저 위협하고 있다. 인류가 사태의 심각성을 깨닫지 못하고 방관만 한다면 지구는 돌이킬 수 없는 길로 가게 될 것이다. 교육 현장에서 교사의 역할이 중대한 이유가 여기에 있다. 교사의 학습 의도와 방향에 따라 학습자의 생태환경에 대한 인식이 달라지기 때문이다. 따라서 교사는 생태시 수업을 위해서 준비를 철저히 해야 한다. 다시 말해, 학습자에게 적합한 학습목표를 설정하고 다양한 학습활동을 실시하여 수업을 효과적으로 이끌어야 한다.

3) 생태시 교육상의 유의점

교사는 생태시를 교육하기 전에 여러 요인들을 고려해야 한다. 그중 하나가 학습자의 수준에 대한 고려이다. 박두진의 「해」는 널리 알려진 그의 대표시라 할 수 있다. 그러나 시에 관심이 없는 학습자라면 이 작품은 낯설 수도 있다. 이럴 때 교사는 작가와 작품에 대한 충분한 배경지식을 통해 학습자의 관심을 유도해야 한다. 또한 학습자가 중·고등학생이기 때문에 이해하기 어려운 분야나 부분은 적당히 건너뛰고 수업해야 한다. 교사는 학습자에게 「해」를 제대로 이해시키기 위해 심오한 철학적 사유를 함부로 끌어들여서는 안 된다. 섣불리 제시했다가 그것이 오히려 수업에 대한 학습자의 흥미를 떨어뜨릴 수도 있기 때문이다.

「해」에는 다양한 이미지가 등장한다. 대표적인 이미지로 정신적 이미지와 상징적 이미지가 있다. 정신적 이미지 중에서는 시각과 청각적 이미지가 중심을 이룬다. 두 감각적 이미지는 소재 차원에서 생태의식을 드러낸다. 상징적 이미지는 원형상징과 기독교적 상징을 포함한다. '해'는 절대자로서, 모든 생물의 구심점으로서 생태의식을 확고히 한다. 정리하면, 정신적 이미지와 상징적 이미지는 서로 조화를 이루며 박두진 시의 생태의식을 부각시킨다.

또한 「해」에는 자연과 인간의 구별이 없다. 자연이 인간이고 인간이 자연이다. 자연과 인간의 합일된 모습이 나타난다. 「해」에는 이러한 자연과 인간이 한자리에 앉아 화해의 세상을 추구하고 있다. 이처럼 자연과 인간의 공존 역시 생태의식의 핵심이다.

마지막으로 「해」에는 낙원지향의 사상이 두드러진다. '해'는 자연물이면서 동시에 절대자를 상징한다. 이는 박두진의 전기적·종교적 배경을 고려하면 추측이 가능하다. 절대자의 피조물이자 절대자 자신으로 지칭되는 '해'는 녹색신학의 차원에서 생태의식을 내포한다. 이처럼 박두진은 「해」를 통해 자연과 인간의 조화 및 합일이라는 생태의식을 표출하고 있다. 교사가 학습자에게 박두진의 「해」가 생태의식에 기반한 작품이라는 것을 이해시키는 것은 그다지 어렵지 않다. 위에 제시한 내용분석 정도로도 학습자는 충분히 이해할 수 있기 때문이다. 따라서 생태시 교육에 적합한 시로 「해」를 선정하는 것은 타당하다고 할 수 있다.

주지하듯이 박두진의 「해」에는 생태의식이 다양하게 내재되어 있다. 「해」

에 적용시킬 수 있는 생태학의 하위 범주도 다양하다. 교사는 학습자에게 「해」를 신화적 상상력, 녹색신학, 동양의 율려와 예악 사상과 연관 지어 고찰할 수 있음을 언급한다. 그러나 이러한 철학적 사상을 학습자에게 이해시키기는 역부족이다. 차라리 교사는 생태의식을 학습자가 이해하기 쉽게 정리해서 간단·명료하게 전달하는 것이 낫다.

박두진의 시적 상상력에는 기독교적 세계관도 내재되어 있다. 교사는 학습자에게 박두진의 종교가 기독교이기 때문에 그의 시를 이해할 때 기독교적 사유를 배제시킬 수 없음을 설명해야 한다. 이때 종교가 다른 학습자가 있을 수도 있다. 그들은 종교가 다르다는 이유로 「해」에 대해 편견을 가질 수도 있고 수업 자체에 대해 흥미를 상실할 수도 있다. 교사는 타종교의 학습자가 박두진의 작품에 대해 부정적인 시각을 갖지 않도록 잘 설득해야 한다. 교사는 작품에 대한 학습자의 호·불호가 있을 수는 있지만, 개인적인 감정으로 작품의 가치를 폄하해서는 안 된다는 것을 강조해야 한다. 교사의 지도 아래, 학습자는 문학과 종교를 분리해서 바라보는 시각을 갖게 되고, 자신의 종교와 무관하게 모든 작품을 배워야 함을 이해하게 된다.

교사는 학습자에게 박두진의 시적 상상력이 생태의식과 기독교적 사유가 공존하는 경우가 많음을 이해시켜야 한다. 이는 기독교적 사유가 넓게는 생태의식의 하위범주이기에 가능한 것으로 교사는 「해」를 수업할 때 이를 적용할 수 있어야 한다. 교사가 학습자에게 시적 의식이나 상상력을 설명할 때 제일 필요한 자질은 그것을 쉽고 정확하게 이해시키는 것이다. 학습자는 아직 지적 수준이 낮고 가치판단이 흐리기 때문에 교사의 설명이 전부 진리가 되어 고착화될 수 있다. 교사의 신중하고 정확한 진술이 요구되는 것은 바로 이 때문이다.

다음으로 고려해야 할 요인이 교사의 수업의도이다. 교사가 어떤 마음가짐으로 수업에 임하느냐에 따라 학습자의 학습결과는 달라지기 마련이다. 예를 들어, 교사가 박두진의 「해」와 「꽃」을 텍스트로 선정해 학습자에게 이상적인 낙원의 추구, 자연과 인간의 조화, 생명탄생의 아름다움 등을 인식시키려고 한다. 이때 교사에게 요구되는 것은 자연친화적 인식과 객관적 내용전달이다. 만약 교사가 평상시 환경문제나 생태계의 위기에 관심이 없다면, 그의 수업에는 생태의식에 대한 진정성이 담겨있지 않을 것이다. 진정성 없는 교사의 수업은 내용의 전달에 머물 뿐, 생태의식에 대한 전달은 아니다. 따라서 학습자는 박두진의 두 작품에서 생태의식에 대한 어떤 감흥도 느끼지 못하게 될 것이다.

또 한 가지 중요한 것은 작품에 대한 객관적 이해 및 전달이다. 교사가 박두진과 동일한 종교인이라고 해서 그의 작품을 과대평가하거나 확대해석해서는 안 된다. 또한 종교가 다르다고 해서 과소평가하거나 소홀이 다뤄서도 안 된다. 교사는 작품을 생태의식에 의거해 객관적으로 전달해야 한다. 하나라도 더하거나 빼서는 안 된다. 교사의 감정의 과잉이나 내용의 오역이 학습자에게 그대로 전달 돼 작품에 대한 왜곡이 일어날 수 있기 때문이다.

마지막으로 고려해야 할 요인이 피드백을 통한 내면화이다. 교사는 학습자가 수업내용을 제대로 이해했는지에 대한 피드백을 해야 한다. 피드백의 방법은 여러 가지가 있다. 우선, 간단한 평가가 있다. 평가는 주로 내용이해 위주로 이루어지는데, 단답형이나 ○×로 답하기 정도가 괜찮다. 두 번째로, 감상문 쓰기이다. 한줄 감상문 쓰기도 이에 포함된다. 예를 들어, 교사는 학습자에게 「해」와 「꽃」에 나타난 주제를 중심으로 한줄 감상문을 쓰게 한다. 두 작품 각각에 대한 한줄 감상문도 쓰기도 좋고, 두 작품을 비교·분석한 한줄 감상문 쓰기도 좋다.

감상문 쓰기에는 감상내용을 지정해주는 경우와 자신의 생각을 자유롭게 쓰게 하는 경우가 있다. 「해」와 「꽃」에 대한 감상문 쓰기는 학습자의 수준을 고려해 두 작품의 공통점과 차이점 쓰기, 생태의식이 드러난 시어를 중심으로 두 작품 비교하기, 「해」와 「꽃」에 나타난 시적 기법과 생태의식의 연관성 글로 써보기 등이 있다.

이때 교사가 유의해야 할 것은 너무 어려운 주제를 감상내용으로 지정해 주어서는 안 된다는 것이다. 감상문 쓰기는 학습자에게 즐겁고 솔직한 작업이어야 한다. 따라서 교사는 학습자가 편안한 마음으로 자신의 의견을 피력할 수 있도록 적당한 주제를 제시해야 한다. 피드백은 학습자가 학습목표를 달성했는지 여부를 확인할 수 있는 방법 중의 하나로, 가능한 한 매 단원 수업이 끝날 때마다 실시하는 것이 좋다.

이상으로 교수-학습 모형 작성 시 고려해야 할 여러 요인들에 대하여 살펴보았다. 학습자의 수준, 교사의 수업의도, 피드백을 통한 내면화는 성공적인 생태시 수업을 위해 주목해야할 인자이다. 따라서 교사는 이러한 학습 요인들을 고려하여 자신의 수업을 바람직한 생태시 수업으로 이끌어야 한다. 교사가 생태시 교육을 위해 위와 같은 사전 준비를 철저히 했을 때, 학습자는 그 수업을 통해 생태환경에 대한 인식을 달리할 수 있다. 생태시 교육에서 지도상의 유의점이 중요한 이유가 바로 여기에 있다.

2. 「해」를 텍스트로 한 생태시 학습과정과 전략

오늘날 오존층의 파괴, 생태계의 변화 등으로 지구환경은 심각한 위기에 직면해 있다. 따라서 학습자의 환경에 대한 올바른 가치관 형성이 절실하다. 그런데 주목할 점은 환경보호에 대한 수많은 구호와 선전보다 한 편의 생태시 교육이 학습자의 올바른 가치관 형성에 더 많은 영향을 줄 수 있다는 것이다.

박두진은 생태의식에 의해 시정신을 구현한 시인이다. 그의 시에는 생태시 교육에서 논의할 수 있는 여러 요소들이 내재되어 있다. 교사와 학습자는 박두진의 시에서 우주적 질서의 원리를 발견할 수도 있고, 자연과 인간의 공존이 가능한 에코토피아를 발견할 수도 있다. 이때 학습자가 기억해야 할 것은 그의 시세계를 지배하는 정신적 관념이 기독교적 세계관이라는 것이다. 따라서 학습자는 그의 시에서 기독교적 상상력과 생태의식이 공존한다는 것을 인지하고 수업에 임해야 한다.

생태의식은 지금 당장 눈앞에 실현되는 실제가 아니고 지속적으로 추구해야 할 이상적 전망이다. 따라서 생태의식은 다분히 신비적이고 신화적이다. 명확한 현실에만 집착하는 현대인에게 생태의식은 비현실적 이상태로 간주될지도 모른다. 영원히 실현불가능 한 낙관적 전망으로만 치부될지도 모른다. 그러나 인류의 역사적 사건 중에는 이상적 전망으로 전제되다가 실현된 것이 다반사인 것을 고려한다면, 생태적 전망이 그리 부정적인 패러다임은 아닌 것이다.

현대인은 눈에 보이는 명확한 사실을 선호한다. 그리고 그러한 것에 익숙해 있다. 학습자도 예외는 아니다. 학습자는 이성적·논리적·과학적 사고에 익숙해 있다. 그들에게 생태의식과 기독교적 세계관은 비현실적·상상적 사유에 그칠 우려가 있다. 이때 교사의 역할이 요구된다. 교사는 학습자에게 인류가 근대적 논리에 의해 개발을 자행했기에 오늘날 생명마저 위태로운 존폐위기에 놓여 있음을 설명한다. 명확성을 요하는 합리적 논리가 인류와 지구의 미래를 망친 것이다.

따라서 오늘날 인류에게 요구되는 것은 영성이 깃든 신화적 사유이다. 모든 자연물에는 신성이 있다는 범신론, 자연과 인간을 똑같이 소중한 존재로 인식하는 자연친화적 사유, 천지인 합일을 지향하는 율려·예약의 사상, 이러한 인식으로의 전환이 인류와 지구를 살릴 수 있는 유일한 길임을 학습자는 깨달아야 한다.

박두진의 「해」는 이러한 생태의식과 기독교 의식에 기반을 둔 시이다. 학습자는 「해」의 감상 및 이해를 통해 신화적·신비적 세계에서 오묘한 영성을 감지할 수 있고, 심미적·이상적 세계에서 긍정적 미래를 낙관할 수 있다. 다시 말해, 학습자는 「해」를 통해 자연과 인간의 조화라는 생태적 인식을 함양할 수 있다.

1) 텍스트의 분석과 이해

시는 정신적인 가치물인 동시에 언어적인 자율성을 띤 미적 대상이다. 전자는 시의 내용, 정서, 사상, 주제 등의 체험에 의거했을 때를 가리키는 것이고, 후자는 시상전개, 운율, 이미지, 기교, 어조 등 기록에 의거했을 때를 가리킨다.

박두진의 「해」는 위에서 제시한 전자를 통해서는 모든 생물은 다 같이 소중한 존재라는 생명의 통합적 상상력을 드러내고, 후자를 통해서는 '해'와 '청산'이 표상하는 상징 언어의 심미성을 표출시킴으로써 학습자를 자연중심적 세계관과 신화적 상상력의 세계로 이끌고 있다.

박두진의 「해」를 생태시 교육의 텍스트로 선정한 것은 「해」가 자연과 인간의 합일이라는 생태의식을 보여주기 때문이다. 또한 「해」는 생태의식과 기독교적 세계관이 어우러져 성서적 낙원의 에코토피아를 전망하고 있다. 그 낙원에서 모든 생물들은 공생하고 공존한다. 그 어떤 인간중심적 행동이나 문명지향적 사유가 드러나지 않는다. 이것이 「해」를 텍스트로 선정한 이유이다.

(1) 텍스트의 내적 구조의 고찰

텍스트는 내적 구조와 외적 구조의 종합적 고찰을 통해 이해가 가능하다. 내적 구조의 고찰은 형식주의 비평을 원용하고, 외적 구조의 고찰은 역사·전기적 비평을 원용한다. 내적 구조는 기초적 고찰과 구조적 고찰로 대별할 수 있다. 전자에서는 시의 제목이나 시어, 시의 모티브, 화자의 태도, 어조와 분위기 등을 분석하고 후자에서는 이미지, 상징, 운율 등을 분석할 수 있다. 외적 구조의 고찰은 주로 배경에 의존한다. 시인이 살았던 시대적·사회적 배경이라든지 심리적 · 종교적 배경 등이 이에 해당한다.

박두진의 「해」역시 위에서 제시한 내 · 외적 고찰에 의해 분석이 가능하다. 기초적 고찰에서는 「해」의 제목 및 시어, 화자의 태도, 어조와 분위기 등을 고려할 것이고, 구조적 고찰에서는 이미지, 상징, 운율 등을 고려할 것이다. 외적 고찰에서는 배경이 그의 시의 주제의식을 드러내는데 중추적 역할을 하고 있음을 밝힐 것이다. 배경의 구체적인 고찰을 위해서 박두진이 살았던 질곡의 시대적 상황을 고려할 것이고, 그의 시정신의 기저를 이루는 그의 종교적 배경도 고려할 것이다.

① 기초적 고찰

교사는 박두진의 시를 교육하기에 앞서 7차 개정 교육과정의 수준과 범위를 바탕으로 학습목표를 정하는 것이 필요하다. 개정 교육과정에서는 작품의 '수준과 범위'를 정하고 '성취 기준'과 '내용 요소'의 예를 제시한다. 대상은 7학년이다. 7학년 문학 교육과정 내용은 다음과 같다.

〈7학년〉 −문학−

〈작품의 수준과 범위〉
− 언어 표현이 뛰어나고 주제 의식이 분명한 작품
− 인물의 삶과 현실이 잘 드러나는 작품
− 우리 고유의 정서나 언어 표현이 드러나는 작품
− 문화와 전통의 차이가 드러나는 작품

〈성취 기준과 내용 요소의 예〉
(1) 문학 작품에 드러난 인물의 심리 상태와 갈등의 해결 과정을 파악한다.
· 소설이나 희곡에서 갈등 구조 이해하기
· 갈등의 해결 과정 파악하기
· 갈등의 해결 과정에 따라 인물의 심리 상태가 어떻게 변하는지 파악하기

(2) 문학 작품의 전체적인 정서와 분위기를 파악한다.
 · 작품의 정서와 분위기를 파악하는 방법 이해하기
 · 작품의 정서와 분위기 파악하기
 · 작품의 정서와 분위기를 중심으로 작품 감상하기
(3) 역사적 상황이 문학 작품에 어떻게 나타나는지 이해한다.
 · 작품에 드러난 시대 상황 파악하기
 · 작품에서 인물이 시대 상황에 대응하는 방식 파악하기
 · 작품 속에 드러난 시대 상황과 오늘날의 현실 상황 비교하기
(4) 시어와 일상어의 관계에 대한 이해를 바탕으로 노랫말을 쓴다.[165]
 · 시어와 일상어의 특징 이해하기
 · 노래에서 음악적 효과가 나타나는 표현을 찾아 운율 살려 낭독하기
 · 시적 표현과 운율의 효과를 살려 노랫말 쓰기

　　교사는 학습자가 박두진의 시를 읽고 감동을 느낄 수 있도록 수업을 이끌어야 한다. 생태시 수업 시 학습자는 박두진의 「해」에 등장하는 시어를 통해 일상 언어와는 다른 시적 언어의 특징을 이해하게 되며 이러한 상징의 언어를 통해 심미적 세계를 경험하게 된다. 물론 학습자의 생태시 감상과 그에 따른 내면화에 올바른 방향을 제시하는 존재는 교사지만 생태시 수업은 교사 주도의 주입식 교육이 아닌 학습자 스스로 깨닫고 이해하는 학습자 중심의 수업[166]이 되어야 한다. 교사 주도의 수업은 분석적이고 체계적이라는 점에서 다소의 의의를 찾을 수는 있겠으나 획일적이고 일방적이라는 점에서, 그리고 학습자의 자발적인 상상과 사유의 과정을 저해한다는 점에서 비판을 면키 어렵다.

　　본장에서는 박두진의 「해」에 나타난 제목 및 시어, 시적 화자의 태도, 어조와 분위기 등을 중심으로 시수업을 진행해 보고자 한다.

---

165) 본장에서는 밑줄 친 부분의 성취 기준에 맞추어 박두진 시의 기초적 고찰을 할 것이다.
166) 김현수, 『시교육의 이론과 방법』, 역락, 2011, pp. 400~401.

㉔ 제목 및 시어의 의미

문학작품에서 제목은 작품의 주제를 암시한다. 특히 함축성을 특징으로 하는 시에서 제목이나 시어의 중요성은 재론할 필요가 없다. 따라서 교사는 시수업 시 학습자가 제목이나 시어에 주목하도록 수업을 유도해야 한다. 제목을 통해 시의 주제를 파악하고 시어를 통해 시상의 전개 등을 이해할 수 있기 때문이다.

교사는 학습자에게 시인과 시어, 그리고 시적 분위기의 상관관계를 설명해야 한다. 시인이 의도하는 시의 분위기가 동적이고 희망적인 것이라면 시인은 그에 합당한 약동적인 시어를 선택할 것이다. 그리고 시의 분위기가 진지하고 엄숙하다면 그에 적합한 정적인 시어를 선택할 것이다. 시의 분위기는 시의 주제와 직결되고, 시의 주제는 시인의 의도가 밀접하기 때문이다. 교사는 시인이 시어 선택에 민감하게 반응하는 것이 이 때문이라는 것을 학습자에게 이해시켜야 한다. 학습자는 「해」에 대한 면밀한 관찰과 교사의 타당한 설명을 통해 시어의 중요성을 인지하게 된다.

교사는 먼저 시어와 일상어의 특징에 대해 설명한다. 그런 다음 학습자에게 「해」에 나타난 시어에 주목하게 한다. 이어 학습자에게 「해」에 드러난 시어와 일상어가 차이가 있는지를 질문한다. 시어를 유심히 살펴본 학습자라면 시어와 일상어가 별반 차이 없다고 대답할 것이다. 그러나 시어는 일상어와 구별된다. 일상어로 이루어진 시어라 할지라도 그것은 비유, 상징, 이미지 등과 결합되어 새로운 의미를 형성하기 때문이다. 따라서 「해」에 등장하는 시어는 일상어와 별반 다르지 않지만 그것이 의미하는 바는 크다고 할 수 있다.

시를 감상하는 이유는 시를 통해 자신을 돌아보고 내면화하는데 있다. 따라서 시교육의 가장 중요한 학습목표는 '울림(감동)'과 '깨침(반성)'이 되어야 한다. 학습자는 시를 통해 아름다움의 세계를 경험하고 인간과 삶에 대한 인식의 폭을 넓힌다. 다시 말해, 시는 인간의 정서와 이성을 자극하는 미학적 구조물인 것이다. 시수업 시 간과될 수 없는 것이 시어에 대한 분석이다. 교사는 학습자에게 「해」에 드러난 시어를 통해 울림과 깨침을 느끼게 해야 한다. 다음은 「해」 전문이다.

해야 솟아라. 해야 솟아라. 맑앟게 씻은 얼굴 고운 해야 솟아라. 산 넘어 산넘어서 어둠을 살라먹고, 산넘어서 밤 새도록 어둠을 살라먹고, 이글 이글 애뙨 얼굴 고은해야 솟아라

달밤이 싫여, 달밤이 싫여, 눈물같은 골짜기에 달밤이 싫여, 아무도 없는 뜰에 달밤이 나는 싫여……

해야, 고운 해야. 늬가 오면 늬가사 오면, 나는 나는 청산이 좋아라. 훨훨훨 깃을 치는 청산이 좋아라. 청산이 있으면 홀로래도 좋아라.

사슴을 딿아, 사슴을 딿아, 양지로 사슴을 딿아 사슴을 만나면 사슴과 놀고,
칡범을 딿아, 칡범을 딿아 칡범을 만나면 칡범과 놀고,……

해야, 고운 해야. 해야 솟아라. 꿈이 아니래도 너를 만나면, 꽃도 새도 짐승도 한자리앉아, 워어이 모두 불러 한자리 앉아 애뙤고 고은 날을 누려보리라.

—「해」 전문

7학년 교육과정에 의거해 교사는 시어를 바탕으로 박두진 시를 감상하도록 유도한다. 시에서는 작품의 정서와 분위가 주제를 드러내는데 중추적 역할을 한다. 정서와 분위기 파악은 시어를 바탕으로 이루어진다. 시어에는 제목도 포함된다. 제목은 시의 주제를 함축적으로 보여준다. 교사는 학습자에게 박두진 시의 제목, 시어 등에 유의하여 시를 감상하도록 권고한다. 학습자의 학습동기를 유발하는 방법으로 제목과 관련된 자유연상하기, 제목과 관련된 경험교환하기[167] 등이 있다.

---

167) 김현수, 위의 책, p. 406.

박두진의 「해」는 제목만으로는 생태의식에 쉽게 접목되지 않는다. 해는 지구에서 멀리 떨어진 태양계에 속하는 천체이기 때문이다. 그러나 해는 지구상에 어둠을 몰아내고 우주만물에 활기를 불어넣어준다는 점에서 광명과 창조의 이미지를 함의한다. 해의 출현과 더불어 모든 동식물이 각각의 기능과 역할을 수행한다는 점에서 해는 필연적이고 지배적이다. 이처럼 해는 모든 생물들을 포용하는 부성적 존재이자 치리자라 할 수 있다. 이쯤 되면 학습자들은 시의 제목이 '해'인 이유와 해가 생태의식과 관련되어 있음을 이해하게 된다. 시어의 분석도 주목해볼만하다. 다음은 자주 등장하거나 눈여겨볼만한 시어의 나열이다.

형용사 : 앳되다(2)[168], 곱다(2), 말갛다, 좋다(3), 싫다(4)
동　사 : 씻다, 솟다(4), 살라먹다(2), 놀다(2), 누리다, 한자리 앉다
명　사 : 해(8), 어둠(2), 달밤(4), 청산(3), 사슴(5), 칡범(4), 꽃, 새, 짐승
의태어 : 이글이글, 훨훨훨
의성어 : 위어이

도표에서도 알 수 있듯이 박두진의 「해」에서 가장 빈번하게 사용되는 시어는 '해'이다. 해는 단순한 천체가 아니다. 해는 '말갛게 씻은 얼굴'이며 그래서 더 '앳되고 고운 해'이다. 이렇듯 해는 시적 화자에게 친근한 존재이다. 시어 '말갛다', '씻다', '앳되다', '곱다' 등이 해의 보편성을 희석시킨다. 위의 시어는 해를 구체화시키며 시적 화자와의 거리를 좁히고 있다. 학습자는 시에서 시어의 역할이 중요함을 박두진의 「해」를 통해 이해하게 된다.

해의 출현으로 세상은 만물이 약동한다. 모든 동식물이 생명을 되찾아 호흡한다. 그런데 그 활력의 공간이 '청산'이라는데 유의할 필요가 있다. 청산

---

168) 괄호 안의 숫자는 등장횟수이다.

(靑山)은 풀과 나무가 무성한 산을 의미한다. 학습자에게 시어 '청산'은 '해'보다 생태의식을 이해하는데 직접적이고 효과적이다. 교사의 특별한 부연설명 없이 '청(靑)+산(山)'의 조합만으로도 학습자는 이 시가 생태의식에 부합됨을 감지할 수 있다. 청산은 말 그대로 청산이어서 모든 생물들의 주거공간이 된다. 그 청산에는 초식동물인 '사슴'도 있고, 육식동물인 '칡범'도 있다. 또한 한 송이 '꽃'도 있고 한 마리 '새'도 있다. 그것들은 모두 어우러져 있다. '한자리에 앉아' 있는 행위가 이를 뒷받침해 준다. 이처럼 청산은 모든 동식물이 둥지를 틀고 함께 어우러져 살아가는 화합의 장이라 할 수 있다. 학습자는 시어 사슴, 칡범, 꽃, 새의 등장과 그것들이 어우러지는 공간이 청산이라는 데에서 생태의식을 인지하게 된다.

교사는 박두진의 「해」 수업을 통해 학습자가 시어와 일상어의 특징을 구분할 수 있다고 판단되면, 간단한 형성평가를 통해 수업내용을 정리하는 것이 필요하다. 또한 박두진의 다른 시, 혹은 다른 시인의 다른 시를 제시해 시어를 찾아보게 한 후, 그 시어가 함축하고 있는 뜻을 알아내게 하는 내면화 작업도 필요하다. 박두진의 다른 시로는 「꽃」 정도가 적당하고, 다른 시인의 시로는 나희덕의 「배추의 마음」이 적당하다. 학습자가 시어도 잘 찾고 시어의 함축적 의미도 제대로 이해한다면 '시어와 일상어의 특징을 이해한다'는 학습목표는 달성했다고 볼 수 있다.

㉬ 시적 화자의 문제

시적 화자는 시인의 페르소나[169]이다. 교사는 학습자에게 시인이 가면을 쓰고 시세계에 들어갈 수 있음을 설명한다. 즉 시적 화자는 가면을 쓴 시인이다. 이는 시적 화자와 시인이 밀접하게 연관되어 있음을 의미한다. 그렇다고 '시적 화자=시인'이라는 등식이 반드시 성립되는 것은 아니다. 보통 시

---

169) 페르소나(퍼소나)는 가면이라는 뜻으로 연극에서 온 용어이다.

작품은 자율적인 창조물로서 현실과는 구분된다. 따라서 허구 속의 시적 화자와 현실 속의 시인은 구분해야 한다고 보는 것이 문학 연구가들의 일반적인 견해이다. 그러나 어떤 시에서는 시적 화자가 곧 시인인 경우도 있다. 이는 시적 화자와 시인의 일치 불일치의 논의가 그리 중요하지 않다는 것을 의미한다. 따라서 교사는 학습자에게 시에서 시적 화자의 문제는 중요하지만, 시적 화자와 시인의 동일시 여부는 그렇게 문제가 되지 않는다는 것을 설명해 준다.

시적 화자는 시에서 중요한 구성요소 중 하나이다. 시적 화자를 남성으로 선택하느냐 여성으로 선택하느냐, 어린이로 선택하느냐 성인으로 선택하느냐에 따라 시의 어조는 판이하게 다르기 때문이다. 교사는 학습자에게 한 시인의 여러 작품에서 시적 화자는 다양하게 나타날 수 있음을 시 작품을 예로 들어 설명한다. 교사는 이를 위해 김소월의 두 작품 「진달래꽃」과 「엄마야 누나야」를 예시작품으로 선택한다. 교사는 학습자에게 전자에서는 '사랑의 승화'라는 주제를 부각시키기 위해 성인여성을 화자로 선택했고, 후자에서는 이상향에 가고 싶은 어린 아이의 동심을 드러내기 위해 어린 남자아이를 화자로 선택했음을 이해시킨다. 김소월은 두 작품에서 자신과 전혀 다른 가면을 쓰고 시적 화자에게 들어간 것이다. 이처럼 김소월은 두 작품에서 각각 자신의 시정신을 심화시키기에 적합한 가면을 쓴 것이라 할 수 있다.

교사는 학습자에게 시적 화자의 유형에 대해서도 간략하게 설명할 필요가 있다. 시적 화자의 유형은 크게 화자 지향형, 청자 지향형, 화제 지향형으로 분류된다. 화자 지향형은 화자 중심의 발화를 일컫는다. 화자는 시에서 나, 우리 등의 1인칭 시점으로 등장하여 자신의 감정을 주관적으로 표출한다. 청자 지향형은 청자 중심의 발화를 의미한다. 이때 화자는 청자에게 명령, 권고, 부탁, 호소, 애원하는 양상을 띤다. 화제 지향형은 화자, 청자보다 화제 그 자체에 초점을 맞추는 발화 양상이다. 화제 지향형은 화제를 객관적으로 보고하고 전달하려는 경향이 강하다. 교사는 이렇게 시적 화자의 유형을 소개하면서 「해」는 어느 유형에 속하는가에 대해서 학습자에게 질문해 본다. 교사의 설명에 충실한 학습자라면 「해」에 나타난 화자의 유형이 화자 지향형이라는 것을 어렵지 않게 대답할 것이다.

그러나 박두진의 「해」에 등장하는 시적 화자는 시인과 별반 다르지 않다. 「해」의 시적 화자는 해의 출연으로 모든 생물들이 공존하기를 소망한다. 청산이 이상적 낙원 공동체가 되기를 갈망한다. 이상적 낙원의 건설은 가치 있고 숭고한 과정이다. 그것은 아름다운 전망이다. 이러한 낙관적 전망을 모색하는 인물로는 신중하고 진지한 성인화자가 적합하다. 이것이 「해」의 시적 화자와 시인이 동일시되는 이유이다. 그렇다고 시적 화자가 반드시 시인이라는 것은 아니다. 다만, 김소월의 두 작품처럼 시적 화자와 시인이 두드러지게 분리되지는 않는다는 것이다.

이때 유의할 것은 시적 화자가 성인남성이냐 성인여성이냐의 문제이다. 물론 이것은 결코 중요하지 않다. 시적 화자는 남성일 수도 있고 여성일 수도 있다. 성인여성도 화해의 장을 추구할 수 있고 이상적 낙원의 모습을 지향할 수 있다. 따라서 시적 화자가 반드시 성인남성일 필요는 없다. 그러나 교사는 혹시 학습자의 무의식 속에 '시적 화자=성인남성'이라는 편견이 들어있지는 않은지 살펴보아야 한다. 만약 학습자 대다수가 그런 생각을 갖고 있었다면, 이것은 옳은 사고가 아님을 지적하고 반드시 그들의 사고를 정정해야 한다. 이는 남성 시인의 작품은 남성화자, 여성 시인의 작품은 여성화자라는 그릇되고 편협한 사고를 갖게 될 가능성이 높기 때문이다.

교사는 학습자가 시적 화자의 일반적인 특성에 대해 이해했다고 판단되면, 「해」에 나타난 시적 화자의 역할을 구체적으로 살펴보아야 한다. 해가 솟아오른 청산에 모든 생물들이 존재한다. 그러나 단지 동식물만 있는 것은 아니다. 시적 화자 '나'도 있다. 시적 화자 '나'는 '해'가 솟기를 갈망한다. 또한 시적 화자는 해가 솟은 '청산'을 좋아한다. 이처럼 해와 청산은 그와 불가분의 관계에 있다. 따라서 한없이 갈망의 대상인 해, 이유 없이 좋기만 청산은 시적 화자의 삶의 이유이자 존재의 이유가 된다.

그러나 시적 화자의 주변에는 더불어 살아야할 존재들이 있다. 시적 화자는 해가 밝게 비치는 청산에서 사슴과 놀기도 하고 칡범과 놀기도 한다. 이도저도 아니면 혼자 놀기도 한다. 그러나 그것으로 끝나는 것이 아니다. 마침내 시적 화자는 해가 솟은 청산에서 꽃과 새와 짐승을 한자리에 불러 모으는 화합의 장을 마련한다. 비로소 인간, 동물, 식물이 다 모인 것이다. 이제 학습자는 시인이 시적 화자 '나'를 직접 노출시킨 이유를 알게 된다. 이 시에서는 시적 화자 '나' 역시 하나의 시어로 등장하며 그것이 자연(동식물)과 인간(나)의 합일을 모색하는데 중추적 기능을 하고 있음을 이해하게 된다.

교사는 학습자가 가면을 쓰고 작품 속을 돌아다니는 시인을 올바르게 이해했는지를 판단하기 위해 몇몇의 시작품을 PPT로 제시한다. 시를 감상하게 한 후, 시적 화자의 정체를 파악하게 한다. 전체에게 물어보는 것도 괜찮고, 한명을 지명해서 발표하게 하는 것도 괜찮다. 또 다른 방법은 시험지로 만들어 단답형 내지는 ○×로 답하게 하는 것이다. 학습자가 시적 화자의 정제를 파악하는 것이 중요한 이유는 시적 화자를 통해 주제에 쉽게 다가갈 수 있기 때문이다. 시인은 시적 화자에게 자신의 가치관, 인생관을 이입시킨다. 따라서 시적 화자의 발화는 시인의 주제의식의 표명이라고 할 수 있다.

㉡ 어조와 분위기

다음으로 교사와 학습자가 살펴보아야 할 부분이 시의 어조와 분위기이다. 교사는 학습자에게 시에서의 어조를 설명하기에 앞서 일상생활에서도 어조가 중요함을 언급한다. 어조는 쉽게 말해, 화자가 무엇인가를 말할 때의 태도이다. 같은 말이라도 화자의 어조에 따라 청자의 기분은 달라질 수 있다. 교사는 학습자와 함께 화자의 어조로 인해 상황이 달라졌던 경험을 나누어 본다. 교사 자신의 경험을 이야기 하는 것도 좋고, 학습자의 경험을 들어보는 것도 좋다. 이러한 경험 나누기를 통해 학습자는 어조에 대해 호기심을 갖으며 수업에 임하게 된다.

어조는 시적 화자와 연관되고 시의 분위기는 시어와 관련된다. 물론 어조도 시어의 의미에 영향을 미친다. 시어는 어조에 따라 독특한 의미를 형성하기 때문이다. 그렇게 본다면 어조는 시적 화자, 분위기, 시어와 불가분의 관계에 있다고 할 수 있다. 그러나 좀 더 구체적으로 살펴본다면 어조는 시적 화자의 목소리이다. 즉 어조는 목소리의 비유이다. 이 목소리에 의해 화자의 태도가 결정되는 것이다.[170] 어조가 어떠냐에 따라 시의 분위기는 낙관적이 될 수도 있고 비관적이 될 수도 있다. 어조가 남성적이냐 여성적이냐에 따라 시의 분위기는 장중할 수도 있고 섬세할 수도 있다.

교사는 학습자와 함께 「해」의 어조를 분석한다. 「해」의 시적 화자는 성인이다. 시적 화자가 성인이라는 것은 그가 어린애처럼 유치하거나 생각 없이 행동하지 않는다는 것을 의미한다. 시적 화자는 해가 솟아오르기를 갈망한다. 그 이유는 모든 생물들을 잠재우는 어둠과 달밤이 싫기 때문이다. 해가 솟아올라야만 어둠과 달밤이 사라지고 모든 생물들은 활기를 되찾는다. 따라서 해를 염원하는 시적 화자의 목소리는 간절할 수밖에 없다. 또한 시적 화자는 청산을 좋아한다. 그의 청산에 대한 애정은 '훨훨훨 깃을 치는 청산이 좋아라', '청산이 있으면 홀로래도 좋아라'라는 표현에 잘 나타나 있다. 물론 이때도 단서는 붙는다. 해가 솟아오른다는 가정하에서이다. 따라서 시적 화자의 목소리는 들뜨고 설레어 있다.

한편, 시적 화자는 해가 뜬 청산에서 칡범과 놀기도 하고 사슴과 놀기도 한다. 그런데 그냥 조용히 노는 것이 아니라 칡범과 사슴을 따라다니며 즐겁게 논다. 따라서 이때의 시적 화자의 목소리는 씩씩하고 역동적이다. 마지막으로 시적 화자는 청산에 있는 모든 생물들을 한자리에 불러 모은다. 시적 화자의 마음은 설렘과 기쁨으로 가득하다. 따라서 시적 화자의 목소리

---

170) C. Brooks & R. P. Warren, *Understanding Poetry*(Holt, Rinehart and Winston, 1960), p. 181.

는 희열에 차 있다. 그런데 이 모든 상황은 해가 솟아오른 미래의 상황을 가정한 것이다. 따라서 「해」의 어조는 희망적, 낙관적, 역동적, 미래지향적이라 할 수 있다.

교사는 학습자에게 「해」의 내용이 낙관적 미래를 전망하기에 어조가 전체적으로 상승적임을 설명할 필요가 있다. 또한 교사는 해를 열망하는 시적 화자의 간절한 목소리와 청산을 좋아하는 시적 화자의 들뜨고 설렌 목소리, 그리고 모든 생물들과 어울려 흥겹게 놀며 잔치를 벌이는 시적 화자의 기쁨의 목소리를 학습자가 동시에 느낄 수 있도록 수업을 이끌어야 한다.

참고로 교사는 「해」의 시적 화자를 시인과 동일시할 경우, 남성화자로 볼수도 있지만 여성화자일 가능성도 배제할 수는 없음을 학습자에게 인지시켜야 한다. 여성화자라고 해서 간절한 발화를 하지 말라는 법은 없기 때문이다. 여성화자도 해가 솟아오른 청산의 활기찬 모습을 갈망할 수 있기 때문이다. 따라서 교사는 학습자에게 여성 같은 남성, 남성 같은 여성도 있음을 언급하며, 그들이 시적 화자를 남성으로 국한시키지 않도록 지도해야 한다.

다음으로 교사는 학습자에게 「해」의 분위기를 설명해 준다. 「해」에는 동사 '솟다', '놀다', '누리다'와 형용사 '좋다'가 등장한다. '솟다'는 상승의 의미를, '좋다'는 애착의 상태를, '놀다'는 즐거움의 동작을, '누리다'는 향유의 의미를 띠고 있다. 따라서 「해」의 전반적인 분위기는 약동적이고 희망적이다. 또한 「해」는 '솟아라'의 기원적 명령형, '-면'의 가정형과 '좋아라'의 감탄형, '누려보리라'의 의지미래형 등의 등장으로 낙관적 미래를 전망한다. 이처럼 시에서 시어의 역할은 중요하다. 시인이 어떤 시어를 선택하느냐에 따라 시의 분위기가 달라지기 때문이다.

예를 들어, 10학년 국어(상) 교과서에 실려 있는 정지용의 「유리창1」에 나타난 시의 분위기를 살펴보면, 전체적으로 우울하고 슬프다. 애써 울음을 참고 있는 시적 화자가 연상된다. 이는 아들의 죽음을 슬퍼하는 부성애가 시의 주제이기 때문이다. 따라서 시인은 이러한 시적 분위기와 주제를 부각시키기 위해서 그에 걸맞은 시어를 선택해야 한다. 「유리창1」에는 '차고 슬픈 것', '언 날개', '물 먹은 별', '외로운 황홀한', '찢어진', '산새', '날아갔구나' 등의 시어가 등장한다. 시어 모두가 애상적이다. 이는 '슬픔의 승화'라는 주제에 적합한 시어이다. 따라서 시인은 시의 주제와 분위기에 적합한 시어를 선택했다고 할 수 있다.

박두진의 「해」에서 희망과 낙관을 예견하는 시어는 위에 제시된 동사와 형용사 외에도 형용사 '앳되다', '곱다', '맑갛다', 동사 '씻다', '살라먹다', '놀다', '한자리 앉다', 명사 '해', '청산', '사슴', '칡범', '꽃', '새', '짐승', 그리고 의태어 '이글이글', '훨훨훨', 의태어 '워어이'가 있다. 시어 '앳되다', '곱다', '맑갛다', '씻다'는 아름다움과 청결함을 의미한다. 시어 '살라먹다'는 소거를, '놀다'는 즐거움을, '한자리 앉다'는 화합을 의미한다. 또한 '해', '청산', '사슴', '칡범', '꽃', '새', '짐승'은 우주천체 지구상 만물을 의미한다. '이글이글'은 열정과 정기의 왕성함을, '훨훨훨'은 자유로운 비상을, '워어이'는 소리쳐 부름을 의미한다. 이 모두가 해가 솟은 청산의 활기찬 모습을 부각시킨다. 이처럼 시인은 시적 분위기를 형성하기 위해 약동적인 시어를 선택한다.

박두진의 「해」는 생태의식에 의해 창작된 시이다. 따라서 시의 제목, 시어, 어조와 분위기 모두 생태의식을 뒷받침해야 한다. 시인이 시어 선택에 신중하지 않을 수 없는 이유가 여기에 있다. 교사는 「해」수업을 진행할 때, 학습자에게 시어 선택의 중요함을 설명할 필요가 있다. 시어가 시의 주제 및 어조와 분위기를 암시하고 있기 때문이다. 교사는 학습자에게 「해」를 감상하게 한 후, 제목이 함의하는 것이 무엇인지 사고하게 한다. 또한 시의 주제와 분위기를 형성하는 시어를 찾아보게 한다. 그런 다음, 학습자 스스로 자유롭게 발표하도록 유도한다. 마지막으로 학습자의 발표를 수렴하여 정리하는 것은 교사의 몫이다. 이처럼 교사와 학습자가 함께 참여하는 수업모형은 바람직한 수업 방법의 하나라 할 수 있다.

② 구조적 고찰

시는 내용과 형식으로 이루어진다. 따라서 교사와 학습자는 시를 감상할 때 내용과 형식에 유의하여 시 전체를 이해해야 한다. 본장은 박두진 시의 구조적 측면에 의거해 시교육적 방안을 고구해 보고자 한다. 대상은 8학년이다. 8학년 문학 교육과정을 살펴보면 다음과 같다.

〈8학년〉 −문학−

〈작품의 수준과 범위〉
− 언어 표현이 뛰어나고 주제 의식이 분명한 작품
− 사회 · 문화적 상황이 잘 드러나는 작품
− 우리 고유의 정서나 언어 표현이 드러나는 작품
− 문화와 전통의 차이가 드러나는 작품
− 인간의 삶에 대한 성찰이 잘 드러나는 작품

〈성취 기준과 내용 요소의 예〉
(1) 문학 작품의 아름다움과 가치를 파악한다.
　　· 작품에 표현된 형식적 구조의 아름다움 파악하기
　　· 작품에 표현된 내용의 아름다움 파악하기
　　· 작품에 표현된 아름다움과 가치 인식하기
(2) 다양한 시각과 방법으로 문학 작품을 해석하고 평가한다.
　　· 독자의 지식, 경험, 가치관에 따라 작품 해석이 다를 수 있음을 이해하기
　　· 독자의 인식 수준이나 관심에 따라 작품 감상이 달라짐을 이해하기
　　· 근거를 들어서 작품 해석하기
(3) 문학 작품의 세계가 누구의 눈을 통해 전달되는지 파악한다.
　　· 시적 화자나 소설의 서술자 특성 이해하기
　　· 반어(아이러니)와 풍자의 특성 이해하기
　　· 화자나 서술자의 특성과 주제의 연관성 이해하기
(4) 문학 작품에 나오는 인물의 행동을 사회 · 문화적 상황과 관련지어 파악한다.
　　· 인물의 행동, 사고방식 이해하기

· 인물의 행동과 사회 · 문화적 상황과 관련짓기

· 작품과 사회 · 문화적 상황의 관계 파악하기

(5) 자신이 상상한 세계를 문학 작품으로 표현한다.

· 익숙한 대상을 주의 깊게 관찰하여 새로운 점 발견하기

· 가상의 인물을 설정하여 인물의 삶 상상하기

· 문학의 갈래를 선택하여 상상한 세계를 작품으로 표현하기

문학 교육과정의 성취 기준에도 제시되어 있듯이, 교사는 학습자에게 「해」에 나타난 형식의 아름다움을 가르쳐야 한다. 형식의 아름다움은 내용의 아름다움을 심화시킨다. 형식적 고찰은 곧 주제의식으로 이어진다. 교사는 「해」의 형식적 고찰을 통해 주제의식에 깊이 접근할 수 있다. 따라서 본 장에서는 「해」에 드러난 이미지, 상징, 의인화, 운율이 '자연과 인간의 조화', '이상적 낙원의 형상화'라는 주제의식에 기여함을 살펴볼 것이다.

㉮ 이미지

문학작품에서 이미지는 독자의 감각에 호소하고 사물에 대한 감각적 경험을 불러일으킨다. 하나의 시어, 하나의 어구, 하나의 시행에서 제시된 이미지는 그것을 읽는 독자에게 감각적 체험을 제공하면서, 작품 안에서 시인이 말하고자 하는 바를 생동감 있게 전달한다. 시와 독자, 시인과 독자를 생생하게 매개시켜 주는 것이 이미지이고, 이점이 바로 이미지가 부각되는 이유이다.[171]

교사는 학습자에게 이미지의 특성에 대해 설명을 한 다음, 「해」에 제시된 이미지를 찾아보게 한다. 이미지는 범위가 너무 커서 영역을 한정시키지 않으면 학습자는 혼란을 일으킬 수 있다. 시에서 이미지는 상징적, 은유적, 정신적 이미지 모두를 포함하기 때문이다. 따라서 교사는 이미지를 정신적 이

---

171) 유종호 · 최동호 편저, 『시를 어떻게 볼 것인가』, 현대문학, 1995, p. 224.

미지로 국한시키고 「해」에는 어떤 정신적 이미지가 제시되어 있는지 살펴보게 한다. 혹시 정신적 이미지라는 용어를 이해하지 못하는 학습자가 있다면, 오감에 의해 체험되는 감각적 이미지와 같은 개념을 이해시킨다. 정신적 이미지의 이해를 돕기 위하여 이미지의 유형을 다음과 같이 제시해 보는 것도 좋다.

> ① 구름은 보랏빛 색지 위에 마구 칠한 <u>한다발 장미</u> (김광균, 「뎃상」)
> ② 파초 잎에 <u>후두기는</u> 성긴 빗방울 (조지훈, 「芭蕉雨」)
> ③ <u>들깨냄새</u>가 나는 울안 골마루 끝의 매미 울음 (박용래, 「某日」)
> ④ 질화로에 재가 <u>식어지면</u> (정지용, 「향수」)
> ⑤ 살구꽃이 <u>전쟁처럼</u> 만발했소 (김종한, 「살구꽃처럼」)
> ⑥ 분수처럼 흩어지는 <u>푸른 종소리</u> (김광균, 「외인촌」)
> ⑦ <u>흔들리는 종소리의 동그라미</u> 속에서 (정한모, 「가을에」)

교사는 학습자에게 제시된 시행을 살펴보게 한 후 이미지의 유형을 찾아보게 한다. 이미지의 유형을 익힌 학습자라면 ①은 시각적 이미지, ②는 청각적 이미지, ③은 후각적 이미지, ④는 촉각적 이미지, ⑤는 역동적 이미지, ⑥과 ⑦은 공감각적 이미지(청각의 시각화)임을 쉽게 판별할 수 있을 것이다.

이미지의 유형을 이해한 학습자 대다수는 「해」에 제시된 이미지 중에서 우선적으로 시각적 이미지를 쉽게 찾을 수 있을 것이다. 시각적 이미지는 모든 시에서 시상 전개의 배경으로 작용한다. 학습자는 「해」에 대한 감상을 통해 해가 떠오른 청산에서 모든 생물이 공존하게 됨을 발견한다. 청산에서 인간은 칡범과 놀기도 하고, 사슴과 놀기도 한다. 또한 인간은 꽃과 새와 짐승을 한자리에 불러 모아 잔치를 벌인다. 이처럼 학습자는 해가 솟아오른 청산에서 인간을 포함한 모든 동식물이 화해의 삶을 모색하는 낙원의 모습을 연상한다. 이러한 연상 장면은 한 폭의 평화로운 그림으로 표현될 수 있다. 이처럼 학습자가 아름다운 풍경화를 떠올릴 수 있는 것이 바로 시각적 이미지가 갖고 있는 기능이라고 할 수 있다.

교사는 학습자가 시각적 이미지의 기능과 역할을 숙지했다고 판단되면, 다른 이미지를 찾아보도록 수업을 유도한다. 학습자는 「해」를 다시 한 번 읽어본 후, 시어 '워어이'라는 청각적 이미지를 찾아낸다. 학습자가 청각적 이미지를 어렵지 않게 찾아낼 수 있는 것은 시각과 청각은 색채나 모양, 소리 등의 특성으로 인해 쉽게 눈에 띄기 때문이다. 학습자는 '워어이'가 누군가를 친근하게 부르는 의성어임을 인지한다. 시각적 이미지가 모든 시에서 배경으로 쓰인다는 것을 유의해야 한다면, 청각적 이미지는 다른 이미지에 비해서 주위 환기력이 뛰어나다는 것을 염두에 두어야 한다. 시적 화자가 모든 동식물을 '워어이'하고 부름에 따라 각자의 일에 열중하고 있던 모든 동식물이 귀를 기울이고 뒤돌아보게 된다. 그 결과 그들은 한자리에 앉아 잔치를 벌이게 된다. 따라서 교사는 「해」에서 '워어이'의 청각적 제시가 모든 동식물이 하나가 되어 화합의 장을 마련하는데 중요한 역할을 하고 있음을 언급해야 한다.

마지막으로 교사는 학습자에게 시각과 청각적 이미지 외에 다른 이미지는 없는지 질문한다. 교사가 이런 유도질문을 한다는 것은 다른 이미지가 더 있다는 것을 암시하는 것이다. 학습자는 오랜 수업의 경험으로 교사의 의도를 쉽게 간파할 수 있다. 학습자는 「해」를 정독한 후 촉각적 이미지 '이글이글'을 찾아내야 한다. 학습자가 쉽게 촉각적 이미지를 찾는다면 다행이지만 그렇지 못할 경우, 교사는 촉각적 이미지 '이글이글'을 반드시 언급할 필요가 있다.

'이글이글'은 불꽃이 어른어른하여 타오르는 모습을 의미한다. 해를 수식하는 시어 '이글이글'의 등장으로 해는 더욱 구체화된다. 해는 그 자체만으로도 강렬함을 발산하지만, '이글이글'이라는 시어의 한정으로 뜨거움과 생동감이 부각된다. 객관적으로 존재했던 해에 '이글이글'이라는 수식어가 붙음으로써 해는 개인적이고 주관적인 존재, 그래서 더욱 친근한 존재가 된다. 교사가 촉각적 이미지를 강조해야 하는 이유가 여기에 있다.

해가 이처럼 가까운 존재로 다가오자 청산의 모든 생물들은 활기를 되찾는다. 해가 단지 하늘에 떠 있는 보편적 존재라면 청산의 동식물의 움직임이 그다지 생동감 있게 느껴지지 않을 것이다. 그러나 막연한 해가 아닌 구체적이고 직접적인 해, 그리고 인간적으로 친근한 해의 출연이기에 청산의 동식물이 안심하고 활기를 되찾는 것이다. 이렇듯 해의 솟아오름과 모든 동식물의 생동감은 인과관계를 형성한다.

교사는 학습자에게 시에서 이미지의 중요성을 다시 한 번 더 언급한다. 학습자는 이미지를 시적 기법의 하나로 이해하고 암기하기에 바빴지만 「해」를 통해 이미지의 기능과 효용성을 이해한 후, 이미지가 시에서 간과될 수 없는 미적 기법 중 하나임을 인지하게 된다.

교사는 학습자에게 「해」의 이미지를 각인시키는 방법 중 하나로 타 과목과의 연계학습을 고려해 보는 것도 좋다. 이는 학습자의 창의적 활동과 관련이 있다. 그림에 관심과 소질이 있는 학습자는 「해」의 상황을 자유롭게 그려보게 한 후 발표시킨다. 또는 학습자가 음악에 관심과 소질이 있다면 「해」의 이미지를 랩으로 만들어 노래 부르게 하는 것도 학습자의 흥미를 유발하는 수업방식이다.

나아가 교사는 미술교사나 음악교사와 상의하여 「해」에 대한 학습자의 창의적 활동을 미술수업이나 음악수업으로 연계할 수 있다. 학습자는 미술시간에 「해」의 상황을 상상력을 발휘하여 한 편의 그림으로 표현할 수 있다. 혹은 「해」에 제시된 이미지를 토대로 동요나, 가요, 혹은 랩을 만들 수 있다. 이때 중요한 것은 학습자의 활동이 표현에 그치는 것이 아니라 발표까지 이어져야 한다는 것이다. 그들은 이상적 낙원을 형상화한 풍경화를 통해 공감을 만끽할 수 있고, 랩이나 가요를 함께 부르면서 즐거움을 향유할 수 있기 때문이다.

㉯ 상징 및 의인법

박두진의 「해」에서 주목되는 형식은 운율적 측면과 수사적 측면이다. 전자에서 보면 「해」는 산문시라는 것이고 후자에서 보면 상징이 사용되고 있다는 것이다. 상징은 시수업 시 간과될 수 없는 미적 기법 중의 하나이다. 상징을 해석하는 몇 가지 방안이 있다. 첫째, 상징을 구성하는 취의와 매재가 유사성에 기초해 있는 경우이다. 둘째, 한 시인의 여러 작품에서 반복되어 사용됨으로써 독특한 연관관계를 맺는 경우이다. 셋째, 작품 내에서 구조적 강조, 배열, 구성 등 내적인 연관에 의해 형성되는 경우이다. 넷째, 원시적이고 마술적인 연상을 통해 의미가 형성되는 경우이다. 다섯째, 역사적인 관습에 의한 의미 형성이나 시인에 의해 개별적으로 고안된 의미 형성의 경우이다.[172]

「해」에서 상징적 이미지는 '해'이다. 상징의 특성상 '해'는 다양한 의미를 내포하고 있다. 교사는 '해'를 해석하기 위해 위에 제시된 방안 중 두 번째를 활용할 수 있다. 실제로 박두진의 시에는 '해'의 등장이 빈번하여 그를 '해의 시인'으로까지 명명한다. 교사는 학습자에게 해를 제재로 한 박두진의 다른 시들을 제시하여 두 번째 해석 방안에 타당성을 부여한다.

또한 교사는 박두진의 전기적 자료를 통해 '해'는 그의 원체험의 대상임을 부연 설명한다. 따라서 학습자는 교사의 설명을 중심으로 '해'가 박두진 시 세계의 중심 제재라는 것을 인식하게 된다.

'해'는 원형적 상징에 의하면 광명, 이상, 희망, 전망 등을 뜻하고 종교적 상징에 의하면 절대자를 의미한다. 박두진의 '해'는 이 두 가지를 다 포함한다. 따라서 '해'는 희망의 조국, 낙관적 미래, 절대자를 함의한다고 할 수 있다. 이에 학습자 중 일부는 객관적 지식에 이의를 제기할 수도 있다. 교사는

---

172) 김동환, 「상징, 어떻게 가르칠 것인가?」, 김은전, 『현대시교육론』, 시와시학사, 2000, pp. 298~299.

박두진의 저서를 중심으로 한 전기적 고찰을 통해 이를 증명하여 학습자의 궁금증을 풀어주어야 한다. 더불어 시 감상에 대한 수용자 중심의 열린 사고도 제시하여 학습자의 상상력을 확장시켜주는 것도 염두에 두어야 한다.

학습자 중 일부는 '왜 박두진이 '해'를 제재로 낙관적 미래를 제시하고자 했을까?', '어떻게 '해'는 생태의식과 연결될 수 있을까?'라는 질문을 할 수가 있다. 만약 이런 질문이 나오지 않는다면, 교사가 먼저 이런 질문을 하거나 이런 질문이 나오도록 유도해야 한다. 해가 없으면 지구생물은 살아갈 수가 없다. 해는 식물의 광합성 작용에 직접적으로 관여하고 인간과 동물의 건강에 절대적으로 기여한다. 인간이 오랜 가뭄으로는 살 수 있지만 긴 장마로는 살 수 없는 것이 이를 뒷받침한다. 따라서 해는 우주만물의 중심이자 지구생명체의 중심이다.

박두진의 「해」를 보면, 청산에 해가 솟아오르자 만물이 약동한다. 어린애처럼 마냥 좋아하는 시적 화자 '나'가 있고, 나와 어우러져 노는 '사슴'과 '칡범'이 있다. 또한 한자리에 모여 향연을 벌이는 '꽃', '새', '짐승'도 있다. 이렇듯 청산에서는 인간, 동물, 식물이 모두 하나가 되어 한 몸처럼 살아간다. 이것이 가능한 것은 '해'의 솟아오름 때문이다. 해가 없다면 청산도 없고 모든 생물의 삶도 없다. 해가 있어야만 청산의 모든 생명체가 활기를 되찾고 약동할 수 있다. 저마다의 역할에 최선을 다하며 함께 공존하는 낙원공동체의 모습을 형성할 수 있다. 교사의 설명이 이 단계에 이르면 학습자는 비로소 시인이 '해'를 소재로 시를 창작한 이유를 이해하게 된다. 또한 '해'가 모든 생명체의 중심이라는 사유하에 생태의식과 관련되어 있음을 인식하게 된다.

상징은 '미적 감수성을 함양'할 수 있다는 점과 '인간의 삶에 대한 총체적 이해'를 할 수 있다는 점에서 학습자에게 효용적 가치가 크다. 학습자는 '해'가 내포하고 있는 다양한 의미를 통해 시어의 아름다움에 공감하고 감동하게 된다. 물론 이 과정이 그리 수월한 것은 아니다. 특히 상징에 대한 기본

지식이 없는 학습자는 상징 그 자체를 이해하는 것만으로도 힘에 부치고 부담스러울 수 있다. 그러나 교사의 도움으로 이 단계를 통과한 학습자가 상징의 숲[173]을 향해 상상력의 날개를 펼치게 된다면, '해'가 주는 심미적 세계에서 미적 감수성을 향유하게 될 것이다.

상징에는 인간의 삶이 축적되어 있다. 그것은 시인의 삶일 수도 있고, 교사의 삶일 수도 있고, 학습자의 삶일 수도 있다. 인간의 삶에는 문화, 사회, 역사적 맥락이 존재한다. '해'에도 역시 다양한 맥락을 포괄한 인간의 삶이 있다. 시인의 삶에 초점을 맞춘다면, 혼란의 시대에 우리 민족이 추구해야 할 이상적 국가를 '해'를 통해 염원했다고 볼 수 있다. 이는 사회·역사적 맥락을 고려한 것이다. 또한 약육강식의 논리가 지배하지 않는 이상적 낙원과 절대자의 도래를 '해'를 통해 갈망했다고 볼 수 있다. 이는 시인의 종교적 맥락을 고려한 것이다. 교사는 '해'라는 상징 속에는 다양한 맥락에 기초한 한 인간의 삶의 지향이 담겨있음을 제시한 후, 이를 학습자 자신에게 적용시켜 볼 것을 제안한다. 예를 들어, 시험 스트레스를 받고 있는 학습자에게 '해'는 시험이 없는 세상이 될 것이고, 경제적 어려움을 겪고 있는 학습자에게 '해'는 빈부격차 없는 세상이 될 것이다. 또한 외모 콤플렉스가 있는 학습자에 '해'는 외모로 사람을 평가하지 않는 사회가 될 것이고, 특정 연예인을 좋아하는 학습자에게 '해'는 바로 그 연예인이 될 것이다. 학습자가 이처럼 자유로운 상상력을 발휘하여 자발적으로 발표하도록 유도하는 것은 교사의 몫이다.

박두진의 「해」에는 의인법이 등장한다. 의인, 은유, 직유는 서로 다른 두 사물에서 유사성을 찾아내어 취의와 매재로 연결하는 비유하기 기법이다. 의인법은 빗대는 대상에 인간의 행동, 성품 등을 부여하여 생명이 있는 인격체로 표현하는 기법이다. 대상을 인간처럼 대한다는 것은 그것에 대한 친

---

173) '상징'이라는 말은 프랑스의 상징주의에서 시작되었다. '상징의 숲'은 보들레르의 「조응」이란 시의 한 구절을 인용한 것이다.

숙함의 표현이라고 할 수 있다. 「해」에서 의인의 대상은 '해'이다. 이 시에서 '해'가 생태의식의 중핵에 위치해 있다는 것을 고려할 때, 자연과 인간의 친화가 생태의식의 주제라는 것을 인지할 때 '해'의 의인화는 수긍이 간다. 교사는 의인법과 자연과 인간의 동일시를 비교하여 '해'의 의인화에 대한 학습자의 동의를 이끌어 낸다. 교사와 학습자의 공감대 형성을 중심으로 '해'의 의인화를 분석해야 한다.

시적 화자는 '맑앟게 씻은 얼굴', '고운', '살라먹고', '애띈 얼굴', '늬가 오면', '너를 만나면' 등의 시어를 통해 '해'를 의인화시키고 있다. 특히 '해야'라는 호명과 '늬가(너를)'라는 지칭을 통해 '해'에 대한 최고의 친근함을 표명한다. 의인화는 자연과 인간의 친숙을 기본전제로 한다. 「해」가 생태의식에 기초한 시이기 때문에 의인법은 적절한 기법이다. '해'는 사람의 신체 중에서 얼굴로 묘사된다. 그것도 말갛게 씻은 얼굴이요 애띈 얼굴이다. 그래서 '해'는 참 곱다. 또한 '해'는 어둠을 살라먹는 행위를 통해 청산에 광명을 준다. '살라먹다'는 불에 태워서 먹는다는 뜻으로 인간만이 가능한 행위이다. 시적 화자는 해를 향해 '늬가 오면', '너를 만나면' 등의 표현도 서슴지 않는다. 마치 해를 다정한 친구나 아랫사람 정도로 대하고 있다. 이처럼 해를 의인화시켜 해에 대한 친근함, 자연과 인간의 친화를 추구하는 것이 시인의 의도라는 것을 교사는 학습자가 이해하도록 수업을 이끌어야 한다. 이때 교사는 학습자에게 박두진의 다른 시를 제시하거나 다른 시인의 시를 제시하여 자연에 대한 의인화가 생태의식을 드러내는 보편적인 기법임을 이해시키는 것도 좋다.

㉺ 운율

운율은 시의 이해를 돕는 미적구조의 하나이다. 운율의 유무로 시다 아니다를 판단할 수는 없지만 시 속에 어떤 형태로든 운율이 있는 것은 사실이다. 운율은 시의 충분조건은 아니더라도 필요조건은 된다. 따라서 교사는 시교육 시 운율을 지도해야 한다. 교사는 학습자에게 운과 율을 구분하게 한다거나 정형적인 운율에 맞추어 표현하게 하는 일은 지양해야 한다. 운율 지도의 목표는 운율이 주는 다양한 효과를 이해하고 그러한 운율감을 내면화하는 것이 되어야 한다.[174]

박두진의 「해」는 표면적으로 산문시이다. 계속 읊조리는 듯한 긴 발화와 거친 호흡은 산문시의 특징 중에 하나이다. 「해」에는 갈망과 염원의 거친 호흡과 계속 읊조리는 듯한 반복어구가 많이 등장한다. 시인의 쉼 없는 발화는 목적의식과 관련이 깊다. 무엇인가를 의도하기 때문에 같은 말을 계속하는 것이다. 시인이 의도한 것은 청산의 공동체적인 삶이다. 그리고 그 낙원이 도래하기 위해서 꼭 필요한 매개물이 바로 해이다. 교사가 강조해야 할 부분, 학습자가 주목해야 할 부분이 바로 이 대목이다. 시인은 이상적 낙원의 건설을 위해, 이상적 낙원이 도래할 때까지 계속해서 해를 불러들이는 행위를 해야만 한다. 이러한 목적과 행위에 적합한 운율이 산문율임을 학습자는 이해해야 한다. 그러나 시인의 의지를 표명하는데 산문율만 적합한 것은 아니다. 교사는 산문율이 시인의 의도를 드러내는 운율의 다양한 방법 중 하나라는 것을 학습자에게 설명하여 산문율에 대한 편견을 갖지 않도록 지도해야 한다.

「해」는 산문시이면서 부수적으로 전통율격이 자리하고 있다. 4음보(2음보 중첩)와 aaba형, aa'형이 그것이다. 산문시와 전통율격은 자유시와 정형시라는 점에서 대립되는 면이 있다. 그러나 시인은 이 두 운율을 절묘하게 융합시켜 시인만의 개성적인 운율을 생성해내고 있다. 또한 「해」는 단락구분으로 산문시의 특성을 드러내면서도 연 구분을 하여 자유시적인 면도 드러낸다. 박두진의 「해」에는 산문과 전통율격, 그리고 자유시적인 면이 동시에 작용하고 있는 것이다. 교사는 학습자의 이해를 돕기 위해 「해」에 나타난 aaba

---

174) 김창원, 「운율을 어떻게 가르칠 것인가」, 앞의 책, p. 270.

형과 aa'형을 PPT로 제시해 보여주는 것도 효과적인 학습방법의 하나라고 할 수 있다.

① <u>해야 솟아라</u>. <u>해야 솟아라</u>. 맑앟게 씻은 얼굴 <u>고운 해야 솟아라</u>.
         a   a   b   a

② <u>달밤이 싫여</u>, <u>달밤이 싫여</u>, 눈물같은 골짜기에 <u>달밤이 싫여</u>.
         a   a   b   a

③ <u>사슴을 딿아</u>, <u>사슴을 딿아</u>, 양지로 양지로 <u>사슴을 딿아</u>
         a   a   b   a

① <u>산 넘어 산넘어서 어둠을 살라먹고</u>, <u>산넘어서 밤 새 도록 어둠을 살라먹고</u>
                         a   a'

② <u>늬가 오면 늬가사 오면</u>,
         a   a'

③ <u>나는 나는 청산이 좋아라</u>. <u>훨훨훨 깃을 치는 청산이 좋아라</u>.
         a   a'

이처럼 aaba형이나 aa'형의 효과는 동어반복을 통해 시적 화자의 발화를 강조하는 것에 있다. 「해」에서 시적 화자가 강조하는 것은 해의 솟아오름으로 인해 청산의 모든 부정적 존재들이 사라지고 시적 화자를 비롯한 모든 동식물이 어우러져 함께 살아가는 것이다. 절대자의 출현으로 약육강식의 논리가 지배하지 않는 평화롭고 아름다운 낙원, 에덴동산을 회복하는 것이 시적 화자의 간절한 소망이다. 교사는 그러한 시적 화자의 갈망이 동어반복의 발화를 거침없이 내뱉고 있음을 학습자에게 설명해야 한다.

사람은 흔히 강조하고 싶은 사항이 있을 때 그 말을 반복한다. 동어의 반복은 그만큼 그 말이 중요하다는 것을 의미한다. 그만큼 그 말이 간절하고 절박하다는 것을 의미한다. 따라서 선인들이 사용한 전통 율격 aaba형이나 aa'형은 시적 화자의 간절함과 절박함을 청자에게 드러낼 수 있는 가장 확실한 말놓기 방식이라 할 수 있다. 교사는 이 시점에서 학습자에게 박두진의 운율구가 능력의 탁월함을 언급하지 않을 수 없다.

「해」의 율격은 천·지·인의 조화 음률, 우주적 질서를 담은 하늘 음악이라 불리는 '율려(律呂)'와 닮아 있다. 율려는 쉽게 말해 리듬, 음보, 음악이라고 말할 수 있다. 인간의 리듬에 가장 가까운 생체 리듬이라고 볼 수 있다. 율려는 자연과 인간의 일치, 천지인 합일의 음악이다. 그러므로 율려는 세계 탄생의 힘이다. 세계를 살리는 생명이다.[175] 산문율과 운문율의 조화를 통해 자연과 인간의 합일을 지향하는 박두진의 시정신 역시 세계를 살리는 생명이다. 이는 생태의식과 같은 맥락이다. 그러므로 그의 다채로운 율격 역시 천지인의 조화를 지향하는 율려를 바탕으로 한다고 볼 수 있다. 교사는 학습자에게 율려의 개념에 대해 설명해야 한다. 이론서 위주의 설명은 가능한 한 지양하는 것이 좋다. 교사가 먼저 율려를 정확하게 이해하여 자신의 것으로 소화해야 한다. 그런 다음 학습자에게 설명해야 학습자도 이해할 수 있다. 학습자가 율려에 관심을 보이면 그에 관련된 저서를 소개해 주는 것도 학습자의 이해를 돕는 한 방법이다. 학습자가 율려론을 제대로 이해했다고 판단될 때, 그것이 박두진의 율격에 어떻게 적용되는가를 알아듣기 쉽게 설명해야 한다.

또한 교사는 율려와 동아시아 전통 음악인 예악의 관련성을 설명한다. 악은 천지간의 사물을 서로 화합하게 하고 예는 천지간의 사물을 질서정연하게 한다. 조화롭고 방종하지 않는 것은 악의 본질이고, 사람들을 기쁘고 즐겁게 하는 것은 악의 기능이다. 악은 하늘과 땅의 어짊을 드러낸다. 예도 마찬가지이다. 적당하여 치우치지 않는 것은 예의 본질이고 사람들을 공경하고 삼가게 하는 것은 예의 작용이다. 예는 하늘과 땅의 의로움을 드러낸다.[176] 이렇듯 예와 악은 하늘과 땅의 융화와 관련이 깊다. 예와 악은 불가분의 관계이다. 천지인 조화를 중요시한다는 점에서 율려는 예악의 영향을 받

---

175) 김지하, 앞의 책, pp. 123~153.
176) 한홍섭 옮김, 앞의 책, pp. 43~45.

앉을 가능성이 크다.

시에서 형식의 자유로움은 내용에까지 영향을 미칠 수 있다. 이 단계에서 교사는 학습자에게 형식이 내용에 영향을 줄 수 있다는 가능성을 제시하는 것도 좋다. 「해」의 주제는 약육강식의 논리가 지배하지 않는 화합의 삶이다. 자연과 인간의 친화, 동물과 식물의 화해, 청산에서 모든 생물들이 향연을 벌이는 상생의 삶이다. 상생은 상대방을 배려하고 이해하는 화합의 삶이다. 따라서 상생은 생태의식의 연장선상에 있다. 「해」에는 다양한 운율이 존재한다. 운율이 다양하다는 것은 시인이 각각의 운율을 인정하고 가치 있게 여긴다는 것이다. 그것은 서로의 삶을 이해하고 배려하는 상생의 삶과 닮아 있다. 더 나아가 자연과 인간의 친화를 추구하는 시인의 시정신과 닿아있다. 교사는 학습자에게 「해」에 나타난 형식과 내용의 상관관계를 상기시켜 형식과 내용은 별개의 것이 아닌 시의 주제, 시인의 시정신을 드러내는데 효과적으로 작용하는 것임을 인지시켜야 한다.

운율은 시의 구성요소 중의 하나지만 시보다 더 부각돼서는 안 된다. 운율은 시의 미적구조에 기능적으로 통합될 때 그 가치가 인정되는 것이다. 시 교육에서 운율의 지도가 필요한 것은 사실이다. 그러나 운율의 독자성을 드러내는데 주력하는 지도는 불필요하다. 오히려 운율이 시 전체 이해의 일부분으로 작용하여 시를 시답게 할 때 의의가 있다[177]는 것을 지도하는 것이 바람직하다.

(2) 텍스트의 외적 배경의 고찰

시에서 주제는 시인의 인생관, 가치관의 표명이다. 주제의식은 곧 시정신의 기반이 된다. 따라서 시인은 주제 제시를 위해 다양한 기법을 동원한다. 적절한 시적 장치는 주제를 부각시키는데 효과적이다. 본장에서는 시인의

---

177) 김창원, 앞의 글, pp. 268~274.

가치관, 개성이 시의 주제 형성에 기여하는 과정을 살펴보고자 한다. 대상은 10학년이다. 우선, 10학년 문학 교육과정을 살펴보면 다음과 같다.

〈10학년〉 −문학−

〈작품의 수준과 범위〉
 − 다양한 해석의 가능성이 열려 있는 작품
 − 인물의 내면세계나 내적 갈등이 드러나는 작품
 − 작가의 개성이 잘 드러나는 작품
 − 비평적 안목이 뛰어나거나 문학사적 가치가 높은 비평문

〈성취 기준과 내용 요소의 예〉
(1) 문학이 인간의 삶에 미치는 긍정적인 의미와 효과를 발견한다.
 · 문학의 효용에 대해 이해하기
 · 작품 읽기로 인해 나타나는 긍정적인 효과에 대해 토론하기
 · 작품을 읽고 자신의 삶에 어떤 변화가 있었는지 말하기
(2) <u>문학 작품에 드러난 작가의 개성을 이해한다.</u>
 · <u>작가의 성격, 취미, 인생관 등이 드러난 부분 찾기</u>
 · <u>작가의 개성을 자신의 체험에 비추어 이해하기</u>
 · <u>여러 작가의 작품을 읽고 성격, 취미, 인생관 등을 비교하기</u>
(3) 인간의 보편적인 삶의 조건에 비추어 문학 작품을 이해한다.
 · 인간의 문제 상황에 대한 문학적 해결 방안 이해하기
 · 문학을 통한 자신의 삶과 주위 세계 성찰하기
 · 문학 작품의 의의를 인간의 삶의 문제 속에서 파악하기
(4) 문학 작품에 대한 비평적 안목을 갖춘다.
 · 비평은 작품에 대한 주체적인 판단임을 이해하기
 · 작품에 대한 판단의 근거 마련하기
 · 적절한 근거를 제시하면서 비평문 쓰기
(5) 수용과 전승 과정에 유의하여 한국 문학의 전통을 이해한다.
 · 문학적 전통의 개념과 의미 파악하기
 · 과거의 문학적 전통과 오늘날의 문학적 전통 비교하기
 · 문학사적 전통을 계승하고 있는 다양한 작품 감상하기

10학년 과정에서 이해해야 할 부분은 시에 드러난 시인의 개성을 이해하는 것이다. 박두진이 「해」를 통해 드러내고자 한 그의 가치관을 이해하는 것이 필요하다. 가치관은 시의 주제와 직결되기 때문이다. 이때 교사는 학습자에게 시인과 시적 화자의 동일시 여부에 대해 언급할 필요가 있다. 시인과 시적 화자를 동일시하면 개성론이 되고, 동일시하지 않으면 몰개성론이 된다. 현대시론에서는 몰개성론에 초점을 맞추는 경향이 있지만 개성론도 역시 간과돼서는 안 된다. 「해」에서 시인은 시적 화자를 통해 자신의 인생관과 가치관을 피력한다. 시적 화자는 시인의 대리인이기 때문이다.

학습자는 교사의 도움을 받아 「해」에 드러난 시인의 개성을 이해해야 한다. 개성은 시인의 성격, 취미, 인생관, 가치관의 다른 이름이다. 가치관이나 인생관에 대한 이해는 시인의 전기적 고찰을 살펴보는 것도 도움이 된다. 교사는 학습자의 호기심과 궁금증을 충족시키기 위해 박두진의 전기적 배경을 설명해준다. 교사는 학습자의 질문에 적극적으로 답하며 조력자로서의 역할을 충실히 해야 한다. 박두진이 어린 시절 자연과 더불어 성장했다는 것과 그의 종교가 기독교라는 것 등을 자세히 설명한다. 또한 그의 저서 곳곳에 자연에 대한 인식을 기록하고 있음도 언급한다. 이때 구두로만 이루어진 설명보다는 시청각 자료나 서적을 제시하는 것이 더 효과적이다. 결과적으로 학습자는 교사의 설명과 여러 자료를 참고하여 「해」의 주제가 박두진의 가치관, 친자연적 사유와 일맥상통함을 이해하게 된다.

이처럼 생태시 교육 시 교사는 박두진의 전기적 고찰에도 주의를 기울여야 한다. 일반적으로 한 인간의 시대적, 경제적, 정치적, 그리고 종교적 환경은 그의 인생관과 가치관 형성에 영향을 주기 때문이다.

① 시대적 배경

박두진은 반세기 이상 동안 1000여 편의 작품을 썼다. 그가 이토록 오랜 기간 시를 쓸 수 있었다는 것은 그만큼 시정신이 투철하다는 것을 의미한다. 교사의 설명으로 학습자는 박두진이 시정신이 투철한 관록의 시인임을 이해하게 된다. 흔히 시정신은 주제의식과 직결되어 있다. 「해」에는 자연과 인간의 어우러짐이 드러나 있다. 그러나 자연과 인간의 어우러짐도 사실은 해의 출현이 있어야 가능하다. 따라서 「해」의 주제를 파악하기 위해서는 해의 상징성을 이해하는 것이 관건이다. 해는 다양한 의미를 함의하고 있다. 해를 어떤 의미로 이해하든 중요한 것은 그것이 자연과 인간의 조화를 지향한다는 것이다. 해의 출연으로 자연과 인간은 한자리에 앉아 앳되고 고운 날을 누리게 된다. 자연과 인간이 하나가 되어 화해의 세상을 살아간다는 것은 누구나 꿈꾸는 이상적 삶의 모습이다. 따라서 「해」의 주제는 이상적 낙원 공동체의 추구라고 할 수 있다.

일반적으로 시인이 살았던 시대적 배경은 시정신 및 주제의식 구현에 바탕이 된다. 박두진의 경우도 예외는 아니다. 그의 시세계가 시대적 상황에 따라 변모되기 때문이다. 이는 그가 역사적 상황을 외면하지 않았다는 증거이기도 하다. 따라서 교사는 학습자에게 「해」의 주제의식을 제대로 전달하기 위해, 「해」가 창작된 사회·시대적 배경을 보충 설명해야 한다. 「해」가 창작된 해는 해방 이듬해인 1946년이다. 따라서 「해」는 일제치하를 벗어난 해방의 기쁨을 노래하고 있다. 또한 이 시기는 근대화의 폐단이 서서히 드러나는 시기이기도 했다. 따라서 박두진은 「해」를 통해 해방의 기쁨을 노래할 뿐만 아니라 자연과 인간의 상생을 지향하고 있다.

박두진은 「해」에서도 드러나듯이 자연을 소재로 친자연적 세계를 추구하고 있는데, 이것은 그의 전기적 배경과 영향이 깊다고 할 수 있다. 그는 일제식민지 하의 정신적·경제적 고통 속에서도 고향의 넓게 펼쳐진 논과 밭, 그리고 산과 들을 뛰어다니며 문학적 시심(詩心)의 원체험을 하게 된다. 교사는 학습자에게 박두진의 유년시절을 소개하며 박두진의 고향이 경기도 안성이라는 것도 추가적으로 설명한다. 이때 시청각 자료나 자서전 등의 자료 제시는 학습자의 흥미를 유발할 수 있다. 혹은 따로 날을 잡아 안성의 박두진 생가나 문학적 자료가 전시되어 있는 안성 도서관을 방문해보는 것도 효율적인 학습 방법의 하나라 할 수 있다.

교사는 학습자에게 박두진이 자신이 태어나고 자란 고향의 자연환경과 그 것에 대한 경험을 자신의 문학적 자산으로 체화했음을 여러 서적을 통해 이해시켜야 한다. 박두진은 이것을 "생래적인 어려서부터 받은 자연"[178]이라고 표현한다. 또한 그는 자연에 대한 관심이 "어릴 때 아주 소박한 자연에서 요즘의 우주천체과학에까지 확장·발전하면서 더 초월적이며 절대적인 신의 존재와 섭리, 종교의 영역에 미치는 상징과 계시"[179]로 까지 이어짐을 고백하고 있다. 즉 그에게 자연과 신의 경계는 엄격히 구분된 것이 아니라 자연이 곧 신이고 신이 곧 자연인 혼연일체의 관계라 할 수 있다. 교사의 설명과 박두진의 자서전을 통해 학습자는 그의 시세계에 전반적으로 흐르고 있는 생태의식이 태생적이라는 것을 이해하게 된다.

교사는 박두진의 시에 내재된 생태의식을 설명하기 위해 그의 시세계를 간략하게나마 소개하는 것도 좋다. 그는 초기시에서 자연에 대한 시적 지향을 드러낸다. 그것은 고향과 민족 회복으로서의 자연이다. 또한 자연을 소재로 기독교적 이상세계를 표출한다. 중기시에서도 시대적 상황으로 인해 양상을 달리할 뿐, 자연에 대한 시적 지향은 이어진다. 그는 자연을 통해 한국전쟁의 비극과 4·19희생의 가치를 드러내고 있으며 사회 부조리에 대한 비판의식을 보여주고 있다. 후기시에서도 시적 제재는 자연이다. 이 시기의 대표적 자연물은 수석(水石)이다. 그는 자연을 통해 신의 섭리를 발견하고 자연과 인간에 대한 사랑을 경험한다. 이렇듯 박두진의 시세계의 핵심은 자연지향이다. 그의 자연은 불운한 시대, 혼란의 상황 속에서 약간씩 양상을 달리할 뿐, 그의 시 전체에 면면히 흐르고 있다.

---

178) 박두진, 『시인의 고향』, 범조사, 1958, p. 212.
179) 박두진, 「자연 인간 신」, 『그래도 해는 뜬다』, 어문각, 1986, p. 76.

시교육에서 시인의 시세계를 이해하는 방법 중의 하나가 주제의식의 고찰이다. 주제의식은 시정신과 밀접한 관련이 있기 때문이다. 주제의식을 고찰하기 위해서는 여러 가지 방법들이 있다. 그 중의 하나가 전기적 고찰이다. 학습자들은 박두진 시의 주제의식을 고찰하기위해 그의 전기적 배경에 주의를 기울여야 한다. 고향 안성의 고장치기에서 자연에 둘러싸여 보낸 유년시절은 박두진의 시세계의 응축이기 때문이다. 학습자들은 박두진의 유년시절에 대한 선행학습을 통해 그가 자연과 더불어 보낸 유년의 기억과 경험이 시세계에 영향을 미쳤음을 이해하게 된다.

또 하나 간과해서는 안 되는 것이 시인이 살았던 시대적 배경에 대한 고찰이다. 일제강점기를 경험한 박두진에게 해방의 기쁨은 대단한 것이었다. 해방은 남녀노소 누구에게나 가슴 벅찬 사건이었다. 박두진은 그 해방의 기쁨을 「해」에서 표출하고 있다. 「해」에는 인간을 비롯한 모든 동식물의 약동이 두드러진다. 해가 솟아오르자 어둠은 사라지고 청산은 활기를 되찾는다. 청산 속에서 모든 자연은 공생한다. 칡범과 사슴은 서로 싸우지 않는다. 꽃도 새도 짐승도 모두 한자리에 앉아 즐거운 향연을 벌인다. 이때 교사는 학습자에게 「해」에 내재된 낙원 공동체의 추구를 단순히 신화적 상상력으로 치부해서는 안 된다는 것을 인지시킨다. 일제의 오랜 속박으로부터 값지게 얻은 해방이니 서로 힘을 합쳐 행복한 미래를 추구하자는 박두진의 간절한 염원이 담겨있음을 이해시켜야 한다.

박두진 시세계의 핵심은 자연을 통한 이상세계의 지향이다. 이때의 자연은 관념적·형이상학적 자연이고 이상세계는 신화적 상상력에 기초한 기독교적 낙원의 모습이다. 그는 「해」에서 알 수 있듯이 동식물과 인간이 어우러진, 즉 자연과 인간이 조화를 이루는 공동체적 삶의 모습을 추구한다. 그 공동체적 삶에는 육식동물도 있고 초식동물도 있다. 또한 인간도 있고 식물도 있다. 그러나 그곳에는 약육강식의 논리는 없다. 그들 모두는 동등한 존재인 것이다. 이처럼 「해」에 등장하는 모든 동식물과 인간의 화해의 모습, 즉 자연친화적 사상은 그가 어린 시절 자연과 더불어 뛰놀았던 유년의 경험에서 영향 받았다고 볼 수 있다. 또한 일제치하의 속박을 벗어난 해방의 기쁨 및 미래에 대한 전망과도 관련이 깊다고 할 수 있다. 이처럼 시인의 전기적 고찰은 작품을 이해하는데 중요한 단서가 된다. 교사는 학습자에게 이점을 강조할 필요가 있다.

② 성서적 배경

박두진은 평생을 기독교에 귀의하여 생활한 시인이다. 인간은 자신이 처한 환경에 영향을 받는 것이 사실이다. 그러나 그 보다 더 중요한 것은 인간이 사유하는 관념이다. 인간의 정신은 환경을 극복할 수 있기 때문이다. 박두진에게 정신적 관념은 신앙이었다. 그는 종교적 힘을 통해 궁핍한 시대가 주는 경제적 고통과 불운한 시대가 주는 시대적 아픔을 이겨낼 수 있었다. 따라서 박두진의 인생관의 한 축을 형성한 종교가 그의 시정신에 영향을 미친 것은 당연하고 할 수 있다.

교사는 학습자에게 박두진이 기독교에 귀의하게 된 과정을 간략하게 설명해 준다. 종교적 배경은 박두진의 「해」를 이해하는데 반드시 필요한 모티브이기 때문이다. 그의 신앙의 정신적 지주는 누나이다. 누나는 그에게 두 가지 영향을 준다. 첫째는 기독교이고 둘째는 글쓰기이다. 누나는 그에게 교회에 나갈 것을 부탁하는 편지를 여러 차례 쓴다. 그는 누나와의 편지교환을 통해 정신적 방황을 끝내고 당위의 정신체계를 세우게 된다. 그리고 서서히 기독교를 받아들이게 되는데, 그것은 그에게 비관적인 현실을 넘어설 수 있는 근원적인 동력이 된다.[180] 박두진의 삶에 영향을 미친 또 하나의 인물은 '인도의 사도 바울'이라 불리는 썬다 싱이다. 썬다 싱은 인도의 귀족 가문에서 태어나 14세 때 환상을 본 후, 집안 대대로 믿는 시이크(sikh)교를 배

---

180) 김응교, 『박두진의 상상력 연구』, 앞의 책, p. 21.

| 썬다 싱 | 썬다 싱에 관한 저서 |

척하고 기독교로 개종한다. 다음은 학습자의 이해를 돕기 위한 썬다 싱의 사진과 그에 관한 저서이다. 교사는 학습자에게 이와 같은 학습 자료를 PPT로 제시하는 게 좋다.

교사는 학습자에게 썬다 싱과 박두진이 전기 및 신앙적인 면에서 유사점이 많음을 설명한다. 이때 교사는 썬다 싱에 대해 관심이 있는 학습자를 위해서 그의 저서를 소개해 준다. 썬다 싱이 '자연'과 '바이블'을 소중히 여겼듯이 박두진도 자연과 신앙을 소중히 여긴다. 특히 그의 시에 자주 등장하는 '빛' 이미지는 절대자의 표상으로 자연과 신앙을 자연스럽게 융합시키며 박두진 시의 대표적 이미지로 자리 잡는다. 이렇듯 썬다 싱과 박두진은 자연과 신앙이라는 공통된 인식을 바탕으로 전자는 성자의 삶을 후자는 시인의 삶을 살게 된다. 학습자는 교사의 설명을 통해 인물과 인물 간의 영향관계가 국경과 시대를 초월할 수 있음을 이해하게 된다. 준다.

자연과 신앙은 박두진 시의 영원한 시적 테마이다. 자연은 생태의식을, 신앙은 신화적 상상력을 바탕으로 한다. 그리고 자연에는 영성이 깃들어 있다는 전제하에 생태의식과 신화적 상상력은 동질성을 갖고 있다. 이렇듯 박두진은 체화된 자연과 숙명적 신앙으로 자신의 시세계를 확장시켜 나갔으며 따라서 그의 시정신의 핵심적 사유가 생태의식임은 두말할 필요가 없다.

「해」에는 박두진의 종교적 사상이 응축되어 있다. 「해」에는 만물이 평화롭게 살아가는 낙원 공동체의 모습이 제시되어 있다. 이러한 이상적 낙원의 모습은 구약성경의 「이사야」서에 나타난 낙원의 모습과 흡사하다. 「이사야」서 11장 6절에서 8절을 인용하면 다음과 같다.

> 그때에 이리가 어린 양과 함께 거하며 표범이 어린 염소와 함께 누우며 송아지와 어린 사자와 살찐 짐승이 함께 있어 어린 아이에게 끌리며(6절)
> 암소와 곰이 함께 먹으며 그것들의 새끼가 함께 엎드리며 사자가 소처럼 풀을 먹을 것이며(7절)
> 젖먹은 아이가 독사의 구멍에서 장난하며 젖뗀 어린 아이가 독사의 굴에 손을 넣을 것이라(8절)
> 나의 거룩한 산 모든 곳에서 해됨도 없고 상함도 없을 것이니 이는 물이 바다를 덮음 같이 여호와를 아는 지식이 세상에 충만할 것임이니라(9절)

교사는 학습자에게 「이사야」서의 낙원의 모습과 「해」의 낙원의 모습을 비교시켜 유사성을 찾아보게 한다. 학습자의 이해를 돕기 위해 위에서 인용한 성서를 제시하는 것도 괜찮고 낙원의 모습을 그린 그림도 괜찮다. 다음은 이사야적 낙원과 유사한 그림이다.

교사는 「이사야」서의 내용과 유사한 그림을 학습자에게 보여주어 잠시 감상한 후, 간략하게 그림에 대한 부연설명을 한다. 이어 교사는 학습자에게 성시의 내용을 설명한다. 이때 중요한 것은 성서의 내용을 문학적 자료로만 활용해야 한다는 것이다. 교사의 기독교에 대한 선호, 비선호의 종교적 견해가 들어간다면 아직 종교적 가치관이 정립되지 않은 학습자는 기독교에 대한 오해를 하게 될 것이다. 혹은 타종교를 가진 학습자는 교사의 기독교에 대한 편견에 오히려 학습 의욕을 상실하게 될 수도 있다.

「이사야」서에는 다양한 동물이 등장한다. 강자로 지칭되는 이리, 표범, 사자가 있고 약자로 지칭되는 양, 염소, 송아지가 있다. 육식동물인 곰도 있고 초식동물인 소도 있다. 중요한 것은 이들의 경계가 분리되지 않았다는 것이

성서에 제시된 낙원의 모습

다. 이리와 염소가 함께 있고 표범이 염소와 함께 누워있다. 또한 송아지와 사자가 어린 아이와 함께 놀고 암소와 곰이 함께 먹는다. 육식동물인 사자가 소처럼 풀을 뜯어 먹고 어린 아이가 독사의 굴에 손을 넣고 장난쳐도 물리지 않는다. 이 모든 것이 가능한 이유는 여호와가 그들과 함께 있기 때문이다. 그들이 여호와의 산에 거하기 때문이다.

「해」에 나타난 상황도 이와 유사하다. 해가 솟아오른 청산에서 모든 동식물은 공존한다. 시적 화자 역시 청산에 있다. 그는 사슴을 만나면 사슴과 놀고 칡범을 만나면 칡범과 논다. 또한 꽃과 새와 짐승을 한자리에 불러 모아 향연을 벌인다. 이것이 가능한 이유는 해가 솟아오르기 때문이다. 시적 화자를 비롯한 모든 동식물이 청산에 거주하기 때문이다.

교사는 학습자에게 「이사야」서와 「해」에 나타난 공통점을 찾아보게 한 후 발표시킨다. 교사의 설명을 충실히 들은 학습자라면 어렵지 않게 공통점을 찾아낼 수 있다. 전자는 여호와의 산에서 모든 동식물이 공존하는 것이고, 후자는 해가 솟은 청산에서 모든 동식물이 공존하는 것이다. 동식물의 공존에 필요한 조건은 두 가지이다. 하나는 '여호와'와 '해'라는 존재의 등장이고, 다른 하나는 '거룩한 산'과 '청산'이라는 장소이다. 교사는 학습자가 교사의 의도대로 답을 찾아 발표한다면 다행이지만, 혹시 정답에서 벗어난다면 오류를 정정한 후 정확한 답을 위해 부연설명을 해줘야 한다.

이처럼 「이사야」서의 상황과 「해」의 상황은 유사점이 발견된다. 성경에서 해는 여호와를 상징한다. 청산 역시 거룩한 산과 마찬가지로 낙원 공동체를 의미한다. 다만 「해」에서 낙원 공동체는 동양적 이상향인 청산으로 구체화된 것뿐이다. 따라서 '여호와=해', '거룩한 산=청산'의 관계가 형성된다. 교사는 학습자에게 기존의 연구에서 「해」에 제시된 낙원의 모습을 '기독교적 청산', '기독교적 에덴'으로 정의하는 것만 보아도 그의 시정신이 기독교적 관념과 밀접하게 관련되어 있다는 증거임을 인지시켜야 한다. 학습자는 교사의 도움으로 「이사야」서와 「해」를 비교한 후, 박두진의 「해」가 성서, 특히 「이사야」서에 영향 받았음을 이해하게 된다.

학습자들은 박두진의 전기적 고찰, 특히 종교적 배경을 통해 그의 시에 내재된 생태의식과 신화적 상상력이 그의 정신적 사유와 관련이 있음을 이해할 수 있다. 그의 시적 주제는 신에 대한 외경이라는 형이상학적 사유와 긴밀히 연관되어 있다. 이때 학습자들은 박두진의 시세계를 연구할 때 단지 형식주의 비평에만 의거할 수 없는 단서를 발견하게 된다. 그의 형이상학적 관념의 세계는 그의 시정신을 부각시키는 핵심적 사유이기 때문이다. 따라서 종교적 관념은 박두진의 시세계를 논할 때 간과할 수 없는 중요한 요소가 된다.

이처럼 학습자들은 박두진의 시를 학습하기에 앞서 그의 전기적 배경을 먼저 인지해야 한다. 그의 시세계를 좌우하는 핵심사상은 포용적 자연관과 심오한 종교관이다. 전자는 자연과 인간이 어우러져 공동체적 공간을 이루는 것이고, 후자는 신의 섭리와 사랑에 대한 외경과 감사이다. 학습자들이 그의 이러한 관념적·형이상학적 사유를 이해할 때 박두진의 시세계가 함의하는 시정신과 시적 주제의식에 한 발 더 가까이 접근해갈 수 있다.

2) 토론학습의 중요성

7차 교육과정에서는 학습자의 활동영역의 비중을 높이고 있다. 이는 물론 교사의 역할의 축소를 의미하는 것은 아니다. 교사가 수업에 필요한 지식을 전달하는 것은 필요하다. 그러나 교사의 수업만큼 학습자의 자발적인 활동도 중요하다. 학습자의 자발적인 학습을 유도하는 방법 중 하나로 토론학습이 있다. 토론학습은 교사와 학습자 간의 '교육적 의사소통'[181]을 위해서도 필요한 학습방법이다.

토론학습은 학습자의 반응을 중시하는 활동이다. 따라서 토론학습에서 교사의 역할은 축소되고 학습자의 활동은 확대된다. 교사는 학습자의 도움요청이 있을 때에만 잠깐씩 참여하여 문제점을 해결해주는 조력자의 역할에 충실해야 한다. 또한 교사는 토론학습에 들어가기 전에 학습자에게 다양한 해석과 감상의 중요성에 대해서 미리 인지시켜야 한다. 교사는 토론활동을 지켜보며 학습자의 반응이 다양하다는 것을 인정해야 한다. 그들의 반응을 긍정적으로 수용할 뿐만 아니라 그들의 반응을 적절히 조절하고 유지하여 의도한 학습목표로 이끌어야 한다.

그러나 이와 같은 토론학습의 장점에도 불구하고 학교현장에서 토론학습이 순조롭게 이루어지기는 쉽지 않다. 학습자 대부분이 의사표현에 익숙하지 않기 때문에 정작 토론학습이 몇몇의 학습자 주도로 이루어질 가능성이 크다. 또한 학습자 몇몇이 혹은 대다수가 두서없이 자기주장만 내세우다가 그칠 가능성도 배제할 수 없다. 토론에서 중요한 것은 주장과 근거인데, 적절한 근거를 제시하지 못하고 주장만 강조하는 경우가 비일비재하다.

이런 이유로 교사와 학습자 모두 수업시간에 토론학습을 진행하는 것을 꺼리는 경우가 많다. 그러나 학습자 간의 주장과 근거를 통한 자발적인 의사표현과 그로 인한 의견의 정리 및 더 나은 의견의 도출을 위해 토론학습은 필요하다. 특히 「해」를 통한 생태의식 함양이라는 학습목표에 도달하기 위해서 토론학습은 더욱더 유용한 학습방법이 될 수 있다.

「해」의 주제는 생태의식을 기반으로 한 이상적 낙원의 추구이다. 토론은

---

181) 교육적 의사소통이란 교사가 학습자의 학습을 유발하고 그것을 유지시키거나 수정하게 하여 학습자 스스로 학습상황을 성찰하도록 하는 것이다. (최지현 외, 『문학교육과정론』, 역락, 2006, p. 101.)

모둠별 토론이 좋다. 구성인원은 가능하면 6~8명의 짝수로 정하는 것이 좋다. 찬반의 토론이 필요할 경우 인원을 적절하게 배분하는데 용이하기 때문이다. 교사는 반 전체를 몇 개의 모둠으로 나눈 후 적절한 인원으로 모둠을 채운다. 교사는 원활한 토론학습을 위해 「해」의 특성을 정리해주는 게 좋다.

「해」의 주제의식은 크게 세 가지이다. 첫째는 구조적 조화의 추구이고 둘째는 자연과 인간의 합일이다. 마지막으로 셋째는 낙원지향의 사상이다. 그런데 이 세 가지 특성은 생태의식이라는 큰 범주에 속한다. 교사는 이 중 한 가지를 정해 학습자가 토론하도록 지도한다. 그리고 그에 적합한 자료를 제시해주는 게 좋다. 토론학습의 몇 가지 예를 제시해 보면 다음과 같다.

교사는 학습자에게 「해」의 배경이 성서 「이사야」서를 바탕으로 이루어진다는 것을 설명한다. 박두진은 「해」를 통해 인간을 비롯한 모든 동식물이 함께 어우러져 살아가는 이상적 낙원을 추구하고 있다. 교사는 이러한 박두진의 사상을 소개한 후 학습자 각자가 생각하는 이상향에 대해서 토론하게 한다.

이때 교사는 각 모둠의 학습자 전원에게 토론의 기회를 균등하게 배분해야 한다. 몇몇 학습자 위주의 독점적 토론이 되지 않도록 교사는 각 모둠을 주의 깊게 살펴보아야 한다. 토론에 소극적인 학습자도 관찰하여 그들도 적극적으로 토론에 참여하도록 관심을 갖고 지켜본다. 학습자의 이상향 추구는 그들의 종교관과 밀접한 관련이 있다. 같은 모둠에 속해있는 학습자라할지라도 종교가 저마다 다를 수 있다. 교사는 모둠의 조장에게 종교에 상관없이 자유로운 토론을 거쳐 의견을 종합하도록 지시한다.

학습자의 종교는 보통 기독교, 불교, 무교로 나누어질 수 있다. 학습자들은 각자의 종교관에 따라 이상향 추구가 조금씩 다를 수 있다. 그러나 자연과 인간을 대등하게 여기고 다함께 살아가고자 하는 마음은 인간의 보편적 정서이다. 약육강식의 논리에 지배되지 않는 세상, 모두가 평화롭고 행복하게 살아가는 세상, 물질적으로 빈부격차가 없는 풍요로운 세상에 대한 추구는 인간의 마음에 공통적으로 내재된 사유이다. 따라서 학습자의 이상향 추구 역시 넓게는 자연과 인간의 공존, 자연과 인간의 합일을 지향하는 상생의 추구라는 측면에서 대동소이하다고 할 수 있다.

교사는 정리된 내용을 각 모둠별로 발표시킨다. 교사와 학습자는 각 모둠의 발표내용을 들으며 때로는 공감하기도 하고, 때로는 포용하기도 하며 각 모둠의 개성을 인정하는 시간을 갖는다. 마지막으로 교사는 학습자에게 각 모둠별 이상향 추구가 대동한 것은 인간의 내면에 보편적인 정서가 흐르기 때문이며, 소이한 것은 인간의 내면에 주관적인 정서가 흐르기 때문임을 설명해 준다. 더불어 교사는 학습자에게 자신의 견해와 다른 견해도 존중하고 수용하는 포용력을 갖춰야함을 언급해야 한다.

참고로, 다음은 토론활동에서 드러난 학습자의 이상향 지향에 대한 예시문[182]이다.

〈학습자의 종교와 이상향 지향관계〉

기독교인 : 에덴적 · 이사야적 낙원 공동체

불 교 인 : 만물에 대한 통합적 · 화엄적 인식

기　　타 : 건강한 지구에서 건강하게 살기 위한 생태환경 조성

예시문에서 알 수 있듯이, 학습자의 이상향은 그들의 종교와 관련이 깊다. 기독교인 학습자는 성서에 입각하여 초창기 에덴동산의 모습을 이상향으로 제시하고 있다. 불교인 학습자 역시 불교 경전에 의거해 크든 작든 모든 생명체는 소중하다는 만물에 대한 화엄적 인식을 드러내고 있다. 기타 종교에 관심이 없는 학습자는 현실적인 입장에서 이상향을 제시하고 있다. 그들에게 지구환경은 중요하다. 지구가 건강해야 자신들도 건강하기 때문이다.

---

182) 이 예시문은 학교 현장에서 실제 이루어진 토론내용을 정리한 예시문이 아니라 예측 가능한 예시문임을 밝혀둔다.

따라서 그들은 건강하고 행복하게 살기 위해 쾌적한 생태환경의 조성을 지향하고 있다. 이처럼 학습자의 이상향이 종교관과 관련이 깊은 것은 그들의 정신적 사유가 종교적 관념에서 기인하기 때문이다.

학습자는 「해」에 나타난 이상향 추구에 대한 토론활동을 통해 다양한 경험을 하게 된다. 외적으로 학습자는 토론과 발표에 대한 자신감을 형성할 수 있다. 그동안 자신의 의견피력과 발표에 대해 소극적이었다면, 교사의 지도와 다른 학습자의 토론과 발표를 경청하는 가운데 조금씩 용기가 생기고 자신감이 형성될 수 있다.

내적으로 학습자는 생태환경에 대한 인식을 새롭게 할 수 있다. 그동안 학습자가 근대문명의 발달로 인간중심적 사고를 갖고 있었다면, 「해」에 대한 교사의 설명과 타 학습자의 토론과 발표를 통해 자연중심적 사고로 전환될 수 있다. 「해」에 나타난 자연과 인간의 상생이 문학작품이나 성서에서만 가능한 것이 아닌 우리의 마음가짐의 문제임을, 따라서 우리의 사고관이 자연중심적 사고로 전환된다면 낙원공동체의 구현이 실현 불가능한 허황된 전망이 아님을 인지할 수 있다.

다음으로 토론할 수 있는 주제는 상호 텍스트성이다. 교사는 학습자에게 「해」가 이미 가요로 만들어졌음을 언급한다. 그리고 「해」와 〈해야〉의 특성을 중심으로 생태의식을 찾아보게 한다. 즉 가요에도 생태인식이 드러나는지가 토론의 관건이다. 교사는 학습자가 본격적으로 토론하기에 전에, 학습자에게 가요를 들려준다. 다음은 〈해야〉의 가사와 악보이다.

  해야
      마그마[183]

  어둠 속에 묻혀있는 고운해야 아침을 기다리는 애띤 얼굴

---

183) 그룹 마그마는 캠퍼스 밴드이다. 1980년 〈해야〉로 MBC 대학가요제에서 입상을 했다.

어둠이 걷히고 햇볕이 번지면 깃을 치리라
마알간 해야 네가 웃음지면 홀로라도 나는 좋아라
어둠 속에 묻혀있는 고운해야 아침을 기다리는 애띤 얼굴

해야 떠라 해야 떠라 말갛게 해야 솟아라
고운 해야 모든 어둠 먹고 애띤 얼굴 솟아라
눈물 같은 골짜기에 서러운 달밤은 싫어
아무도 없는 뜰에 달밤이 나는 싫어라(×2)

눈물 같은 골짜기에 서러운 달밤은 싫어
아무도 없는 뜰에 달밤이 나는 싫어라
해야 떠라 해야 떠라 말갛게 해야 솟아라
고운 해야 모든 어둠 먹고 애띤 얼굴 솟아라

해야 떠라 해야 떠라 말갛게 해야 솟아라
고운 해야 모든 어둠 먹고 애띤 얼굴 솟아라(×3)

교사는 학습자의 이해를 돕기 위해 〈해야〉 가사를 칠판에 써 놓거나 PPT로 제시해주는 게 좋다. 가수의 노래만 들려주는 방법도 있고, 가수의 노래가 담긴 동영상을 보여주는 방법도 있다. 학습자는 시 「해」와 노래 〈해야〉가 제목과 내용면에서 약간 달라졌음을 확인하게 된다. 교사는 학습자에게 이러한 현상은 시를 노래로 만드는 과정에서 불가피한 것임을 이해시키고 이 두 장르의 상호 텍스트성을 살펴보게 한다.

각 모둠별 학습자는 두 작품의 유사점과 상이점을 중심으로 자유롭게 토론한다. 우선, 두 작품의 공통점을 찾는다면 두 작품 다 어둠과 달밤을 싫어하고 해의 솟아오름을 갈망한다는 것이다. 「해」의 중심 시어는 '해'와 '청산'이고, 「해」의 주제는 해가 솟아오른 청산에서 만물이 공존하는 것이다. 그런데 노래 〈해야〉는 해의 솟아오름에만 주목하고 있다. 해가 어둠과 달밤을 이겨내고 앳되고 말갛게 솟아오르기만 바랄 뿐, 청산과 모든 생물들의 존재가

해야

치는 언급하지 않는다. 이러한 상이점이 노출되는 이유는 「해」는 주제의식에 중점을 둔 반면 〈해야〉는 음악성에 중점을 두었기 때문이다. 따라서 〈해야〉는 「해」에 비해 박두진의 시정신 및 주제의식이 축소되었다고 할 수 있다. 결론적으로 두 작품은 내용면에서 부분적인 유사성을 띨 뿐, 전체적으로 상이점이 더 많이 노정된다고 할 수 있다.

교사는 어느 정도 시간이 경과하면, 학습자들의 토론을 정리하게 한 후 모둠별로 발표를 시킨다. 대부분의 모둠 토론자들은 「해」에 비해 〈해야〉에서는 생태의식을 발견하지 못했다고 대답할 것이다. 교사는 〈해야〉가 리듬을 중시하는 노래이기 때문에 내용적인 면에서 많이 축소되었고 이것이 생태의식의 약화로 이어졌음을 설명한다. 그러나 〈해야〉는 노래라는 점에서 대중성을 획득한다. 「해」를 알고 있는 학습자가 〈해야〉를 접하게 되었을 때, 학습자는 자기 자신도 모르는 사이에 〈해야〉를 흥얼거리면서 박두진의 「해」를 연상하게 될 것이다. 따라서 〈해야〉는 내용적으로는 생태의식을 드러내지 않지만, 생태의식을 연상시킨다는 점에서 생태의식 부각에 일조한다고 할 수 있다. 노래 〈해야〉 역시 박두진의 「해」의 인지도에 힘입어 더욱 대중화될 것이다. 결과적으로 「해」와 〈해야〉는 상생작용을 한다고 할 수 있다.

교사는 학습자에게 「해」와 〈해야〉 외에도 박두진의 여러 시가 노래로 만들어졌음을 추가적으로 설명한다. 그러한 예로는 「꽃구름 속에」와 「하늘」이 있다. 전자는 가곡 〈꽃구름 속에〉로, 후자는 가요 〈하늘〉로 불리어 대중화되었다. 교사는 두 작품 역시 상호 텍스트성으로 비교할 수 있음을 시사하여 학습자의 토론의 장을 확대한다.

3) 생태 비평관의 정립

현대 인류가 근대화, 문명화라는 명목 하에 자연파괴를 자행한다면 인간의 삶은 황폐해질 뿐만 아니라 이 지구상에 더 이상 인간이 설자리는 없게 될지도 모른다. 인간은 자연의 일부이고, 만물은 인간의 형제이다. 인간은 인간 자신의 개인적인 의지나 욕망 때문에 이 세상의 삶을 향유하고 있는 게 아니다. 인간이 이 세상을 살아갈 수 있는 것은 인간 능력으로는 헤아리기 어려운 깊고 거대한 근원적인 생명충동이 있기 때문이며, 그 충동은 자연의 심층에 내재해 있다.[184]

생태시는 환경파괴의 실상을 고발하거나 생태계의 위기의식을 표출하는 데 적절한 방법론이다. 한 편의 시가 인간의 마음을 움직이고 변화시켜 생태환경에 대한 새로운 인식을 갖게 할 수 있다. 교사는 생태시를 지도할 때 이런 책임감을 갖고 학습자를 대해야 한다.

「해」에서 시적 화자는 '해'가 솟기를 간절히 열망한다. 해가 솟으면 '아무도 없는 뜰'의 '달밤'이 사라지고 '청산'에 숨어서 잠자던 모든 생물들이 깨어난다. 해가 솟은 아침이면 시적 화자는 드디어 청산의 모든 생물과 조우할 수 있다. 시적 화자가 해의 솟아오름을 갈망하는 이유가 여기에 있다. 만

---

184) 김종철, 『간디의 물레』, 녹색평론사, 2005, pp. 25~26.

물이 약동하는 청산의 한낮은 시적 화자와 생물들의 어울림으로 분주하다. 시적 화자는 '훨훨훨 깃을 치는' 청산에서 모든 생물들과 하나가 되어 흥겹게 노는데, 이때 그 생물들이 동물이든 식물이든 상관없다. 그것이 동물이라면 육식동물이든 초식동물이든 상관없다. 그것이 조류이든 식물이든 상관없다. 시적 화자는 사슴을 만나면 사슴과 놀고, 칡범을 만나면 칡범과 논다. 날아가는 한 마리 새와도 반갑게 대화할 수 있고, 한적한 곳에 피어있는 아름다운 꽃에도 정다운 눈길을 줄 수 있다.

이처럼 크든 작든 모든 생물에게 동일한 애정을 갖고 있는 시적 화자는 모든 생물들을 한자리에 불러 모아 잔치를 베풀고자 한다. 그 자리에는 시적 화자를 포함하여 모든 생물이 참석한다. 그곳은 '꽃도 새도 짐승도 한자리에 앉아' 즐거움을 만끽하는 향연의 장이다. 시적 화자에게 청산의 모든 생물들은 그것이 크든 작든, 힘이 세든 약하든, 존재감이 있든 없든 모두가 소중한 생명체이다. 사슴은 사슴대로, 칡범은 칡범대로, 꽃은 꽃대로, 새는 새대로 각자가 대등하고 동일한 생명체인 것이다.

교사는 박두진의 인생관이 이러한 친자연적 사유, 다함께 공생하는 화합의 모습임을 학습자에게 인식시켜 학습자의 삶에 내면화되도록 이끌어야 한다. 그러한 방법 중의 하나가 감상문 쓰기이다. 감상문 쓰기는 문학작품에 대한 자신의 의견을 개진하는 것이다. 그것은 일정한 형식이나 절차를 요구하지 않는 자유로운 사고활동이다. 감상문 쓰기에서 중요한 것은 내용이 얼마나 설득력이 있는지의 여부이다. 교사는 학습자의 감상문을 읽고 그것이 어느 면에서 설득력이 있고, 어느 면에서 설득력이 없는지를 간략하게 부연설명해주면 된다.[185]

감상문 쓰기의 유형은 여러 가지가 있다. 교사가 이 중 하나를 선정해 시수

---

185) 김동환, 「현대문학교육의 목표와 방법의 문제」, 『민족문학사연구』 12호, 민족문학사연구소, 1998, pp. 70~71.

업에서 적용하면 된다. 개별적으로 생태의식에 대한 의견을 적어보는 감상문 쓰기도 좋고, 모둠별로 토론을 거쳐 정리한 의견을 기록하는 감상문 쓰기도 좋다. 학습자는 개별적이든 모둠이든 자발적으로 생태의식에 대한 자신의 의견을 발표한다. 한 학습자가 다른 학습자의 의견을 경청하는 것은 필요하다. 자신의 의견과 다를 수 있음을 이해하여 비교, 수용할 수 있기 때문이다.

교사는 「해」를 주제로 한 감상문 쓰기나 토론에 대한 발표의 수업에서 한 단계 더 나아가 박두진의 생태의식을 보여주는 다른 작품을 선정해 학습자에게 상호텍스트성의 차원에서 감상문을 쓰게 할 수도 있다. 생태의식을 보여주는 작품으로는 「꽃」, 「도봉」, 「향현」, 「하늘」 등이 있다. 학습자는 박두진의 「해」와 다른 작품을 비교하면서 자연친화적 사유가 대동소이하게 작용하고 있음을 깨닫게 된다. 또한 교사는 박두진의 「해」와 다른 시인의 작품을 비교할 수도 있다. 예를 들면, 7차 교육과정에 수록되어 있는 나희덕의 「배추의 마음」이나 김지하의 「새봄」, 황동규의 「귀뚜라미」 등과 비교 분석하여 「해」를 포함하여 모든 작품이 전체적으로 생명존중의 사상을 내포하고 있음을 이해하게 된다.

교사는 학습자가 비평문 작성에 쉽게 접근하도록 내용적인 면에서 도움을 줄 수도 있다. 다음은 「해」와 「꽃」 비평문 쓰기에 대한 교사의 도움글이다.

> * 다음은 박두진의 「해」다. 이 시에서 자연과 인간의 친화를 드러내는 시어를 찾아 쓰고 그 이유를 쓰시오.
>
> ** 다음은 박두진의 「꽃」이다. 이 시를 생태의식에 의거하여 자신의 생각을 쓰시오. (시의 제목, 시어, 운율, 은유, 기법 등을 고려하여 쓸 것)

위와 같은 교사의 도움글을 통해 학습자는 비교적 수월하게 비평문을 작성할 수 있을 것이다. 그러나 이러한 교사의 도움글은 학습자의 자유로운 견해를 단절시킨다는 단점이 있다. 따라서 교사는 학습자의 개인차를 고려하여

초보수준의 학습
자에게 적용하면
좋을 듯하다.

학습자에게 생
태의식이 들어간
다큐멘터리 자료
나 동영상, 혹은
영화를 한 편 감
상하게 하는 것
도 그들의 생태

〈투모로우〉[186]   〈불편한 진실〉[187]

비평관을 정립하는데 도움이 될 수 있다. 환경오염의 심각성을 경고하는
영화로는 〈투모로우〉, 〈불편한 진실〉 등이 있다. 교사는 이 중 하나를 선택
해 다 함께 감상한다. 만약 처음부터 끝까지 감상할 시간적 여유가 없다면,
영화감상을 방과후 과제로 연계하는 것도 하나의 방법이 될 수 있다. 감상
방법도 각자 보는 경우와 모둠별로 보는 경우가 있다. 두 가지 다 장단점이
있지만 감상문 작성을 위해서는 전자가, 토론활동을 위해서는 후자가 더
적합하다고 할 수 있다. 다음은 두 영화의 포스터이다.

이때 중요한 것은 학습자가 영화를 감상하는 것으로만 그쳐서는 안 된다
는 것이다. 학습자는 영상매체에 익숙한 감각세대이다. 그들의 반응은 감정
적이고 즉각적이다. 학습자의 반응이 솔직하다는 것은 장점이다. 그러나 그
들이 영화 감상에만 머문다면 생태의식의 필요성을 자칫 잊어버리기 쉽다.

---

186) 롤랜드 에머리히 감독의 〈투모로우〉(2004, 미국)는 지구 온난화로 남극과 북극의
빙하가 녹고 바닷물이 차가워지면서 해류의 흐름이 바뀌게 되어 결국 지구 전체가
빙하로 뒤덮이는 내용의 영화이다.
187) 데이비스 구겐하임의 〈불편한 진실〉(2006, 미국) 역시 미국의 부통령을 지낸 앨 고
어가 전 세계를 돌아다니며 지구 온난화의 심각성을 경고하는 다큐멘터리 영화이다.

따라서 영상물 감상 후에는 반드시 감상문을 작성하는 것이 필요하다. 줄거리 위주의 감상문 작성보다는 학습자의 의견이 들어간 비판적인 감상문 작성이 바람직하다. 이러한 감상문 쓰기를 통하여 학습자는 생태의식에 대해 한 번 더 생각하게 되고, 결과적으로 그것은 학습자의 의식으로 내면화되어 바람직한 생태 비평관을 정립하게 된다고 할 수 있다.

4) 상호 텍스트성의 활용

학습자가 유사한 주제의식을 갖고 있는 두 작품을 비교하여 감상하는 것은 학습자 자신의 반응을 풍부하게 하고 시적 사유를 촉진시킬 수 있다. 또한 학습자는 같은 유파에 있는 다른 시인의 작품뿐만 아니라 동일 시인의 다른 작품을 비교, 분석하는 확산적 사고에 이를 수도 있다.[188] 이러한 상호 텍스트성은 학습자가 작품에 구체적으로 접근하여 두 작품을 정확히 이해하는 것을 가능하게 한다. 학습자는 두 작품의 비교, 분석을 통해 통합적 사고를 함양하게 된다.

「해」와 「꽃」은 박두진의 대표적 시라 할만하다. 전자는 주제의식 면에서 그렇고, 후자는 기교면에서 그렇다. 「해」와 「꽃」은 생태의식에 의해 촉발된 시이기에 자연과 인간의 친화라는 시정신은 동일하다. 그러나 시정신을 이루는 형식적 구조가 다소 다르기에 두 작품에 대한 감상도 다를 수 있다. 교사는 두 작품의 미적 구조의 차이점에 유의하여 지도할 필요가 있고, 학습자 역시 이점에 유의하여 감상할 필요가 있다. 동일한 주제의식을 함의하는 다른 시인의 작품을 비교하는 것도 가치 있지만 동일 시인의 여러 작품을 비교하는 것도 의의가 있다. 본장에서는 박두진의 「해」와 「꽃」을 텍스트로 선정하여 두 작품의 공통점과 차이점을 상호 비교할 것이다. 그리하여 그것이

---

188) 최지현 외, 『문학교육과정론』, 역락, 2006, p. 294.

그의 시정신에 기여하는 바를 찾아낼 것이다. 구체적인 비교 대상은 시어, 시적 화자, 시의 분위기, 운율, 이미지이다. 대상은 7차 개정 교육과정에 있는 10학년 학생이다.

「해」와 「꽃」은 주제의식뿐만 아니라 여러 면에서 상호 텍스트성으로 활용 가능한 작품이다. 우선, 시어부터 살펴보면 다음과 같은 유사점과 차이점이 보인다.

〈「해」에 등장하는 시어〉

> 명　　사 : 해, 어둠, 달밤, 청산, 사슴, 칡범, 꽃, 새, 짐승
> 동　　사 : 씻다, 솟다, 살라먹다, 놀다, 누리다, 한자리 앉다
> 형용사 : 앳되다, 곱다, 말갛다, 좋다, 싫다
> 의태어 : 이글이글, 훨훨훨
> 의성어 : 워어이

〈「꽃」에 등장하는 시어〉

> 명　　사 : 해와 달, 속삭임, 비밀, 울음, 별, 길섶, 핏방울, 정적, 사랑,
> 　　　　　호심, 벼랑, 땅위, 고독, 입술, 입맞춤
> 동　　사 : 엇갈리다, 사무치다, 못 잊히다, 떨다, 펼치다, 일렁이다
> 형용사 : 처절하다, 암담하다, 보드랍다, 황홀하다, 아름답다

「해」에서 시적 화자는 해가 솟아오르기를 갈망한다. 해의 출연은 반드시 이루어져야 하고, 이루어질 당위적인 사항이다. 해의 출연을 확신하고 있기에 시적 화자의 어조는 씩씩하고 힘차다. 시적 화자가 적극적인 것은 당연하다. 시의 분위기 역시 낙관적이고 희망적이다. 역동적이고 긍정적인 동사의 등장이 이를 뒷받침한다. 해가 솟아오르는 세상은 만물이 공존하는 이상적 낙원의 모습이다. 그 공간은 아름답고 깨끗한 곳이어야 한다. '앳되다',

'곱다', '말갛다'와 같은 형용사의 등장이 이를 부연 설명해 준다.

반면 「꽃」에서 시적 화자는 꽃의 개화를 염원한다. 그러나 개화는 당위적 낙관주의가 아니다. 개화는 모든 시련과 고난을 견뎌야만 가능한 상황이다. 따라서 시의 분위기는 정적이고 애상적이다. 조용하고 진지하다. 시적 화자는 긴장하고 걱정한다. 불안하고 조심스럽다. 시적 화자는 소극적일 수밖에 없다. 따라서 「꽃」에는 시적 화자의 근심과 불안감을 잘 드러내는 시어들이 등장한다. 명사로 '울음', '벼랑', '고독' 등이 그것이고, 동사로 '엇갈리다', '사무치다', '못 잊히다', '떨다' 등이 그것이다. 또한 형용사 '처절하다', '암담하다'도 같은 맥락이다.

그러나 「꽃」에는 이처럼 부정적인 시어들만 나타나는 것은 아니다. 명사 '해와 달', '속삭임', '별', '정적', '사랑', '호심', '입맞춤' 등 아름다운 시어도 등장하고, 동사 '펼치다', '일렁이다' 등 설렘을 표출하는 시어도 등장한다. 또한 형용사 '보드랍다', '황홀하다', '아름답다' 등 아름다움을 극대화한 시어도 등장한다. 이는 시적 화자가 꽃의 개화에 대해 비관적인 상태에 머물러 있지만은 않다는 것을 의미한다. 꽃이 잘 피어날 수 있을까 걱정하기도 하지만 '황홀한 한 떨기의 아름다운 정적'으로 피어날 것을 소망하고 확신한다는 것이다.

이렇듯 「해」와 「꽃」은 시어, 시적 화자, 시의 분위기 모두 상반되지만 자연에 대한 외경, 자연과 인간의 친화라는 주제의식에는 공통점을 보인다. 시적 화자는 해에 대한 경외감도 갖고 있지만, 한 떨기 꽃의 개화에도 무한한 관심과 애정을 드러낸다. 시적 화자에게 자연은 크든 작든 모두 소중한 존재인 것이다. 시적 화자는 시인의 투영물이다. 시인은 시적 화자를 통해 자신의 인생관, 가치관을 드러낸다. 크기, 경중, 귀천에 관계없이 자연을 소중히 여기는 시적 화자의 자연관은 바로 시인의 자연관이다. 「해」와 「꽃」은 이처럼 상반된 요소에도 불구하고 자연과 인간의 조화라는 주제의식을 드러내는 것은 그것이 시인의 평생의 시정신이었기 때문이다.

교사는 학습자에게 박두진의 「해」와 「꽃」의 상호 텍스트성을 제시해 본다. 학습자는 이미 두 작품을 학습했기 때문에 「해」와 「꽃」의 비교, 분석이 크게 어렵지 않을 것이다. 교사는 이 수업을 교사 주도의 수업 보다는 학습자 참여 수업으로 진행하는 게 좋다. 학습자에게 자발성과 자신감을 키워줄 수 있기 때문이다. 교사는 먼저 학습자를 일정한 인원으로 나누어 모둠을 만들어 준다. 그리고 학습자를 원탁으로 앉게 해 모둠별 토론을 시킨다. 교사는 학습자의 모둠별 토론을 지켜보다가 도움을 요청하는 모둠에게 다가가 적절한 설명을 해준다. 교사는 이 수업에서는 지도자가 아니라 조력자로서 역할을 담당해야 한다.

교사는 정해진 시간 안에 토론한 내용을 정리하게 한 후 모둠별 발표를 시킨다. 이때 교사는 발표 내용과 수준에 대한 적절한 논평만 할 뿐, 모둠별 순위를 말하지 않는다. 교사가 굳이 우열을 가리지 않아도 학습자는 각 모둠의 발표를 경청하며 자발적으로 칭찬과 격려를 아끼지 않기 때문이다. 학습자가 「해」와 「꽃」의 상호 텍스트성을 통해 두 작품의 주제의식이 유사함을 이해하고 토론과 발표를 통해 자신감을 얻었다면 교사는 성공적인 수업을 진행했다고 볼 수 있다.

「해」와 「꽃」의 상호 텍스트성은 미적 기법에서도 비교가능하다. 크게 운율과 이미지로 살펴볼 수 있다. 「해」는 표면적으로 산문시이고 「꽃」은 자유시이다. 교사는 학습자에게 두 작품의 운율이 다른 이유를 질문해 본다. 부수적으로 산문시와 자유시의 특징에 대해서도 질문한다. 학습자는 교사의 부수적 질문에는 비교적 대답을 수월하게 할 수 있을 것이다. 산문시는 단락으로 이루어져 있고 자유시는 연으로 이루어져 있다는 것을 시수업 시간에 배웠기 때문이다. 그러나 교사의 첫 번째 질문에 적절한 답을 찾기란 쉽지 않을 것이다. 그럼에도 불구하고 용기를 내어 말하는 학습자에게 교사는 진지하게 응수해야 한다. 교사는 여러 학습자에 대답을 다 들은 후 다음과 같이 추가적인 설명을 해야 한다.

「해」가 산문시여야 하는 것은 해의 도래에 대한 시적 화자의 갈망 때문이다. 인간은 목적하는 바가 있으면 그것을 위해 쉼 없이 발화한다. 그것의 당위성에 대해 끊임없이 이야기 한다. 시적 화자는 해가 솟아오르면 세상은 활기를 되찾고 생물은 제 역할에 충실할 것이라고 말한다. 모든 생물이 한자리에 앉아 향연을 베풀게 될 것이라고 역설한다. 이처럼 시적 화자의 계속된 발화가 이 시를 산문시가 되게 하는 것이다.

반면 「꽃」은 개화에 대한 시적 화자의 염원이 담겨 있다. 행여나 큰 소리라도 내고 허풍이라도 떨면 개화가 무산될까봐 시적 화자는 조마조마하다. 그래서 말도 아낀다. 꼭 필요한 말만 한다. 이처럼 꽃의 개화에 대한 시적 화자의 소망과 정성이 이 시를 자유시이게 하는 것이다. 자유시는 행이 모여 연을 이룬다. 그리고 각 연마다 휴지가 있다. 휴지는 말 그대로 하던 것을 멈추고 쉬는 단계이다. 시적 화자는 개화에 대한 소망과 기다림이 너무 진지하고 조심스러워 말을 아끼며 조용히 기다리고 있는 것이다. 이런 시적 화자의 마음이 고스란히 투영된 것이 휴지가 많은 자유시인 것이다.

교사는 이처럼 운율과 어조의 상관관계에 대해 설명한 후 학습자의 반응을 살핀다. 혹시 이의를 제기하는 학습자가 있다면 그의 말에도 귀를 기울여야 한다. 그의 말이 설득력이 있다면 인정해 주어야 한다. 그러나 지나치게 자의적이고 주관적이라면 그것의 부당함을 정정해 주어야 한다. 이의 제기에 대하여 학습자 간의 토론을 시켜보는 것도 좋다. 학습자는 토론을 통해 자신의 주장을 피력하고 그 과정에서 자기주장의 정당성 혹은 억측을 판단할 수 있기 때문이다.

「해」와 「꽃」은 이미지 면에서도 상이성을 노출하고 있다. 이미지는 크게 상징적 이미지, 비유적 이미지, 정신적 이미지로 나뉜다. 「해」는 상징적 이미지가 「꽃」은 비유적 이미지가 기법으로 사용되고 있다. 교사는 학습자에게 두 작품에 사용된 미적 기법이 각각 다른 이유를 생각해 보게 한다. 「해」에서 시적 화자는 해의 도래를 갈망한다. 여기서 중요한 것은 '해'의 상징성이다. 해는 축자적으로 보면 해 자체를 의미하기도 하고, 종교적으로 보면 절대자를 의미하기도 한다. 또한 시대상황과 결부해서 보면 해방된 조국, 낙관적 미래를 의미하기도 한다. 이처럼 해는 다양한 의미를 함의하고 있다. 상징은 하나의 매재에 여러 개의 취의가 숨어 있다. 시인은 해를 통해 다양한 의미를 드러내고 싶었을 것이다. 나라가 안정되길 원했을 것이고 그 속에서 우리 민족이 평화롭게 사는 것도 바랐을 것이다. 또한 근대화의 물결 속에 점점 더 황폐화되어가는 세상을 바라보며 친자연적 사고를 추구했을 수도 있다. 이처럼 해는 다양한 의미를 표상하고 있다. 따라서 '해'에는 상징의 기법을 사용하는 것이 적절하다.

반면에, 「꽃」은 '꽃' 하나에만 관심이 집중된다. 시적 화자가 관심을 두는 것은 꽃의 개화이다. 「꽃」의 시적 화자는 「해」의 시적 화자처럼 많은 것을 생각하지 않는다. 그에게 관심의 대상은 오직 꽃 하나뿐이다. 꽃이 은유된 것은 바로 이 때문이다. 은유는 하나의 취의에 여러 개의 매재가 사용된다. 시인은 꽃을 부각시키기 위해 여러 개의 매재를 사용한 것이다. 만약 꽃이 은유가 아닌 상징으로 이미지화된다면, 꽃에 대한 집중성과 통일성은 깨진다. 꽃이 관심의 대상이 아니라 그것이 함의하고 있는 취의가 중요해지기 때문이다. 시인이 시를 쓸 때 기법을 고려하는 것은 이 때문이다. 주목할 것이 무엇인지에 따라, 즉 시어인지 아니면 시어가 함의한 취의인지에 따라 은유를 쓰기도 하고 상징을 쓰기도 하는 것이다. 교사는 학습자에게 상징과 은유의 역할에 대해 설명해야 한다. 시는 내용뿐만 아니라 형식도 중요하다. 학습자는 교사의 설명을 들으면서 시는 내용으로만 이루어지는 게 아님을 깨닫게 된다. 학습자는 형식과 내용의 결합이 시의 주제의식을 드러내준다는 것을 인지하게 된다. 박두진의 「해」와 「꽃」은 생태의식을 기반으로 한다. 두 작품 모두 자연에 대한 외경, 자연과 인간의 합일을 드러낸다. 「해」는 역동적 시어, 적극적인 시적 화자, 낙관적 분위기를 통해 해의 도래를 염원한다. 반면 「꽃」은 수동적 시어, 소극적인 시적 화자, 애상적 분위기를 통해 꽃의 개화를 소망한다. 「해」는 산문율을 통해 해의 솟아오름에 대한 시적 화자의 갈망을 극대화시킨다. 반면 「꽃」은 내재율의 자유시를 통해 꽃의 개화에 대한 조심스러움을 드러낸다. 「해」는 상징을 통해 해가 표상하는 다양한 의미를 노출한다. 반면 「꽃」은 은유를 통해 꽃 그 자체에 관심을 집중시킨다. 중요한 것은 이 모든 형식적 구조들이 주제의식을 드러내는데 결정적 역할을 한다는 것이다.

교사는 학습자의 사고력과 작문의 향상을 위해 「해」와 「꽃」의 상호 텍스트성에 대해 한줄 비평문 쓰기나 감상문 쓰기를 시도해 보는 것도 좋다. 다음은 한줄 비평문 쓰기의 예이다.

> '형식적으로 너무나 다른 두 작품, 그러나 주제 의식면에서는 동일한 두 작품!'
>
> '해는 하늘을 상징하고 꽃은 대지를 상징한다. 그 사이에 인간이 있다. 천지인의 조화이다.'
>
> '역동적 해, 수동적 꽃! 부조화의 조화, 사랑의 힘이다.'
>
> '상징으로 떠오른 해, 은유로 숨은 꽃! 마침내 만나다.'
>
> '씩씩한 해, 가녀린 꽃을 만나 한 자리에 앉다.'

예시문에서 알 수 있듯이, 각각의 문장은 「해」와 「꽃」의 특징을 최대한 부각시켰다. 두 작품의 특징은 주로 형식적인 면과 내용적인 면에서 나타난다. 한줄 비평문 쓰기는 두 작품의 상호 텍스트성에 유의하여 주제의식, 미적 구조 등을 절묘하게 결합시키고 있다.

다음은 「해」와 「꽃」에 대한 중·고등학교 학생[189]의 감상문이다. 우선, 중학교 1학년 남학생과 2학년 여학생의 글을 살펴보면 다음과 같다.

---

189) 이 학생들은 현재 중·고등학교에 재학 중이다.

① 박두진의 「해」에는 자연친화적인 시어들이 존재한다. 우선, '해', '청산', '사슴과 놀고', '칡범과 놀고', '한자리' 등이 자연친화적 성격을 드러낸다. '해'는 자연물 중에 으뜸으로 어두운 세상을 밝혀주고 자연과 인간의 화합에 가장 중요한 역할을 한다. '청산'은 모든 동식물을 품고 있는 공간으로서 자연과 인간의 화합을 단적으로 보여주는 시어라고 할 수 있다. 시적 화자가 '사슴을 만나면 사슴과 놀고, 칡범을 만나면 칡범과 논다'는 것은 초식동물은 초식동물대로 육식동물은 육식동물대로 서로의 존재를 인정하는, 즉 약육강식의 논리가 통하지 않는 이상적인 생활방식을 의미한다. 마지막으로 '한자리'는 자연과 인간이 같이 공존하며 서로 돕고 살아감을 의미한다고 할 수 있다.

② 「꽃」은 'A=B이다'의 은유의 기법이 사용되었다. 우선, 꽃을 의미하는 보조관념이 6개 등장한다. '해와 달의 속삭임', '비밀한 울음', '아픈 피 흘림', '엇갈림의 핏방울', '아름다운 정적', '사랑의 호심'이다. 하나하나 분석해 보면 다음과 같다. 장미 같은 꽃의 아름다움 속에는 가시가 존재하며, 수많은 갈등 속에서 태어난 꽃은 꺾여도 아픈 티 하나 내지 않으며, 비밀 속에 조용히 터뜨리며 피어난다. 고요하기에 영원하며 넓은 호수 같은 마음을 가진 꽃은 어떠한 식물보다 인간 가까이에 있으며 인간이 반드시 보호해야 하는 소중하고 연약한 존재이다.

— 중학교 1학년 남학생

① 박두진의 「해」는 여러 시어를 통해 생태의식을 보여준다. 대표적인 시어로는 '해', '청산', '양지', '한자리'이다. '해'는 자연과 인간 모두에게 꼭 필요한 존재이다. 인간은 물론 동물과 식물도 햇빛을 받아야 생명을 지탱할 수 있다. '청산(산)' 역시 마찬가지이다. 산은 동식물의 생활을 가능하게 하는 주거공간이다. 또한 산은 인간의 지친 몸과 마음을 쉬게 하는 휴식의 공간이다. 즉 청산은 자연과 인간 모두를 포용할 수 있는 공간이다. '양지'는 햇빛과 관련이 있다. 양지는 햇빛이 비치는 따뜻한 땅이다. 자연도 양지를 좋아하고 인간도 양지를 선호한다. 그런 면에서 양지 역시 자연친화적인 시어이다. '한자리'는 꽃도 새도 짐승도 모두 함께 앉아있음을 의미한다. 물론 이 자리에는 인간도 있다. 자연과 인간이 함께 있다는 뜻이므로 진정한 의미에서 자연친화적이라 할 수 있다.

② 「꽃」은 은유가 돋보이는 작품이다. 「꽃」에는 6개의 은유가 나타난다. 원관념은 '꽃'이다. 꽃을 보조해주는 시어는 '속삭임', '울음', '피 흘림', '핏방울', '정적', '호심'이다. 그렇다면 이 시어들이 생명탄생의 아름다움을 어떻게 표현하는지

구체적으로 살펴보면 다음과 같다. '해와 달의 속삭임'은 꽃이 하늘을 바라보고 있기 때문에 그렇게 표현한 것 같다. '비밀한 울음'은 처음에는 꽃이 씨앗 안에 숨어 있다가 점점 더 자라서 꽃으로 피기 때문이다. '아픈 피 흘림'은 여러 고난과 역경을 겪으며 꽃이 피기 때문에 그렇게 표현한 것 같다. '엇갈림의 핏방울'은 어떠한 환경에서 자라느냐, 혹은 그 환경에 잘 견디느냐에 따라 결과가 엇갈리기 때문이다. '아름다운 정적'은 꽃은 어떠한 상황에서도 소란피지 않으며 조용히 견뎌내기 때문이다. '사랑의 호심'은 비바람이 몰아쳐도 흔들리지 않고 인내하는 호수처럼 넓은 마음을 가졌기 때문이다.

— 중학교 2학년 여학생

다음은 고등학교 1학년 남학생의 감상문이다.

① 우선, 「해」의 시어는 전부다 자연과 관련이 있다. 중심 시어인 '해'는 물론, 해와 대비되는 '어둠', '달밤', '청산', '사슴', '칡범', 소소하게는 '꽃', '새', '짐승' 등 다 자연과 관련이 있다고 해도 과언이 아니다. 해 즉 태양은 모든 생명체를 존재케 하는 생명의 근원이다. 태양이 없으면 모든 생명체는 사라진다. 박두진은 어렸을 때부터 해를 좋아했다고 한다. 자신의 염원을 담는 시어로 모든 생명체의 근원인 해를 택한 것은 당연한 것인지도 모른다.

또한 박두진은 자신의 이상향을 청산으로 제시해 놓았다. 청산은 사슴, 칡범 등 약한 동물과 강한 동물이 서로 어우러져 뛰어노는 성경에서 말하는 유토피아와 비슷한 모습이다. 신실한 기독교 신자로 살아온 박두진이기에 기독교적 낙원 제시는 당연한 것인지도 모른다. 어쨌든, 박두진의 이상향은 사슴과 칡범이 뛰어노는 세계로써 생태의식과 관련이 깊다.

박두진이 이 시를 쓴 때는 해방 직후이다. 해가 솟으면 청산이 온다고 하였으므로 사슴—약한 자, 칡범—강한 자가 서로 싸우지 않고 어우러져 행복하기를 바란 것 같다. 그렇게 본다면 박두진은 해방 직후, 어지러운 세상을 바로 잡아줄 지도자, 인도자를 해로 표현했다고 할 수도 있다. '산넘어서 밤새도록 어둠을 살라먹고'라는 구절로 봐서는 해가 고난과 역경을 견디고 솟아오르기를 바라는 것 같다. 그는 해가 솟아오른 청산에서 약한 사람, 강한 사람이 서로 반목하지 않고 행복하게 살기를 바라는 것 같다.

② 박두진의 「꽃」은 「해」와는 여러 면에서 다르다. 「해」가 상징의 기법을 통해 화

해의 세상을 추구하고 있다면, 「꽃」은 은유의 기법을 통해 생명탄생의 신비를 노래하고 있다. 「해」는 몇 개의 상징 시어만 이해하면 내용이해가 비교적 쉬운 반면에, 「꽃」은 전체적 구조가 은유로 이루어져서 시 해석에 어려움이 있었다. 그러나 선생님의 도움으로 시를 감상·이해하고 나니 「꽃」에 나타난 은유의 아름다움에 매력을 느꼈다.

— 고등학교 1학년 남학생

위의 학습자들은 평소 국어 과목을 좋아하고 문학에 대한 관심도 높은 편이다. 그러나 세 학습자 모두 「꽃」에 대한 감상문을 쓰는 과정에서 약간의 고충을 드러냈다. 「해」에 대한 감상문 쓰기는 즐거운 마음으로 임하는 듯 했으나, 「꽃」에 대한 감상문을 쓰는 과정에서 힘들어 했다. 꽃이 은유의 기법으로 숨어 있었기 때문이다. 그래서 「꽃」에 나타난 시적 기교가 은유라는 것과, 그것이 시 전체에 구조적으로 작용하고 있다는 것을 설명해줬더니 그제야 위와 같이 감상문을 작성할 수 있었다. 분량 면에서도 「꽃」의 분량이 「해」의 분량보다 적다. 분량만으로 내용 이해의 완벽성을 판가름할 수는 없지만, 이는 「꽃」의 감상문 작성이 그만큼 힘들었다는 것을 의미한다.

두 명의 중학생은 시어를 중심으로 한 내용 분석에 치중하여 감상문을 작성하였다. 아직은 자신의 의견을 드러내는데 자신감이 없어 보인다. 반면에 고등학생은 생태적 사유에 대한 자신의 의견을 많이 표현하고 있다. 또한 박두진의 전기적 배경도 부분적으로 기술한 것을 보면 관련 서적도 읽어본 것으로 추측된다. 의견 표현에서 약간의 차이는 있지만 세 학습자 모두 언어 표현력과 감수성 표현력도 좋은 편이고 생태의식 함양에도 긍정적이다. 무엇보다 중요한 것은 세 학습자 모두 「해」와 「꽃」이 자연친화적 사상을 표출하고 있다는 데 공감하고 있다고 있다는 것이다.

3. 〈학습지도안〉의 기본모형

학습자는 시수업을 통해 언어력과 감수성을 향상시킬 수 있고 인간에 대한 이해를 도모할 수 있다. 또한 시를 사랑하는 마음과 바른 인성을 함양할 수 있다. 시수업에서 학습지도안은 체계적이고 효율적인 수업을 위한 지침서이다. 따라서 교사는 시수업에 들어가기 전에 각 학년마다 제시된 문학교육과정을 토대로 학습지도안을 작성해야 한다. 교사는 학습지도안 작성을 위해 시수업을 위한 전제조건을 참고해야 한다. 그래야 바람직한 학습지도안이 작성될 수 있다. 다음은 시수업을 위한 전제조건이다.

첫째, 시수업은 학습자가 작품을 읽고 이해하여 내면화할 수 있어야 한다.
둘째, 시수업은 작품의 내용과 형식에 구체적으로 접근하는 작업이 일차적으로 요구된다.
셋째, 시수업은 학습자가 작품의 감상을 통해 아름다움과 가치를 이해하는데 중점을 둬야 한다.
넷째, 시수업은 학습자가 작품을 이해하는 과정에서 궁금한 부분에 대해 이의제기를 할 수 있으며 교사는 타당한 근거를 들어 이를 해결해 주어야 한다.
다섯째, 교사는 학습자의 이해를 도와 학습자가 학습목표를 달성할 수 있도록 조력자의 역할을 해야 한다.
여섯째, 시수업은 학습자의 이해를 돕기 위해 기초적 접근에서 구조적 접근, 종합적 접근으로 나아가는 과정을 거쳐야 한다.

이제 앞에서 기술한 내용을 토대로 박두진의 「해」에 대한 학습지도안을 작성하고자 한다. 「해」는 생태의식에 충실한 작품이다. 자연과 인간의 조화는 「해」의 주제이자 박두진의 시정신의 핵심이다. 학습자는 「해」수업을 통해 자연과 인간의 조화가 위기에 처한 지구를 구할 수 있는 방법이라는 것을 자각할 수 있다. 즉 학습자는 「해」수업을 통해 생태환경에 대한 인식을 새롭게 할 수 있으며 생태환경의 소중함을 자각하는 방향으로 자아를 발전시킬 수 있다. 교사의 학습지도안에는 이러한 내용이 반드시 수록되어야 한다.

교사가 「해」의 학습지도안 작성 시 먼저 교려해야 할 것은 내용의 정확한 분석이다. 학습자가 「해」를 올바르게 이해하는 것은 문학수업의 기본일 뿐만 아니라 학습자가 문학의 아름다움에 접근하는 척도가 될 수 있다. 따라서 교사는 「해」의 내용에 대한 기초적 고찰과 구조적 고찰을 통해 학습자를 심미적 세계로 이끌어야 한다. 수업 시 학습자는 「해」를 한번 훑어 읽으면서 작품의 분위기를 살펴야 한다. 제목이나, 시어, 시적 화자, 어조, 시적 분위기 등을 통해 내용을 짐작해야 한다. 또한 시어와 일상어의 구분을 통해 시어의 함축적 의미를 파악해야 한다. 학습자가 기초적 고찰을 잘 이해했다고 판단되면, 교사는 「해」의 내용이해를 위해 좀 더 구체적으로 작품에 접근해야 한다. 이때 학습자는 「해」를 다시 한 번 꼼꼼하게 읽어야 한다. 「해」의 형식적 특징은 크게 두 가지이다. 산문시의 운율과 상징의 기법이 그것이다. 운율은 동양의 전통음악인 예악 혹은 율려론과 비교해 살펴볼 수 있으며 상징은 원형상징 또는 기독교적 상징에 의거해 이해할 수 있다. 교사는 학습자에게 「해」에 나타난 산문시와 운율이 박두진의 생태의식을 부각시키는데 적합한 시적 기법임을 이해시켜야 한다. 교사는 학습자가 「해」의 내용을 전체적으로 이해했다고 판단되면, 학습의 내면화를 위해 한 줄 비평문이나 감상문을 써보도록 유도해야 한다. 이러한 감상문 쓰기를 통해 학습자가 자연친화적 사고를 형성할 수 있기 때문이다. 이와 같은 내용을 토대로 구안된 학습지도안의 예는 다음과 같다.

〈학습지도안〉[190]

개요 (5분)	· 작품「해」의 구조적 특징을 통해 자연과 인간의 공존을 이해하고 생태환경의 소중함을 인식한다. · 읽기 방식 : 훑어 읽기(통독) → 꼼꼼하게 읽기(정독)
교 수 학 습 내 용 (10분)	가. 작품의 내용 짐작하기 　· 제목을 중심으로 주제 짐작하기 　· 시적 화자, 어조, 분위기 파악하기 나. 시어와 일상어 비교하기 　· 시어의 의미 이해하기 　· 시어와 일상어의 특징 이해하기 다. 작품에 나타난 운율 이해하기 　·「해」의 산문시 이해하기 라. 작품에 나타난 미적기법 이해하기 　·「해」의 감각적 이미지 이해하기 　·「해」의 상징 이해하기
수 업 전 략 (25분)	가. 제목과 관련해 자유연상하기, 의견 교환하기 　· 교사는 학습자에게 제목과 주제의 상관관계를 연상시킨다. 　· 학습자는 제목과 주제(생태의식)에 대해 자유롭게 의견교환을 한다. 나. 시어, 시적 화자, 어조의 관계 이해하기 　· 교사는 학습자에게 시어가 함의하는 뜻을 자유롭게 발표시킨다. 이때 교사는 학습자의 발표내용에 어떤 제재도 가하지 않는다. 　· 교사는 학습자에게 시어의 중요성을 설명한다. 어떤 시어를 선택하는가에 따라 시의 분위기나 주제의식이 달라진다는 것을 설명한다. 　· 학습자는 교사의 지도하에「해」의 시적 화자와 어조가 역동적임을 통해 시적 화자와 어조의 상관관계를 이해한다. 　· 교사는 작품「해」에 나타난 시어, 시적 화자, 어조를 통해 주제의식에 접근할 수 있음을 설명한다. 다. 상징의 기법 이해 및 삶에 적용하기

---

190) 위 학습지도안은 고등학교 1학년 문학수업을 위해 구안된 것이다. 따라서 수업시간은 50분이다.

	· 교사는 학습자에게 「해」에 내재된 상징이 원형상징, 기독교적 상징과 관련되어 있으며, 결국 이 두 기법은 생태의식을 노정하고 있음을 이해시킨다. · 학습자는 일상의 삶, 즉 성적문제, 교우관계, 집안문제 등을 상징의 기법을 이용해 표현해 본다. 단, 시간이 허락되지 않을 때는 방과후 과제로 대체한다. 라. 작품에 나타난 운율 이해하기 · 교사는 학습자에게 「해」의 주제의식을 심화시키는데 산문시가 적합함을 이해시킨다. · 교사는 「해」가 산문시이지만 그것의 배경에는 동양사상인 율려론과 예악이 자리 잡고 있음을 이해시킨다. · 교사는 학습자에게 율려론은 김지하의 생명사상과 관계있음을 설명하며, 7차 교육과정 중1에 수록된 「새봄」과 연관 지어 추가설명 한다.

교사는 가능한 한 학습지도안에 맞추어 수업을 진행해야 한다. 학습지도안은 한눈에 알아보기 쉽도록 일목요연하게 정리되어 있다. 따라서 학습지도안은 알차고 바람직한 수업을 위해 꼭 필요하다고 할 수 있다. 또한 학습지도안은 수업 시 누락사항이 있었는지를 확인하고 다음 수업에 이를 반영할 수 있다는 점에서 여러모로 유익하다.

위에 제시된 학습지도안 외에도 학습자의 자발적인 수업 참여와 자기주도적인 학습 활동을 위한 학습지도안 구안될 수 있다. 생태 비평관 정립을 위한 다양한 활동, 상호 텍스트성의 활용, 토론학습 등이 그 예가 될 수 있다. 우선, 학습자의 생태 비평관 정립을 위한 활동으로는 감상문 쓰기가 있다. 학습자는 한편의 생태시를 감상한 후 한줄 비평문 쓰기나 감상문 쓰기를 할 수도 있고, 환경오염의 심각성을 고발하는 영화 감상을 통해 생태계의 위기를 자각할 수도 있다. 교사가 학습자에게 영화를 감상하게 할 경우 유의해야 할 것은 학습자가 단순히 영화를 감상하는 수준으로 그치게 해서는 안 된다는 것이다. 환경오염이라는 현실적 문제에 대한 비판의식을 통해 더 나은 생태사회를 전망하는 감상문 쓰기로 사고 활동을 확장해야 한다. 이러한 학습자의 내면화 과정은 생태시 교육과 같은 자기반성을 촉구하는 수업에서는 필수적인 단계라고 할 수 있다.

다음으로 주제의식이 유사한 생태시를 비교·분석하는 상호 텍스트성의 활용이 있다. 박두진의 「해」와 「꽃」은 주제의식면에서 상호 텍스트성으로의 고찰이 가능하다. 학습자는 두 작품의 제목, 시어, 시적 화자, 어조 등을 비교하여 그것이 주제의식에 기여하는 과정을 파악할 수 있다. 또한 두 작품의 운율이나 이미지의 유형이 달라도 그것이 자연과 인간의 조화라는 박두진의 시정신을 심화시켜준다는 것을 이해할 수 있다.

마지막으로 토론학습이 있다. 교사는 학습자에게 토론의 주제를 제시한 후 모둠별로 토론을 시킨다. 토론은 주제에 대한 자기의 의사를 표현할 수도 있고 타인의 의견도 경청할 수 있어서 자기주도적인 학습인 동시에 협동학습이 될 수 있다. 학습자는 토론학습을 통해 자연과 인간의 조화를 지향한 박두진의 시세계에 접근할 수 있다.

오늘날 생태의식이 중요한 이유는 그것이 우리의 삶과 직결되기 때문이다. 생태적 사유는 도시화되고 기계화된 후기산업사회에서 우리를 숨 쉬게 하고 또한 살아가게 하는 구원의 통로이기 때문이다. 물론 생태의식이 결여되었다고 해서 당장 우리가 자멸하는 것은 아니다. 그러나 언젠가 물질문명의 폐해는 우리의 삶을 서서히 잠식해 들어올 것이고 결국 자연을 등한시한 우리의 삶은 송두리째 검은 물, 붉은 민둥산, 황색 공기에 침식당할 것이다. 따라서 우리는 최소한 생태적 사유에 대한 인식만이라도 갖고 있어야 환경오염으로 황폐해진 이 세상을 미약하게나마 살아갈 수 있는 힘이 될 것이다. 물론 문명의 편리함에 익숙해진 우리의 삶이 불편하고 느린 자연중심의 생활로 당장 돌아갈 수는 없다. 문명의 이기를 버리고 자연중심의 원시적인 삶으로 되돌아갈 수는 없다. 그러나 자연중심의 사고를 가진 사람과 그렇지 않은 사람의 생활방식은 하늘과 땅차이이다. 우리가 마음속에 생태의식, 즉 자연과 인간의 공존을 인식할 때 우리의 문명화된 삶은 더 나은 방향으로 개선될 수 있다. 최소한 지금보다 더 나빠지지는 않을 것이다. 그러나 생태의식을 염두에 두지 않고 자연을 무자비하게 이용한 후 방치할 때 그 혹독한 결과가 우리 인간에게 되돌아올 것은 자명한 일이다. 생태의식의 소유 여부가 중요한 이유가 바로 여기에 있다.

한 편의 생태시를 가지고 단번에 세상을 바꿀 수는 없다. 한두 번의 생태시 교육으로 문명의 이기를 누리며 자연을 정복하기에 바빴던 인간중심적 사고를 자연을 존중하고 자연과 조화를 추구하는 자연중심적 사고로 단번에 바꿀 수는 없다. 그러나 한 편의 생태시가, 또는 생태시 교육이 서서히 인간중심적 사고에서 자연중심적 사고로 변화시키는데 일조 할 수는 있다. 인간은 생태시 감상 혹은 생태시 교육을 통해 적어도 한번은 환경의 심각성에 대해 되돌아볼 것이기 때문이다. 생태시 교육이 이전부터 이루어졌다면 자연과 인간의 공생관계에 대해 인간의 사고는 더욱 진지해졌을 것이고, 그렇게 됐다면 결과적으로 환경오염도 지금의 수준은 아니었을 것이다.

한 편의 생태시가, 혹은 생태시 교육이 인본주의에 젖어있는 인간의 사고를 일시에 전환시킬 수는 없다. 그러나 그런 시를 한 번도 감상해본 적이 없거나 그런 시 교육을 전혀 받아본 적이 없는 사람보다는 한두 번 접해본 사람이 친환경적 사고에 훨씬 긍정적이라는 것은 확실하다. 그런 작은 작업을 시작으로 지금의 황색환경에서 녹색환경으로 세상을 변화시키자는 데 생태시 교육의 소기의 목적이 있다. 한 편의 생태시 교육을 통해 학습자는 생태적 사유의 세계를 심미적인 눈으로 바라볼 수 있을 뿐만 아니라, 이러한 생태적 사유가 환경을 변화시켜 더 나은 세상을 추구하는 매개물이 될 수 있는 데까지 인식을 확대할 수 있다.

박두진 시에 등장하는 자연은 생태의식에 기초하고 있다. 그의 자연관은 신화적 상상력에 기저를 둔 이상적·관념적 세계이다. 생태의식 역시 단기간에 이루어질 수 있는 특정한 방법론이 아닌 미래지향적인 전망이다. 그러나 그것은 반드시 실현되어야 할 필수적 패러다임이다. 박두진의 생태의식은 건강하다. 그것은 낙관적 미래를 전망한다. 따라서 박두진의 생태의식이 일선학교의 생태시 교육에 활용되는 것은 긍정적인 작업이라고 할 수 있다.

5장 결론

지금까지 박두진의 시세계를 생태의식과 시교육의 효용성 차원에서 고찰해 보았다. 박두진의 생태시에 나타난 상황이 인간과 자연의 공동체적 공간임은 확연하다. 그의 시에서 인간과 모든 생물체들의 삶의 방식은 공생적이며 분리가 아닌 일치요 조화이다. 인간과 동식물의 생활영역을 분리시키고 그 공간을 넘나드는 것이 불가능하다고 생각하는 인간중심적 사고에서 본다면 박두진 시의 생태의식은 다분히 신화적이며 비현실적이다. 그것은 과학적·이성적 사고가 팽배한 인간중심적 사고에서는 도저히 있을 수 없는 일이다. 그러나 자연과 인간의 조화가 당위적이고 보편적 사유였던 근대 이전의 자연중심적 사고로 되돌아간다면 자연과 인간의 공동체적 삶의 모습이 전혀 불가능한 것은 아니다.

1장에서 본고의 목적, 연구사 및 연구범위를 밝힌 후 2장에서는 박두진 시에 나타난 형식구조를 중심으로 박두진의 생태의식을 고찰하였다.

첫째 항에서는 박두진 산문시에 나타난 율격을 중심으로 생태의식의 하나인 평형감각을 살펴보았다. 그의 시에는 들여쓰기와 단락구분을 통한 산문시의 특징과 3·4음보의 전통율격을 통한 운문시의 특징이 공존한다. 또한 주제 면에서 절대자의 도래, 조국과 민족의 상생, 낙관적 미래 등 근대적 속성을 띠고 있지만 형식면에서 aaba형 혹은 aa'형의 전통율격이 제시됨으로써 전통과 근대가 조화를 이루고 있다. 그리고 이러한 박두진 시의 율격은 천지인 합일의 조화음률인 율려, 예악과 관련이 있다.

둘째 항에서는 이미지에 대해서 분석하였다. 은유적 이미지, 상징적 이미지, 정신적 이미지를 통해 자연(신)과 인간의 조화를 지향하고 있는 박두진 시의 수사학적 특징을 고구하였다. 그의 시에서 은유는 시어를 중심으로 이루어진다. 그는 자연과 신, 그리고 인간의 심리를 표상하는 시어를 통해 자연과 인간의 조화를 지향하고 있다. 그의 시에서 상징은 누구에게나 익숙한 관습적 상징으로 나타나기도 하고, 독특하고 고유한 개인적 상징으로 나타나기도 한다. 박두진은 상징적 이미지를 통해 인간의 자연지향, 자연과 인간의 합일 사상을 보여준다. 박두진은 '해'를 중심으로 한 시각적 이미지와 의성·의태어를 중심으로 한 청각적 이미지를 통해 자연과 인간의 조화를 모색하고 있다. 이처럼 그는 자연친화적 소재를 중심으로 자연과 인간의 상생을 지향하고 있다.

3장에서는 박두진 시의 의미구조에 중점을 두어 생태의식을 살펴보았다.

첫째 항에서는 자연의 신성성과 인간애를 구명하였다. 박두진 시에서 자연은 신성과 영성을 지닌 존재이다. 따라서 자연은 때로는 고독한 존재로 때로는 위무의 존재로 등장한다. 박두진 시에서 인간은 그리움의 대상으로 등장한다. 그의 시에 등장하는 여성의 이름은 '숙'이다. '숙'은 시적 화자가 사랑하는 순수한 여인인 동시에 자연과 조화를 이루는 동경의 여인이다. 박두진은 시어 '돌'을 통해 신성지향의 의식을 드러낸다. 돌은 신성을 함의한 영성의 존재가 되기도 하고 하나의 예술품으로서 심미적 가치를 지닌 존재가 되기도 한다.

둘째 항에서는 상징적 이미지와 이상세계의 지향을 고찰하였다. 박두진 시에서 상징적 이미지와 이상세계는 기독교 사상과 관련이 깊다. 박두진 시에서 '빛'은 절대자의 이미지로 표상된다. '청산'은 모든 만물이 어우러져 살아가는 낙원공동체, 즉 기독교의 에덴동산을 표상한다. '바다'는 절대자와 인간이 만나는 공간, 즉 구원의 통로를 함의한다. 마지막으로 '무덤'은 인간을 죽음에서 부활로 이끄는 성스러운 어머니, 즉 자궁인 동시에 고통과 고난을 이겨낸 자만이 재생할 수 있는 정화와 속죄의 공간으로 표상된다.

셋째 항에서는 민족의식과 상생의 추구를 살펴보았다. 이 시기에 쓰여진 시는 한국전쟁과 4·19의거 등 민족의 혼란기와 관련이 깊다. 박두진은 '돌', '새', '깃발'을 통해 높이 비상하기를 갈망했다. 이러한 비상 이미지는 혼란한 사회를 벗어나고 싶은 자유의지의 강한 발로라고 할 수 있다. 또한 박두진은 역사의 소용돌이 속에 희생양이 되어야 했던 선혈들에 대한 연민을 표현하고 있다. 그의 중기시에는 '죽음'이라는 소재가 자주 등장한다. 이는 비극의 소용돌이 속에서 홀로 살아남은 자의 부끄러움, 먼저 간 선혈들에 대한 속죄의식의 표현이라고 할 수 있다. 박두진의 수석시에는 '절벽'을 찬양하는 시들도 많다. 그는 절벽에 독특한 상상력을 부여하여 색다른 이미지를 만들어내고 있다. 그는 절벽 속에서 솟구쳐 오르는 역설적 상승, 절대 선, 정과 동의 조화를 통해 격동의 시대를 극복하려는 의지를 보여주고 있다.

4장에서는 박두진의 「해」를 텍스트로 하여 중등교육 현장에서 생태의식을 교육할 경우를 산정한 후 그 교수 학습의 전 과정을 시교육적 차원으로 구체화시켜 보았다. 첫째 항에서는 생태시 교육의 의의와 특성을 살펴보았다. 구체적인 항목으로는 생태시 교육의 목표, 교육현장에서의 생태시 교육, 생태시 교육상의 유의점 등을 살펴보았다. 둘째 항에서는 「해」를 텍스트로 한 생태시 학습의 모형을 제시하였다. 구체적인 항목으로는 첫째, 텍스트의 분석을 통해 「해」가 생태의식을 함의하고 있음을 살펴보았다. 분석의 구체적인 내용은 텍스트의 내적 고찰과 외적 고찰의 측면에서였다. 내적 고찰로는 「해」의 제목과 시어, 시적 화자의 문제, 어조와 분위기, 이미지, 상징, 운율

등을 다루었고, 외적 배경의 고찰로는 박두진이 살았던 시대적 상황과 텍스트의 사상적 배경인 성서 「이사야」서를 중심으로 살펴보았다.

둘째, 토론학습의 중요성을 살펴보았다. 토론학습은 넓게는 교사와 학습자간의 의사소통이고 좁게는 학습자 스스로 혹은 학습자간의 의사소통이라고 할 수 있다. 교사가 정해준 토론내용에 따라 학습자는 자신의 의견을 피력할 수 있는 능력이 생긴다. 이때 중요한 것은 주장과 근거이다. 자신의 주장에 힘을 실어줄 수 있는 적절한 근거를 제시할 수 있도록 학습자는 노력을 해야 한다. 만약 그렇지 못할 경우 교사가 적절한 도움을 주어 학습자의 토론능력이 향상되도록 이끌어야 한다. 학습자는 토론학습을 통해 「해」에 나타난 낙원지향 의식을 이해하고, 나아가 학습자 자신이 생각하는 이상향에 관해 거리낌 없이 발언하도록 유도해야 한다. 학습자 각각은 토론학습을 통해 이상향의 추구는 종교의 종류에 상관없이 대동소이함을 이해하게 된다.

셋째, 생태 비평관의 정립에 대해서 살펴보았다. 학습자는 「해」에 나타난 자연과 인간의 조화, 자연친화적 사상을 통해 인간중심적 사고에서 자연중심적 사고로 전환이 가능함을 이해하였다. 또한 생태의식에 대한 자신의 견해를 적어보는 감상문 쓰기를 통해 올바른 생태환경에 대한 인식을 함양할 수 있음도 이해하게 되었다. 이때 교사는 학습자가 「해」에 대한 감상 이외에도 다양한 시청각 자료도 감상하게 하여 생태 비평관 정립에 더 가까이 다가가도록 유도하였다.

넷째, 「해」와 「꽃」의 유사점과 차이점을 비교, 분석하는 상호 텍스트성을 활용하였다. 두 작품은 내용과 형식면에서 이질적인 요소가 더 많지만 자연과 인간의 조화라는 생태의식에는 맥을 같이하고 있다. 생태시 교육 시 학습자는 이미지의 기법을 이해할 필요가 있다. 취의가 매재 보다 더 중요시되는 상징과 취의 보다 매재가 더 부각되는 은유의 이해를 통해 학습자는 생태의식에 더 가까이 다가갈 수 있다. 또한 「해」와 「꽃」의 운율이 생태의식의 하나인 예악과 율려론에 기반하고 있음을 이해할 수 있다. 학습자는 산문과 운문의 조화를 통해 견제와 균형이라는 생태의식을 인식하게 된다. 「해」와 「꽃」을 통해 우주 공동체 속의 일부로 맡은 바 역할에 충실하며 평형감각을 이뤄가는 자연과 인간의 상생을 발견할 수 있다.

셋째 항에서는 앞에서 기술한 내용을 토대로 학습지도안을 구안해 보았다. 학습지도안은 교사의 수업을 바람직한 방향으로 제시하고 수업 시 누락 사항을 확인하여 다음 수업에 반영할 수 있다는 점에서 유익한 방법론이라고 할 수 있다. 본고에서 제시한 학습지도안은 하나의 전형에 불과하다. 교사의 지도방향에 따라 다양한 학습지도안이 구안될 수 있다. 그러나 교사가 유의해야 할 것은 어떤 학습지도안을 활용하든 「해」의 내용분석에 충실해야 한다는 것이다. 그런 다음에야 비로소 「해」를 활용한 학습자의 자발적인 참여활동을 고려할 수 있다. 시의 내용분석에 충실하지 않은 채 학습자의 활동만 중시한다면 내용은 없고 형식만 있는 격이 될 것이기 때문이다.

본고는 박두진의 생태의식과 「해」의 교육적 적용에 초점을 맞추어 논의를 전개하였다. 생태의식은 인류가 건강한 미래를 살아가기 위해 필요한 패러다임이고 교육은 인류가 바람직한 미래를 살아가기 위해 필요한 백년지대계이다. 두 가지 다 긍정적인 미래를 전망하고 있다는 점에서 흥미로운 시사점을 주고 있다.

인류가 생태의식을 소유하는 것은 지금 현재를 살고 있는 우리들에게도 중요하지만 앞으로 미래를 살아가야 할 다음 세대들에게 더 중요하다고 할 수 있다. 인류의 생태의식 형성에 영향을 줄 수 있는 방법론의 하나가 교육이라고 할 수 있다. 학습자는 한 편의 생태시를 학습함으로써 생태환경의 중요성을 인식하고 올바른 실천방향을 모색할 수 있다. 그런 면에서 박두진의 시를 교육에 적용하는 것은 가치가 있다. 학습자는 박두진의 「해」를 학습함으로써 생태환경의 소중함을 자각할 수 있다. 나아가 자연에 대한 인식을 새롭게 할 수도 있고 미래의 건강한 에코토피아를 전망할 수도 있다.

본고는 박두진 시의 생태의식을 교육으로 접근해본 하나의 시도에 불과하지만 이러한 논의는 의미 있다고 본다. 박두진 시의 건강한 생태의식을 통해 학습자는 역동적 신화의 세계와 자연친화적 조화의 세계를 경험할 수 있기 때문이다. 본고를 시작으로 박두진 시의 생태의식이 시교육에 적극 활용되기를 기대해 본다.

제2부

다원주의 시대와
시의 지평

1장 김동명과 김상용 시의 심상 대비

1. 서론

초허(超虛) 김동명(金東鳴)과 월파(月坡) 김상용(金尙鎔)은 신석정과 더불어 1930년대 한국 전원시를 대표하는 시인들이다. 자연을 소재로 김동명은 기독교적 사상에 입각한 자연친화를 작품에 표현하였고, 김상용은 도교적 사상에 입각한 무욕의 자연을 노래하였다.

전원시인·목가시인[1]으로 불리는 초허는 문학적 완성도가 가장 높은 것으로 간주되는 초기의 시편들이 퇴폐주의적 경향과 전원지향적 색채를 보이는 까닭으로 인해 저항의식이 결여된 시인으로 그동안 평가절하 되어 왔다. 그러나 이러한 경향으로 일관된 것이 초허시의 제특성이라고 규정하기에는 다소의 문제가 있다. 초허는 민족과 조국의 불행을 읊으며 치욕과 분노를 시로 쓴 단순한 전원시인으로만 머물지 않았다. 그도 만해 한용운처럼

---

1) 백철, 『조선신문학사조사』, 백양당, 1949, p. 280.

민족사의 암흑기를 살면서 생의 어려움을 극복하려는 강한 신념을 일깨웠던 것이다.

초허는 서정의 인식, 현실의 존재성, 농촌과 도시에서 취한 다양한 소재를 통하여 그 나름의 시세계를 구축하였고 우리의 자연을 통하여 시대상황을 반영하였다. 또한 자아의 실상을 새롭게 인식하면서 시가 아름다워야 하는 것이 예술의 의무임도 실증하여 보였다. 때문에 암담한 시대에 놓여진 비극적인 현실을 희망과 긍정적인 자세로 수용했던 초허의 시편에서 오탁의 물상도 비교적 순수하게 여과되었다. 그러나 이러한 초허시의 특성이 아직은 심도있게 연구 · 검토되지 못하고 있다.[2]

월파는 처음부터 허무의식의 토대 위에서 시를 쓴 시인이다.[3] 일찍부터 월파의 정신적 기저를 형성한 허무의식은 '처음 사회에 발을 내딛는 착잡한 심회와 식민치하의 민족관념에서 유래된 것'[4]이다.

김학동은 월파의 시세계를 형식과 내용면에서 전통적인 것과 서구적인 것의 교체와 융화[5]로 보고 있다. 그것은 월파가 영문학자로서 해외문학을 번역 · 소개하였을 뿐만 아니라, 서구시의 유입과 식민지 시대라는 1930년대의 특수한 상황아래서 동양적 자연을 소재로 한 전원시를 창작하였기 때문이다. 월파의 시는 전통지향성과 현대지향성이 끊임없이 상호결합하여 시적 상승효과를 획득하고 있으며, 우리의 근대시를 현대시로 전개시키는 중요한 역할을 하고 있다. 그럼에도 불구하고 이제까지 월파의 시작 전반에 대한 종합적인 논의가 별로 없었던 것은 월파가 자신의 작품을 다른 시인들과 같이 애착을 가지고 수집 · 정리해두지 않았던 점과, 또한 월파가 시에

2) 엄창섭, 『김동명연구』, 학문사, 1987, p. 8.
3) 이건청, 「한국전원시연구」, 단국대 대학원 박사학위논문, 1985, p. 57.
4) 김학동, 「김상용의 시세계」, 『월파 김상용 전집』, 새문사, 1983, p. 440.
5) 김학동, 앞의 책, p.484.

대한 소양과 재능이 있었음에도 그것을 겉으로 내세우지 않았던 고고한 시인이었다는 사실을 그 요인으로 들 수 있겠다.[6]

앞에서도 언급했듯이 선행된 초허와 월파에 대한 논의는 양적으로나 질적으로 미비하고 단편적이다. 그들이 한국전원시의 한 획을 긋는 시인임에도 불구하고 신석정을 제외한 두 시인의 시사적 위치가 확고히 정립되지 않고 있음은 안타까운 일이다. 이제, 한국 전원시에 관심 있는 많은 연구자들의 수고가 이 두 시인을 음지에서 양지로 끌어내어 제자리를 찾게 할 수 있을 것이다.

'두 시인의 제자리 찾기'의 한 일환으로, 이 글에서는 초허와 월파의 시편 중에서 '하늘', '구름'과 '바람', '달'과 '별'에 나타난 시어의 이미지를 상이함을 중심으로 연구하려고 한다.

2. 심상 대비

1) '하늘'(모성과 이상적 공간 : 피안과 본향의식)

한국 전원시에서 가장 많이 노래된 배경의 이미지는 '산'과 '하늘'이다. 산과 하늘이 다수 노래되는 것은 그것들이 한국인의 집단무의식으로 핵심적 가치가 되고 있기 때문이다.[7] 초허는 하늘을 소재로 많은 시편들을 남겼다.

> 자려다 窓을 여니, 밤 하늘이
> 어머니같이 내게로 온다.
>
> —「밤」 일부

---

6) 김학동, 앞의 책, p. 425.
7) 이건청, 앞의 논문, p. 1.

초허는 어머니를 사랑한 시인이다. 그는 어려서부터 어머니와 많은 시간을 보냈으며, 그의 어머니는 자부심이 강하여 초허의 교육에 커다란 영향을 끼쳤다.[8] 자식에게 있어 어머니는 영원한 그리움과 사랑의 대상이다. 어머니는 자식을 위하여 모든 것을 희생하신다. 그래서 자식에게 있어 어머니는 한없는 사랑을 주시는 고마운 분으로 자리잡는 것이다. 이 시에서 시적 화자는 늘 어머니의 사랑을 간직하고 있다. "자려다 窓을 여니, 밤하늘이/ 어머니같이 내게로 온다."에서 알 수 있듯이 시적 화자에게 밤하늘은 어머니이다. 어머니는 부드러움, 포근함, 사랑의 속성을 내포하고 있다. 또한 밤은 대체로 고독감, 외로움 등을 표상하는데 이 외로운 심사 속에서 바라본 하늘은 가장 외롭고 힘들 때 떠오르는 어머니의 성품이다. 그러므로 이 시에서 '밤하늘=어머니=한없는 사랑=영원한 그리움' 등으로 의미가 심화된다고 할 수 있다.

또한 초허의 시에서 하늘은 어머니를 포함한 더 넓은 의미로 영역이 확대된다.

> 하늘에 별같이 빛나소서
> 어두울사록 더 빛나는 하늘에 별같이
> 그렇게 빛나소서 언제나 빛나소서
> 오오 나의 별이여, 나의 처녀여.
>
> ─「축원」 일부

이 시에서 시적 화자는 사모의 대상을 별과 처녀에 비유하여 축원하고 있다. 신화비평에 의하면 처녀는 신성을 상징한다.[9] 그러므로 별과 처녀는 신성하고 숭고하고 아름다운 존재라는 면에서 유사성을 갖고 있다. 이 때 별의 존재를 더욱 돋보이게 하는 것이 있다. 그것은 바로 하늘이다. 공간적 배

---

8) 김동명, 『모래위에 쓴 낙서』, 신아사, 1965, p. 11.
9) 임종찬, 「목월시에 나타난 Aura의 세계」, 『현대문학』, 1985. 11, p. 362.

경인 하늘은 밤과 낮이라는 시간적 배경과 더불어 만물을 포용한다. 낮에는 태양을 통해 우주의 온갖 사물을 약동시키고 밤에는 달과 별을 통해서 인간의 마음에 위안과 소망을 준다. 그러므로 우주의 모든 사물은 하늘의 보호 아래 생성과 소멸을 반복한다고 할 수 있다. 이 시에서도 하늘은 어두운 밤하늘일수록 더욱 빛을 발하는 별을 부각시켜 인간에게 소망과 기쁨을 주고 있다. 그러므로 하늘은 우주만물의 근원이요 섭리인 동시에 만물이 지향하는 이상적 공간이다.

한편, 월파의 시에 나타난 '하늘'은 인간적인 심정과 좀 더 밀접하게 연관되어 있다.

> 새벽 별을 잊고
> 山菊의 '맑음'이 불러도
> 겨를없이
> 길만을 가노라
>
> 길!
> 아―먼 진흙 길
>
> 머리를 드니
> 가을 夕陽에
> 하늘은 저러히 멀다.
> 높은 가지의
> 하나 남은 잎새!
> 오랜만에 본
> 그리운 本鄕아.
>
> ―「새벽 별을 잊고」 전문

이 시에서 "새벽 별", "山菊", "맑음", "하늘", "높은 가지", "잎새", "本鄕"은 피안의 세계를 지향하는 시어들이고, "길", "가을 夕陽"은 멀고 험난한 인생사를 의미하는 시어들이다.

시적 화자는 먼길을 떠나는 나그네이다. 산국화가 맑게 피어 있어도 돌아볼 겨를이 없다. 가야할 길이 멀기 때문이다. 그리고 그 길은 끝이 없이 "먼 진흙길"이다. 지친 모습으로 "머리를 드니" "가을 夕陽"에 "하늘"이 펼쳐져 있다. 하늘은 시적 화자가 그토록 소망해 마지않았던 피안의 세계요 동경의 세계이다. 그러나 그 하늘은 "저러히" 멀리 있다. 도달할 수 없는 먼 곳에 있다. 안타까운 심정으로 바라본 하늘! 그때 시적 화자는 자신의 옆에 하늘을 향해 서 있는 나무를 보게되고 또 맨 꼭대기의 "높은 가지"에 "하나 남은 잎새"를 발견하게 된다. 그 잎새는 하늘을 동경하는 시적 화자 자신의 감정이 투영된 식물적 이미지이다. 모든 사람들이 다 포기한 동경과 피안의 세계를 오로지 시적 화자 혼자만이 마지막 잎새가 되어 외롭게 지향하고 있는 것이다. 그리고 그곳은 시적 화자가 열망하는 "그리운 本鄕"의 모습으로 형상화된다. 결국 이 시에서 시적 화자는 고달픈 인생을 살아가지만 마음은 영원한 동경과 피안의 세계를 지향하고 있다. 그리고 그 세계는 인간이 언젠가는 돌아가야 할 영원한 안식의 고향("本鄕")이다. 그러므로 이 시에서 '하늘=피안의 세계=본향'의 등가가 이루어진다고 할 수 있다.

「鄕愁」에서도 고향 동경의식이 나타나고 있다.

人跡 끊진 山속
돌을 베고
하늘을 보오.

구름이 가고,
있지도 않은 고향이 그립소.

— 「鄕愁」 전문

시적 화자는 지금 "人跡 끊진 山속"에 있다. '산 속'은 인간세상과는 차단된 적막하고 외로운 공간이다. 그 산 속에서 시적 화자는 "돌을 베고" 누워서

"하늘"을 바라보고 있다. 이는 정처없이 떠돌아다니는 나그네의 모습이다. 이때에 "돌"은 "하늘"과 시적 화자를 이어주는 매개물인 동시에 하늘을 지향하는 소재이다. 하늘에는 표표히 떠도는 "구름"이 있다. 구름은 자유로이 이동하는 속성 때문에 나그네의 심상으로 자주 표상된다. 시적 화자는 구름을 보며 동질감과 친밀감을 동시에 느낀다. 그러나 그 구름마저 떠나 버리자 시적 화자는 완전히 홀로 남겨졌다는 고독감에 휩싸인다. 인간은 가장 외로울 때 고향을 생각한다. 시적 화자 역시 고향을 그리워한다. 그러나 시적 화자에게 고향은 "있지도 않은 고향"으로 존재한다. 즉 고향이 없는 것이다. 고향이 있어도 갈 수 없는 고향이다. 그렇다면 고향을 상실한 시적 화자가 나그네 되어 바라본 하늘은 무엇을 의미할까. 그것은 되찾은 고향의 모습이다. 더 이상 외롭게 유랑하지 않고 언제든지 자유롭게 찾을 수 있는 고향산천이다.

월파의 전기적 배경을 고려한다면 고향상실의식은 일제강점기와 무관하지 않다. 나라와 주권을 뺏긴 민족에게 고향은 없는 것과 마찬가지다. 이처럼 월파는 나라 잃은 설움을 고향상실로 비유하여 민족의 아픔을 노래하였으며, 나그네의 심정으로 하늘을 바라보며 언젠가는 꼭 되찾을 고향, 언젠가는 반드시 이루어질 조국광복을 염원하고 갈망하였던 것이다.

2) '구름'과 '바람'(인간과의 조화 · 동일시 : 자유지향과 허무)

구름과 바람은 자유로이 이동한다는 점에서 유사성을 갖는다. 구름은 풀어짐과 뭉침, 고정과 변화, 이동과 멈춤 등 다양한 운동성을 드러냄으로써 자유표상의 구실을 하게 된다. 그리고 유동성 또는 운동성의 속성에서는 바람도 같은 구실을 하지만, 바람은 인간을 포함한 자연과 연계된다는 점에서 지상적인 움직임으로 나타나고 있다.[10]

---

10) 홍희표, 『목월시의 형상과 유형』, 새미, 2002, p. 114.

저기 바다를 건너 둥둥 떠오는
구름아
여긔 잠간 와 주렴
나의 뜰로
나는 너를 좋아한다.
(…중략…)
아아 구름아
나는 네가 좋구나
못견듸게 좋구나.

—「구름」일부

이 시에서 시적 화자는 뜰을 거닐고 있다. 뜰은 표면적으로는 자연의 외형을 축소해 놓은 공간이나 내면적으로는 자연의 속성을 닮고 싶은 시적 화자의 가장 진실한 내면 공간이다. 이 공간은 어느 누구도 침입할 수 없는 은밀하고 순수하며 신성한 공간이다. 오직 시적 화자만이 유유자적(悠悠自適)하게 거닐며 명상을 즐기는 곳이다. 그런데 이 은밀한 공간에 초대하고 싶은 존재가 있다. 그것은 "저긔 바다를 건너 둥둥 떠오는 구름"이다. 구름을 발견한 시적 화자는 잠깐만이라도 자신의 뜰로 와달라고 간청한다. 그렇다면 시적 화자가 구름을 이토록 예찬하는 이유는 무엇일까. 그것은 구름의 속성 때문이다. 구름은 높은 곳에 있고, 이동이 자유로우며, 전지전능을 소유하고 있기 때문이다.

이 시에서 '구름'은 바다를 건널 때나 산을 넘을 때나 흉흉한 물결이 발 밑에 출렁거릴 때나 험한 산꼭대기에 옷자락이 걸릴 때나 언제나 태연하다. 아무 거리낌이 없다. 다만 구원의 미소를 지을 뿐이다. 시적 화자가 지상의 한 공간에서 수동적인 순환구조를 이루고 있다면 구름은 대기 중에서 자유롭게 이동하는 능동적인 순환구조를 이루고 있다. 시적 화자와 구름은 상대적이다. 그러나 시적 화자는 구름과 동일시되고 싶어한다. 즉 구름은 시적 화자의 동일시 대상이다. "네가 지면 내가 너 되고, 내가 지면 네가 나 되자쿠나"의 시행을 통해 보더라도 시적 화자가 구름의 속성을 지향하고 있음을 확연히 알 수 있다. 이처럼 시적 화자와 구름은 융합을 이루고 있는 것이다.[11]

또한, 초허의 시에서 '바람'은 인간의 협력자로서 긍정적 이미지를 내포하고 있다.

> 지금은 때 六月 훈훈, 南風이
> 누른 이삭 흐늑이는 보리밧헤
> 金빛 물결을 지으며
> 農女의 더운 뺨을 싯고 지나가다.
> 흙냄새와 풀향기
> 그리고 또 검은 눈알이 사랑스러운 여기에서
> 나는 자연과 인생과의 아름다운 죠화를 보노라.
>
> ― 「농녀」 일부

바람이 긍정적 이미지로 나타날 때에는 풍요, 성스러움, 인간적인 미덕 등을 의미하나 부정적 이미지로 사용될 때에는 허무, 불안, 장애물, 삶의 애환과 시련 등으로 나타난다. 문학작품에서 바람을 칭하는 종류는 다양하다. 긍정적 의미의 바람은 비교적 약한 바람으로 나타나나 부정적 의미의 바람은 강한 바람 내지는 거친 바람으로 나타난다. 모래바람, 떠돌이 바람, 높새바람 등은 악덕의 상징으로 나타나고 있다.

이 시에 나타난 "南風"은 약한 바람으로 긍정적 이미지를 내포하고 있다. 시적 화자는 농녀이다. 6월의 어느 훈훈한 날 시적 화자는 더운밥을 일터로 내간다. 밭에는 보리의 황금물결이 출렁이고 그것을 바라보는 시적 화자의 마음은 흡족하다. 이때 훈훈한 남풍이 불어와 머리에 인 더운밥의 열기를

---

11) 신용협, 「한국 현대시에 나타난 자연관」, 『한국현대시 연구』, 새미, 2001, p. 340.

씻어준다. 더불어 흙 냄새와 풀 향기를 가득 실어다 준다. 또한 남풍은 이 시에 나타난 모든 소재들과 접촉한다. 남풍은 정지해있던 모든 사물을 움직이게 하고 정적인 이미지를 동적인 이미지로 변화시킴으로 시어 자체에 활기를 불어넣는 동시에 시 전체를 역동적으로 전환시키고 있다. 초허는 이렇듯 정적인 인간의 삶에 동적인 바람을 개입시켜 풍요롭고 역동적인 인간의 삶을 추구하고 있으며 더불어 인간과 자연의 조화로운 관계를 강조하고 있다.

한편, 월파의 시에서 '구름'은 자유를 지향하는 존재로 나타난다.

㉮ 아— 한조각 구름처럼
　無心하던들
　그 저녁의 濤聲이 그리워
　이 한밤을 걸어 새기야 했으랴?

　　　　　　　　　　　　　　　　　　　　　　　　　　—「追憶」 일부

㉯ 岩盤을 흘으는 淸冽, 새가 운다. 구름도 간다. 이름
　없는 꽃은 사랑해
　못쓸가? '가제'도 돌밑을 나섰다.
　꿈에도 이곳을 그려해, 내 慾望은 슬프다.
　　　　　　　　　　　　　　—「閑居(「렌스」에 비친 가을 表情)」⑥」 전문

㉮에서 시적 화자는 '구름'의 무심함을 지향한다. 인간은 희로애락의 감정을 지닌 존재이기 때문에 구름처럼 무심할 수가 없다. 진선미를 추구하려는 정신적 욕구도 있고, 풍요한 의식주를 영위하려는 물질적 욕망도 있다. 그런데 인간사회에서 이루어지는 모든 정신적·물질적 활동은 오히려 인간의 삶을 구속한다. 시적 화자는 그러한 인간의 생활에 피로를 느끼며 인간의 욕망이 부질없음을 자각한다. 그러므로 시적 화자는 "그 저녁의 濤聲이 그리워/ 이 한밤을 걸어 새기야 했으랴?"라고 탄식하면서 구름의 무심함을 부러워하고 있다. 여기서 무심하다는 것은 속세에 대하여 아무런 관심이 없다

는 것이다. 속세에 관심이 없는 사람은 속세에 미련도 없다. 그는 속세에 안
주하려 하지 않고 자유로운 삶을 추구한다. 그러므로 이 시에서 '구름=무심
함=속세에 욕심없음=자유지향'의 등가가 이루어진다고 할 수 있다.

㉯의 시에서 시적 화자가 바라보는 산 속의 풍경은 한가롭기 그지없다. 암
반을 흐르는 맑은 물이 있고 새가 울고 있다. 구름도 표표히 가고 이름 없는
꽃들도 사랑스럽다. 돌 밑의 가재도 제 갈 길을 가려고 한다. 물과 새와 구름
과 가재는 흐르고 울고 이동한다. 모두 움직인다. 정지하지 않는다. 동적인
심상을 제시하는 이 자연들은 시적 화자가 지향하고픈 삶의 역동성, 자유로
움을 내포하고 있다. 그러므로 이 시의 '구름' 역시 인간의 자유로운 삶을 표
상한다고 할 수 있다.

또한 월파의 세상에 대한 무관심은 인생무상의 자각으로 이어진다.

> ㉮ 하늘에 璞玉城을
> 두렷이 쌋던 구름
> 숙엿다 다시 보니
> 다만 蒼天뿐이로다.
>
> ―「失題」일부

> ㉯ 싸늘한 하날밋 바람이 부네
> 서리온 땅우에 바람이 부네
> 흐르는 듯 人生의 歲月이 가네
> 白髮만 남겨노코 歲月이 가네
>
> ―「無常」일부

㉮에서 '박옥성'과 '구름'은 시적 화자가 환상을 꿈꿀 수 있도록 만드는 시
적 장치다. 박옥성은 인간 세상에 있는 성이 아닌 조물주가 존재하는 곳에
적합한 성이다. 구름 역시 박옥성의 신비로움을 확인·강조시켜주는 존재
이다. 그러므로 구름에 쌓인 박옥성은 지상의 것이 아닌 천상의 공간에 존

재해야만 마땅한 것이다. 그러나 "숙엿다 다시 보니/ 다만 蒼天 뿐이로다"에서 알 수 있듯이 박옥성과 구름은 시적 화자의 마음속에 존재하는 환상적 공간이요 허상적 소재일 뿐이다. 그러므로 '박옥성=구름=환상=허상'의 등가가 이루어진다. 월파는 이 시에서 인간의 삶도 구름처럼 허망한 것임을 보여주고 있다.

㉯에서 "싸늘한 하날", "서리온 땅", "人生의 歲月", "白髮", "바람"등은 인생무상을 느끼게 해주는 시어들이다. 시적 화자는 인생의 쇠퇴기에 해당하는 늦가을을 맞이하여 '삶과 늙음' 그리고 '죽음'에 대하여 탄식한다. 그리고 인생의 참 모습에 대해 자문한다. 그러나 "대답없는 들 우에 바람만 불어"라고 고백하듯이 인간은 인생의 본질을 찾을 수 없으며, 다만 인생은 허무하다는 것을 깨닫게 된다. 그러므로 이 시에서 '바람'은 허무한 바람 즉 인생무상을 의미한다.

3) '달'과 '별'(외로움과 동경성 : 희망과 위안)

달과 달빛은 동양과 서양의 문화가 다르듯이 문학작품에서 암시하는 이미지가 상이하다. 동양에서는 인간과 친근한 벗이나 자연물로 등장하는데 반해 서양에서는 그로테스크한 분위기를 고조시키는 부정적 이미지가 지배적이다.

> 내마음은 나그네요.
> 그대 피리를 불어주오.
> 나는 달 아래 귀를 기우리며, 호젓이
> 나의 밤을 새이오리다.
>
> ─「내 마음은」일부

이 시가 사랑의 애상을 노래하고 있기에 '나그네', '피리', '달', '호젓이',

'밤' 등의 시어가 모두 애상적이다. 특히 '달'은 사랑의 애상을 다시 한번 확인시켜주는 시공적(時空的) 배경의 이미지로서 정적(靜的)인 분위기를 극대화시키고 있다.

이 시에서 시적 화자는 나그네로 비유된다. 나그네는 고독의 심상이다. 이때 시적 화자는 청자에게 피리를 불어줄 것을 요청한다. 물론 이 피리 부는 행위는 시적 화자와 청자가 대면하는 일없이 각자의 공간에서 이루어진다. 피리소리는 나그네의 외로움을 달래주는 위안의 대상이다. 또한 시적 화자가 나그네의 심정으로 먼 발치에서 청자의 피리소리를 듣고 있는 곳은 달이 떠 있는 한 호젓한 공간이다. 이때 '달밤'과 '밤'의 이미지는 대조적이다. 달밤은 외롭고 쓸쓸하나 두려운 느낌은 들지 않는 시간을 의미하지만, 밤은 외롭고 쓸쓸하고 두려운 시간을 의미한다. 달의 존재 유무가 밤을 긍정적 이미지로 또는 부정적 이미지로 형상화시키고 있다. 시적 화자는 달이 있어 두렵지 않은 밤의 시간에 지나간 사랑을 반추한다. 이때 시적 화자를 비춰주는 달은 마지막까지 남아있는 유일한 시적 화자의 벗이요 위로의 주체인 동시에 시적 화자의 애상적 상황을 극대화시키는 시간적·공간적 배경의 이미지로서 시적 화자의 외로움을 더욱 부각시키고 있다.

별 또한 문학작품에서 성스러운 존재, 천상적인 존재로 간주되어왔다. 그래서 별은 소망, 동경의 대상, 이상향, 미래의 희망, 기쁨, 초월적 세계 등으로 상징된다.

하늘에 별같이 높으소서
몸 가짐 마음 가짐
그렇게 높으소서 언제나 높으소서
오오 나의 처녀여, 나의 별이여.

하늘에 별같이 빛나소서
어두울 사록 더 빛나는 하늘에 별같이

그렇게 빛나소서 언제나 빛나소서
오오 나의 별이여, 나의 처녀여.

—「축원」일부

이 시에서 시적 화자는 대상을 향하여 최상급의 축원을 하고 있다. 1연 1행과 2연 1행에 나타난 "하늘에 별같이 높으소서"와 "하늘에 별같이 빛나소서"가 그 단적인 예이다. 지상에서 가장 높은 곳인 하늘, 그 하늘에서 빛을 발하고 있는 별. 그와 같은 별이 되라고 시적 화자는 대상에게 축원하고 있다. 이때 축원의 대상은 연인이나 초허 자신일 수도 있고, 어머니나 조국일 수도 있다. 시적 화자에게 있어 축원의 대상은 처녀처럼 순결하고 별처럼 고귀하며 성스러운 존재이다. 어두울수록 더욱 빛을 발하는 가치있고 소중한 존재로 별과 같은 존재이다. 왜냐하면 '별'은 가장 빛나며 가장 높은 곳에 존재하는 성스러운 대상으로 인간이 지향하는 동경의 대상이기 때문이다.

이상적 삶을 살고자 하는 희망은 인간 누구에게나 절실한 것이다. 때문에 인간은 항상 한 사회의 규범에 합일되는 삶을 살려고 하는 욕구를 지니며 일관된 자세를 견지하려 한다. 그러나 실제적 삶은 어떤 형태로든 규범과 표준을 따라 살고자 하는 시인의 의지를 제약하게 마련이다. 특히 1930년대의 시대적 상황은 모든 면에서 이상적 삶을 지향하려는 시인의 의지를 제약하였다.[12] 암흑의 역사를 살아야 했던 초허에게도 현실은 절망적이었다. 따라서 어두운 밤하늘일수록 더욱 자신의 존재를 드러내는 별은 그에게 있어 인생의 지표요 구원자였다. 그러므로 이 시는 절망적일수록 더욱 희망을 잃지 않으려는 초허의 인생관을 잘 드러내고 있으며 그러한 긍정적 인생관의 지향점으로 선택한 시어 '별'은 이 시의 주제를 더욱 구체화시키고 있다.

한편, 월파의 시에서 '달빛'은 식민지 시대를 살아가는 우리민족에게 희망

---

12) 이건청, 앞의 논문, p. 185.

을 상징한다.

> 돌스새, 너겁밑을 갸웃거린들
> 지난밤 저버린 달빛이
> 虛無로히 여직 비칠리야 있겠니?
>
> ——「물고기 하나」 일부

물고기 한 마리가 돌 사이의 너겁 밑을 기웃거린다. 너겁은 웅덩이의 괴어 있는 물에 떠있는 검불이나 풀 또는 나무뿌리를 일컫는다. 물고기는 그 너겁 밑을 헤엄쳐 다니며 달빛을 찾는다. 이때 '달빛'은 물고기의 희망이다. 물고기는 희망을 찾아 물위를 부유한다. 그러나 지난 밤 저버린 달빛이 낮 시간인 지금까지 비칠 리가 없다. 그러므로 희망을 상실한 물고기는 그 희망을 찾아 다른 웅덩이를 찾아갈 것이다. 그러나 그 웅덩이에도 달빛이 없음은 자명하다.

월파는 일제치하의 자신을 물고기로 비유하고 있다. 물고기가 희망의 상징인 달빛을 찾아 부유하듯이, 식민지시대를 살아가는 월파도 희망을 찾아 나그네의 신세가 되어 유랑하는 것이다. 그러나 낮 시간에는 달빛이 존재하지 않듯이 식민지 시대에서 희망은 존재하지 않는다.

이 시에서 '달'이 희망을 상징하는 이미지로 사용되었듯이 '별' 역시 인간의 희망, 위안, 동경 등을 상징한다.

> 별이 없어 더 설어운
> 포구의 밤이 샌다.
>
> ——「浦口」 일부

시적 화자는 고향을 떠나온 나그네이다. 시적 화자가 머물고 있는 공간은 포구가 있는 어느 마을이다. 또한 시적 화자는 낯선 지방에 머물고 있다는 불안심리로 인해 잠을 이루지 못한다. 밤은 나그네의 고독과 고향에 대한 그리움을 고조시키는 시간적 상관물이다. 만남과 이별이 이루어지는 포구에서 맞는 밤은 특히 인생의 고독에 대해 사색하게 하는 시간이다. 그런데 시적 화자의 고독을 고조시키는 장치물로 밤만 등장하는 것은 아니다. 밤하늘에는 별도 없다. 별은 인간의 고독을 달래주는 위안의 대상이요 동경의 대상이다. 인간은 외로울 때 밤하늘의 별을 바라보며 위안을 받는다. 별을 보며 인간은 삶의 희망과 기쁨을 얻는 것이다. 이 시의 시적 화자도 인생의 고독과 타향에서 느끼는 객창감을 해소해보려고 별을 찾지만 밤하늘에는 별이 하나도 없다. 그래서 시적 화자는 서러울 수밖에 없다. 이 세상에 혼자라는 고독감이 시적 화자를 서럽게 하고 있으며 객창감이 시적 화자로 하여금 밤을 새게 만든다. 그러므로 이 시에서 '별'은 고독한 인간을 마지막까지 위로해주며 인간에게 희망과 기쁨을 주는 존재로 표상된다.

3. 결론

김동명과 김상용은 1930년대 한국 전원시를 대표하는 시인들이다. 두 시인의 시편에 나타난 전원지향에는 다소의 차이가 있다. 김동명은 현실의 고독과 불안을 치유받는 위로의 공간으로 자연을 표현하였고, 김상용은 무욕의 삶을 지향하는 관조의 공간으로 자연을 노래하였다. 그러나 두 시인의 시어에 나타난 자연의 이미지는 대동소이하다. 특히, 자연물을 통한 인간과 자연의 교감과 감동, 그리고 자연에 대한 인간의 동경 및 지향은 두 시인이 공통으로 소유한 시적 기질이요 정서이다.

그러나 이 글에서는 두 시인의 시어에 나타난 이미지의 유사점보다는 차이점을 살펴보는데 주력하였다. 초허와 월파 시의 심상 대비로 선택한 시어는 '하늘, 구름과 바람, 달과 별'이다. 초허의 시에서 하늘이 모성과 이상적 공간으로 나타나고 있다면, 월파의 시에서 하늘은 피안과 본향의식으로 나타난다. 또한 초허의 시에서 구름과 바람이 인간과의 조화 내지는 동일시의 대상으로 나타나는 반면에, 월파의 시에서 구름과 바람은 인간의 자유지향과 인생무상을 노래하고 있다. 마지막으로 초허의 시에서 달과 별은 인간의 외로움과 동경을 지향하고 있으나, 월파의 시에서 달과 별은 인간의 희망과 위안을 표상하고 있다.

일제강점기라는 암흑 속에서 두 시인은 전원에 귀의하여 시를 썼다. 비록 그것이 현실을 외면한 소극적 행위라는 일부 평자들의 비판도 있지만, 두 시인의 작품활동이 1930년대 한국시사에서 전원시의 위상을 높이 세워놓았다는 것에는 이견의 여지가 없다.

앞으로 이 두 시인에 대한 정확하고 섬세한 양질의 논의가 활성화되기를 기대하며 이 글을 마치고자 한다.

(현대문학연구회 춘계세미나, 2003년)

2장 신을 향한 본원적 감사

– 오완영 『詩人의 肖像』론

1. 머리말

오완영 시인의 시에는 초월주의(超越主義)[1]자의 사색이 담겨 있다. 왜냐하면 그의 시에는 현상적인 것이나 지각적인 것에는 일체 관심이 없고 오직 초월적이며 보편적인 우주적 질서를 중시했던 19세기 미국의 초월주의자의 사상이 투영되어 있기 때문이다. 또한 그의 시에 나타난 '신', '인간', '영혼' 등의 성스러운 것들에 대한 찬미가 그를 초월주의 시인으로 격상시킬 수 있는 근거가 되기 때문이다.

오완영 시인의 시집 중 그 어느 하나 탁월하지 않은 것이 없지만 특히 제2 시집 『詩人의 肖像』은 종교인으로서 시인의 신에 대한 사랑과 감사, 인간에 대한 연민과 애정 그리고 구원의 문제가 응축되어 있다. 기독교적 신앙관은

---

1) 초월주의는 19세기 미국의 사상가들이 주장한 이상주의적 관념론에 의한 사상개혁 운동으로 초절주의(超絶主義)라고도 한다.

영혼과 육체가 영원히 구제될 수 없었던 인간을 죄와 사망으로부터 해방시
킨 신에 대한 근원적인 감사를 전제로 한다. 따라서 시인의 시편에 나타난
중심 테마는 '신과 인간' 그리고 '감사와 구원'이다. 시인은 죄와 사망으로부
터 인류를 구원에 이르게 한 신을 향한 사모를 통하여 신의 성품에 대한 인
간의 동일시 지향과 그에 따른 신과 인간의 조화를 추구하고 있다. 그리고
이것은 '신의 인간에 대한 사랑'과 '인간의 신에 대한 감사'라는 범박하면서
도 결코 실행이 쉽지 않는 관념어 '사랑과 감사'로 통합될 수 있다.

따라서 이 글에서는 시인의 시편 속에 자주 등장하는 시어 '빛', '그림자',
'엽서' 그리고 '포도'의 이미지를 통해 인간을 향한 신의 사랑과 신을 향한 인
간의 본원적 감사가 어떻게 표상화되는지를 좀 더 심층적으로 살펴보고자
한다.

2. 신을 향한 본원적 감사

1) 빛 그리고 그림자

원형상징에 의하면 '빛'은 '상서로움, 신이한 존재, 구원자' 등을 의미한
다. 시인이 기독교인임을 고려할 때 그의 시에 나타난 '빛'은 유일신 하나님
이며 '그림자'는 그러한 빛을 끊임없이 사모하고 지향하는 인간을 의미한다.
그러므로 시인이 생각하는 '빛'과 '그림자'는 대립의 개념이 아니라 조화의
개념이며 독존(獨存)의 관계가 아니라 공존(共存)의 관계이다.

> 빛은/ 아주 조그만 사랑이다/ 빛은/ 아주 큰 사랑이다//
> 사랑은/ 크고 작은데 있지/ 아니하며//
> 사랑은/ 별빛처럼 밝지 않아서/ 온유(溫柔)하고/ 따스하다//
> 별을 헤이면서/ 밤하늘을 지키던/ 그 아버지의/ 품을,//

지금의/ 우리가 기억 할 수/ 없어도//

아버지의/ 품은/ 영원의 빛,/ 사랑의 빛으로//

번지고 있다/ 번지고 있다//

— 「빛 그리고 그림자 Ⅲ」 전문

이 시에서 빛은 '사랑'으로 은유된다. 사랑은 신을 속성을 단적으로 보여주는 시어이다. 그 사랑은 때로는 "조그만 사랑"으로 때로는 "큰 사랑"으로 나타난다. 그런데 이때 인간을 향한 신의 사랑은 '더 사랑하심' 또는 '덜 사랑하심'을 의미하는 것이 아니라 인간이 처한 상황과 처지에 맞게 때로는 작게 때로는 크게 포용함을 의미한다.

또한 이 시에서 신의 사랑은 '별빛'으로 비유되는데, 이때 별빛은 태양처럼 강렬하지도 않고 바람처럼 변덕스럽지도 않다. 그것은 언제나 "온유하고 따스하다". 신은 이처럼 온유하고 따스한 사랑의 눈빛을 인간에게 지속적으로 투영시키고 있는 것이다.

신의 속성을 대표하는 또 다른 것으로는 '영원한 생명(영생)'이 있다. 영생은 인간들이 궁극적으로 갈망하는 지고(至高)한 관념으로 기독교 신앙의 정수이다. 시인은 이 시에서 자신의 신을 빛으로 표상함과 더불어 신의 속성인 사랑과 영생을 "사랑의 빛", "영원의 빛"으로 은유하여 신을 향한 경외의 찬송과 감사를 올리고 있다.

또한 시인은 7연에서 "번지고 있다/ 번지고 있다"를 반복적으로 표현함으로써 인간을 향한 신의 한없는 사랑을 강하게 드러내고 있다. 인간은 빛으로 표상되는 신의 사랑과 보호 없이는 존재할 수 없기에 사랑과 영생의 상징인 신은 언제나 우리 인간들과 함께 존재하게 된다. 시인은 이 시에서 빛을 '신→사랑→온유하고 따스한 별빛→온유하고 따스한 아버지의 품→영원→사랑'으로 순환시킴에 의해 결국 빛이신 신은 '사랑'임을 강조하고 있다. 인간에 대한 신의 사랑은 다음의 시에서는 더욱 구체적인 대상을 통해 나타나고 있다.

별빛이/ 이슬이었을 때// 별빛이/ 풀잎이었을 때//

별빛이/ 꽃잎이었을 때// 별빛이/ 나비이었을 때//

별빛은/ 하늘에 있지 아니하고// 별빛은/ 땅에도 있지 아니하고//

별빛은/ 사람들의 가슴으로 있었다//

— 「빛 그리고 그림자 Ⅵ」 전문

이 시에서 '별빛'은 '이슬', '풀잎', '꽃잎', '나비'를 보조관념으로 갖는다. 이때 이슬은 투명함을, 풀잎은 연약함을, 꽃잎은 아름다움을, 나비는 생명을 의미한다. 또한 이 시어들은 모두 작고 연약하며 세속적이지 않다는 공통점을 갖고 있다. 별빛이 신을 표상한다는 점을 염두에 둘 때 신은 이렇게 작고 연약하며 깨끗한 생물의 속성 역시 소유하고 있음을 알 수 있다. 이 때 신이 소유한 속성은 그것에 대한 신의 애정과 연관된다고 할 수 있다. 그러므로 이 시에서 신은 작고 초라하지만 연약하고 깨끗한 것들에 대한 애정을 드러내고 있는 것이다. 신이 이슬, 풀잎, 꽃잎, 나비 등의 미세한 존재(미물)와 동격을 이룰 때 신의 사랑은 "하늘에 있지 아니하고/ 땅에도 있지 아니하"며 오직 "사람들의 가슴에 있"는 것이다. 이때의 신은 더 이상 권위와 위엄의 대상이 아닌 초라하고 작은 자식까지도 한없이 사랑하는 자애로운 어버이의 모습인 것이다. 자식은 어버이의 분신이기에 신의 속성인 이슬, 풀잎, 꽃잎, 나비 역시 신의 분신이다. 환언하면 그것들은 신의 자녀 즉 인간이라고 할 수 있다. 그러므로 이 시에서 시인은 신의 속성을 인간으로 환치시켜 인간이 신의 성품을 사모할 것을 역설하고 있으며 동시에 지고지선(至高至善)이며 지존(至尊)이신 신을 향한 인간의 동일시를 지향하고 있다. 시인의 신의 섭리에 대한 감사는 다음의 시에서도 이어지고 있다.

① 세상에서/ 가장 소중한 것들에 대한/ 믿음,//

세상에서/ 가장 소중한 것들에 대한/ 사랑//

세상에서/ 가장 소중한 것들에 대한/ 소망//

이 믿음과 사랑과 소망은/ 삶의 滋養일지니//

뿌리로/ 돌아 오는 落葉을/ 밟으며//

이 가을의/ 結實로 다가 오는/ 조그만 사랑 이야기에/ 귀 기울이게 한다.//

— 「빛 그리고 그림자 Ⅷ」 전문

② 가난은/ 오히려 행복(幸福)의/ 조건//

　　가난은/ 오히려 사랑의/ 조건//

　　가난은/ 오히려 풍요의/ 조건//

　　우리는/ 가난하였기에/ 미움보다/ 사랑을 더많이/ 누렸다//

　　우리는/ 가난하였기에/ 슬픔보다/ 더 많은 기쁨을/ 누렸다//

　　우리는/ 가난하였기에/ 부러움 보다는/ 자긍(自矜)함을/ 더 많이 누렸다 할 것이다.//

— 「빛 그리고 그림자 Ⅳ」 전문

　①에 등장하는 '믿음', '소망', '사랑'은 창조주께서 인간에게 주신 은혜의 선물로 기독교 정신의 본질이다.[2] 신은 인간에게 이 세상 가장 소중한 것들을 믿고 사랑하여 그것들에 대한 소망을 품으라고 말씀하신다. 그런데 이 '믿음'과 '소망'과 '사랑'은 인간 삶의 "滋養"일 뿐만 아니라 인간을 "뿌리로 돌아오"게 하는 신이 주신 진리의 말씀이다. 즉 그것은 신의 성품이다. 시인은 가을날 "落葉을 밟으며" 신의 섭리를 생각한다. 그리고 믿음, 소망, 사랑의 말씀을 통해 인간에게 "結實"을 맺게 하신 신의 "조그만 사랑 이야기"에 귀 기울이며 감사의 기도를 올리고 있는 것이다.

　②에서도 가난을 통한 시인의 감사는 계속된다. 시인은 가난은 "행복의 조건", "풍요의 조건"이라고 역설하고 있다. 시인이 추구하는 행복과 사랑과 풍요의 조건은 육체적인 안락함이나 물질적인 충만함이 아니다. 그것은 정신적인 충만함이요 영혼의 충만함이다. 시인은 "가난"을 통하여 진정한 행

---

2) 『신약전서』, 「고린도전서」 13장 1절~13절 참고.

복과 사랑과 풍요를 누리고 싶어 한다. 시인에게 "가난"은 불편할뿐 부끄러운 존재가 아니다. 시인이 생각하는 "가난"은 참 기쁨을 얻기 위한 통과의례의 장치일 뿐이다. 특히 종교적 인간의 삶에 있어서 '통과제의'는 중요한 부분을 담당한다.[3] 통과제의는 '탄생', '사춘기의 입사식', '결혼', '죽음' 등이 대표적이라고 할 수 있[4]으나 '가난' 역시 통과제의에 속한다고 할 수 있다. 왜냐하면 인간은 가난이라는 고난을 통과하면서 더욱 원숙한 인격을 도야함으로써 인간의 세계에서 신의 세계로 이행할 수 있기 때문이다. 이 시에서 시인의 논리가 다소 역설적인 것은 이 때문이다. 시인에 따르면 인간은 역설적이게도 가난한 상황에서 "오히려" 더 "사랑을 누리"고 "기쁨을 누리"며 "자긍함을 누린"다는 것이다. 그리고 이것은 시인의 바램이다. 결국 시인은 이 시에서 "가난"을 통과한 '진정한 행복'의 추구라는 역설의 미학을 제시하고 있는 것이다.

2) 신께 띄우는 엽서

'엽서'는 시인이 신께 올리는 조그만 신앙고백이다. 시인은 엽서라는 매개물을 통하여 신과 은밀한 대화를 나누고 있는 것이다.

> 한포기/ 잔디로 나를 심으며//
> 하천 고수부지/ 어딜지라도//
> 어느 해 다가 올/ 洪水를 위해//
> 심는 자만이/ 거둬드릴 영광을 위해//
> 작은/ 신앙의 잔디를 심으며//
> 바람에/ 흔들리는 날,//
> 하늘을/ 우러르게 하소서//

---

3) Arnold van Gennep, Les rites de passage, Paris, 1909 참조.
4) 멀치아 엘리아데, 이동하 역, 『성과 속 종교의 본질』, 학민사, 1983, p. 140.

한포기/ 잔디로 나를 심으며.//

—「엽서 I」 전문

이 시에서 시인은 '잔디'가 되겠다고 고백한다. 잔디는 작고 보잘 것 없지만 그 역할은 크고 가치가 있다. 잔디는 "하천 고수부지 어디에" 심겨져 "홍수"를 막아주기 때문이다. 이처럼 잔디는 인류를 위해 가치 있는 일을 한다. 이 시에서 시인은 "신앙의 잔디"이다. 그러므로 시인 역시 잔디처럼 인류를 위해, 신을 위해 희생과 헌신을 하고 싶은 것이다. 시인은 그 희생과 헌신 뒤에 올 "영광을 위해" 기꺼이 "신앙의 잔디를 심"고 싶은 것이다. 왜냐하면 이 '작은' 신앙의 잔디가 시인의 인생길에 '커다란' 빛이 되어서 "바람에 흔들리는" 고난의 순간에도 오직 "하늘을 우러르게" 하는 희망이 될 것이기 때문이다. 시련의 "바람"이 불어 와 고통으로 흔들릴지라도 "하늘(신)"을 바라보면서 모든 환난을 이기게 하는 소망이 될 것이기 때문이다. 그러므로 이 시는 작지만 견고하여 흔들림이 없는 잔디처럼, 신을 향한 보잘 것 없지만 굳건하여 결코 흔들림이 없는 신앙(믿음)을 고수하겠다는 시인의 겸손한 고해성사라고 할 수 있다.

시인의 신(예수 그리스도)에 대한 사랑과 감사는 자신의 육신을 버리고 영혼을 십자가에 못 박는 자기희생적 행위에 의해 더욱 구체화된다.

죄의 씨앗이/ 나를 좀 먹고 있읍니다.//
좀쓴 십여년전의 옷가지를/ 꺼내 놓고//
못난 신앙을/ 되풀이 하는/ 구멍난 천 조각 사이로/들어 난/ 恥部를 쓰다듬고 있읍니다.//
그러나/ 속살까지 스미는/ 이 금단의 고통은/ 치유(治癒)할 수 없읍니다.//
육신을 버리고/ 靈魂을 못 박는 일밖에/ 없다 할 것입니다.//

—「엽서 II」 전문

신은 천지창조의 마지막 날에 당신의 형상대로 인류의 조상인 아담과 이브를 만드셨다. 그리고 그들은 신의 성품을 닮아 선하고 순한 존재였다. 그러나 이브가 뱀의 유혹에 넘어 간 '선악과 사건'으로 인류는 죄를 짓게 되었으며 죄의 값은 사망이었다.

이 시에서 시인은 '죄'의 고통으로 고뇌하고 있다. 1연에서의 "죄의 씨앗"이 2연에서는 "좀쓴 십년전 옷가지"로 3연에서는 "구멍난 천조각"으로 4연에서는 "속살까지 스미는 금단의 고통"으로 그리고 마지막 5연에서는 "영혼을 못박는 일"로 시상을 확대하여 시인의 고뇌가 점점 심화되고 있음을 보여준다.

인간은 '원죄'와 '자범죄'라는 두 종류의 죄를 지니고 있다. 원죄는 신의 명령을 어기고 선악과를 따먹은 아담과 이브가 지은 죄를 일컫고 자범죄는 인간이 매일매일 스스로 짓는 크고 작은 죄를 일컫는다. 원죄는 예수 그리스도의 십자가 희생에 의해 사해졌지만 자범죄는 인간의 의지에 달려있다. 이 시에서 시인이 고뇌하는 죄의 양상은 바로 자범죄이다. 죄를 인식하고도 죄를 범하게 되는 인간의 어리석음을 시인은 "못난 신앙"의 "되풀이"라고 표현하고 있다. 또한 죄의 결과인 "치부를 쓰다듬"는 행위는 어리석게도 죄를 범하는 인간에 대한 동정과 연민의 표출행위라고 할 수 있다. 그러나 죄의 고통을 영원히 무마시킬 수 없음을 자각한 시인은 "금단의 고통"을 "치유할 수 없"다고 절규한다. 결국 시인은 죄의 대가를 치르기 위해 "영혼을 못 박"겠다고 고백한다. 이는 인류의 죄를 대속하기 위해 십자가 형벌을 선택한 예수 그리스도처럼 시인 자신도 자신의 자범죄를 사함받기 위해 영혼을 못 박겠다는 다짐인 것이다. 시인은 이 시를 통하여 인류를 위한 예수 그리스도의 희생과 사랑을 감사함과 더불어 인류의 죄의 결과는 십자가에 영혼을 못박는 행위임을 강조하고 있다.

시인의 신을 향한 순종과 경외의 태도는 다음의 '엽서'에서도 지속적으로 이어진다.

천둥소리/ 요란하면 방아개비만한/ 물사마귀가 내 肉身을/ 쪼아 먹습니다.//
새벽까지/ 내 肉身은 허드레 통속에/ 처박혀 버려집니다.//

復活의 아침이/ 온갖 사물을/ 깨울 때까지는/ 잠은 世俗을 헤메며/
돌이 떡덩이가 되는 꿈을/ 부지기로 꾸게 됩니다.//
나는/ 이 어둠의 바다에/ 慾望의 타래를 풀어/ 어둠을 건져 올리려 합니다.//
그러나/ 어둠은/ 곧 나의 未蒙이 되어/ 오직 나는/ 나를 낚는/ 초라한 漁夫일
뿐입니다.//

—「엽서Ⅲ」 전문

이 시에 등장하는 '물사마귀'는 시인의 "육신을 쪼아 먹"는 '악'으로 표상
된다. 그 악한 존재에 의해 시인의 "육신"은 "새벽까지" "허드레 통속에 쳐
박혀 버려지"는 수난을 당하게 된다. 그러나 시인은 결코 절망하지 않는다.
그것은 "復活의 아침"이 있기 때문이다. '어둠'의 세계가 물러간 후 모든 물
상이 눈을 뜨는 '아침'이 기다리고 있기 때문이다. 아침은 암흑이 광명으로,
악이 선으로 대체되는 시간이다. 이 부활의 아침엔 "돌이 떡덩이가 되는" 기
적이 일어난다. '돌'이 암흑이요 악이라면 '떡덩이'는 광명이요 선이다. '광
명과 선'은 시인이 궁극적으로 지향하는 신앙의 지표이다. 그러므로 시인이
부활의 아침을 소망하는 이유가 바로 여기에 있다.

시인은 죄와 악으로 표상되는 "어둠의 바다"에서 "욕망"이라는 인간의 의
지로 "어둠을 건져 올리"려고 한다. 이때 '어둠을 건져 올리'려는 행위는 '어
둠을 물리치'려는 행위와 동격의 표현이다. 인간은 스스로 어둠(악)을 물리
쳐 보려고 적극적인 의지를 표출하지만 한계에 부딪치게 된다. 오히려 어둠
은 시인에게 "未蒙"이 되어 시인 자신이 "초라한 漁夫"임을 자각하게 하는
결정적 단서가 된다. 결국 이 시는 신 앞에서 인간의 어떤 도전도 불가능함
을 '어둠'과 '아침'의 대립적 이미지를 통해 표상하고 있다고 할 수 있다. 또
한 인간은 단지 신앙의 수련을 통해서만이 자신을 "낚는 초라한 어부"로 존
재할 수 있음을 보여주고 있다. 여기서 '초라한'이라는 시어는 신 앞에, 예
수 그리스도 앞에 순종하고 복종하는 '겸손한' 신앙인, '낮아진' 신앙인을 의
미한다고 할 수 있다. 결국 이 시는 예수 그리스도가 인류를 구원하여 사람

을 낚는 어부가 되었듯이 시인도 자신을 구원하여 자신을 낚는 어부가 되고 싶어하는 갈망을 드러내고 있다.

　예수 그리스도가 인류 구원을 위해 필연적으로 거쳐야 했던 통과의례는 십자가 처형과 부활이었다. 이 소중한 사건이 다음의 시에서는 '씨앗', '소금', '빛', '말씀'으로 비유되어 예수 그리스도의 희생의 가치를 극대화시킨다.

　　지천으로 쌓인/ 나뭇잎을 밟으며//
　　돌아 갈 수도/ 돌아 올 수도 없는/ 裸木을 바라본다.//
　　프라타나스/ 叡敏한 가지 끝에/ 무관하지 않은/ 겨울이 움돋고//
　　로마 병정에 끌려가던/ 매서운 채찍에 일던 바람이/ 어덕 너머/ 刑木을 세우고 있다.//
　　바람이 일 때마다/ 血痕은/ 자욱자욱//
　　씨앗이 되고/ 소금이 되고/ 빛이 되고/ 말씀이 되어//
　　예루살렘 古城 밖으로/ 떠난다.//

　　　　　　　　　　　　　　　　　　　　　　　　—「엽서 V」 전문

　이 시는 예수 그리스도의 십자가 처형과 부활사건을 다루고 있다. 시인은 낙엽이 "지천으로 쌓인" 가을길을 걸으며 "프라타나스의 銳敏한 가지 끝에"서 겨울을 느낀다. 그리고 그 스산함과 더불어 인류의 죄를 대신하여 골고다 언덕길을 십자가를 지고 걸어가시는 예수 그리스도의 모습을 상상하고 있다. "바람"으로 형상화된 "로마병정"은 예수를 죽일 십가가 "刑木"을 세우고는 그리스도에게 "매세운 채찍"을 가한다. 이때 예수 그리스도의 희생은 "血痕"으로 비유되고 있는데, 시인은 이 혈흔이 "씨앗"이 되고 "소금"이 되고 "빛"이 되고 "말씀"이 되어 "에루살렘 古城 밖으로" 퍼져나가고 있음을 고백한다. 흔히 '씨앗'과 '소금'과 '빛'과 '말씀'은 인류의 삶을 윤택하고 풍요롭게 하는 자양분으로서 인류에게 필수요소이다. 성경에 '너희는 세상의 빛과 소금이 되라'라는 말씀이 있다. 그만큼 '빛'과 '소금'은 인간에게 꼭 필요한 존재라는 것이다. 또한 '씨앗'과 '말씀' 역시 중요한 의미를 함축하고 있는데 전자는 정당한 인간 행위의 근원(밑거름)으로 후자는 인간을 무지로부터 탈피시키는 진리로 형상화된다. 결국 이 시에서 시인이 강조하고 있는 것은 예수 그리스도의 희생이 인류에게 '씨앗'이요 '소금'이요 '빛'이요 '말씀'이라는 것이다. 아울러 시인은 예수 그리스도의 희생이 당시의 유대민족에게 뿐만 아니라 오늘날의 현대인들에게도 신앙의 등불이요 삶의 지표로 작용하고 있음을 확신하고 있다.

3) 포도의 개연성(蓋然性)의 이미지

성서에서 포도 또는 포도나무는 예수 그리스도를 상징한다.[5] 인간은 그리스도를 통해서만이 견실한 열매(생명)를 맺을 수 있으며 오직 말씀에 대한 믿음과 순종만이 인간을 그리스도 안에 거할 수 있게 한다는 것이다. 또한 과일이나 열매 씨앗 등의 식물에는 생명, 청춘, 불멸성, 부활, 지혜를 표현하기도 한다.[6] 시인의 작품에 나타난 '포도'의 이미지는 이렇게 다양한 가능성의 영역으로 확장되고 있다.

> 포도는/ 여자들의 뇌리(腦裡)에서/ 잉태되기도 하고/ 때로는/ 一場의 역사로/ 태어나기도 한다./
> 殺害 당한 自身의/ 피로써/ 鄕愁 짙은 흔적(痕蹟)을 뿌리며/ 이집트/ 어느 왕가의/ 家門으로
> 태어나/ 클레오파트라의 품 속에 스며든/ 사랑스런 배암아/ 향기론 독을 뿜어/ 이슬로 번지는/
> 역사의 뒤안 길에/ 너는 가장 진한/ 핏빛으로 숨어 있었다.//
>
> ― 「포도의 蓋然性의 이미지 I」 전문

5) 「요한복음」 15장 참조.
6) 멀치아 엘리아데, 이동하 역, 앞의 책, p. 115.

이 시에서 '포도'는 '뱀'을 형상화한다. 포도의 진한 향기와 뱀의 "향기론 독"이 유사성을 내포하며 포도알이 주렁주렁 매달린 포도송이 역시 뱀이 똬리를 튼 것과 유사하다. 이 시에서 뱀은 "여자의 뇌리에서 잉태"된다. 성서에서 뱀은 이브를 유혹하여 신과 인간의 관계를 단절시킨 간교한 사단의 모습[7]으로 등장한다. 이 시에서 뱀은 두 가지 죄를 범하는데 첫째는 이브를 유혹하여 선악을 알게 한 것이고 둘째는 이집트 비운의 왕녀 클레오파트라를 죽인 것이다. 이브가 뱀의 유혹에 넘어가 선악을 알아 죽음을 경험하게 되는 것과 클레오파트라가 자신과 조국의 운명이 다했음을 자각하고 뱀의 독으로 자살하는 것은 매개적 존재인 뱀을 통한 사망이라는 공통점을 갖는다. 그러므로 이브와 클레오파트라는 동일한 인물로 간주될 수 있다. 즉 클레오파트라는 이브의 현신인 것이다.

최초의 여자인 이브를 유혹하여 여자와 여자의 후손의 원수가 된 뱀[8]은 "이집트 왕가의 家門으로 스며든"다. 그리고 기회를 노려 여자의 후손인 왕녀 클레오파트라를 독살하여 자신이 여자의 원수임을 재확인한다. 이로써 여자와 뱀의 악연은 신이 처음에 말씀하신 것처럼 피해자과 가해자의 관계를 형성하면서 지속되고 있다. 이처럼 뱀은 인간의 역사에 관여하여 "역사"의 "一場"을 장식하기도 하고 "역사의 뒤안길에" 남아서 또 다른 비극의 역사를 만들기 위해 "가장 진한 핏빛으로 숨어 있"기도 한다.

포도의 개연성의 이미지는 다음의 시에서 더욱 구체적이고 미시적으로 형상화된다.

> 저주의/ 가롯 유다 피밭 附近에서/ 팔레스티나 농부 한 사람이/ 산미(酸味)의 가을을/
> 재배(栽培)하고 있다./ 하나의 비유(比喩)로/ 가꾼 포도 밭에서/ 나사렛 木手의/

---

7) 「창세기」 3장 1절~6절 참조.
8) 「창세기」 3장 15절 참조.

피묻은 음성이 번져 오고 있다.//
포도와/ 엉겅퀴 사이에서//

―「포도의 蓋然性의 이미지Ⅱ」 전문

이 시에는 대립적인 인물이 등장한다. "가룻 유다"와 "나사렛 木手"이다. 이때 "가룻 유다"의 "피밭"은 예수를 은 30에 판 죄의 대가를 상징하며 "나사렛 목수의 피묻은 음성"은 인류의 죄를 대속하기 위해 십자가에 못박혀 돌아가신 예수 그리스도의 희생과 사랑을 상징한다. 그러므로 두 인물의 피의 상징성은 대조적이다. 또한 피의 선명한 색과 둥근 입자는 포도의 알알이 박힌 모양과 내피의 붉은 색과 동일하기 때문에 이 시에서 피는 포도로 형상화되고 있다.

기독교의 성찬식은 떡과 포도주로 이루어진다. 흔히 떡은 예수 그리스도의 몸이요 포도주는 예수 그리스도의 피를 상징한다. 그러나 떡과 포도주의 상징성을 심화시켜 들어가 보면 전자는 죄로부터의 자유함을 후자는 사망으로부터의 자유함을 의미한다. 오직 예수 그리스도의 피의 희생만이 온전하신 신과 사망의 고통에서 허덕이는 인간 사이의 막힌 담을 헐게되는데, 이 시에서는 이러한 예수 그리스도의 희생을 "나사렛 목수의 피묻은 음성"으로 형상화하고 있다. 한편, 포도가 예수 그리스도의 피의 희생을 의미할 때 "가룻 유다"의 "피밭"의 설명이 모호해질 수 있다. 가룻 유다의 자살이 결코 인류를 위한 희생이 될 수 없기 때문이다. 그러나 스스로 죽음을 택해 자기 자신과 세상의 모든 사람들로부터 비난과 질시를 면할 수 있었다는 측면에서는 비겁할지언정 일종의 자기 자신을 위한 희생이라고 볼 수 있다. 그리고 이 희생은 바람직한 것이 못되기에 2연에서 "엉겅퀴"로 비유되고 있다. "포도"와 "엉겅퀴"의 상징적 대조를 통해 시인은 예수 그리스도의 희생의 고귀함을 효과적으로 부각시키고 있다.

성서와 관련되어 나타나는 포도의 상징성은 피의 희생을 넘어선 영원한 생명으로 확장되기도 한다.

생명은/ 한 점의/ 햇살로 응집(凝集)한다.//

이 은유(隱喩)의/ 포도잎 위로/ 하늘은 千年 回想에/ 잠긴다.//

시간의 무애(無涯)를 딛고/ 일어 서는/ 돌 팔매질이 있다.//

돌아 올 수 없는/ 거리(距離)의 아득함/ 이승의/ 한 파람의 시린/ 별을보고/ 默
想에 잠길 때,//

곤핍(困乏)한/ 마음 자리마다/ 이우는 억새꽃의 하얀/ 아픔들이//

강물처럼/ 말씀처럼 흘러내린다.//

―「포도의 蓋然性의 이미지Ⅱ」 전문

이 시에서 포도가 "은유"하고 있는 것은 "생명"이다. 그리고 이 '생명'은
인류를 죄에서 구원하신 '예수 그리스도의 피'로 형상화된다. 이때 '생명의
포도'를 탐스럽게 익히는 존재가 있다. 바로 한줄기 "햇살"이다. 영원한 생
명(영생)을 성숙시키고 완전하게 하는 '햇살'은 어리석은 인간을 위해 당신
의 독생자를 희생양으로 세상에 보내신 '신의 은총'을 내포하고 있다. 포도
가 햇살의 보호 아래 탐스런 포도알을 맺듯이 인간 역시 신의 은총 아래 구
원을 얻게 되는 것이다. 시인은 햇살이 식물의 성장조건에 필수 요소인 것
처럼 인간에게 신의 은총 역시 필수 조건임을 포도의 비유를 통해 암시하고
있다.

엘리아데에 의하면 '하늘'은 그 자신의 존재양식에 의해 초월성, 위력 그
리고 영원을 계시한다. 그것은 높고, 무한하고, 영원하고, 강력하기 때문에
절대적으로 존재하는 것이다.[9) 시인은 이러한 하늘을 바라보며 '예수 그리
스도의 십자가 사건'을 "回想"한다. 우매한 인간에 대한 신의 사랑을 확연
히 드러내는 이 사건으로 인해 신과 인간의 관계는 새롭게 회복되었다. 예
수 그리스도가 세상에 오셔서 많은 기적을 베푸시고 십자가에 못박혀 죽으
심에 의해 단절되고 소원해졌던 신과 인간의 관계는 부자(父子)관계로 회복

---

9) 엘리아데, 이동하 역, 앞의 책, p. 91.

되었지만 그 이면에는 당신의 독생자를 십자가에 매달아야만 했던 아버지로서의 신의 슬픔과 고통이 응축되어 있다. 고통과 고뇌의 기록인 "하늘"의 "千年 回想"은 3연으로 이어진다.

예수 그리스도가 오시기 전, 이미 범죄한 인간은 자신의 야망(욕망)을 위해 끊임없이 "돌팔매질"을 한다. 이 '돌팔매질'은 신을 향한 무의미하고 어리석은 인간의 저항을 형상화하고 있는데 이때 신을 외면한 인간의 우매함은 "시간의 무애(無涯)"와는 상관없이 지속적인 욕망으로 분출되고 있다. 그러나 신은 인간의 오만함에도 불구하고 한번 더 관용을 베푸신다. 예수 그리스도를 세상에 보내신 것이다. 결코 회복될 수 없을 것 같았던 신과 인간의 "거리(距離)의 아득함" 사이에 예수 그리스도가 있다. 이때 그리스도는 죄로 가득찬 인간의 세상 속에서 "시린 별"로 존재한다. 예수는 "이승의" 모든 시련 속에서 "한 파람의 시린 별"이다. 흔히 별은 희망과 동경의 대상이다. 시인이 예수 그리스도를 '별'로 인식한 것은 죄와 사망으로 죽을 수밖에 없는 인간을 대신해 죽으셨기에 인류의 희망인 것이며 그분의 무한한 사랑과 희생을 동경하기에 지향할 수밖에 없는 것이다.

3. 맺음말

오완영 시인은 시의 정의와 시를 쓰는 목적에 대해서 이렇게 말한다. 시는 다른 어떤 종류의 문학보다도 인생을 깊이 있게 꿰뚫어 본 것을 표현하는 문학이다. 어떤 본질의 현상이나 재료를 조사하고 설명을 거쳐 어떤 본질을 이해하는데 이르는 것이 아니고, 단번에 깊이 있는 물속에 뛰어들어 그 심연의 밑바닥에 손이 다다르는 것 즉 직감의 표현인 것이다. 또한 시를 쓰는 목적은 사회 혁명가적 입장에서 사회 혁신을 위한 수단적 가치로서 그 옹호자의 입장에 서기 보다는 존재자로서의 인간의 참 모습과 생의 진실을 꿰뚫어 보려는데 그 뜻이 있음은 의심의 여지가 없으며 이는 곧 인간의 참회의 기록과 구원의 문제로 요약될 수 밖에 없다.[10]

오완영 시인이 문학과 인생을 통해서 고심했던 것은 바로 '인간'과 '신'의 문제였다. 세계가 인터넷에 의해 하나로 통합되는 21세기 정보화시대에 오완영 시인처럼 인간의 본질적 · 근원적 문제에 대하여 심오하게 고뇌하는 시인은 흔치 않다. 그리고 시인의 이런 심오한 사상이 지각적 · 물리적 · 현상적인 것에 익숙한 현대인에게는 크게 다가오지 않을 수도 있다. 오히려 해체시, 패러디시, PC시[11] 등이 독자들의 시각과 구미를 당길 수도 있다. 그러나 현대인이 제 아무리 최첨단 문명화 시대를 살고 있다고 할지라도 '삶과 죽음'이라는 본질적 문제로부터 자유로울 수는 없다. 따라서 오완영 시인은 인간의 '삶과 죽음' 그 중심에 신이 존재함을 믿는다. 시인이 초점을 맞춘 것도 바로 이 신중심적 세계관이다. 종교인인 시인에게 있어서 신은 물리적이고 경험적이고 세속적인 것을 관념적이고 추상적이고 거룩한 것으로 변모시키는 초월적 존재이다. 그 신은 또한 인간세계와 자연세계를 포함한 우주적 질서를 아우르는 전지전능(全知全能)한 존재이다. 그러한 신에 대한 인간의 본원적 감사가 오완영 시인의 시 속에 내재된 중심사상이다. 따라서 시인에게 '신과 인간'의 문제는 영원한 테마이다. 그리고 그의 시를 접하는 독자에게도 그 몫은 고스란히 전해진다.

(『문예시학』 제14집, 2003년)

---

10) 저자의 시집에 수록되어 있는 「自轉的 現實극복을 위한 變容의 탈」에서 인용.
11) PC시란 인터넷과 컴퓨터에 관한 모든 것을 소재로 한 시를 말한다.

3장 윤동주 시에 나타난 탈식민주의

1. 들어가며

우리나라가 일본 제국주의의 마수로부터 벗어난 지 반세기가 훨씬 지났지만 우리는 과연 독립된 나라의 당당한 주체로서 자주적 의식을 소유하고 있는 것일까? 우리의 의식 속에는 아직도(또는 여전히) '식민지적 무의식과 식민주의적 의식'[1]이 자리 잡고 있는 것은 아닐까? 소위 '문명과 개화'라는 허울 하에 20세기 벽두부터 우리나라를 강탈한 일본 제국주의의 야심이 채 식기도 전에 우리는 '자유 민주주의의 수호'라는 미명하에 지금까지도 미국 제국주의의 폭력에서 벗어나지 못하고 있다. 1세기에 가까운 식민생활은 식민지인이라는 자각조차 못하도록 우리 스스로를 마비시켜 버렸다. 그러니 몇몇 의식 있는 지식인들에 의해 수용, 연구되고 있는 탈식민주의 이론이 일반인들에게는 아직도 생소하게 느껴지는 것은 당연한 현실인지도 모른다.

---

1) 이 용어는 고모리 요이치의 저작 『포스트콜로니얼』(삼인, 2002)에서 인용.

이는 외세의 침략에 물리적인 면뿐만 아니라 정신적인 면까지 굴복하고 말았던 부끄러운 역사의 단면을 투영하고 있는 것이다.

그러나 윤동주는 암울한 일제 강점기에 '조국과 민족 그리고 자신' 앞에 치열하게 고민했던 시인이다. 그는 식민지 시대의 무기력한 지식인에 불과했던 자신을 부끄러워하고 반성하였다. 이러한 자기부정과 그에 따른 고뇌는 그의 시에 응축되어 나타나고 있다. 혹자는 윤동주 시의 탈식민주의적 접근에 이의를 제기할 수도 있다. 그것은 그의 시 속에 식민지적 상황에 대한 직접적 저항과 반성이 표출되어 있지 않기 때문이다. 설사 그의 시가 자기 내면의 완성이라는 지극히 개인적인 고뇌를 노래하였다할지라도 그의 이러한 고민이 탈식민주의적 사고 없이는 불가능하다는 것은 명백한 사실이다. 탈식민주의의 핵심이론은 식민화된 사회와 문화에 대한 반성과 개선으로 정의된다. 윤동주의 시에 나타난 문제의식 역시, 그것이 적극적이었든 소극적이었든 혹은 철저한 자기 내면의 완성이었든, 일본 제국주의에 대한 저항이라는 측면에서 탈식민주의 담론으로의 논의가 가능하다는 전제하에서 이 글을 시작하려 한다.

2. 소리 없는 저항과 반성

1) 식민적 상황 앞에서의 부끄러움

탈식민주의(postcolonialism)의 기본적인 토대는 식민지 상황에 대한 부끄러움이다. 윤동주 시에 나타난 '부끄러움'은 식민지 시대를 살아가는 한 지식인으로서의 부끄러움이다.

죽는 날까지 하늘을 우러러/ 한 점 부끄럼이 없기를,/ 잎새에 이는 바람에도/ 나는 괴로워 했다./ 별을 노래하는 마음으로/ 모든 죽어가는 것을 사랑해야지/ 그리고 나한테 주어진 길을/ 걸어가야겠다./ 오늘 밤에도 별이 바람에 스치운다.

―「서시」 전문

윤동주는 결벽증이라 할 만큼 외면과 내면에 완벽을 추구한 시인이었다. 이 시에 나타난 것처럼 "잎새에 이는" 작은 "바람에도" "괴로워" 하는 그에게 있어 식민지하의 굴욕적 삶은 견디기 힘든 것이었으리라. 신(하늘)을 향해 "한 점 부끄럼이 없기를" 갈구하는 그의 기도 속엔 과거에 부끄러운 일을 경험했었고("괴로워했다"), 현재에도 부끄러운 일이 진행되고 있음을("별이 바람에 스치운다") 고백하고 있다. 다만 시행착오를 거친 미래에는 과거와 현재의 부끄러움을 반복하지 않고 하늘이 허락한 순종의 삶을 살겠다고("주어진 길을/ 걸어가야겠다") 스스로 다짐하고 있다. 그러므로 이 시는 식민지적 상황 앞에서 무기력하게 살아가고 있는 시인의 부끄러움에 대한 일종의 고해성사(告解聖事)라고 할 수 있다. 식민지 상황 앞에서의 그의 '부끄러움'에 대한 자각은 다음의 시에서도 이어지고 있다.

나는 무엇인지 그리워/ 이 많은 별빛이 내린 언덕 위에/ **내 이름자**를 써 보고,/ **흙으로 덮어 버리었읍니다.**// 딴은 밤을 새워 우는 벌레는/ **부끄러운 이름**을 슬퍼하는 까닭입니다.

―「별 헤는 밤」 일부

'이름'이란 사물에 의미를 부여하는 것으로 '본질' 또는 '존재'와 동일시되는 장치이다. 시적 화자가 자신의 "이름자를 써 보고,/ 흙으로 덮어 버리"는 행위는 존재에 대한 인정과 존재에 대한 망각의 양가성(ambivalence) 사이에서 갈등하고 있음을 의미한다. 그리고 그 갈등은 식민지인의 비애에서 오는 '부끄러움'에 기인한다. 객관적 상관물로 등장하는 "벌레"는 시적 화자(시인)의 분신으로서 그가 "밤을 새워 우는" 것은 "부끄러운 이름" 때문이다. 식민지 백성이라는 절망적 상황 앞에서 무기력하기만 한 자신의 존재가 부끄러워서 슬퍼하고 있는 것이다. 기독교인으로서 순결한 영혼의 소유자이고자 했던 시인에게 그 당시 자신의 존재는 "부끄러운 이름"이었던 것이다. 그리하여 이 '부끄러움'은 "불 도적한 죄로 목에 맷돌을 달고/ 끝없이 沈澱하는 프로메테우스"(「간」에서 인용)의 형벌로 형상화되거나 "슬픈 天命"을 타고난 시인이 쓴 "쉽게 씌어진 詩"(「쉽게 씌어진 시」에서 인용)로 나타나고 있다. 인간 본연의 실존의식과 시대적 불운이 가져다 준 실존의식의 좌절은 시인의 깊은 고뇌였다. 그러나 '부끄러움'이라는 자기반성을 통한 실존의 재인식은 자기 내면화의 가능성을 열어주었으며 시인의 이러한 자기반성은 탈식민주의에 기인하는 비판적 사고 없이는 불가능한 것이라 할 수 있다.

> 생각해 보면 어린 때 동무를/ 하나, 둘, 죄다 **잃어버리고**// 나는 무얼 바라/ 나는 다만, 홀로 沈澱하는 것일까?// 人生은 살기 어렵다는데/ 詩가 이렇게 쉽게 씌어지는 것은/ **부끄러운** 일이다.
>
> ―「쉽게 씌어진 詩」일부

시적 화자의 감정변화는 '상실→절망→부끄러움'으로 이어지고 있다. 이 시에서 시적 화자는 "어린 때 동무를" "죄다 잃어버"렸다고 고백한다. '어린 시절'은 가장 순수했던 시기를, '동무'는 나를 들여다 볼 수 있는 거울 같은 존재 즉 자기 자신을 의미한다. 결국 시적 화자가 잃어버린 것은 자신의 "동무"가 아니라 바로 자기 자신이다. 자신(본질)을 '동무'로 타자화시켜서 객관적이며 이성적으로 바라보며 비판하고 있는 것이다. 이러한 존재(실존)의 상실이 절망의 나락으로 시적 화자를 "沈澱"시키고 있으며 그의 이러한 상실과 절망은 식민지 상황과 무관하지 않은 것이다. 따라서 이처럼 "살기 어려"운 시대에 "詩人이란 슬픈 天命"을 타고난 시적 화자는 "詩가" "쉽게 씌어지"고 있음을 "부끄럽"다고 고백하고 있는 것이다. 시적 화자의 이러한 고백은 '詩人'이라는 '가장 자랑스럽고(개인적으로) 가장 슬픈(보편적으로) 이름'

앞에서 좌절해야했던 시인 윤동주의 고뇌와 부끄러움을 직접적으로 표출하고 있다고 할 수 있다.

윤동주는 궁핍한 시대[2]의 대다수 지식인들처럼 물리적 안이함을 위해 자신의 양심을 외면할 수는 없었다. 비록 그것이 나라와 민족을 위한 거시적 차원이 아닌 개인을 위한 미시적 차원에 머문다 할지라도, 자기 자신에게 보여준 양심의 순결은 탈식민주의 이론의 기저로 작용한다. 따라서 그의 시에 나타난 '부끄러움'의 의식은 탈식민문학의 내용요소로 작용한다고 볼 수 있다.

2) 식민지인으로서의 속죄양 의식

윤동주의 식민지 현실에 대한 '부끄러움'의 자각은 내면에서 점점 고조되어 '속죄양 의식'으로 확대된다.

> 쫓아오던 **햇빛**인데/ 지금 교회당 꼭대기/ **십자가**에 걸리었읍니다.// 尖塔이 저렇게도 높은데/ 어떻게 올라갈 수 있을까요.// 종소리도 들려오지 않는데/ 휘파람이나 불며 서성거리다가,// 괴로웠던 사나이,/ 幸福한 **예수 그리스도에게/** 처럼/ **십자가**가 허락된다면// 모가지를 드리우고/ 꽃처럼 피어 나는 피를/ 어두워가는 하늘 밑에/ 조용히 **흘리겠습니다.**
>
> ─「십자가」 전문

시적 화자가 처해있는 공간적 배경은 십자가 첨탑이 높게 걸려있는 교회 주변이다. 시적 화자가 추구하는 대상은 "햇빛"인데 그것은 "교회당 꼭대기/ 십자가에 걸려"있다. 그는 "첨탑이 저렇게도 높"고 "종소리도 들려오지 않"아 "괴로"워하지만 "幸福한 예수 그리스도에게/ 처럼/ 십자가가 허락된

---

2) 김우창, 「궁핍한 시대의 시인」, 『김우창 전집』(민음사, 1973)에서 '궁핍한 시대' 인용.

다면", "꽃처럼 피어나는 피를/ 어두워가는 하늘 밑에/ 조용히 흘리겠"다고
고백한다. 십자가 형벌은 고대 로마의 죄인 처형법의 하나였는데 그리스도
에게 그 형벌이 행해지면서 '기독교와 희생'의 상징이 되었다. 이 시의 시적
화자 역시 "햇빛"을 되찾을 수만 있다면 그리스도처럼 십자가 형벌을 감수
하겠다는 희생적 의지를 보이고 있다.

식민지 지식인으로서 윤동주의 희생적 태도는 부끄러움의 인식에 대한 변
형이라고 할 수 있다. 식민지 현실의 참담함은 그를 단지 자아 성찰과 반성
에만 머물도록 하지 않았다. 조국과 민족 그리고 자신을 위해서 부당한 시
대상황을 벗어나야 했으며 그러한 탈식민을 위해 누군가의 희생이 있어야
한다면 기꺼이 자신이 대속(代贖)하겠다고 고백하고 있는 것이다. 죽음을 통
한 그의 '속죄양 의식'은 다음의 시에서도 계속되고 있다.

> 그러나 **겨울**이 지나고 나의 별에도 봄이 오면/ **무덤** 위에 파란 잔디가 피어나
> 듯이/ **내 이름자 묻힌 언덕**에도 자랑처럼 풀이 무성할 게외다.
>
> —「별 헤는 밤」 일부

시적 화자의 "별"(조국)에 "봄"(독립)이 오기 위해서 그는 '죽음'이라는 통
과제의를 거쳐야 한다. 이 시에 나타난 "겨울", "무덤", "내 이름자 묻힌 언
덕"은 "봄"을 맞이하기 위한 통과의례인 죽음 즉 '속죄양 의식'을 상징하는
시적 장치로 등장한다. 시적 화자가 죽어야만 "겨울이 지나고", "무덤 위에
파란 잔디(독립의 기운)가 피어나"며 그의 "이름자 묻힌 언덕에 풀(독립의
형상)이 무성할" 것이기 때문이다.

시인이 고백하고 있듯이 식민지 현실은 겨울이요 무덤이요 자신의 이름자
묻힌 언덕이었다. 이토록 절망적인 상황 앞에서 그는 무기력한 자신을 질책
하며 속죄의 방법을 모색하게 된다. 결국 탈식민을 향한 시인의 고뇌는 '죽
음'으로 종결되고 그의 희생은 '어두워가는 하늘 밑에 피어나는 꽃'(「십자
가」에서 인용)이 된다. 이와 같은 시인의 속죄양 의식은 시인 자신뿐만 아니

라 희생적 속성을 지닌 사물에도 투영되고 있다.

> 초한대−/ 내방에 품긴 향내를 맡는다.// 光明의 祭壇이 무너지기전/ 나는 깨
> 끗한 祭物을 보았다.//
> 염소의 갈비뼈같은 그의 몸,/ 그의 生命인 心志까지/ 白玉같은 눈물과 피를 흘
> 려/불살려 버린다.//
> 그리고도 책상머리에 아롱거리며/ 선녀처럼 촛불은 춤을 춘다.// 매를 본 꿩이
> 도망하듯이/ 暗黑 이 창구멍으로 도망한/ 나의 방에 품긴/ 祭物의 偉大한 香내를
> 맛보노라.
>
> ─「초한대」 전문

이 시에서 '초'는 "白玉같은 눈물과 피를 흘려" 시적 화자를 "암흑"에서
"광명"으로 인도한다. "祭物" 역시 시적 화자의 속죄양 의식을 직접적으로
표출시키는 시어이다. 그러므로 "초한대"는 희생의 이미지를 환기시키는 객
관적 상관물이다. 또한 시적 화자는 '초'를 "선녀"와 "매"로 비유하여 아름답
고 강인한 속성을 가진 존재로 형상화하고 있다. 시적 화자의 '미'와 '힘'의
지향은 시인의 그것과 직결된다. 시인에게 '미'의 추구는 숙명이며 식민지
지식인에게 '힘'의 추구는 시대적 과제이기 때문이다. '초'는 자신의 "몸"과
자신의 "생명인 心志까지" 태워 형체도 없이 사라지지만 그 희생의 잔재는
"偉大한 香내"로 남아 영원히 존재하게 된다. 자신을 불태운 희생 후에 남게
되는 영원한 향기의 지속. 시인이 "초한대"를 지향하는 근본적인 이유가 여
기에 있다. 그는 비굴한 오늘을 사느니 당당한 내일의 기억으로 남고 싶은
바람을 '초'의 속성에 투영시키고 있는 것이다.

문학을 비롯된 모든 분야에 일본을 통한 서구 문명의 유입이 활발했던 식
민지 상황에서, 근대를 향한 '부적절한 모방'[3]에 급급했던 지식인들의 틈새

---

3) 호미바바는 식민화된 지역의 사람들이 종주국의 문화나 담론에 대해 '적절한 모방'
을 강요받고, 결과적으로 종주국의 논리에 점유되고 마는 과정을 '부적절한 모방'이

에서, 윤동주의 '속죄양 의식'은 자기 주체성을 확립을 위한 분투였고 탈식민을 향한 저항의 '제의(祭儀)'였던 것이다.

3) 탈식민주의를 향한 희망과 의지

윤동주 시에 나타난 '부끄러움'의 인식이나 '속죄양 의식'이 탈식민을 향한 그의 수동적인 행동이었다면 다음의 시에 나타난 그의 태도는 탈식민을 위한 '희망과 의지'의 노래라고 할 수 있다

> 지조 높은 개는/ 밤을 새워 어둠을 짖는다.// 어둠을 짖는 개는/ 나를 쫓는 것일 게다.// 가자 가자/ 쫓기우는 사람처럼 가자/ 백골 몰래 **아름다운 또 다른 고향**에 가자.
>
> ―「또 다른 고향」 일부

이 시에서 갈등·대결구도를 이루고 있는 것은 "나"와 "백골"이다. 시적 화자인 "나"는 고뇌와 갈등에 휩싸여 있는 존재이지만 "백골"은 나의 나태와 무기력을 종용하고 증폭시키는 존재이다. "백골"은 시적 화자가 가는 곳은 어디든지 동행하며 그의 부끄러움을 마비시키고 그의 의식적 사고를 방해한다. 그러나 그의 무감각한 의식을 자극하는 존재가 있다. 바로 "지조 높은 개"이다. "개"는 "밤을 새워 어둠을 짖"으며 "나를 쫓는"다. '의(義)'로 표상되는 "개"는 시적 화자가 내면적 고뇌(소극적 행동)를 벗어 던지고 좀 더 적극적으로 행동할 것을 재촉하고 있는 것이다. 결국 "개"의 '짖음'에 전도된 시적 화자는 "쫓기우는 사람처럼" "아름다운 또 다른 고향"에 갈 것을 다짐한다.

흔히, 고향은 정신적 안식의 공간으로 표상된다. 그러나 시적 화자가 지향하는 고향은 단순히 정신의 안주를 위한 고향이 아니다. 그러한 고향이 사

라고 보았다.

전적 의미의 고향이라면 시적 화자가 추구하는 고향은 주체적 인간이 향유하는 자유와 안식의 공간, 즉 탈식민의 공간인 것이다. 이처럼 확장된 의미의 고향이 이 시에서는 "아름다운 또 다른 고향"으로 나타나고 있다. 그런데 그 고향은 혼자만 가는 공간이 아니라 다 함께 가는("—가자") 공동체적 공간으로 시적 화자가 추구하는 이상향 즉 낙원으로 형상화된다.

식민지하의 젊은 시인 윤동주가 가고자 했던 '아름다운 고향'은 어디였으며 또한 그것은 무엇이었을까? 식민지 시대를 살아가고 있음에 끊임없이 고뇌하고 부끄러워했던 그에게 그것은 탈식민이 이루어진 독립된 조국 또는 탈식민을 위한 희망과 의지였을 것이다.

탈식민을 향한 그의 저항의지는 '길'을 통해 더욱 구체화되고 있다.

잃어버렸습니다. / 무얼 어디다 잃었는지 몰라/ 두 손이 주머니를 더듬어/ **길**에 나아갑니다. // 돌과 돌과 돌이 끝없이 연달아/ **길**은 돌담을 끼고 갑니다. // 담은 쇠문을 굳게 닫아/ **길** 위에 긴 그림자를 드리우고// **길**은 아침에서 저녁으로 저녁에서 아침으로 통했습니다. // 돌담을 더듬어 눈물짓다/ 쳐다보면 하늘은 부끄럽게 푸릅니다. // 풀 한 포기 없는 이 **길**을 걷는 것은/ 담 저쪽에 내가 남아 있는 까닭이고,// 내가 사는 것은 다만,/ **잃은 것을 찾는 까닭**입니다.

—「길」 전문

시적 화자는 지금 "길"을 걷고 있다. 그런데 그 "길"은 "쇠문"이 "굳게 닫"힌 "돌담"을 끼고 있으며 그는 "무얼 잃어버렸"는 지도 모른 체 방황하며 "길"을 가고 있다. 이것은 시적 화자가 암담한 상황('쇠문 닫힌 돌담') 하에서 정체성과 목적의식을 상실하고 있음을 의미한다. 그러나 그의 이러한 상실감은 "하늘"이라는 매개물을 통해 희망으로 환치된다. 그는 "하늘"의 "푸름" 속에서 존재의 부끄러움을 인식하고 새로운 각오를 한다. "길"은 결국에는 "아침에서 저녁으로/ 저녁에서 아침으로 통하"는 것이기에, "풀 한 포기 없는 이 길을 걷"겠노라고. 또한 '아침에서 저녁까지' 하루 24시간을 인류의 역사로 확장할 수 있다면 '길'은 역사의 현장이다. 그 현장에 시적 화자가 서있기 때문에 그의 정체성은 새로이 확립되었으며 목적의식 또한 확고하다. 인지된 사고와 행동의 주체로서 변모된 시적 화자의 존재이유("사는 것은")는 오직 "잃은 것을 찾"기 위해서이다.

궁핍한 시대의 고뇌하는 지식인 윤동주가 걸었던 '길'은 "쇠문 닫힌 돌담"과 "풀 한 포기 업는" 거친 길이었다. 그러나 그가 그 길을 걸을 수밖에 없었던 것은 미래의 역사 앞에 떳떳하고 싶었기 때문이었다. "내일이나 모레나 그 어느 즐거운 날에" "또 한 줄의 참회록을 쓰"(「참회록」 인용)지 않게 위해 그는 끊임없이 자신을 자극하고 단련시켜야 했던 것이다. 이처럼 시에 나타난 그의 내면의 결벽성은 결국 식민지 시대를 벗어나고자 몸부림쳤던 한 지식인의 저항의지와 동일시되고 있다. 탈식민을 향한 그의 의지는 다음의 시에서도 여전히 이어지고 있다.

> 바람이 어디로부터 불어와/ 어디로 불려가는 것일까.// 바람이 부는데/ 내 괴로움에는 이유가 없다.// 내 괴로움에는 이유가 없을까.// 단 한 여자를 사랑한 일도 없다./ 時代를 슬퍼한 일도 없다.// **바람**이 자꾸 부는데/ 내 발이 **반석** 위에 섰다.// **강물**이 자꾸 흐르는데/ 내 발이 **언덕** 위에 섰다.
>
> ― 「바람이 불어」 전문

이 시에서 "바람"은 시적 화자의 관심과 사색을 고조시키고 의식을 일깨우는 대상일 뿐만 아니라 시적 화자에게 시련을 주는 존재로 등장한다. 그는 '바람이 부는' 상황에서 '괴로움'에 대해, '사랑'에 대해 그리고 '시대'에 대해 진지하게 고민한다. 그러나 시적 화자는 "바람이 부는데" 그의 "괴로움에는 이유가 없"으며 "단 한 여자를 사랑한 일도 없"고 "時代를 슬퍼한 일도 없다"고 고백한다. 여기에는 식민지적 상황 속에서 시인의 좌절과 그것의 극복의지라는 양가적 심리가 내재되어 있다고 볼 수 있는데 윤동주가 시대 현실에 고뇌했던 지식인이었다는 점을 고려할 때 이 시구에서는 후자의 심리(극복의지)가 반어적으로 표출되고 있다고 볼 수 있다. 또한 탈식민을 향한 그의 의지는 "반석"과 "언덕"에서 집중적으로 표면화되고 있다. "바람이 부는" 시련 속에서 그의 "발은 반석 위에 서" 있고 "강물이 흐르는" 공포 속에서 그의 "발은 언덕 위에 서" 있는 것이다. 그러므로 시인이 애착을 갖고 있는 '반석'과 '언덕'은 식민지적 상황을 벗어나기 위해서는 시련과 공포도 두렵지 않은 시인 윤동주의 저항 의지의 소산이라 하겠다.

시대적 대세를 역류하는 저항에는 항상 희생이 수반된다. 식민상황하에서 내·외적으로 조여 오는 억압을 견딜 수 없어 시로써 저항했던 윤동주의 희생이야말로 탈식민을 위한 희망이자 의지의 초석이라 하겠다.

3. 나오며

윤동주 시를 탈식민주의 이론에 적용함에 있어서 몇 가지 아쉬움이 남는 것은 사실이다. 우선, 그가 '나'의 문제에서 '우리'의 문제로 시야를 확대하지 못한 것은 그의 시세계의 한계로 탈식민주의를 향한 직접적이고 적극적인 대응방식이라고 할 수 없다. 또한 그의 시에 나타난 '언어의 아름다움(언어적 질서)'과 '서구(근대)의 문화(문학)에 대한 모방' 역시 대항담론에서 나타나는 이질적 혼성으로서 탈식민주의를 방해하는 요소로 작용한다. 윤동주 시의 이러한 한계는, 그 당시 대다수 지식인의 보편적 인식의 틀이었던 '문명=근대(서구 또는 일본)'[4]라는 식민지적 무의식이 그의 의식 속에도 흐르고 있었을지 모른다는 의심을 자아내게 한다.

그러나 개인적이고 소극적이었을망정 윤동주가 자신의 시에서 보여준 탈식민을 향한 소리없는 저항과 반성은, 최근 일본문화에 대한 우리들의 무분

---

4) 고모리 요이치, 앞의 책, p. 162.

별한 선호와 모방 그리고 부쩍 서구화되어가고 있는 우리의 생활방식과 의식구조를 자극하는 기폭제가 될 수 있을 것이다. 시대적 우울 앞에서 '휘파람이나 불며 서성거'릴 수 없었던 한 시인의 고뇌와 부끄러움이 시공을 넘어 우리 곁에서 아직도 맴돌고 있다.

(현대문학연구회 하계세미나, 2003년)

4장 현대시와 PC의 접속

1. PC 속으로 Enter

우리는 현대사회의 모든 분야와 영역에서 디지털화가 이루어지고 있는 바야흐로 디지털(Digital) 시대를 살고 있다. 우리 생활에 침투하고 있는 각종 디지털 테크놀로지는 우리의 생활양식과 패러다임까지도 변화시키고 있는 21세기 정보화 시대를 이끌어 갈 주체이다. 그리고 이러한 디지털 시대의 중심에 자리하고 있는 전자통신망과 데이터베이스의 기능을 더욱 효율화시키고 극대화시키는 가장 기본적이고 핵심적인 매체가 PC이다.

현대의 과학기술이 가장 먼저 개발하고 응용하여 인간의 삶을 편리하게 만들어 주고 있는 PC는 산업현장의 침투는 물론 이제는 예술의 영역에까지 도달하여 창조적 예술활동의 보조적 매체로서의 기능과 역할을 충분히 발휘하고 있다.

인류는 네 차례의 정보혁명을 겪어왔는데 언어혁명, 문자혁명, 인쇄혁명 그리고 디지털로 상징되는 통신혁명이 그것이다. 앞으로 정보화가 진행되면 될수록 정보활용의 기본적 요소라 할 수 있는 네트웍, 컴퓨터 그리고 에이전트는 미래문화예술을 논하는데 필수요소가 될 것이다. 특히 정보화시대의 골격이라 할 수 있는 인터넷은 전세계를 하나의 통신망으로 연결하여 빠르고 거대한 '느낌의 연대(solidarity of sense)'[1]를 이룰 수 있다는 점에서 가히 혁명적이라 할만하다.

오늘날 뉴 미디어로 불리는 전자매체는 사이버 세계라는 또 하나의 공간 속에 대체문화를 창조했으며, 이 가상현실은 실제 현실보다 더욱 강력하고 생생한 세계로 자리잡아 가고 있다. 예를 들어, 사이버 문학의 발달은 하이퍼텍스트(hyper text)와 전통 텍스트의 현격한 차이를 가져왔으며 하이퍼텍스트는 기존 작가와 독자의 경계를 좁히거나 넘나드는 결과를 초래하면서 작가와 독자의 명확한 구분을 인정하지 않는다. 또한 사이버 공간에서의 시동인들의 활동은 오프라인에서 온라인으로 옮겨간 경우가 대부분이고, 온라인에서 자생한 동인들이 많지 않은 것이 사실이지만 통신공간의 장점(작가와 독자 간의 대화적·상호소통적 관계형성, 작가의 글에 대한 삭제와 재편집이 자유로운 새로운 글쓰기 형태 등)을 십분 활용한 온라인 동인들의 활동이 점차 활성화되어갈 것은 자명하다.

이처럼 현대사회에서 컴퓨터(PC)의 영역(기능과 역할)이 인간의 삶을 지배할 만큼 위력을 발휘하게 되자 컴퓨터에 대한 긍정적 관점과 부정적 관점이 동시에 대두되었으며, 이를 문학적으로 형상화(특히, 시 장르에서)하는 시인들이 등장하기 시작하였다. 어쨌든, 컴퓨터가 인간의 삶에 중추적 역할을 담당하는 것은 사실이다. 그리고 그러한 PC를 소재로 시창작을 하는 것 역시 대세의 흐름이며 현대사회를 객관적이고 정직하게 바라보는 시각을 고수한다는 측면에서 상당히 바람직하게 비쳐진다. PC(더 구체적으로 말하면, 사이버 세상)를 소재로 시집을 낸 시인으로는 이원이 단연 돋보인다. 그

---

1) 손종호, 「디지털 시대의 시창작 방향」, 『제4회 시사랑 여름 시인학교 특집』, p. 46.

녀의 시는 너무나 충격적이어서 오히려 신선하다. 그녀는 인터넷이 필수품이 된 21세기 정보화시대의 현 공간을 인간이 생존하기에 부적절한 전자사막으로 비유하여 눈부신 첨단문명 속에서 고독하고 황폐한 인간의 삶의 모습[2]을 그로테스크하게 그리고 있다. 그녀는 이러한 사이버 공간에서 치열하게 투쟁하듯 생존하는 인간존재를 사이보그(cyborg)로 인식한다. 사이보그 인간은 과거와 현재 그리고 미래를 넘나들고 장소에 구애받지 않는 시공을 초월한 수퍼맨(superman)의 모습으로 존재하지만, 본질적으로 정신과 영혼 그리고 감성이 결여된 불완전한 인조인간일 뿐이다. 즉 그녀의 시에서 현대인(사이보그)은 진정한 자아를 잃어버린 정신적 미아로 비유되고 있다.

그밖에도 단편적으로나마 최영미의 시 「Personal Computer」와 하재봉의 「퍼스널 컴퓨터」가 있다. 그들의 시에 나타나는 PC 역시 21세기 정보화 시대가 요구하는 위대한 괴물[3]이다. 두 시인은 표면적으로는 인간의 육체와 영혼, 물질과 정신을 지배하는 PC를 지지하는 것 같지만 내면적으로는 통신혁명의 맹아인 PC의 허점과 한계를 예리하게 폭로하고 있다. 이승하 역시 「물건에서 생명이」, 「상상임신에서 가상섹스까지」의 시편을 통해 PC의 무생명성을 지적하고 있다. 그는, 비록 PC가 물질의 극단이라 할지라도 생명이 결여된 물건에 지나지 않기에 결코 인간과 동일시 될 수 없음을 강조하고 있다.

컴퓨터와 사이버 세상, 그리고 그와 관련된 현대시의 접속은 21세기를 선도하는 디지털 시대의 바람직한 대세라고 생각한다. 나는 이 글을 통해서, PC와 더불어 하루를 시작하고 PC와 더불어 하루를 마무리하는 현대인의 삶의 양식과 가치관을 냉철하게 바라볼 것이며, PC의 기능과 역할 그리고 메

---

2) 이원 · 이장욱 대담, 「가장 건조한 배회, 혹은 질기고 오래가는 詩를 위한 접속코드」, 『현대시』 5월호, 2000.

3) 현대사회 인간의 삶에 있어서 PC가 핵심적 역할을 담당하고 있기에 '위대한'이라는 형용사를 붙였고, PC가 인간의 정신을 황폐화시키고 인간을 파괴한다는 측면에서는 '괴물'이라는 명사를 붙여 PC를 '위대한 괴물'로 표현하였다.

뉴를 소재로 한 현대시를 통해 PC가 우리의 생활과 정신에 미치는 영향을 장점과 단점의 측면에서 고찰하려고 한다. 또한 시인들이 자신의 작품을 통해서 독자에게 전달하려고 하는 목소리에도 귀를 기울일 것이다. 마지막으로 인간과 PC의 교감, 인정(따스함)이 묻어나는 커뮤니케이션의 중요성을 고려한 PC에 대한 긍정적인 시각도 염두에 둘 것이다.

자, 이제 PC의 세상으로 들어가 현대시를 접속해 보자.

2. 현대시와 PC의 접속

1) 사이보그, 나를 잃어버린 세대

언제부턴가 현대인은 '인공적(artificial)'이라는 말에 익숙해져왔다. 이것은 테크놀로지(technology)의 발달로 인한 인간의 '더 나은 삶(a better life)'을 위한 밑그림에 해당한다고 할 수 있다. 여기서 말하는 더 나은 삶이란 인간의 육체적·정신적 노동을 줄이거나 대신하는 행위의 결과물을 일컫는데, 현대 테크놀로지는 인간의 육체적 노동을 대신할 수 있는 도구적 인조인간인 '사이보그'의 실현에 주력하고 있다.

사이보그(Cyborg)란 cybernetic과 organism의 두 단어를 합성한 생물체와 기계장치의 결합체를 뜻하는 말로 우리가 흔히 사용하는 '로봇(robot)'의 상위개념이다. 이러한 사이보그적 인간은 전근대적 사회에서 인간의 개념인 시공간의 고정된 좌표축 위를 움직이는(육체–정신, 물질–의식으로 구성된) 존재라는 데카르트적 사고의 한계를 넘어서는[4] 신개념의 인간이라고 할 수 있다.

현대 테크놀로지는 전근대적인 기독교 신앙만큼이나 자연적 육체에 적대

---

4) 심광현, 「'테크노문화'의 이중구속: 에콜로지와 사이버네틱스의 유토피아/디스토피아」, 『탈근대 문화정치와 문화연구』, 문화과학사, 1998, p. 259.

적인 듯하다. 도나 해러웨이의 사이보그는 노화되지 않는 육체를 지니고 있는 죽지 않는 생체 로봇에 가까이 접근하고 있[5]는 것이 그 단적이 예이다. 또한 가상현실에서 우리는 언제든지 고약한 냄새의 땀을 흘리지도 않고, 슬픈 눈물없이, 그리고 인간 내부의 어떤 소음없이도 골고다 언덕의 예수 또는 마릴린 먼로와 함께 있을 수 있다[6]는 것이 이를 잘 뒷받침하고 있다.

그러나 가상현실에서 편안히 존재할 수 있는 인간과 기계의 교배종인 사이보그가 모든 면에서 인간을 대신할 수 있는 완벽하고 이상적인 인조인간은 아니다. 사이보그가 제아무리 현대의 테크놀로지가 이룩한 결정체라 할지라도 정신적인 측면의 결여는 어쩔 수 없는 한계이다. 이러한 정신적(혹은 정서적) 측면의 결여가 사이보그를 종종 비인간적 존재로 규정하여 부정적 시각으로 바라보는 것 또한 사실이다.

문학작품에서(특히 시 장르에서) 작가의 이러한 부정적 시각은 독자로 하여금 찬반의 양론을 팽팽히 유지시키지만 결과적으로 작가의 견해에 다소 무게중심을 실어주는 것 같다. 왜냐하면 작가는 또 다른 독자로서 독자의 마음을 어느 정도 대변하고 있기 때문이다.

이원은 자신의 작품에서 현대인을 사이보그로 비유하고 있다.

> 텔레비전의 플러그를 빼고, 오디오의 플러그를 빼고, 가/습기의 플러그를 빼고, 스텐드의 플러그를 빼고, 냉장고의 플러그를 한 번 더 꽉 꽂고, (…중략…) 사방의/벽에 붙어 있는 스위치들을 확인하고, 천장의 전등들을/ 올려다보고, 실내 온도 조절기의 버튼을 바꾸어 누르고/ (…중략…) 거실의 창을 닫고, 창의 양쪽 고리를 잠그고,/이중창 위로 블라인드를 내리고 (…중략…) **−+^%*#−$% #*&$$%*&@+#*&+@#%$%*&@+&*%$$%^^%$&−+^%/**$&*+&*%&$*가방을

---

5) "Cyborg at Large : Interview with Donna Harraway", *Technoculture*, Constance Penley · Andrew Ross 역, Minneapolis : University of Minnesota Press, 1991, pp. 1~26 참조.
6) 볼프강 슈마허, 「미디어와 포스트모던 테크놀로지」, 이영철 엮음, 백한울 외 옮김, 『21세기 문화 미리보기』, 시각과 언어, 1999, p. 197.

들다 외출시스템의 입력 오류/를 범한 것을 인식하고, **재부팅을 시작합니다.**/ (…
중략…) **전화기를 자동 응답 상태로 돌려놓고, 변함없이 째깍째깍/ 소리를 내는 벽
시계 옆을 지나며 몸 속에 환상 하나를 슬그머니/켜고,** (…중략…) 가방을 들고 집
을 나서고, 기계들에 기숙하는/ 나는 집을 나서자마자 주유소로 뛰어갑니다.

— 「사이보그 1—외출 프로그램」 일부

우리가 어렸을 적 TV 만화영화에서 자주 접했던 '마징가 Z'와 '로보트 태
권 V'이는 인간에 의해 조종되는 기계로 사이보그 전 단계의 인조인간이라
할 수 있다. 이들은 어떤 시련이나 장애물도 능히 이겨내는 천하무적으로
악의 무리를 통쾌히 물리치는 정의의 수호자이다. 그러나 이 사이보그들에
겐 결정적인 결함이 있다. 모든 면에서 인간의 능력을 넘어서지만 인간적인
감성의 결여가 한계로 작용한다. 결국, 사이보그(로봇을 포함)는 인간이 만
든 데이터 입력에 의해 작동(on)과 멈춤(off)을 반복하는 기계적 인간에 불과
한 것이다.

이 시의 시적 화자는 일상생활에서 문명의 이기를 이용하는 보편적인 현대
인이다. 외출을 위해서 가정용 기기들을 확인하고 점검한다. '빼고, 꽂고, 확
인하고, 올려다보고, 누르고, 닫고, 잠그고, 내리고…' 반복적 · 기계적으로
안전을 점검하는 시적 화자는 감정과 사고없이 명령(혹은 입력)에 의해 작동
과 멈춤을 반복하는 사이보그이다. 그러나 이러한 기계적 인조인간인 사이보
그도 실수를 할 때가 있다. 시스템 입력에 오류를 범한 것이다. PC 자판 부호
들의 무질서한 나열은 감성지수(EQ)가 0인 사이보그의 실수와 결함을 구체
적으로 보여준다. 그리고 다시 시적 화자(사이보그)는 "재부팅을 시작"한다.
가정용 기기에 대한 재확인, 재점검이 시작된다. "전화기의 자동응답상태"와
"변함없이 째깍째깍 소리를 내는 벽시계"는 사이보그의 특징을 대표하는 전
형적인 모델이다. 시적 화자는 전화기와 벽시계를 통해 자기동일성을 인식하
고 "환상 하나를 슬그머니 켜"게 된다. 기계적 정확성과 반복 그리고 무감정
에 싫증난 시적 화자는 "환상 하나"를 통해 기계적 일상의 반복에서 일탈을

꿈꾼다. 이때 시적 화자의 '환상'은 사이보그에 대한 도전이요 저항이며 느끼고 생각하는 '진짜 인간(real human)'으로의 복귀이다. 그러나 시적 화자의 '환상'은 말 그대로 환상일 뿐이다. "기계들에 기숙하"며 기계의 노예가 돼버린 시적 화자는 "집을 나서자마자 주유소로 뛰어"간다. 여기서 '주유소'는 사이보그의 제 기능 즉 체계적 질서 유지를 위한 반복, 정확, 무감정 그리고 무사고를 채워주는 충전소이다.

현대인은 일상생활 속에서 끊임없이 확인하고, 점검하고, 반복하고, 정확한 통계내기를 좋아한다. 그래야 안심한다. 모든 것이 기계적·반복적·체계적으로 순환되는 일상 앞에서 무질서, 무계획, 감성적 사고는 불안하기 때문이다. "나는 집을 나서자마자 주유소로 뛰어갑니다"로 끝을 맺는 이 시는 현대인의 삶이 여전히 사이보그적이며 우리의 인식이 변하지 않는 한 미래에도 사이보그적 삶에서 자유로울 수 없음을 시사하고 있다.

이러한 기계적·도구적 인조인간의 모습은 다음의 시에서도 잘 나타나고 있다.

> 스포츠뉴스가끝난 밤10시 그는화장실로간다. 화장실의중/앙에 흰색세면대가 있다. (…중략…) 그는 칫모위/에 불소함유치약을1cm길이로짜넣는다. 치약은맨 아래부/터 차곡차곡 짠다. 칫솔을 컵위에올려 놓고 치약뚜껑을돌/려닫는다. 컵에 물을3분의2정도받아놓고 거울을보며이를/닦는다. (…중략…)그리고는 다시안쪽을 바깥쪽과살은순서로 닦/ 는다. (…중략…) 물로헹구어내고는 왼쪽어금니부터 시작되는 같은순/서의이닦기를 한번더반복한다. (…중략…) 화장실에서나온그는 파란/색슬리퍼두짝을 나란히문턱에걸쳐놓고는불을끈다./ 그는오늘도 뇌에입력된운영프로그램을 무사히 끝마쳤다./캄캄해진 화장실거울속에는 그가쓰다가그대로두고나온공/기가 언제나처럼뒤엉켜있다.
>
> —「사이보그 4 —씻기 프로그램」 일부

시적 화자는 "스포츠뉴스가끝난 밤10시"에 씻기 위해 "화장실로 간다." 그런데 그의 씻기 프로그램에는 일정한 순서와 절차가 있다. 치약을 여는 방법, 칫솔에 치약을 묻히는 길이, 컵에 물을 받아놓는 양, 이를 닦는 순서, 세수를 할 때 비누거품을 내는 횟수, 얼굴에서 목으로 이어지는 세수의 절차, 수건의 색깔과 사용후의 정리정돈, 발을 닦는 순서, 슬리퍼의 위치 등 모든 씻기의 과정이 순서에 따라 반복적으로 이루어진다. 따라서 이 시에 "순서"와 "반복"이라는 시어들이 자주 등장하는 것은 당연하다.

또한 이 시에는 "10시", "1cm", "3분의2", "두짝" 등의 수량을 나타내는 시어들과 "왼쪽", "오른쪽", "안쪽", "바깥쪽" 등 방향을 나타내는 시어들이 두드러진다. 이것은 오차에 대한 인지능력이 전혀없이 입력된 자료에 대한 인식만이 가능한 사이보그의 특성 때문인데, 산출적 인간인 사이보그에게 수량과 방향의 정확한 인지는 사이보그의 존재유무를 결정짓는 중요요인으로 작용한다.

이처럼 현대인은 지극히 사적인 '씻는 것'조차도 습관적인 "순서"와 "반복"의 프로그램에 의해 조종되는 사이보그다. 현대인의 이러한 특성은 "그는 오늘도 뇌에 입력된 운영 프로그램을 무사히 끝마쳤다"에서 잘 드러나고 있다. 그러나 순서와 반복에 의해 조종되는 사이보그에게도 한줄기 희망은 있다. 그것은 "그가쓰다가그대로두고나온공기"이다. 이때 "공기"는 시적 화자가 꿈꾸는 '일탈'과 '자유'를 의미하는 시적 상관물이다. "언제나처럼뒤엉켜있"는 "공기"야말로 시적 화자가 진정으로 추구하는 기계적·도구적 삶으로부터의 해방된 '참인간'이라고 할 수 있다.

사이보그의 비인간적인 측면을 부각시킨 시로는 「사이보그 3 ―정비용 데이터 B」가 있다.

142204310294031204691030120222691103026100151022/3102940215
03211100141035/30223오늘의교통사고사망10/부상107유괴알몸토막
310349/310294031204691030 12022/3139560보험금노린3044935/59203발목절
단자작극/103921/31029403120469 103012022/개미투자자 음독자살0014103/33
엘리베이터안고교생살인극/142204691 03026100151022/3102탈북 9402150꽃

제비204/1539204958691029584920/50203046 839204962049560/5302아프리
카에서종말론신자/924명집단자살20194056293/01죽음은기계처럼정확하다
01/10207310349201940392054/눈물이 나오질 않는다전자상가에 가서/업그레이
드해야겠 다/감정 칩을

— 「사이보그 3 — 정비용 데이터 B」 전문

이 시 속에는 "교통사고사망, 부상, 유괴알몸토막, 보험금노린발목절단자
작극, 음독자살, 고교생살인극, 탈북, 꽃제비, 종말론신자집단자살, 죽음" 등
자극적인 사건들이 가득 들어차 있다. 그리고 이것들은 문명의 이기로 인한
부상과 사망, 황금 만능주의로 인한 자작극과 음독자살, 잔인한 본능에 의한
고교생 살인극, 개인적 자유를 위한 탈북, 무절제한 향락의 추종자 꽃제비,
맹목적 신앙이 불러온 집단자살 그리고 모든 인간에게 예외없이 다가오는 죽
음으로 현대인이 당면한 현실이다. 인간이 표면적으로 문명화되고 고도의 문
화와 물질을 향유하면 할수록 인간은 내면적으로 고독해지고 황폐해진다. 그
리하여 사회적으로 이슈가 되고있는 사건들의 가해자가 되고 피해자가 되기
도 하면서 더욱더 비정해진다. 감정이 결여된 사이보그 인간에게는 모든 사
건들이 반복적으로 일어나는 일상으로 몇 명, 몇 건이라는 수치로서만이 존
재의 의미가 있다. 그러므로 사건은 단지 통계내기에 편리한 숫자로 인식될
뿐이다. "눈물이 나오질 않는다// 전자상가에 가서/ 업그레이드해야겠다/ 감
정 칩을"이라는 마지막 4행은 감정이 메마른 사이보그 인간의 비극을 보여주
고 있다. 내면에 이미 존재하지 않는 감정칩을 전자상가에 가서 사야하는 사
이보그의 모습은 머지않아 다가올 현대인들의 실체인 것이다.

본질적 자아를 상실한 고독한 현대인의 모습을 더욱 심화시키고 있는 시
로는 「사이보그 5」가 있다.

A.M. 6:00~6:05 방 따르릉따르릉 굿모닝굿모닝두개의/알람이 울어댄다. (…
중략…)눈썹을 그린다. A.M. 6:45~6:55/식탁 토스트 두 쪽과 미지근하게 데운 우

유 한컵을 먹는다./ (…중략…) 닦아낸 뒤 다시 한번 덧칠한다. **A.M. 7:10~7:15/** **전신거울** 상체에서 하체 순으로 겉옷을 입는다. 어깨에 가/방을 메고 휴대폰을 한 손에 들고 다른 한 손으로 마을버스/용 동전을 움켜쥔 뒤 뛰어나간다. (…중략…)살짝살짝 존다. **A.M./7:30~8:10 5호선** 지하철 발산역에서 7시 32분 마천 행 지/하철을 탄다. (…중략…) 서대문역 에 도착한다. 다시 눈감/고 있다가 종로 3가 안내 방송이 나오면 자동적으로 일어/선다. (…중략…) 버튼을 동시에 눌러놓고 먼저 오는 것어 승차한/다. **A.M. 8:30~ 8:35 6층 사무실** 사무실에 들어서서 맨 처/음 만나는 다른 부서 부장에게 안녕하세요를 외치고 이어/서 같은 부서의 부장과 선배들에게 안녕하세요 안녕하세/요를 연속해서 외친다. (…중략…) **A.M. 10:30~11:30 컴퓨터** 인/터넷에 들어가 메일을 체크하고 각국으로 업무 관련 회신/메일을 써 보낸다. 인터넷 서핑을 하며 업계의 동향 파악을/한다. (…중략…) 립스틱을 다시 바른다. **A.M. 12:30~12:50 1층 은행** 은행/의 자동 판매기에서 밀크커피를 뺀다. 늘 2분마다 정확히/초록불이 켜지는 창밖 횡단보도가 보이는 구석 소파에 앉/아 커피를 마신다. (…중략…) 기지개를 크게 한 번 편다. **P.M.4:50~5:00/ 5층 자료실** 문을 잠그고 8분 잔다. 적당한 자료 한두 개를 집/어 들고 다시 사무실로 올라온다. (…중략…) **P.M.8:00~8:30 학원랩실** 한명씩 들/어갈 수 있게 칸막이가 쳐진 랩실에서 고개를 숙이고 국제/공용어 테이프를 듣는다. (…중략…) **P.M. 12:00~방** 불을 끄/고 누워 창가로 들어오는 희미한 불빛을 올려다본다. 바다/로 가고 싶다는 기억이 켜진다. 출렁이는 잠 속으로 빠져든다./
— 「사이보그 5 —매뉴얼(회사원97 – 01 – pd038, 우, 26세)」 일부

이 시의 시적 화자는 26세의 여성 회사원이다. 그녀의 하루 일과는 매 시간마다 해야할 일이 정해져 있고 그녀 또한 그 순서에 의해 반복적으로 움직인다. 시각적 효과를 강조하여 진하게 표시한 시간과 공간은 원칙과 정확을 중시하는 시적 화자(현대인)에게 불변의 진리로 인식된다. '집', '지하철 안', '회사' 그리고 '학원'은 시적 화자가 주로(또는 반드시) 거주해야 할 공간이다. 그리고 그 공간에서의 거주는 몇 시 몇 분까지로 시간의 정확성이 요구된다. 하루 24시간을 주기로 시적 화자의 일과는 규칙적으로 반복된다. 시적 화자는 마치 정확과 반복의 노예처럼 일상을 기계적으로 살아간다. 그리

고 그런 환경이(또는 그런 환경 속에서) 시적 화자를 고독하게 한다.

표면적으로 시적 화자는 완벽한 인격체이다. 화장을 통한 완벽한 외모와 영어공부를 통한 지성도 갖추고 있다. 그러나 그녀의 일상은 기계적이고 반복적이다. 출퇴근 시간에 "안녕하세요"와 "퇴근하겠습니다"를 연발하고(기계적 사이보그의 전형적인 예) 정확한 시간에 점심식사와 커피를 마시며 옥상에 혼자 올라가 기지개를 켜기도 하고 회사 자료실에서 낮잠도 자는 등 그처럼 밝고 예의바르고 자유로워 보이지만 그 이면은 기계적 반복적 생활로 인해 외로움으로 가득차 있다. 그녀의 유일한 벗은 휴대폰과 워크맨과 컴퓨터이다. 이 세 가지 기기는 시적 화자 혼자서도 충분히 이용할 수 있다는 점에서 장점(또는 단점)을 띠고 있으며 그것이 시적 화자를 본질적으로 고독하게 한다. 인간은 혼자서는 고독하다. 혼자(alone)가 아니라 함께(together)여야 한다. 혼자 밥 먹고, 혼자 버스와 지하철을 타고, 혼자 일하고, 혼자 공부하고, 혼자 돌아와 혼자 자는 환경 속에서 시적 화자는 자신도 모르는 사이에 고독한 기계적 사이보그가 되어가고 있는 것이다.

단지, 시적 화자는 잠잘 때 자신의 존재를 성찰한다. "바다로 가고 싶다는 기억을"을 통해 인위적 인간이 아닌 자연적 인간으로의 회귀를 소망한다. 그러나 그 "기억"마저도 피곤이 불러오는 잠(망각)으로 인해 물거품이 되고 만다.

이상의 시편들을 통해 시인은 미래에(또는 현재에) 다가올 인간의 사이보그적 삶의 양식을 표면화시키고 있다. 시인은 SF 영화에나 등장할법한 인조인간의 초자연적 기능이 우리 인류의 삶의 형태를 뒤흔들지도 모른다는 불안의식을 고조시키며 점점 '나를 잃어가고' 있는 현대인들에게 경각심을 일깨워주고 있다.

2) 나는 클릭한다 고로 존재한다

앞에서도 언급했듯이 PC는 이제 현대인의 필수품이 되어버렸다. 지식과 정보를 찾기 위해 육체적·정신적 노동을 감수해야 했던 전 근대사회와는 달리 현대사회는 PC를 켜고 인터넷의 사이트에만 들어가면 필요한 지식과 정보를 얼마든지 제공받을 수 있다. 이렇듯 PC는 정보의 보고로 맹신화되며 인간의 삶을 업그레이드 시켜주고 있다. PC는 인간 삶 속의 내·외부적으로 깊숙이 침투해 들어와 인간의 일부로 자리잡아 가고 있다.

이제 PC가 없는 현대인은 상상하기 어렵게 되었다. 인간 능력의 일부분(경우에 따라선 대부분)을 대신 담당하고 있는 PC가 곁에 없는 현대인은 불안하다. 어느덧 현대인은 PC없이는 자기 자신을 불완전한 존재로 인식하게 된 것이다. PC에 대한 전적인 인간의 의존은 자신의 신념과 사고를 더 이상 믿지 못하는 나약한 인간으로 전락하였고 이는 인간의 정체성 상실로 이어지고 있다. 이처럼 PC는 거대한 정보화 시대에 등장하여 현대인을 오히려 이용하고 조종하는 위대한 괴물인 것이다.

이원은 인터넷 사이트에 대한 클릭을 통해 현대인의 불안한 자아정체성에 대한 끊임없는 추구를 보여주고 있다

잉크냄새가 밴 조간신문을 펼치는 대신 새벽에/무향의 인터넷을 가볍게 따닥 클릭한다/신문지면을 인쇄한 모습 그대로/보여주는 PDF 서비스를 클릭한다/ (…중략…)인류 최초의 로봇인간을 꿈꾼다는 케빈 워윅의/웹 사이트를 클릭한다 (…중략…)마우스를 둥글게 감싼 오른 손의 검지로 메일을 클릭한다 지난밤에도 메일은 도착해 있다/ (…중략…) k가 보낸 꽃은 시들지 않았다/곧바로 나는 인터넷 무료 전화 dialpad를 클릭한다 / (…중략…) 문학을 클릭한다 잡지를 클릭한다/ (…중략…)동백 꽃잎을 단 나를 클릭한다/ 검색어 나에 대한 검색 결과로/0개의 카테고리와/177개의 사이트가 나타난다/나는 그러나 어디에 있는가/나는 나를 찾아 차례대로 클릭한다/광기 영화 인도 그리고 **나**………**나누고**/……**나오는**…**나홀로** 소송……**또나**(주)·/나누고 싶은 이야기……지구와 **나**………따닥 따닥 쌍봉낙타

의 발굴 소리가 들린다/오아시스가 가까이 있다/계속해서 나는 클릭한다 고로나
는 존재한다

　　　　　　　　　　　　　　　—「나는 클릭한다 고로 나는 존재한다」 일부

　문화학자 C. A. 반퍼슨 교수는 인류문화의 발전모형을 신화적 단계, 존재
론적 단계, 기능적 단계로 구분[7]하는데, 신화적 단계는 신중심적 사고를, 존
재론적 단계는 인간중심(이성중심)적 사고를, 기능론적 단계는 관계중심적
사고를 바탕으로 한다. 오늘날의 사회현상은 기능적 세계관에 의존하여 변
화하고 있지만 인간존재(본질)에 대한 성찰은 인류의 역사와 함께 끊임없이
제기되어 온 화두이다.

　이 시는 프랑스 근대 합리주의 철학자인 데카르트의 유명한 말 "나는 생각
한다 고로 나는 존재한다"를 패러디하고 있다. 근대사회가 신중심적 사고에
서 이성중심 사고로 변화를 겪는 시대였다면, 현대사회는 이성중심 사고에
서 인터넷 사이트 클릭에 의존하여 인간의 존재를 인식하는 시대가 되었다.

　시의 시적 화자는 인터넷을 켜는 것으로 하루를 시작한다. 잉크냄새가 밴
조간신문 대신 인터넷의 PDF 서비스를 클릭하고, 케빈워윅의 로봇인간 웹
사이트를 클릭하고, 캐나다 토론토에 있는 친구의 이메일을 클릭하고, 인터
넷 무료전화 dialpad를 클릭하고, 전화번호를 클릭하고, 문학잡지를 클릭하
고, 인터넷 서점을 클릭하여 20% 할인된 책을 주문하고, 지도를 클릭하고, 지
리산 콘도 할인 쿠폰 한 매를 클릭하고, 마지막으로 미로에 빠진 나를 클릭한
다. 시적 화자의 일상은 사이트의 클릭을 통해서 순조롭게 이루어진다. 심지
어 자신의 존재조차도 카테고리와 사이트를 통해서 찾으려한다. 왜냐하면 인
터넷 속엔 모든 것이 산재해 있기 때문이다. 인간은 원하는 그 무엇을 클릭만
하면 언제든지 얻을 수 있다. 비록 잉크냄새가 나지 않는 신문이고, 향기가

---

7) C. A. 반퍼슨, 강연안 역, 『급변하는 흐름속의 변화』, 서광사, 1994, pp. 45~47 참조.

나지 않는 장미꽃이며, 촉감을 느낄 수 없는 친구와의 전화통화라 할지라도.

현대문명의 매카인 PC가 인간의 삶의 양식과 가치관을 바꾸어 놓은 것은 사실이다. 검지와 중지의 손가락을 이용한 인터넷의 정보획득은 쉽고 빠르고 편리하게 얻은 지식이기에 간접적이고 인공적일 수 밖에 없지만, 정신적·육체적·경제적·시간적 소모를 줄인다는 점에서 실로 엄청나고 놀랄 만한 매력을 발산하고 있다. 그러나 스피드 시대 인터넷의 이러한 유용함 속에는 체증처럼 아쉬움과 불안의식이 잠재하고 있다. 그것은 '나'라는 존재에 대한 정체성 상실의 위험 때문이다. 시적 화자는 인테넷 사이트 속에서 자신이 원하는 모든 지식과 정보를 구할 수가 있다. 수적·양적으로 증가하는 지식과 시공을 초월한 정보의 모든 검색과 활용이 가능하다. 그러나 정작 시적 화자 자신의 존재는 찾을 수가 없다. 아무리 클릭을 해도 "0개의 카테고리와 177개의 사이트"가 나타날 뿐 시적 화자는 어디에도 없다. 시적 화자는 "나를 찾아 차례대로 클릭"하지만 자신의 존재는 미로 속을 떠돌 뿐이다. 그러므로 이 시는 불완전한 시도일망정 "나"를 찾기 위해 끊임없이 검색 사이트를 "따닥 따닥" 클릭하는 현대인의 정체성 상실의 불안 심리를 반영하고 있는 것이다. 이원은 이 시를 통해 인터넷의 바다에서 표류하는 현대인의 정체성 추구를 강조하고 있다. 현대인의 사이트 클릭은 미력하나마 자기의 정체성(존재)을 확립하려는 안타까운 시도로 볼 수 있다. 이와 유사한 내용의 시로는 「나는 검색 사이트 안에 있지 않고 모니터 앞에 있다」가 있다.

> 연휴 첫날 아침 흰색 반소매 티셔츠와/카키색 반바지를 입고 수목원 입구에 도착한다 (…중략…)내가 지나온 곳의 맞은편 능선을 따라 에덴 계곡/에덴 동산 약속의 땅 모리아 산 갈보리 산/하늘 나라 하늘 나라 계곡으로 오르는 산책로가 있다 (…중략…)내가 닿고 싶은 곳은 이곳이 아니다 무심코/에덴 계곡으로 손을 옮기다 말고 그러나/불쑥 갈보리 산을 열고 만다/갈보리 산에는 아직도 흰눈이 이동 성막처럼/쌓여 있고 눈 속에 나무 십자가 하나가 꽂혀있다/십자가 위로 못 자

국 대신 접속 가능의 커서가/떠올랐지만 하늘 나라까지는 오르지 않고/허겁지겁 야생화 정원으로 내려온다/한 줄기에 열 개의 분홍 금낭화가 나란하게/달려 있다 두 개는 검게 시들었다/지고 있는 꽃들은 저희들 각각 지상에/내려와야 한다 나는 업데이트된 애기동자꽃을/연다 그러나 애기동자 꽃의 서버를 찾을 수 없다는/그곳에서 나는 갑자기 멈추어선다 막힌 세계 (…중략…) 그러나 나는 정보가 아니어서 의자에 엉덩이를/놓고 허리를 의자의 등받이에 바싹 붙인다/내 몸이 닿아 있는 세계에서는 여전히 땀 냄새가 난다

　　　　　　　　　　　—「나는 검색 사이트 안에 있지 않고 모니터 앞에 있다」 일부

이 시에서도 시적 화자의 세계에 대한 클릭은 계속된다. 시적 화자는 "연휴 첫날", 간편하고 시원한 차림으로 "수목원"을 클릭한다. "산책로"로 들어선 시적 화자는 시공을 초월한 세계 즉, 인류의 시작과 구원이 존재하는 기독교적 이상세계와 만나게 된다. "에덴동산 약속의 땅 모리아 산 갈보리 산/하늘 나라 하늘나라 계곡으로 오르는 산책로" 앞에서 망설이던 시적 화자는 '선악'의 에덴동산 대신 '고난'의 갈보리 산을 클릭한다. 이는 인간의 본질에 접근하기 보다는 인간적 고통에 접근하려는 시적 화자의 심리가 반영되어 있다. 이때 시적 화자에게는 예수 그리스도의 고난의 징표인 "십자가"와 "못자국" 대신에 "접속 가능의 커서"가 떠오른다. 이는 인간이 신의 영역으로까지 도전하려는 욕망을 내포하고 있는 것이다. 인간이 신의 영역을 침범한다는 것은 인간과 우주 속에 존재하는 질서와 조화를 파괴하는 것이다. 그러나 시적 화자는 "하늘나라까지는 오르지 않고/허겁지겁 야생화 정원으로 내려온다". 시적 화자가 "허겁지겁" 내려오는 모습속에는 아직도 미력하나마 일말의 인간적 양심(우주적 질서 추구의 소중함)이 존재함을 보여주고 있다. 시적 화자는 "야생화 정원"에서 "열 개의 분홍 금낭화"와 "업데이트 된 애기동자꽃"을 찾는다. 이때 꽃은 미의 상징일 뿐만 아니라 시적 화자가 궁극적으로 추구하려는 자기자신의 모습이다. 그러나 금낭화 두 개는 "검게 시들었고" 애기동자꽃은 "서버를 찾을 수 없다". 즉 시적 화자는 인터넷 사이트 안에서 자신의

존재를 불완전하게 발견하거나 또는 완벽하게 발견할 수가 없는 것이다. 그러나 시적 화자는 순간의 절망을 할 뿐 다시 컴퓨터 "의자에 엉덩이를/놓고 허리를 의자 등받이에 바싹 붙"이고 앉아 계속해서 사이트를 클릭할 것이다. 비록 인터넷 사이트 밖의 "세계"가 "여전히 땀냄새가 나는" 인간적인 곳이라 할지라도 검색 사이트에 익숙해진 시적 화자(현대인)는 더 "업데이트된" 자신의 존재를 찾기 위해 클릭을 멈추지 않을 것이다.

PC를 통한 현대인의 정체성 찾기는 하재봉의 시 「비디오/퍼스널 컴퓨터」에서 보다 더 구체적이고 냉소적으로 드러난다.

> 나의 사유는 16비트 컴퓨터의 스위치를 올리는 순간부터/작동된다 모니터의 녹색 화면에 불이 켜지고/뇌하수체의 분비물이 허용치를 넘어 적신호가 울릴 때까지/키보드를 두드리는 나의 손은 검다/부화되지 못한 욕망과 도덕적 관점에서 비난받아 마땅할 /내 개인적 삶의 흔적은/컴퓨터 파일 〔삭제〕 키를 누르기만 하면 사라진다/ 나의 하루는 컴퓨터 스위치를 올리는 것/그리고 끊임없이 기록하고 기억을 저장시키는 것/ 세계는, 손 안에 있다/나는 컴퓨터 단말기를 통하여 지상의 모든 도시와/땅 밑의 태양 그리고 미래의 태아들까지 연결된다 (…중략…) 전기를 공급하는 것은 그러나 그대의 의지/나는, 내 몸속으로 힘을 공급해주는 누군가에 의해 사육/된다
>
> ― 「비디오/퍼스널 컴퓨터」 일부

이 시에서 시적 화자는 컴퓨터의 작동과 더불어 자신의 존재를 인식하는 현대인의 전형이다. "컴퓨터의 스위치를 올리는 순간부터" 시적 화자의 "사유"가 시작되고, 컴퓨터의 용량이 초과될 때까지 "키보드를 두드린다". 개인적으로 "도덕적"으로 불쾌한 "삶의 흔적은 컴퓨터 파일 〔삭제〕 키를 누르기만 하면 사라진다". 시적 화자의 의지에 따라 모든 프로그램의 생성과 소멸 그리고 인위적 조작이 가능하다. 그래서 시적 화자의 "손은 검다" 컴퓨터 속엔 모든 "기록"과 "기억"이 "저장"되어 있다. 그리고 시적 화자는 컴퓨터를 통해 "지상"에서 "땅밑" 그리고 "미래"까지 시공을 초월하여 "연결"될 수 있

다. 말 그대로 "세계"는 시적 화자의 키보드를 두드리는 "손안에 있다". 이
는 경이롭고 획기적인 혁명이 아닐 수 없다. 다시 말해, PC에 의해 현대인의
삶의 패러다임이 변한 것이다. PC로 인한 생활양식의 변화는 현대인을 PC
에 더욱 밀착시켰고 그로 인해 오늘날 인간과 PC의 변별은 불가능해졌다.
즉 현대인은 PC가 된 것이다. 그러나 PC는 인간과 동등한 위치에 서려하지
않고 인간을 지배하려 들고 있다. PC에 의해 시적 화자는 "힘(전기)"을 공급
받으며 자신도 모르는 사이에 서서히 PC에 의해 "사육된다". 컴퓨터에 의
해 모든 정보를 제공받고 불필요한 정보(기억)는 삭제하면서 끊임없이 자신
의 존재를 탐색하려 했던 시적 화자는 컴퓨터의 신속성과 편리함에 굴복하
여 결국 노예화된다. 노예는 주인을 위해 존재할 뿐 자신을 위해 존재하지
않는다. 그러므로 PC 속에서의 시적 화자의 정체성 추구는 실현되지 않거나
불완전하게 실현된다.

  현대사회에서 컴퓨터는 인간이 만든 한낱 기계에 불과하지만 그것이 인류
의 역사와 공존하는 한 PC를 통한 현대인의 존재찾기는 계속될 것이다.

3) 물건에서 생명이(?)

  인간과 세계를 향한 PC의 장악은 어느 정도까지 가능할 것인가. 수많은
과학자들은 PC가 인간의 육체적 물질적 노동을 대신해주던 차원을 넘어서
인간의 원초적이고 정서적인 측면까지도 대신하거나 공유하도록 이끌고 있
다. 예를 들면, 컴퓨터를 이용한 가상섹스가 그것인데 과학자들은 실제행위
와 똑같은 경험이 가능하리라고 예측한다. 그러나 단지 물건에 불과한 컴퓨
터가 인간의 가장 은밀하고 원초적인 교감의 차원까지 대신할 수 있을까?

  최영미는 자신의 감정에 솔직한 시인이다. 그러한 진솔함과 담백함이 그
녀의 시에 대담하게 노출된다.

새로운 시간을 입력하세요/그는 점잖게 말한다 (…중략…) 그는 부드럽게 명령한다/준비가 됐으면 아무키나 누르세요/그는 관대하기까지 하다/ (…중략…) 이 기록을 삭제해도 될까요?/친절하게도 그는 유감스런 과거를 지워준다/깨끗이, 없었던 듯, 없애준다 (…중략…) 친구보다도 낫다/애인보다도 낫다/말은 없어도 알아서 챙겨주는/그 앞에서 한없이 착해지고픈 이게 사랑이라면/아아 **컴－퓨－터**와 **씹**할 수만 있다면!

— 「Personal Computer」 일부

이 시에서 시적 화자는 컴퓨터를 예찬하고 있다. 그것은 "점잖게 말"하고, "부드럽게 명령하"고, "관대하기까지 하다". 또한 "물어볼 줄도 알"고, "정중히 거절할"줄도 알며 모든 계급의 인간을 "길들이"기도 한다. 또한 그것은 "구데타를 꿈꾸"기도 하고, "친절하게(?) 유감스런 과거를 지워주"기도 한다. 그래서 시적 화자는 PC를 "친구"나 "애인"보다도 낫다고 고백하며 급기야 PC와 사랑하고픈 갈망을 표출한다. "아아 컴－퓨－터와 씹할 수만 있다면" 속에는 PC에 대한 시적 화자의 애정과 절망이 동시에 내재되어 있다.

오늘날 PC는 성역이 없을 만치 전 분야에 깊이 침투되어 있다. 그러나 인간생활의 가장 근본적이고 원초적인 면에서의 접근은 불가능하다. 다시 말해, 인간 사이에 있을 수 있는 성의 교감이 가능하지 않다는 말이다. 이것은 PC가 생명체가 아니기 때문인데 PC의 이러한 무생명성이 인간과 PC의 완전한 결합(정신적·육체적 결합)을 불가능하게 한다. 인간과 PC의 완전한 일치가 이루어 질 수 없음으로 인해 시적 화자는 좌절하고 탄식하는 것이다.

또한 이승하의 시편에서도 PC의 무생명성이 반어적으로 표출되어 있다. 그는 다수의 시편을 통해서 컴퓨터에서는 결코 생명이 나올 수 없음을 강하게 피력하고 있다.

(…상략…) 세계가 달라져/詩가/컴퓨터 화면에 떠오른다/詩를 팩시밀리로 보낸다/詩도 음성정보를 들을 수 있다/발상의 전환으로 세계가 달라져 컴퓨터가 말을 한다/나를 잘 사귀어야 한다고/물건에서 생명이 나온다고/암, 물건에서 생명이

나오지/물건…성나 만년필 같은 (…하략…)

— 「물건에서 생명이」 일부

　"펜→만년필→볼펜→컴퓨터 키보드"라는 "발상의 전환"은 인류의 "생활"
을 "혁신"시켰고, "패러다임"을 변화시켰으며, "세계"를 바꾸어 놓았다. 특
히, 발상의 전환의 최첨단이라 할 수 있는 디지털 혁명은 시 창작 매체조차
도 종래의 필기구에서 PC로 대체시켰다. 그 결과 '시를 쓰는' 것이 아니라
'시를 두드리는' 시대가 도래한 것이다. 키보드를 두드리기만 하면, "시가 컴
퓨터 화면에 떠오르고", 인류는 이것을 용도에 따라 "팩시밀리로" 전송하거
나, 기호에 따라 "음성 정보로" 감상할 수 있다. 이처럼 PC는 편리하고 신속
하며 유용한 "물건"이다. 그러나 PC 속의 시는 '쓴 것(필기구)'이 아니라 '두
드린 것'(키보드)이기 때문에 직접 만질 수가 없다. 필기구를 이용하여 원고
지에 쓴 종래의 시는 한 편의 완성된 시를 위한 시인의 고통이 담겨 있다. 쓰
고, 지우고, 고치고 하기를 수십, 수백 번 하면서 시간과 정성을 들인 피나
는 과정이 시 속에 고스란히 배어있다. 즉 시인의 생명이 담겨있는 것(과정
의 중시 측면에서)이다. 그러나 키보드를 두드려 쓴 시는 쓰고, 지우고, 고치
는데 필기구를 이용하는 것보다 시간과 노력이 덜 소비된다. 시작(詩作)과정
에서 시간적·신체적 고통이 별반 수반되지 않고 결과물만 중시되는 시인
것이다. 그러므로 PC 속의 시는 생명이 없는 시(결과의 중시 측면에서)로 직
접 만질 수가 없는 것이다. 사실 PC라는 첨단 기기의 자동화, 기계화는 새로
운 글쓰기의 방법과 방향을 이끌어낼 수가 없다. 때문에 글쓰기 작업의 자
동화, 기계화가 기존의 글쓰기 방법보다 생각의 깊이가 낮고 시인의 생명력
이 느껴지지 않는 것은 사실이다. 비단 시뿐만이 아니다. PC 속의 모든 세계
는 생명력이 결여된 가상적이고 간접적인 사물만이 존재하고 있다. 이것이
바로 PC가 인간을 대신하거나 인간과 동일시될 수 없는 명백한 증거이다.

　또한 PC는 "나를 잘 사귀어야 한다고/물건에서 생명이 나온다고" 말까지
한다. 물론 현대사회에서 PC의 활용은 기본이므로 인간과 PC의 교감은 필

요하다. 그러나 PC는 단지 물건일 뿐 생명이 없다. "물건에서 생명이 나온다"는 PC의 외침은 생명을 갈구하지만 결코 생명을 소유할 수 없는 PC의 한계를 반어적으로 드러내고 있다고 볼 수 있다. 따라서 인간은 무생명적인 PC를 전적으로 의존해서는 안 된다. 차라리 인간 스스로의 주체적 자각을 지닌 채 PC를 종속적 대상으로 인식하여 다양한 영역에서 활용하는 것이 바람직하다. 따라서 시인은 이 시를 통해 생명이 없는 단순한 물건에 불과한 PC를 무분별하게 수용하는 현대인에게 냉소적인 시선을 던지고 있다.

이승하의 또 다른 시 「상상임신에서 가상섹스까지」에서는 컴퓨터에 의해 이루어지고 있는 가상(Cyber)의 세계를 노장철학의 시조인 장자(莊子)와의 대화를 통해 조소하고 있다.

> 莊子여/ (…중략…)/마침내/가상 섹스의 시대가 도래했습니다/ (…중략…) 홀아비도 외롭지 않게/ (…중략…) 미망인도 서럽지 않게 (…중략…) 기계가 있으면 꾀를 부리게 되고/꾀를 부리면 마음도 천성을 잃고/道를 저버린다고 하신 (…중략…) 올 때까지 온 것인지/갈 때까지 간 것인지/어디까지 갈 것인지/저도 모르겠습니다만 황천에서/그렇게 발작적으로 웃지 마시고/계속 지켜보아주십시오/가상 현실 기법이 실용화되는/이 컴퓨토피아의 세계를.
>
> ― 「상상임신에서 가상섹스까지」 일부

이제 인류는 "과학 기술의 눈부신 발전"으로 "인공 수정·시험관 아기의 시대를 지나서/가상 섹스의 시대로/ 돌입하고" 있다. 인간과 인간의 교감이 아닌 컴퓨터의 지시와 명령에 따르기만 하면 인간 혼자서도 가능한 이 가상 섹스는 "AIDS 부작용도 없앨 수" 있고, "홀아비도 외롭지 않게/미망인도 서럽지 않게" 할 수 있어 "미래의 섹스"로 까지 불린다. 물질만능에 사로잡힌 현대인은 컴퓨터를 통해 인간적 '정서와 행위'를 경험하고 싶어한다. 그러나 단지 문명의 이기요 물질의 극단인 컴퓨터 속엔 '생명'이 들어 있지 않기 때문에 실제와 똑 같은 '정서와 행위'의 체험은 사실상 불가능하다. 인간의 섹스는 종족 보존, 사랑의 완성이지만 사이버 섹스는 장난, 유희, 가벼움 등에 지나지 않기 때문이다.

시적 화자가 지금 '가상의 세계'를 장자에게 고백하는 것 또한 의미심장하다. 장자는 노자와 더불어 '무위자연'을 강조한 사상가이다. 그의 무위자연은 현재의 가상세계와는 근본적인 대조를 보인다. 장자가 생명력 넘치는 자연의 세계를 추구했다면 컴퓨터는 가상적이고 인위적인 세계를 구축하려고 한다. 그러나 현실에 살고 있는 시적 화자는 장자에게 공감을 표하고 있다. "올 때까지 온 것인지/갈 때까지 간 것인지/어디까지 갈 것인지" 속에는 현실의 세계(가상세계)에 대한 강한 반발과 비관이 내재해 있다. 또한 시적 화자는 "기계(컴퓨터)"에 의해 "마음(천성)"과 "道"를 잃어버리고 있는 현대인에 대한 우려를 표명하고 있다. 장자가 "황천에서" "발작적으로 웃"고 있는 "이 컴퓨토피아의 세계"는 소망과 생명이 있는 건전하고 이상적인 세계가 아니다. 그것은 무생명인 물건(컴퓨터)에의 전적인 의존으로 도래하게 될 절망과 멸망의 세계이다. 그러므로 이 시는 '컴퓨터의 노예'가 되어 파멸로 치닫고 있는 현대인에게 보내는 강력한 경고의 메세지이다.

3. PC 속에서 Esc

이제는 문학활동에서 PC를 소재로 한 '컴퓨터 시'의 등장이 더 이상 낯설지만은 않다. 그러나 PC를 소재로 시를 쓴 이원, 최영미, 하재봉, 이승하 시인은 PC가 인간의 근본적인 문제를 모두 해결해줄 것이라는 희망적이고 긍정적인 전망을 제시하고 있지는 않다. 이원은 자신의 시 '사이보그 시리즈'를 통해 컴퓨토피아의 세상에서 기계화·비인간화되어가는 현대인의 모습을 부정적으로 폭로하기도 하고, 인터넷 사이트 클릭에 의해 자신의 존재 유무를 확인하는 현대인을 연민어린 시선으로 바라보기도 한다. 또한 이승하는 「물건에서 생명이」와 「상상임신에서 가상섹스까지」를 통해 컴퓨터가 인간의 말초적인 부분까지 대신할 수 있다는 컴퓨터 맹신주의에 빠져있는 현대인을 우회적으로 비난하기도 한다.

그러나 21세기를 살아가는 현대인들은 PC의 구속으로부터 완전히 자유로울 수는 없다. 왜냐하면 현대인은 컴퓨터의 편리함에 이미 익숙해져 있기 때문이다. 이제 PC(인터넷)의 영향력은 세계적이다. 그 작은 물체가 전세계를 하나로 응집시키고 있다. 그러므로 PC의 존재를 부정적인 시각으로 바라보고 대수롭지 않게 여길 시대는 지났다. 인간의 생활과 밀접한 관계를 형성하는 PC를 적극적으로 수용하여 더 효과적으로, 더 인간적으로(그러나 PC에의 전적인 의존이 아닌 차원에서), 인간과 교감(PC에 대한 관심과 애정)하는 따뜻한 수준으로 이용하는 것이 현명한 판단이다.

21세기의 '위대한 괴물'인 PC는 어떻게 쓰여지느냐에 따라 신이 내린 '최고의 선물'이 될 수도 있고 '최악의 저주'가 될 수도 있다. 그리고 그것을 결정짓는 변수는, PC의 역량과 한계를 정확히 인식하여 PC로 하여금 풍요로운 인간 삶의 밑바탕이 되도록 이끄는 PC의 주인 바로 인간이다.

PC는 영혼이나 정서를 소유하고 있지 않다. 고로 인간이 될 수 없다. 인간은 건강한 육체와 정신을 소유할 때 하나의 완벽한 인격체에 이른다. 인간의 육체적·물리적 부분은 컴퓨터가 대신해 줄 수 있다고 하지만, 인간의 정신적·정서적 부분은 컴퓨터도 어쩌지 못하는 인간 고유의 능력이다. 그리고 그 부분은 전적으로 인간 본연의 영역으로 남겨져야 한다. 인간과 PC의 결합이 견고해질수록 인간과 정서의 결합은 미약해진다. 바꾸어 말하면, 인간과 정서의 굳건한 결합을 위해서 인간은 때때로 컴퓨터의 모니터 앞에서 떠날 줄도 알아야 한다는 것이다. 그러므로 PC에 대한 인간의 적절한 '밀착'과 '단절'은 인간의 삶을 더욱 가치 있고 풍요롭게 할 것이다.

이제, 가끔은 PC로부터 벗어나 인간 본연의 정서를 호흡해보자.

(『문예시학』 제15집, 2004년)

5장 『연인』과 오리엔탈리즘

1. 들어가며

에드워드 사이드(Edward W. Said)의 저작 『오리엔탈리즘』(1976)은 세계 지식인들의 고정된 사고와 인식의 틀을 전환시켰다는 점에서 의의가 있다. 동양인을 향한 서양인의 그릇된 시선을 적나라하게 지적하는 그의 이론에 당황하는 지식인이 있었는가 하면, 그의 명쾌한 논리에 공감하며 각성하는 지식인도 있었기 때문이다. 결국 사이드의 이론은 오늘날 탈식민주의의 활발한 논의를 위한 단초를 제공한 셈이다.

사이드가 『오리엔탈리즘』에서 지독한 편견에 사로잡힌 동양연구가(동양학자)로 규정한 지식인들의 대다수는 영국인과 프랑스인이었는데, 이것은 그만큼 두 나라가 동양(그들이 규정한 이름)에 대한 식민지 장악에 경쟁적으로 집착했음을 말해주는 단적인 예이다. 동양에 대한 그들의 지배는 정치, 경제, 문화 등 모든 면에서 본격적이고 구체적으로 이루어졌다. 오리엔탈리즘을 심화시키는데 문학 역시 핵심적 역할을 했다. 영국과 프랑스를 대표하는 문호인 셰익스피어, 월터 스콧, 단테, 네르발, 플로베르 등의 작품을 보면 그들 역시 지독한 오리엔탈리즘적 사고에 젖어 있음을 알 수 있다. 당시 지성인들의 사고가 이러한 오리엔탈리즘적 편견에 사로잡혀있다는 것은 그들의 사상에 경도된 수많은 독자들 역시 오리엔탈리즘의 사고를 소유하게 된다는 것을 의미한다.

필자가 논의하려는, 지금은 작고한 프랑스의 여류소설가 마르그리트 뒤라스(Marguerite Duras)의 『연인(L'AMANT)』역시 작가와 작가의 전기적 배경 그리고 작품 내용 모두를 고려해 볼 때 '오리엔탈리즘'과 관련이 깊다고 볼 수 있다. 따라서 소설 『연인』속에 등장하는 인물 '나(또는 그녀)'와 '그' 속에 내재된 '오리엔탈리즘'을 살펴보는 것이 이 글의 작은 목적이다.

2. 오리엔탈리즘으로 본 『연인』

뒤라스의 자전적 소설 『연인』의 스토리는 단순하다. 자신들의 식민지 영토인 인도차이나 반도에 살고 있는 15세의 프랑스 소녀와 그곳의 민간 부동산을 대부분 장악하고 있는 부유한 상인의 아들 32세의 중국인 청년의 사랑이야기이다. 그러나 그들의 사랑은 한때의 성적 호기심과 욕망이 만들어 낸 불장난으로 끝이 난다. 그들의 사랑이 이루어질 수 없었던 표면적 이유는 동양인과 서양인이라는 인종차이 때문이었지만 그 이면에는 소녀와 소녀의 가족들이 동양인에 대해 갖고 있었던 멸시와 우월의식이 자리 잡고 있었기 때문이었다. 사춘기 소녀의 금지된 성적 호기심과 식민 지배자임에도 불구하고 벗어나기 힘든 경제적 궁핍은 중국인 남자의 '기꺼이 응하는'[1] 종속적 태도에서 충족되는데 이것은 서양인이 규정한 동양인의 수동적이고 관능

---

1) 이는 사이드가 『오리엔탈리즘』에서 밝힌 서양인이 규정하고 있는 동양인의 속성이다.

적인 모습의 전형이라고 할 수 있다. 결국 중국인 남자는 동족의 처녀와 정략결혼을 하고, 소녀는 그의 경제적 도움으로 가족과 함께 프랑스로 돌아간다. 그리고 많은 세월이 흐른다. 소설은 프랑스에서 꽤 성공한 작가가 된 소녀에게 중국인 남자가 전화를 걸어 안부를 묻는 것으로 끝을 맺는다.

> 전후 몇 년 뒤, 몇 번인가의 결혼, 아이들, 몇 번인가의 이혼, 몇 권의 책을 집필한 후에, 남자가 아내를 데리고 파리로 왔다. 남자는 여자에게 전화했다. 나요, 여자는 목소리를 듣는 순간 알았다. 남자는 말했다. 당신 목소리를 듣고 싶었을 뿐이오. 여자는 말했다. 저예요, 안녕하셨어요. 남자는 우물거리고 있었다. 이전처럼 두려워하고 있었다. 남자의 목소리가 갑자기 떨렸다. 그리고 그 떨림과 함께 돌연 그 목소리는 중국식 발음으로 돌아가 있었다. 여자가 책을 쓰기 시작했다는 것을 남자는 알고 있었다. 사이곤에서 만난 어머니께 들었소. 그리고 또 작은 오빠의 일, 정말 안됐소. 그리고 남자는 여자에게 아무 말도 하지 않고 머뭇거리다가 마침내 이렇게 말했다. 이전과 마찬가지로 난 아직 당신을 사랑하고 난 결코 당신을 사랑하는 것을 포기할 수 없소. 죽을 때까지 당신을 사랑할 것이요.(p. 131)

사랑의 찬가처럼 들리는 중국인 남자의 고백은 다른 각도에서 중요한 언술로 작용하는데 그의 고백 속엔 세월이 아무리 흘러도, 아무리 멀리 떨어져 있어도 서양인(프랑스 소녀)을 향한 동양인(중국인 남자)의 사랑은 영원할 것이라는 종속의 언술이 내재해 있기 때문이다. 이처럼 소설 『연인』은 동양인과 서양인을 주요인물로 내세워 피지배 계층과 지배 계층의 종속관계를 드러내고 있으며 사랑인줄 알면서도 그것을 애써 외면하고 떠난 서양인은 우월의식에 사로잡힌 승리자로, 버림받은 동양인은 사랑을 간직하고 기다리는 열등의식으로 가득 찬 패배자로 그려지고 있다. 그러면 소설 『연인』에 나타난 '오리엔탈리즘'을 구체적이고 심층적으로 알아보기 위해 좀 더 미시적으로 접근해 보기로 한다.

1) 열등한 동양인, 우월한 서양인

사이드가 간파한 오리엔탈리즘은 동양을 지배하고 재구성하며 위압하기 위한 서양의 스타일[2]인데 이때 서양의 동양지배는 물질적인 영역과 정신적인 영역 둘 다 였으며 동양인의 몸 역시 예외일 수는 없었다. 사이드가 말하는 오리엔탈리즘은 서양이 동양을 열등한 '타자'로 담론화 함으로써 동양에 대한 서양의 헤게모니를 확립하는 기능을 수행하는데 그 결과 동양은 침묵, 관능, 여성, 독재, 비이성, 후진 등으로 재현되고 서양은 남성, 민주, 이성, 도덕, 역동, 진보 등으로 재현된다.[3]

『연인』에 등장하는 중국인 남자 '그' 역시 서양인의 헤게모니 속에 포장된 열등한 타자로 재현되고 있다.

> 살결이 호사스러울 정도로 매끄럽다. 몸. 몸은 여위어 체력이 없고 근육도 없다. 병든 몸이 이제 나아가고 있는 것일까? 수염도 없고, 그의 심벌 외에는 남자다운 데가 없다. 너무 연약해서 조그만 모욕에도 괴로운 소리를 지를 듯이 보인다. 그녀는 남자의 얼굴을 보지 않는다. 그를 보지 않고 만진다. 그의 남성을, 매끄러운 살결을 만진 다. 그녀가 황금색의, 미지의 새로운 심벌을 애무한다. 남자는 신음하고 흐느낀다. 남자는 육체의 장난에 말려들어 있다.
>
> 울면서 그는 사랑의 행위를 한다. 처음에는 고통뿐이다. 이어서 서서히 그 고통을 앗아간다. 고통이 천천히 변해서 사라지자 희열의 도가니로 실려가서 희열과 뒤섞인다. (p. 50)

그녀가 느끼는 중국인 남자, 그의 몸은 "매끄럽다". 게다가 "체력도 없고 근육도 없으며 수염도 없"는 그의 미끈한 몸은 한마디로 "호사스럽다". 그의 몸은 그녀가 그동안 남자의 몸이라고 생각한 서양인의 몸과는 확실히 다

---

2) 에드워드 사이드, 박홍규 역, 『오리엔탈리즘』, 교보문고, 1991, p. 16.
3) 바트 무어−길버트, 이경원 역, 『탈식민주의! 저항에서 유희로』, 한길사, 2001, p. 119.

르기에 그녀는 그의 연약하고 매끄러운 살결을 "만지"고 "애무"하며 "희열"을 느낀다. 어느새 그의 매끄럽고 연약한 몸은 그녀의 성적 호기심과 욕망을 자극하는 관능의 대상이 되고 있는 것이다. 그녀의 의식 속에는 서양인 내지는 식민지 지배자라는 우월의식이 잠재되어 있어 그녀는 그를 만지고 애무하며 소유하고 있는 것인지도 모른다. 그녀는 사랑을 하는데도 적극적이고 능동적이어서 그와의 사랑행위를 주도적으로 이끌어 나간다. 보편적인 남성주도의 사랑행위가 아니기에 그는 그녀가 벌이는 "육체의 장난에 말려들"뿐 적극적으로 행동하지 않는다. 단지 그녀가 자신을 만지도록, 애무하도록, 장난하도록 방치할 뿐이다. 그녀가 바라보는 "황금색"의 이 동양인 남자는 "그의 심벌 외에는 남자다운 데가" 전혀 없기에 그녀의 관심은 오직 그의 몸, 그의 심벌뿐이며 그와의 사랑 역시 "육체의 장난"에 불과하다. 다시 말해 그녀에게 그는 한 번도 가져보지 못한, 그래서 호기심과 소유의 욕망으로 가득 찬 장난감인 것이다. 장난감이 생명이 없듯 그의 몸 역시 주인의 의지대로 움직이는 생명이 없는 유희물에 불과하다. 그의 관능적인 몸과 사랑행위는 그녀에게 무한한 욕망의 희열만을 제공할 뿐 그 어떤 의미도 부여받지 못한다. 그녀와 그는 서양인 대 동양인, 지배자 대 피지배자, 흰 피부 대 황금색 피부라는 무의식적인 식민주의 사고에 사로잡혀 있기에 그것은 그녀를 능동적이고 적극적이며 주체적인 입장으로, 그를 수동적이고 소극적이며 비주체적인 입장으로 이끌고 있다. 그들의 입장 즉, 우월과 열등의 관계는 그와 그녀의 가족이 만났을 때 확연히 드러난다.

오빠들은 결국 그에게 말을 걸리는 없을 것이다. 마치 오빠들에게 이 남자가 보이지 않는다는 식이다. 오빠들이 지각하고, 바라보고, 들을 만한 밀도의 물질성 혹은 가치를 가지고 있지 않다는 것이다. 그것은 그가 내 손아귀에 잡혀 있기 때문이다. 그리고 오빠들 쪽에서 일방적으로, 애초에 나는 그를 사랑하지 않으며 내가 그와 함께 있는 것은 돈 때문이라고 생각하기 때문이다. 나는 그를 사랑할 수 없다. 그런 건 불가능하다. 그는 내게 관한 일이라면 무슨 일이라도 참을 수 있고

그러기 때문에 이 사랑이 식을 일은 없을 것이라고 제멋대로 단정적으로 식구들
이 말하고 있기 때문이다. 중국인이니까, 백인이 아니니까 그렇게 되기 마련이다.
큰오빠가 말하려고도 않고 내 애인의 존재를 무시하는 태도는 정말 멋지다 할 수
있을 정도로, 그렇게 하는 것이 백인의 모범이라는 확신에서 비롯된다. 우리는 한
결같이 큰오빠의 태도를 따라서 이 애인을 대한다. 나도 오빠들 앞에서는 그에게
말을 걸지 않는다. 가족이 있는 곳에서는 나는 결코 그에게 말을 걸어서는 안 되
는 것이다. (pp. 64~65)

　그는 그녀의 가족 즉, 어머니와 두 오빠를 호화스런 중화 레스토랑으로 초
대하는데 이유는 그들이 그의 식을 줄 모르는 사랑의 대상인 백인 아가씨의
가족이기 때문이다. 그러나 그녀의 가족들은 그에게 말을 걸지도 않을 뿐더
러 아예 "보이지도 않는다는 식"으로 그의 존재를 무시한다. 그들에게 그는
"지각하고 바라보고 들을 만한 가치를 가지고 있지 않"는 존재로 규정되는
데 이유는 단 하나이다. 그가 백인이 아니기 때문이다. 우월한 백인인 그들
은 "중국의 백만장자 따위 같은 더러운 쓰레기"(p. 106)인 그에게 말을 걸 필
요도 없고 결코 말을 걸어서도 안 된다. "그렇게 하는 것이 백인의 모범"이
기 때문이다. 그의 존재에 대한 침묵으로 일관된 그들의 무시 속에는 중국
인은 아니, 동양인은 야만적이고 미개하며 열등한 존재라는 그래서 자기 서
양인들과는 질적으로 다르다는 그릇된 오리엔탈리즘이 저변에 자리하고 있
다고 볼 수 있으며 그녀의 사고 역시 예외는 아니다. 그녀가 가족들의 행동
에 암묵적으로 동조하고 있는 것은 가족들만큼은 아니지만 그녀의 의식 또
는 무의식 속에는 동양인에 대한 비하가 내재해 있기 때문이다. 그녀가 그
와 육체적 유희를 나누는 쇼롱지구의 그의 침실을 "호흡 불능의 장소, 죽음
과 인접한 폭력과 고뇌와 절망과 수치의 장소"(p. 89)로 여기는 것이 그의 이
러한 사고를 뒷받침 해주는 단적인 예이다. 자의든 타의든 그녀 속에 잠재
된 서양인이라는 우월의식이 "그를 사랑할 수"도, "말을 걸어서도 안 되는
것"으로 유도하고 있으며 솔직히 그녀는 그가 "그녀의 마음에 들었고 그를

좋아하"(p. 48)면서도 가족들이 정한 원칙에 따라 그녀 역시 그가 당하는 수모를 관찰자의 입장에서 방관만 하고 있는 것이다.

그녀의 가족들이 드러내는 "제멋대로의 단정" 또한 서양인의 우월의식의 전형이다. 그들은 자신들의 딸이자 여동생인 그녀가 "그를 사랑하지 않으며" 그런데도 그를 만나는 유일한 이유는 오직 "돈 때문"이라고 생각할 뿐만 아니라 그는 그녀의 "손아귀에 잡혀있기 때문"에 그녀가 그를 버리지 않는 한 그녀를 향한 그의 사랑과 인내는 식을 리가 없다는 확신에 젖어 있다. 미성년인 그녀 또한 금지된 성적 욕망의 해소와 경제적 궁핍을 모면하기 위해 그와 육체적 관계를 맺으면서도 오히려 당당하다. 그의 물질적 보상을 일종의 수치심도 없이 당연하게 받아들이는 그녀와 그녀의 가족들의 의식 저변에는 아무리 경제적으로 우월한 위치에 있다할지라도 결국 그는 열등한 식민지인에 불과하다는 지배자의 우월의식이 내재해 있기 때문이다. 한편, 서양인과 비교하여 영원한 타자임을 인정하는 중국인 남자, 그의 열등의식 또한 문제가 된다.

> 점잖은 남자는 리무진에서 내려 영국제 담배를 피운다. 남자용 소프트 모자를 쓰고 금실로 수놓은 구두를 신은 아가씨를 남자는 지그시 바라본다. 그리고 아가씨 쪽으로 천천히 다가온다. 남자가 두려워하는 빛이 엿보인다. 처음에는 미소를 짓지 않는다. 우선 아가씨에게 담배를 권한다. 손을 떨고 있다. 인종이 다르기 때문이다. 그 남자는 백인이 아니다. 인종의 차이를 극복해야 한다, 그 때문에 그는 떨고 있다. 아가씨는 남자에게 말한다.
> "담배는 피우지 않아요, 죄송해요."라고. 다른 말은 하지 않는다. '상관마세요'라고는 말하지 않는다. 그러자 남자의 두려움이 약간 사라진다. 그래서 아가씨에게 말한다.
> "꿈꾸고 있는 것 같습니다."라고. (p. 43)

남자는 방안으로 여자를 데리고 들어와서 처음으로 괴롭히기 시작한다. 그는 이제 그 점에서는 거짓말을 하지 않는다. 그녀가 앞으로도 결코 자기를 사랑하지 않을 것이라는 것을 자신은 이미 알고 있다고 그녀에게 말한다. 그녀는 남자가 말하고 싶은 대로 하게 내버려둔다. 우선 그녀는 그런 건 자기도 모른다고 말한다. 그 다음은 그가 말하고 싶은 대로 하게 내버려둔다. (p. 49)

그는 옷차림이 예사롭지 않은 그녀를 응시한 후 용기를 내어 그녀에게 다가온다. 그러나 자신감이 없다. 그의 "두려워하는" 눈빛, "미소를 짓지 않는" 얼굴, "떨고 있"는 손 등이 이를 잘 입증해준다. 그가 그녀 앞에서 두려워하는 근본적인 이유는 "인종이 다르기 때문"인데 백인이 아니라는 이유로 받게 될 모멸과 치욕이 그는 두려운 것이다. 그러나 그를 대하는 그녀의 태도는 부드럽고 다정하다. 소위 우월한 인종 백인이 열등한 타자 유색인종에게 정중하게 응대해주는 일이 결코 없었기에 그는 "꿈꾸고 있는 것 같"다는 황홀한 고백을 한다. 그러나 그녀의 정중한 응대가 어쩐지 석연치 않다. "'상관마세요'라고는 말하지 않는다"라는 언술 속에는 '상관마세요'라고 말할 수 있음에도 불구하고 의도적으로 하지 않는다는 것을 배면에 깔고 있기에 그녀의 부드러운 응대에는 그에 대한 계획된 의도가 숨어있는 것이다. 멸시와 천대의 대상인 동양인에 대한 침묵의 주체로서 서양인 그녀와, 감히 말을 걸 수도, 말을 걸어서도 안 되는 우월과 경외의 대상인 서양인에 대한 침묵의 타자로서 동양인 그의 만남은 이처럼 처음부터 그들 나름의 의도와 목적을 표면화시키면서 시작된다. 그녀는 그를 통해 성적 욕망의 성취와 경제적 궁핍을 해결하고, 그 역시 그녀를 통해 아직 성숙되지 않은 서양인 소녀의 풋풋한 육체를 탐닉하기 때문이다. 그들에게 대화는 필요 없다. 정신의 교감보다는 육체의 교감이 더 자극적이고 황홀하기 때문이다. 그러나 그러한 상황을 견뎌내지 못하고 절망하는 쪽은 남자이다. 그는 그녀의 육체를 탐닉할 뿐만 아니라 그녀의 모든 것을 진심으로 사랑하게 된 것이다. 그러나 본질적으로 우월과 열등의식을 저변에 깔고 시작된 그들이기에 그들의 만남이 정상적인 관계로 지속될 리가 없다. 시작부터 그들의 관계는 종속과 지배로 설정되어 그는 그녀의 사랑을 갈구하며 괴로워하고, 그녀는 자신의 마음을 은폐시킨 채 침묵으로 그의 절망을 방관할 뿐이다. 그의 마음을 의도적으로 외면해야 하기에 그녀는 침묵의 주체가 될 수밖에 없고, 그녀가 "결코 자기를 사랑하지 않을 것이라고" 확신하는 그는 따라서 침묵의 타자가 될 수밖에 없다. 결국 대화를 통해 서로를 열어 보이지 못하는 그들은 우월한 서양인과 열등한 동양인이라는 왜곡된 오리엔탈리즘에 침몰될 수밖에 없는 것이다.

2) 식민, 피식민 간의 혼성성

식민지 영토에서 식민 지배자와 피지배자는 초기에는 각각 고유의 문화를 형성하여 존속시켜 나가지만 서서히 서로의 물질적 영역과 정신적 영역이 혼재하며 이질성, 혼성성, 양가성[4]을 보이게 된다. 『연인』에서 그녀(또는 그녀의 가족)와 그가 보여주는 생활방식과 사고방식의 양상은 극히 혼성적이고 양가적이다.

> 그녀는 남자의 얼굴을 보지 않는다. 그를 보지 않고 만진다. 그의 남성을, 매끄러운 살결을 만진다. 그녀가 황금색의, 미지의 새로운 심벌을 애무한다. 남자는 신음하고 흐느낀다. 남자는 육체의 장난에 말려들어 있다. (p. 50)

> "이리와서 다시 한번 나를 안아줘요."
> 내가 그에게 말한다. 그는 다가온다. (…중략…) 비단의 상쾌한 냄새, 황금의 냄새가 밴 피부, 이 사람은 욕망을 돋군다. 그 욕망을 나는 그에게 말한다. 그는 잠깐 기다리라고 내게 말한다. (…중략…) 너무나 강한 쾌감 속에서 나는 눈을 감는

---

4) 양가성(혼성성)은 호미 바바의 이론인데, 그는 저서 『문화의 위치』(1994)에서 식민을 경험한 인도는 정치, 경제, 문화의 전 영역에서 '인도적인 것', '영국적인 것', '영국화된 것'이 혼재하며 이질성, 혼성성, 양가성을 보인다고 말한다.

다. 나는 생각한다. 이 사람은 익숙하다, 이 사람이 인생에서 하고 있는 것이라면 바로 이것이다, 여자와 자는 것, 그것뿐인 것이다. 손놀림 같은 것도 이미 숙련되어 있다. 멋지다, 완벽하다. 나는 운이 좋다, 정말로. (p. 54)

나는 그에게 사랑의 행위를 좀 더 해 달라고 부탁했다. 그걸 해 달라고. 그는 그렇게 해 주었다. 피가 끈적거리는 속에서 했다. 그것은 정말로 죽을 맛이었다. 그것으로 인해 죽어버릴 것만 같았다. (p. 55)

그리고 촉촉이 젖은 그녀를 그가 침대로 안아 갈 것이다. 그는 선풍기를 켤 것이다, 그리고 그녀에게 키스할 것이다. 입에서부터 차례차례 온몸 구석구석까지 옮겨가며. 그리고 그녀는 좀 더, 조금만 더 해 달라고 졸라댈 것이다. (p. 105)

　서양인은 그들의 왜곡된 이론 오리엔탈리즘을 통해 동양인만이 관능의 욕망이 있는 것으로 규정한다. 그리하여 그들은 동양인을 교화와 계몽의 대상으로 간주한다. 그러나 성적 추구의 욕망이 단지 동양인에게만 있는 것은 아니다. 서양인 그녀 역시 성에 대한 호기심과 충동 그리고 욕망을 참지 못하여 그와 정사를 나누는 장면은 가히 편집증적이고 기형적이다. 이렇듯 성적인 욕망에 대한 몰입은 오리엔탈리즘이나 옥시덴탈리즘[5]으로 논의될 차원이 아니라 인간 누구에게나 내재해 있는 감성적인 본능으로 이해해야 한다. 소위 이성적이고 정숙한(또는 점잖은) 서양인은 원초적인 육체의 본능을 드러내서는 안 되기 때문에 자신들의 감정을 은폐시키거나 다른 대상 즉, 열등한 타자 동양인에게 투영시킨다. 그녀 역시 사춘기 소녀의 성적 호기심을 같은 인종인 백인으로부터는 충족할 수 없기에 자신이 의도적으로 선택한 유일한 동양 남자 그를 통해 성적 욕망을 추구하는 것이다. 만약 성적인 욕망이 동양인에게만 있는 속성이라면 성의 탐닉에 몰두하는 그녀는 서양

---

5) 옥시덴탈리즘은 서양인에 대한 동양인의 왜곡된 시선을 말하는데, 이는 다분히 정치적인 성격을 띤 담론이라고 볼 수 있지만 탈식민주의 이론에서 '오리엔탈리즘'과 더불어 중요하게 논의되는 이론이다. (샤오메이 천, 『옥시덴탈리즘』, 강, 2001 참고.)

인이면서 동양인의 속성을 그대로 드러내고 있는 이질적인 존재로 규정될 수 있다.

또한 그녀는 그에게 "이 방에 데려왔던 여자들을 상대로 하던 그대로"(p. 49) 자신에 대해 줄 것을 요구한다. 이것은 일종의 성을 담보로 하는 매매인데 백인인 그녀가 이를 용인한다는 것은 우월한 서양인의 논리로는 결코 납득될 수 없는 상황이다. 그러나 그녀는 자신을 사랑하지도 말고 단지 매춘의 상대로 대해 달라는 발언을 해 그를 당황시키고 좌절시킨다. 이것은 그녀가 그와의 만남 자체를 수치로 여기고 있으며 그와의 육체관계를 사랑이 아닌 성매매로 간주하고 싶어하는 심리가 담겨 있다고 볼 수 있으며 또한 그것은 그를 사랑하는 인격체로 인정하지 않겠다는 의미를 동시에 내포한다고 볼 수 있다. 자신을 매춘의 대상으로 비하시키는 그녀의 언술은 표면적으로는 오리엔탈리즘적인 사고를 균열시킬 뿐만 아니라 그것에 정면 도전하는 것을 의미하지만, 이면적으로는 그를 사랑을 나누는 인격체로 인정하지 않는 극단적 오리엔탈리즘의 사고를 함의하고 있다고 하겠다. 즉 그녀는 제국주의 시대의 식민지인과 피식민지인이 겪어야만 했던 혼성적인 사고를 동시에 소유하고 있는 것이다.

그녀(또는 그녀의 가족)에게 나타나는 또 하나의 양가성은 그와의 만남 후 얻게 되는 물질적 보상을 그녀가 수용하는 것이다.

> "당신은 내 돈 때문에 여기 왔겠지?"
> "난 돈 많은 당신이 좋아요. 처음 만났을 때 당신은 이미 그 차를 타고 있었죠, 돈 많은 사람으로 보이도록. 그러니까 만약 그때 당신이 그런 모습으로 나타나지 않았으면 내가 어떻게 했을지 나도 모르겠어요."
> (…중략…)
> "정말 당신과는 인연이 없는 모양이야. 하지만 당신에겐 돈을 주겠어, 걱정시키고 싶지 않으니까."(p. 52)

어머니는 자신이 돈을 추구하고 있는 한은 딸이 그러는 것을 방해하지 않을 것이다. 결국 딸은 말하겠지.

"나 프랑스로 돌아갈 비용으로 500피아스터(베트남 화폐 단위)를 그 사람에게 부탁했어요."라고. 그러면 어머니는, "어머, 하긴 그래. 파리에 살려면 그 정도의 돈은 필요할 테니까. 500피아스터면 어떻게 되겠지."라고 말하겠지.

딸은 만약 어머니가 그렇게까지 뻔뻔스러워질 수 있다면, 그만한 힘이 있다면, 그리고 걱정거리라는 괴로움 때문에 매일 기진 맥진해 버리게 되는 사태가 없었다면, 필시 그렇게 시키려고 했음에 틀림없다는 것을 알고 있다. (pp. 35~36)

그녀는 그와의 대화를 통해 그가 "부자라는 것을 풍기게 하는 여러 가지 정보"(p. 45)를 입수한 후 그와의 만남을 갖는다. 그들은 부의 상징인 '돈'을 매개로 하여 대화를 나눈다. 중국인 남자는 자신이 부유하기 때문에 동양인임에도 불구하고 자기를 따라왔을 것이라는 의혹으로 질문을 던지고, 그녀 또한 그가 부자인 것이 좋다고 솔직하게 고백한다. 돈을 주는 동양인, 돈을 받는 서양인, 이들의 거래 속에는 더 이상 오리엔탈리즘적 사고는 존재하지 않는다. 그에게는 미성년인 연인을 도와주고 싶은 애틋함이, 그녀에게는 경제적 궁핍을 벗어나고 픈 갈망만이 있을 뿐이다. 결국 그녀는 우월한 서양인임에도 불구하고 열등한 동양인 그를 통해 성적인 충족과 경제적 지원을 받아들이는 혼성적인 사고를 표출시키고 있다.

식민지의 지배자로서 교사의 직업을 갖고 있는 그녀의 어머니가 보여주는 혼성적인 사고 또한 위험 수위를 넘는다. 어머니는 아버지의 죽음 후 극도로 궁핍해진 경제적 사정을 딸의 도움으로 해결하려 하기에 그녀의 매춘을 묵인한다. '중국인은 더러운 쓰레기'이지만 그의 돈은 프랑스로 돌아가 생계를 유지하려면 필요하기 때문이다. 그녀의 어머니에게 그는 딸의 상대로서 여전히 수치와 멸시의 대상이기에 그녀는 그와 정신적으로 어떤 대화나 교감도 하고 싶어하지 않는다. 그러나 그녀는 그의 물질적 보상은 아무런 거부나 분노없이 받아들이는 모순된 모습을 보여주고 있는데 이러한 모습은 식민지 관리인으로서 실패한 이주민의 전형이라 할 수 있다. 그녀는 피지배층보다 경제적, 정신적으로 우월해야 함에도 불구하고 그렇지 못한 상황의 아이러니 하에서 이런 기형적이고 이질적인 사고를 형성하게 된 것이다.

이런 문화적 혼성성이 서양인에게서만 재현되는 것은 아니다. 중국인 남자, 그가 보여주는 문화와 인식의 혼성성 또한 심각하다.

나룻배 위 버스 옆에는 하얀 무명 옷을 입은 운전사가 있는 검은 대형 리무진이 있다. (…중략…)

리무진을 타고 있는 아주 점잖은 남자가 나를 지그시 바라보고 있다. 백인이 아니다. 유럽풍의 복장, 사이공의 은행원들처럼 밝은빛 실크 슈트를 입은 그 남자가 나를 지그시 바라보고 있다. (p. 27)

점잖은 남자는 리무진에서 내려 영국제 담배를 피운다. (p. 43)

남자는 얘기했다.
"파리는 이제 지긋지긋합니다. 훌륭한 파리인들, 술마시고 야단법석을 떤다든지, 진수성찬이라든지, 맙소사! 그게 쿠풀이죠, 나는 로톤드 쪽이 좋습니다만, 그 나이트 클럽도 그렇지만 2년간의 그 '정신없고 지독한' 생활에 지쳐 버렸습니다." (p. 45)

"파리에서는 무엇이든 돈으로 얼마든지 손에 넣을 수 있었던 거야. 여자도, 친구도, 사고 방식도 모두를 말야." (p. 62)

그는 자기가 파리에 갔었던 것은 어느 상업학교에서 공부하기 위해서였다고 고백한다. 그는 자신이 아무것도 공부하지 않았기 때문에 아버지는 생활비의 송금을 중단하고 귀국할 비행기표를 보내왔고 그래서 프랑스를 떠날 수밖에 없었다고 말한다. 돌아온 것이 바로 비극이다. 그 상업학교는 아직 수료하지 못했기 때문에 여기에서 통신교육 방식으로 수료할 생각이라고 그는 말한다. (p. 63)

그는 중국인 즉, 동양인이면서도 사고방식과 생활습관은 서양인의 그것과 유사하다. 그는 그녀와 기표로서는 언어 소통이 가능한데 이것은 그가 프랑스어나 영어를 말할 수 있다는 것을 의미한다. 그가 프랑스에서 "2년간 생활"했으며 그곳의 상업학교에 다닌 적이 있었다는 것은 그가 서양식 교육을 접한 해외 유학파라는 것을 입증한다고 할 수 있다. 또한 그가 운전석과 객석이 분리된 "대형 리무진"을 타고 다닌다는 것만 보아도 서양의 문화양식에 익숙하다는 것을 알 수 있다. 그가 식민지 영토에서 피지배층으로서 물질적 부를 누리고 사는 것도 이질적이라 할 수 있지만 그의 생활방식이 그 당시 같은 현지인들의 그것과는 현저하게 다른 서양식이라는 것도 이질적이다. 그는 "유럽풍"의 고급스런 양복을 입고 "영국제 담배"를 피운다. 그는 외모만 황인종이지 언어, 사고방식, 생활습관 등 모든 부분은 서양화되어 있는 것이다. 이러한 그의 서양지향주의는 서양은 동양보다 우월하고 개화된 존재란 사고가 그의 의식 속에 잠재되어 있기 때문이며 따라서 그는 서양인에 대한 경외와 동경을 지향하고 있는 것이다. 이것은 그가 동양인이면서 동양인의 생활양식보다는 서양인의 그것을 갈망하는 문화양식의 혼성성을 보이고 있는 것이라 할 수 있다.

그러나 그가 언제나 서양인에 대한 열등의식에 사로잡혀 있는 것은 아니다. 그는 파리생활을 통해 터득하게 되는 것이 한 가지 있는데 그것은 돈만 있으면 모든 것을 소유할 수 있다는 것이다. 여자도, 친구도, 심지어 사고방식까지도 말이다. 다시 말하면 동양인도 '돈'만 있으면 서양인의 모든 것을 소유할 수 있다는 것이다. 그녀 역시 그와 육체관계를 맺는 표면적인 이유 중의 하나가 그가 부유한 상인의 아들이기 때문인데 그것만 보아도 그의 논리는 어느 정도 타당성이 있다. 그러나 중국인 남자, 그가 그녀의 마음을 얻지 못하고 좌절하는 모습에서 열등자요 패배자인 그를 발견할 수 있다. 그는 원하기만 한다면 파리의 모든 여자들을 소유할 수 있다고 말하지만 정작 프랑스인 작은 계집애의 마음을 얻을 수는 없었다. 비록 그녀의 육체는 소유할 수 있었지만 진정한 사랑은 얻을 수 없었던 것이다. 이처럼 그는 서양인에 대한 우월과 열등이 혼재하는 분열된 사고를 드러내고 있다.

이처럼 소설 『연인』 속의 그와 그녀는 식민지 영토라는 특이한 상황에서 논리적으로 설명이 불가능한 사고의 혼성성을 보이고 있는데 이는 제국주의라는 괴물이 낳은 기형적 문화현상이라 하겠다.

3. 나오며

마르그리트 뒤라스는 프랑스령 인도차이나 반도에서 태어나 소녀시절을 그곳에서 보냈다. 이 소설이 비록 그녀의 직접적인 자전소설은 아니라 할지라도 상당 부분이 그녀의 전기적 배경과 동일한 것은 사실이다. 이 소설을 부담없이 가볍게 읽을 때는 식민지 영토에서 실패한 이주민의 딸이 겪어야 했던 첫사랑의 아픔과 경제적 궁핍에 공감하고, 중국인 남자의 가슴 뭉클한 순애보에 연민을 느낀 정도였다. 그러나 이것을 탈식민주의 이론으로 접근하기 위해 정독을 하기 시작하자 그 동안 간과되었던 많은 부분들이 새롭게 인식되기 시작했다. '사랑'이란 이름으로 포장되어 간과되고 망각되었던 의식들을 밖으로 끄집어냄이 이 글을 쓰기 위한 첫 작업이었다.

각각 열등과 우월로, 또는 그것이 혼재된 양상으로 서로를 향해 영원한 '타자'일 수밖에 없는 동양인과 서양인. 그들은 서로를 할퀴어 상처 내지만 때로는 그것이 치유될 수 없는 아픔으로 자신에게 되돌아온다. 소설 『연인』의 그와 그녀가 바로 그런 존재들이다. 그가 부자이고 그녀가 서양인이라는 것에 대한 구미가 당기는 것을 제외하더라도 그들은 처음 만남에서부터 서로가 마음에 들었다. 그러나 그들의 감정표현은 서로 다르다. 그는 그녀를 향한 자신의 솔직한 감정을 고백하고 그녀도 자신을 사랑해줄 것을 바라지만 그녀는 그들의 만남이 끝날 때까지 자신의 감정을 의도적으로 숨긴다. 따라서 그는 그녀와 육체관계를 통해 그녀의 몸은 소유하지만 그녀의 마음은 소유할 수 없어 괴로워하고 절망한다. 그러나 그녀는 그러한 모든 상황을 단지 침묵으로 일관할 뿐이다. 이렇듯 빗나간 사랑의 이중주는 소설이 끝날 때까지 이어지는데 원인은 그녀에게 있다. 자의적이든 타의적이든 서양인이라는 우월의식 때문에 그녀는 그를 사랑해서도 사랑할 수도 없는 것이다. 그녀의 이런 굴절된 오리엔탈리즘이 그를 평생 그녀의 사랑을 갈구하는 사랑의 패배자로 만들고 있다.

오리엔탈리즘 차원에서 한 가지 더 거론하고 싶은 것이 있다면, 이 소설에서는 중국인 남자, 그의 이름이 언급되지 않는다는 것이다. 그는 언제나 '그'로 존재한다. 그녀는 그의 이름을 알고는 있지만 한 번도 불러보지 않는다. 이름이 없기에 그는 정체성(identity)도 없다. 정체성이 없기에 그는 자신의 의견을 말하지 않으며 그저 침묵할 뿐이다. 주인의 처분만 기다리는 노예처럼 그는 프랑스 소녀, 그녀의 처분만 기다리는 것이다.

에드워드 사이드의 '오리엔탈리즘'은 여전히 서양의 제국주의가 팽배해 있는 현시점에서 많은 것을 사고하고 논의하게 한다. 이제 우리는 서양 제국주의가 그어 놓은 동양과 서양이라는 왜곡된 시각을 폐기하고 우리의 진정한 정체성을 확립하기 위해 부단히 노력해야 할 시점에 이르렀다. 그러므로 사이드의 '오리엔탈리즘'은 나에게는 서양의 제국주의에 대한 하나의 도전이요 우리의 정체성을 지키기 위한 또 하나의 희망이다.

(『문예시학』 제16집, 2005년)

제1부 생태주의 시학의 교육적 적용

1. 기본 자료

박두진, 『박두진 전집』(전 10권), 범조사, 1982.

_____, 『나 여기에 있나이다 주여』, 홍성사, 1983.

_____, 『가시 면류관』, 종로서적, 1988.

_____, 『빙벽을 깬다』, 신원문화사, 1990.

_____, 『가을절벽』, 미래사, 1991

_____, 『폭양에 무릎 꿇고』, 두란노, 1995.

_____, 『박두진 문학정신』(전 7권), 신원문화사, 1996.

2. 국내 논저

〈논문〉

고형진, 「박두진 시에 나타난 운율의 미학」, 『한국문학이론과 비평』 제39집, 한국문학이론과 비평학회, 2008.

김구슬, 「T. S. 엘리엇의 비평이론과 생태학적 통찰」, 신덕룡 편, 『초록생명의 길 Ⅱ』, 시와사람사, 2001.

김동리, 「삼가시와 자연의 발견」, 『예술조선』, 1948. 4.

_____, 「자연의 발견」, 김동리 외, 『청록집 · 기타』, 현암사, 1968.

김동환, 「상징, 어떻게 가르칠 것인가?」, 김은전 외, 『현대시교육론』, 시와시학사, 2000.

김문직, 「시와 신앙 - 박두진 시의 방향」, 『세대』, 1964. 6.

김성란, 「생태시 교육 방법 연구」, 한남대 대학원 박사학위논문, 2009.

김수이, 「생태시의 교육 목표와 범주 설정」, 『비평문학』 제28호, 한국비평문학회, 2008.

김영수, 「신학적 상상력」, 『한국문학』, 1976. 2.

김용민, 「생태사회를 위한 문학」, 신덕용 편, 『초록생명의 길Ⅱ』, 시와사람사, 2001.

김윤식, 「심훈과 박두진 – 황홀경의 환각에 대하여」, 『시문학』, 1983. 8.

김윤환, 「한국 현대시의 종교적 상상력 연구 : 박두진, 박목월, 조지훈 시를 중심으로」, 단국대 대학원 박사학위논문, 2009.

김응교, 「빛의 힘, 돌의 꿈 – 박두진의 상상력 연구」, 연세대 대학원 박사학위논문, 1997.

김정순, 「한국현대시에 나타난 낙원사상고 – 서정주와 박두진을 중심으로」, 『인간과 미래』, 1976. 12.

김종길, 「산문시란 무엇인가」, 『心象』 6월호, 1974.

김창원, 「운율을 어떻게 가르칠 것인가」, 김은전 외, 『현대시교육론』, 시와시학사, 2000.

남기택, 「생명권력 시대의 생태시론」, 『비평문학』 제30호, 한국비평문학회, 2008.

노미경, 「박두진 시의 생태주의적 세계인식 연구」, 단국대 대학원 박사학위논문, 2010.

박두진, 「기독교 시와 한국의 현대시」, 『현대시학』, 1964. 10.

_____, 「초기시의 저변」, 『월간문학』, 1970. 10.

_____, 「40년대 박두진의 문학 서한」, 『문학사상』, 1981. 3~4.

_____, 「꿈에서, 눈물에서, 피에서 한꺼번에 터진 시의 봇물」, 『문예창작』, 1983. 7.

_____, 「영원에 대한 동경, 종교에의 귀의 – 박두진의 시세계」, 『소설문학』, 1981. 11.

_____, 「자연과 인간, 그리고 신」, 『문학사상』, 1998. 2.

박수연, 「시 교육에 있어서 시지각의 역할」, 『비평문학』 제35호, 한국비평문학회, 2010.

박양균, 「기도의 양상」, 『시와 비평』, 1956. 2.

박이도, 「한국 현대시에 나타난 기독교 의식 : 윤동주·김현승·박두진의 시」, 경희대 대학원 박사학위논문, 1984.

박철희, 「청록파연구」, 『동양문화』 제14·15호, 영남대, 1974.

박춘덕, 「한국 기독교시에 있어서 삶과 신앙의 상관성 연구」, 부산대 대학원 박사학위 논문, 1993.

백승수, 「청록집의 기호학적 연구」, 동아대 대학원 박사학위논문, 1993.

손종호, 「한국시의 종교성 수용문제」, 『어문연구』, 어문연구학회, 1990.

_____, 「김현승 시에 나타난 구원의 의미」, 『어문연구』 제25호, 어문연구학회, 1994.

_____, 「청마 문학의 종교성 연구」, 『한국언어문학』 제49호, 한국언어문학회, 2002.

_____, 「소월의 번역한시와 시의식」, 『한국시학연구』 제8호, 한국시학회, 2003.

_____, 「『용담유사』에 나타난 영성의 특성」, 『비평문학』 제28호, 한국비평문학회, 2008.

송기섭, 「백석의 산문 연구」, 『한국문학이론과 비평』, 한국문학이론과 비평학회, 1992.

_____, 「서정의 힘과 이념 : 임화론」, 『어문연구』 제31호, 어문연구학회, 1999.

신동욱, 「해와 삶의 원리」, 『박두진 전집 1』, 범조사, 1982.

신대철, 「박두진의 수석시의 근원과 인간의 한계」, 『어문학』 제1집, 국민대 출판부, 1982.

신용협, 「박두진의 시 연구」, 『어문연구』 제12집, 어문연구회, 1983.

신익호, 「한국현대기독교시연구」, 전북대 대학원 박사학위논문, 1987.

오동춘, 「빛의 시인 박두진론」, 『연세어문학』 제9 · 10합집, 연세대 출판부, 1977.

이건청, 「한국전원시연구」, 단국대 대학원 박사학위논문, 1985.

이귀우, 「생태담론과 에코페미니즘」, 『새한영어영문학』 43권 1호, 2001.

이숭원, 「생태학적 상상력과 시교육의 방향」, 신덕룡, 『초록생명의 길Ⅱ』, 시와사람사, 2001.

이운용, 「자연의 의미와 기독교시」, 『월간문학』, 1987.

_____, 「한국 기독교시 연구 : 김현승 · 박두진 · 구상을 중심으로」, 조선대 대학원 박사학위논문, 1988.

이유식, 「박두진론」, 『현대문학』, 1965.

임영주, 「박두진 시 연구」, 경원대 대학원 박사학위논문, 1998.

임종성, 「박두진 시 연구」, 동아대 대학원 박사학위논문, 2003.

장백일, 「고독 속에서 찾는 시정신」, 『박두진 교수 정년퇴임 기념논문집』, 혜산기념문집간행회, 1981.

장정렬, 「생태시에 나타난 신화적 상상력」, 『신생』 제30호, 2007.

정공채, 「자유와 사랑 — 박두진의 마의 늪」, 『심상』, 1974. 9.

정경은, 「한국 기독교시 연구 : 박두진, 박목월, 김현승 시를 중심으로」, 서울여대 대학원 박사학위논문, 1999.

정지용, 「시선후」, 『文章』 제12호, 1940. 1.

정태용, 「박두진론 — 현대시인연구 2」, 『현대문학』, 1970. 4.

정한모, 「청록파의 시사적 의의」, 김동리 외, 『청록집 · 기타』, 현암사, 1968.

정현기, 「박두진론 Ⅰ」, 『연세어문학』 제9 · 10합집, 연세대 출판부, 1977.

최일수, 「박두진의 아, 민족」, 『현대문학』, 1971. 5.

한영일, 「한국현대기독교 시 연구 : 윤동주, 김현승, 박두진 시의 상징성을 중심으로」,

성균관대 대학원 박사학위논문, 2000.

황금찬, 「한국문학에 투영된 기독교 사상」, 『한국문학』, 1986. 2.

〈저서〉

강양희, 『조지훈 문학연구』, 충남대 출판부, 2003.

곽광수, 『가스통 바슐라르』, 민음사, 1995.

곽철규, 『듀이 철학과 교육』, 지식사회, 1999.

교육인적자원부, 『중학교 국어·생활국어』, 대한교과서주식회사, 2002.

_____, 『10학년 고등학교 국어 (상), (하)』, 교학사, 2002.

_____, 『고등학교 국어 (상), (하) 교사용지도서』, 서울대 국어교육연구소, 2007.

_____, 『국어과 교육과정』, 교육인적자원부, 2007.

_____, 『개정교육과정』, 대한교과서주식회자, 2007.

구승희, 『생태 철학과 환경 윤리』, 동국대 출판부, 2001.

김귀순, 『세계의 생태마을을 찾아서』, 누리에, 2004.

김동리, 『해』, 청만사, 1949.

_____ 외, 『청록집·기타』, 현암사, 1968.

김대행, 『우리 시의 틀』, 문학과비평사, 1989.

_____, 『한국시가 구조연구』, 삼영사, 1976.

김무길, 『존 듀이의 교호작용과 교육론』, 원미사, 2005.

김봉군 외, 『한국현대작가론』, 민지사, 1984.

김열규, 『한국의 신화』, 일조각, 1980.

김욱동, 『생태학적 상상력』, 나무심는사람, 2003.

김윤식·김현, 『한국문학사』, 민음사, 1973.

김용선, 『상상력을 위한 교육학: 바슐라르를 중심으로』, 인간사랑, 1991.

김용직, 『변혁기의 시와 문화』, 서울대 출판부, 1992.

김용직 외, 『한국현대시사연구』, 일지사, 2000.

김은전 외, 『현대시교육론』, 시와시학사, 1996.

김응교, 『박두진의 상상력 연구』, 박이정, 2004.

_____, 『사회적 상상력과 한국시』, 소명출판, 2010.

김일병, 『국어과 교수·학습의 실제』, 박이정, 2005.

김종문 외, 『구성주의 교육학』, 교육과학사, 1998.

김종철, 『간디의 물레』, 녹색평론사, 2005.

김준오, 『시론』, 삼지원, 1997.

김지하, 『생명학1』, 화남, 2003.

_____, 『생명학2』, 화남, 2003.

_____, 『디지털 생태학』, 이룸, 2009.

_____, 『새 시대의 율려, 품바품바 들어간다』, 이룸, 2009.

김재홍, 『한국현대시인연구』, 일지사, 1986.

_____, 『현대시교육론』, 시와시학사, 1996.

김창원, 『시교육과 텍스트의 해석』, 서울대 출판부, 1995.

김춘수, 『청록집 · 기타』, 현암사, 1968.

김현수, 『시교육의 이론과 방법』, 역락, 2011.

김현자, 『한국현대시사연구』, 일지사, 1987.

김해성, 『한국현대시 비평』, 당현사, 1976.

남정웅, 『생명의 빛, 그 은혜의 영광을 보다』, 예영커뮤니케이션, 2005.

노정환, 『메시아적 삶의 스타일』, 한국학술정보(주), 2007.

대한성서공회, 『성경전서』, 성서원, 2001.

도정일, 『시인은 숲으로 가지 못한다』, 민음사, 1994.

민명자, 『김구용의 사상과 시의 지평』, 청운, 2010.

박두진, 『시인의 고향』, 범조사, 1958.

_____, 『시와 사랑』, 신흥출판사, 1960.

_____, 『언덕에 이는 바람』, 서문당, 1973.

_____, 『현대시의 이해와 작법』, 일조각, 1976.

_____, 『그래도 해는 뜬다』, 어문각, 1986.

_____, 『햇살, 햇볕, 햇빛』, 대원사, 1991.

_____, 『한국현대시론』, 일조각, 1992.

_____, 『문학적 자화상』, 한글, 1994.

_____, 『현대시의 이해와 체험』, 일조각, 1995.

박목월 · 조지훈 · 박두진, 『청록집』, 을유문화사, 1946.

_____, 『청록집 이후』, 현암사, 1968.

박이문, 『문명의 미래와 생태학적 세계관』, 당대, 2000.

박철희, 『국문학논집』 ⑨, 민중서관, 1977.

_____, 『박두진 전집 10』, 범조사, 1982.

_____, 『서정과 인식』, 이우출판사, 1983.

_____, 『현대시학』, 양문각, 1991.

박철희 편, 『박두진』, 서강대출판부, 1996.

서정주, 『한국의 현대시』, 일지사, 1969.

손민호, 『구성주의와 학습의 사회이론』, 문음사, 2006.

손영애, 『국어과 교육의 이론과 실제』, 박이정, 2005.

신덕룡, 『생명 시학의 전제』, 소명출판, 2002.

신덕룡 편, 『초록생명의 길』, 시와사람사, 1997.

_____, 『초록생명의 길 Ⅱ』, 시와사람사, 2001.

신용협, 『현대한국시연구』, 국학자료원, 1994.

_____, 『한국현대시연구』, 새미, 2001.

_____, 『현대 대표시 연구』, 새미, 2001.

신익호, 『기독교와 한국 현대시』, 한남대 출판부, 1988.

양왕용, 『현대시교육론』, 삼지원, 2000.

우한용, 『실용과 실천의 문학교육』, 새문사, 2009.

유성호, 『현대시교육론』, 역락, 2006.

유종호·최동호 편저, 『시를 어떻게 볼 것인가』, 현대문학, 1995.

오세영, 『문학과 그 이해』, 국학자료원, 2003.

이건청, 『한국전원시연구』, 문학세계사, 1987.

이기반, 『희말라야의 눈꽃』, 홍성사, 1997.

이상섭, 『문학연구방법』, 탐구당, 1980.

이상우 외, 『문학비평의 이론과 실제』, 집문당, 2002.

이형권, 『현대시와 비평정신』, 국학자료원, 1999.

_____, 『타자들, 에움길에 서다』, 천년의시작, 2006.

이혜원, 『생명의 거미줄』, 소명출판, 2007.

임영주, 『박두진의 생애와 문학』, 국학자료원, 2003.

정한모, 『현대시론』, 보성문화사, 1994.

정효구, 『우주공동체와 문학의 길』, 시와시학사, 1994.

조연현, 『현대한국작가론』, 청운출판사, 1965.

_____, 『한국현대문학사개관』, 정음사, 1974.

정화열, 『몸의 정치』, 민음사, 1999.

최지현 외, 『문학교육과정론』, 역락, 2006.

한흥섭 역, 『예기·악기』, 책세상, 2007.

홍문표, 『현대문학비평이론』, 창조문학사, 2003.

홍신선, 『한국현대시문학대계』, 지식산업사, 1983.

홍희표, 『목월시의 형상과 영향』, 새미, 2002.

3. 국외 논저

Alt, Franz, 손성현 역, 『생태주의자 예수』, 나무심는사람, 2003.

Arnold, Matthew, *Essays in Criticism*, London: Macmillan, 1958.

Bachelard, Gaston, 이가림 역, 『물과 꿈』, 문예출판사, 2004.

Barry, John, 허남혁·추선영 역, 『녹색 사상사』, 이매진, 2004.

Bloom, B. S. 외, 임의도 외 역, 『교육목표 분류학 Ⅱ : 정의적 영역』, 교육과학사, 1983.

Bourassa, L., 조재룡 역, 『앙리 메쇼닉 리듬의 시학을 위하여』, 2007.

Bradbury, Malcolm, & Mcfarlane, James, *Modernism*, Pelican Book, 1976.

Brooks, C., & Warren, R. P., *Understanding Poetry*, Holt, Rinehart and Winston, 1960.

Campbell, Joseph, 이윤기 역, 『신화의 힘』, 고려원. 1992.

Cirlot, J. E., *A Dictionnary of Symbol*, London: Routledge & Kegun Paul, 1983.

Eliade, Mircea, 이동하 역, 『성과 속 종교의 본질』, 학민사, 1983.

Frye, Northrop, 임철규 역, 『비평의 해부』, 한길사, 2000.

Gadamer, H. G., 손승남 역, 『교육은 자기교육이다』, 동문선, 2004.

Guerin, Wilfred L., *A Handbook of Critical Approaches to Literature*, N.Y.: Harper & Row, 1979.

Heidegger, M., 오형남·민형원 편역, 『예술작품의 근원』, 1979.

Mies, Maria, & Shiva, Vandana, 손덕수·이난아 역, 『에코페미니즘』, 창작과비평사, 2002.

Porrit, J., & Visser, Winner, *The Coming of Greens*, Fontana, 1998.

Rousseau, J. J., 김종웅 역, 『에밀』, 미네르바, 2009.

Steiger, E., 이유영·오현일 공편, 『시학의 근본개념』, 삼중당, 1978.

제2부 다원주의 시대와 시의 지평

1. 기본자료

김동명, 『나의 거문고』, 新生社, 1930.

_____, 『파초』, 新聲閣, 1938.

김상용, 「『망향』이전의 시편」, 『월파 김상용 전집』, 새문사, 1996.

_____, 『망향』, 文章社, 1939.

마르그리트 뒤라스 저, 용경식 역, 『연인』, 서적포, 1992.

오완영, 『詩人의 肖像』, 한국문학도서관, 1986.

윤동주, 『하늘과 바람과 별과 시』, 미래사, 2001.

이승하, 「물건에서 생명이」, 「상상임신에서 가상섹스까지」, 『생명에서 물건으로』, 문학과지성사, 1995.

이원, 『야후의 강물에 천 개의 달이 뜬다』, 문학과지성사, 2001.

최영미, 「Personal Computer」, 『서른, 잔치는 끝났다』, 창작과비평사, 2003.

하재봉, 「퍼스널 컴퓨터」, 『비디오/천국』, 문학과지성사, 1995.

2. 국내외 논저

Arnold van Gennep, *Les rites de passage*, Paris, 1909 참조.

강내희, 「디지털 시대의 문학하기」, 『문화과학』 여름호, 1996.

고모리 요이치, 『포스트콜로니얼』, 삼인, 2002.

교재편찬위원회, 『문학과 영상예술』, 삼영사, 2003.

권중운 편역, 『뉴 미디어 영상미학』, 민음사, 1994.

김동명, 『모래위에 쓴 낙서』, 신아사, 1965.

김병익, 「컴퓨터는 문학을 어떻게 변화시킬 것인가」, 『동서문학』 여름호, 1994.

김성곤, 「멀티미디어 시대와 미래의 문학」, 『문학사상』 11월호, 1994.

김성재, 「문학과 멀티미디어」, 『문학정신』 5월호, 1994.

김우창, 『김우창 전집 1』, 민음사, 1973.

김학동, 「김상용의 시세계」, 『월파 김상용 전집』, 새문사, 1983.

남기택, 「신동협 시의 저항과 현실」, 『한국문학의 식민성과 탈식민성』, 민족문학작가회
　　　의 대전·충남지회, 2003.

대한성서공회, 『성경전서』, 성서원, 2001.

릴라간디, 이영욱 옮김, 『포스트식민주의란 무엇인가』, 현실문화연구, 2002.

멀치아 엘리아데 저, 이동하 역, 『성과 속 종교의 본질』, 학민사, 1983.

바트 무어-길버트, 이경원 역, 『탈식민주의! 저항에서 유희로』, 한길사, 2001.

백욱인, 『디지털이 세상을 바꾼다』, 문학과지성사, 1998.

백철, 『조선신문학사조사』, 백양당, 1949.

복거일, 「전자통신망 시대의 문학하기」, 『문예중앙』 가을호, 1995.

볼프강 슈마허, 「미디어와 포스트모던 테크놀로지」, 이영철 엮음, 백한울 외 옮김, 『21
　　　세기 문화 미리보기』, 시각과 언어, 1999.

샤오메이 천, 『옥시덴탈리즘』, 강, 2001.

신용협, 「한국 현대시에 나타난 자연관」, 『한국현대시 연구』, 새미, 2001.

심광현, 「'테크노 문화'의 이중구속: 에콜로지와 사이버네틱스의 유토피아/디스토피
　　　아」, 『탈근대 문화정치와 문화연구』, 문화과학사, 1998.

_____, 「전자복제 시대와 이미지의 문화정치: 벤야민 다시 읽기」, 『문화과학』 여름호,
　　　1996.

엄창섭, 『김동명연구』, 학문사, 1987.

에드워드 사이드, 김성곤·정정호 역, 『문화와 제국주의』, 창, 1995.

_____, 박홍규 역, 『오리엔탈리즘』, 교보문고, 1991.

이건청, 「한국전원시연구」, 단국대 대학원 박사학위논문, 1985.

이상섭, 『문학비평용어사전』, 민음사, 1976.

이용욱, 「전자언어, 버추얼 리얼리티, 그리고 사이버 문학」, 『버전업』 봄호, 1998.

_____, 『사이버 문학의 도전』, 토마토, 1996.

임종찬, 「목월시에 나타난 Aura의 세계」, 『현대문학』, 1985. 11.

정과리, 「문학의 크메르루지즘─컴퓨터 문학의 현황」, 『문학동네』 봄호, 1995.

최동호, 『디지털 문화와 생태시학』, 문학동네, 2000.

최동호·권혁웅 외, 『영화 속의 혹은 영화 곁의 문학』, 모아드림, 2003.

최혜실,『디지털 시대의 문화예술』, 문학과지성사, 2000.

호미바바, 나병철 역,『문화의 위치』, 소명출판, 2002.

Aasseth, Espen J., *Cybertext: Perspectives on Ergodic Literature*, The Johns Hopkins University Press, 1997.

_____, "Introduction" *Hyper/Text/Theory*, The Johns Hopkins University Press, 1991.

Donna Haraway, 임옥희 역,「사이보그를 위한 선언문—1980년대에 있어서 과학, 테크놀로지 그리고 사회주의 페미니즘」,『문화과학』겨울호, 1995.

Delany Paul & George P. Landow(edited by), *Hypermedia and Literary Studies*, MIT Press, 1991.

■■■ 저자 약력

백승란

　목원대학교 사범대학 국어교육과를 졸업하고, 충남대학교 대학원 국어국문학과에서 석사 및 박사학위를 취득했다. 현재 목원대학교와 충남대학교에서 강의를 하고 있으며, 주요 논문으로 「박두진 시의 생태의식과 교육적 적용」「에코페미니즘 시교육의 효용성」「포스트모더니즘 시 연구」 등이 있다.

생태주의 시학과 상상력

인쇄 · 2011년 10월 22일 | 발행 · 2011년 10월 27일

지은이 · 백승란
펴낸이 · 한봉숙
펴낸곳 · 푸른사상
주간 · 맹문재 | 편집 · 김재호 | 마케팅 · 이철로

등록 · 1999년 7월 8일 제2-2876호
주소 · 서울시 중구 초동 42번지 아시아미디어타워 502호
대표전화 · 02) 2268-8706(7) | 팩시밀리 · 02) 2268-8708
이메일 · prun21c@hanmail.net / prun21c@yahoo.co.kr
홈페이지 · http://www.prun21c.com

ⓒ 2011, 백승란

ISBN 978-89-5640-866-8　93810
값 24,000원